浙江省哲学社会科学重点研究基地文艺批评研究院成果

洪治纲 主编

圆桌

杭州师范大学文艺批评研究院新作讨论集 一

时代出版传媒股份有限公司
安徽教育出版社

图书在版编目（CIP）数据

圆桌：杭州师范大学文艺批评研究院新作讨论集.
Ⅰ/洪治纲主编.—合肥：安徽教育出版社，2022.12
ISBN 978-7-5336-9905-5

Ⅰ.①圆… Ⅱ.①洪… Ⅲ.①中国文学－当代文学－文学评论－文集　Ⅳ.①I206.7-53

中国版本图书馆CIP数据核字(2022)第240546号

圆桌：杭州师范大学文艺批评研究院新作讨论集Ⅰ
YUANZHUO:HANGZHOU SHIFAN DAXUE WENYI PIPING
YANJIUYUAN XINZUO TAOLUNJI Ⅰ

出　版　人：费世平
策划编辑：何　客
责任编辑：金　雯
装帧设计：阮　娟
责任印制：陈善军

出版发行：安徽教育出版社
地　　址：合肥市经开区繁华大道西路398号　邮编：230601
网　　址：http://www.ahep.com.cn
营销电话：(0551)63683012,63683013
排　　版：安徽时代华印出版服务有限责任公司
印　　刷：安徽联众印刷有限公司

开　本：710 mm×1010 mm　1/16
印　张：21
字　数：300千字
版　次：2022年12月第1版
印　次：2022年12月第1次印刷
定　价：58.00元

（如发现印装质量问题，影响阅读，请与本社营销部联系调换）

目 录

序   1

第一辑 长篇小说讨论

哈尔滨的精神漫卷
    ——迟子建《烟火漫卷》讨论   3

化繁于简的精神之城
    ——余华《文城》讨论   17

寻求现世生活的当下觉悟
    ——贾平凹《暂坐》讨论   38

我们如何书写战争与和平
    ——邓一光《人，或所有的士兵》讨论   50

从生命的根本处探入历史
    ——胡学文长篇小说《有生》讨论   70

历史长河里的一阕民谣
    ——王尧《民谣》讨论   82

个体心灵危机的症候分析
    ——东西《回响》讨论   98

历史记忆与现实问题的双向思考

　　——晓风长篇小说《湖山之间》　　116

《浮士德》的"影子"背后

　　——李宏伟《灰衣简史》讨论　　131

"90年代"的追忆与叩问

　　——房伟《血色莫扎特》讨论　　147

第二辑　中短篇小说讨论

个体与现实的纠缠及其待解的难题

　　——朱辉小说集《午时三刻》讨论　　163

在生活幽微之处探寻

　　——尹学芸小说集《寻隐者不遇》讨论　　184

在重塑的记忆中还乡

　　——张惠雯小说集《飞鸟和池鱼》讨论　　201

重返故乡的写作

　　——关于阿乙小说集《骗子来到南方》的对话　　213

严重的时刻：我们与人类

　　——弋舟《庚子故事集》讨论　　238

宇宙观照中的日常书写

　　——张楚小说集《中年妇女恋爱史》及新作讨论　　255

"铁西三剑客"的东北符号与现代叙事

　　——双雪涛、班宇、郑执新作讨论　　267

第三辑　非虚构讨论

记忆的再现、重组与反思
　　——万方《你和我》讨论　　279

走进历史，寻访文学新的可能
　　——关于陈福民《北纬四十度》的对话　　289

在不同历史时空下的行走
　　——杨潇《重走》讨论　　305

序

　　历经两年多的时间,由众多教师和硕士生共同参与的"圆桌"对话成果,终于结集出版了。这是我们中国现当代文学团队的一次特殊亮相——以前沿、平等、坦诚且不乏争鸣的对话,展示了我们对当下一些重要作品的解读与研判。

　　我们非常珍视这些文字,因为它们源于我们内心的独立思考,没有受到任何世俗因素的侵袭。我们也希望这些文字能够体现批评应有的特质——真正优秀的文学批评,其实也是一种创作。只不过,它与一般的文学创作不同,它还必须注重科学性,突出批评家理性的审美之维。所以人们常说,好的文学批评,既要体现批评家独特的个性,也要展示他那独特的艺术感知力、有效的审美思考和价值判断。

　　这或许正是文学批评的两难之境。诚如一位女士的穿着,既要华美时尚,引人注目,又要恰如其分地符合自己的气质修养,确非易事。从审美情趣上说,面对各种文学批评,我们可能更看重其中的审美发现,即它体现了作者怎样的艺术感觉,背后隐含着何种理论谱系与分析手段。事实上,我们这些圆桌对话,也是希望通过自由表达,彰显各自的思考路径,进而检视我们的审美判断。

　　在崇尚批评个性的同时,我们更关注文学批评的科学性。

　　科学性是文学批评之所以存在的基础。文学批评的核心价值,并非在于它的文字表达如何漂亮、飘逸,甚至华美,而在于它的判断是否有效,无论是面对文本、作者还是文学现象,批评就是深入其中,通过主体的品味和思考,结合相关人文知识,在富有创造性的实证分析中,将一部作品最内在的本质予以揭橥。

　　文学批评没有"忽悠"的空间。浅薄的学识、廉价的思想、附庸风雅的趣味,均应鄙而远之。

唯因如此,我们的对话,总是对那些套用时髦话语演绎空洞理论的批评文章,保持高度的警惕。有些批评,可能在"表达形式"上做得漂亮,将原本朴实、通俗易懂的词汇,换上了"吊人眼球"的装扮,把被人说了千遍万遍的常识,换上一套所谓的"系统观念",但又不及目标,缺乏实证。这样的文章好看,只是读完之后一无所得。相反,确有真知灼见的文章,即使它的表述有些晦涩,阐释难免"掉书袋"之讥,也不失为有价值的批评,至少比那些空洞的修辞更有意义。

这是由批评的性质所决定的,也正是批评的功用所在。我们之所以需要文学批评,之所以阅读文学批评,不是为了欣赏那些华而不实的行文,而是要分享我们的识见,寻求智慧碰撞的可能,以便这一次或下一次更好地进入一部作品。用英国诗人奥登的话说,批评即是让我们能够获得卓越的洞见,"如果一个批评家所提出的问题是新鲜和重要的,则他就显示了洞见,无论我们多么难以认同他对这些问题所作的解答。绝大多数读者可能都难以接受托尔斯泰在《什么是艺术》里所下的结论,但是,一旦我们读罢这本书,我们就再也不能漠视托尔斯泰提出的那些问题"。奥登强调的"问题意识",即是内在于批评自身科学性的求真意志。

当然,文学批评的科学性又是一个相对的概念,它不同于自然科学研究,可以通过一系列量化手段加以证伪。所谓"一千个读者有一千个哈姆雷特",重要的不是究竟有多少个哈姆雷特,而是你心中是否有一个仅属于你自己的哈姆雷特。艺术的魅力与文学的丰富性,就在于它拥有广阔的阐释空间。因此,文学批评的科学性,还不完全建立在某种价值判断之上,它更体现在整个论述与分析的过程之中。一句话,你的批评必须言之有理,必须建立在强大的实证之上,偏激与草率的陈述都应避免。

所以批评虽然也是一种创作,但它是建立在科学基础之上的创作,是饱含了求真意愿、个体思考和富于洞见的创作。如果我们的批评家拥有独立自治的思想空间,拥有自由求真的学术勇气,拥有敏锐健全的艺术觉知，拥有耐心扎实的研读经历，那么，回到批评表达的技术层面上，也是顺理成章之事。

这便是我们孜孜以求的批评理想。我们曾不断地提醒自己，现在的一些文学批评，总是晦涩难懂、语焉不详、绕来绕去、草率粗鲁、云遮雾罩。其中大多数可能不只是单纯的文风问题，它也关涉着作者的思考。也就是说，批评主体并未潜心阅读文本，并未深入地进行思考，也并无明确严谨的价值判断，于是，只好通过一些故弄玄虚、貌似深刻的表述，来掩饰自己苍白的思想。仍可借用奥登的话："一个人尽可以写诗或小说，写他的伊甸园之梦，那可是他自己的事，然而一旦他提起笔来写文学批评，诚实就会要求他将它展示给读者，以便让他们有所凭借，对他的判断作出判断。"思想苍白的人自然不希望别人"对他的判断作出判断"，所以便将批评弄得佶屈聱牙，这是他们寻求自我保护的方式，但我们宁愿自己的思考不深刻，不全面，不严谨，也决不袭仿那些貌似玄奥实则空洞的批评。

不同的批评家根据自己的不同个性，通过不同的话语方式，有着不同的审美思考，这些都应受到尊重。但前提是我们将批评视作一种既严谨理性又充溢着自由精神的审美创造。只有这样，文学批评才会灵活多变，异彩纷呈，既体现了批评主体的创造力，也能展示出批评对象的丰富和多元。我们的这本圆桌对话集，在某种程度上，就是勉力践行这一批评理想的成果。

洪治纲
二〇二二年春于杭州

第一辑 长篇小说讨论

哈尔滨的精神漫卷

——迟子建《烟火漫卷》讨论

主持人：洪治纲

讨论人：杭州师范大学文艺批评研究院中国现当代文学、文艺学专业教师与学生

一、生命的和解与哈尔滨城市的精神史

郭洪雷：迟子建的长篇《烟火漫卷》，在2020年各种文学排行榜里一般都能进前三名，有时甚至排第一名，各路评价非常高。今天我们就一起来讨论这部作品。

徐源：这部小说以"寻找"作为线索贯穿全篇，把黄娥、刘建国、翁子安等人串联起来，在故事的讲述中重建了哈尔滨的城市形象。迟子建在小说中用了很多篇幅来描写哈尔滨的四季风光、城市建筑，描写哈尔滨人的生活习惯、生活细节，等等。可见迟子建在创作前查阅了大量城市历史资料，试图通过对哈尔滨自然与社会风貌的描写来展现真实的城市图景，找寻城市背后的灵魂。

并且，作家还想表达这座城市的包容性。她呈现了各个阶层、族群在哈尔滨的生活：有犹太人后裔于大卫，有来自外地为实现梦想打拼的小刘、胖丫，有从七码头来寻夫的黄娥，还有土生土长的刘家三兄妹。小说通过他们各自的生活和产生的羁绊来表现哈尔滨这座城市的包容。

同时，这部小说也延续了迟子建温情、"万物有灵"等主题。像刘建国面对孩子丢失的沉痛事实，耗尽一生去执着找寻，最后孩子的父母也宽恕了他。这种执着善良的温情冲淡了残酷事实的悲情感。而泛神论的思想也在小说中多有体现，像刘建国把拾到的小雀鹰送给黄娥后，雀

鹰就像守护神一样守护在他们家。

吕彦霖：我来谈谈我的看法。我认为这部小说有两个主题，首先它写了哈尔滨的城市史，这可以结合书名《烟火漫卷》来谈谈。书名除了和整体的故事架构有一个首尾相连的关系外，这个"烟火"本质上还指个体的人生，他们共同组成了这座城市的历史。并且我认为这些个体的人生并不是单一维度的，而是写了三个层次的哈尔滨：外部的哈尔滨、内部的哈尔滨和中间的哈尔滨。所谓外部的哈尔滨，是刘建国开着救护车耳闻目睹的日常生活，还有黄娥带着杂拌儿初到哈尔滨时看见的城市场景。内部的哈尔滨是小说中人物共同生活的榆樱院。而中间的哈尔滨其实就是这些人身上附带的历史源流，是这座城市性格的基础部分。从犹太人后裔于大卫，到日本遗孤刘建国，他们的日常生活与命运漫卷成了我们对哈尔滨这座城市的理解和认识。

还有一些评论家认为这部小说有些像王安忆的《长恨歌》，王安忆以一个女人的一生来写上海，而这个故事从刘建国弄丢铜锤到他70岁的人生经历展开，来写哈尔滨的历史。但我认为两者之间又有所不同。《长恨歌》的第一句是站在一个至高点看上海，它有一个高屋建瓴般地从上往下的关系，是建构性的。但《烟火漫卷》还得从"漫卷"说起，它像长镜头的运用，通过故事中每个人的眼睛来搜集城市景观，最后再拼凑成这个城市的实体存在。

还有，小说想表达什么？我认为它还想表现原罪和如何赎罪的问题。这部小说里几乎每个人都有罪，哪怕这些罪并非他们自愿所得，但最后他们都必须付出代价、牺牲自己来赎罪。这很像铁凝的《大浴女》，其中尹小跳这个形象后来其实也在自我赎罪，直至她最终重返内心深处的花园，这个花园就是最后我们脱罪并重新找到自己的状态。小说结尾，刘建国拒绝了煤老板三成的产业补偿，要去兴凯湖边守护那个被他玷污的男孩，这就是一段刻骨铭心的赎罪历程。

郭洪雷：迟子建的创作基本上可以分为两大块，一块以她的故乡北极村为主，还有一些就是写哈尔滨，比如《白雪乌鸦》《晚安玫瑰》。一个作家成长到一定程度时，肯定会和某个空间发生某种关系。他要通过故事来厘清、树立起自己和这个城市的关系，迟子建也是一样，她在自己的成长过程中会慢慢形成一种代言意识。其实很多作家都会有这种代言意识，像北京和老舍，西安和贾平凹，天津和冯骥才，上海和王安忆，等等，这是很重要的一点。

洪治纲：我补充一下，我们可以多角度看看这部小说究竟写了什么。首先它确实着重描写了哈尔滨城市的一种精神文化个性，像多元文化，或说多族群文化的融合。第二，哈尔滨还是一个世俗烟火味比较浓郁的城市，榆樱院的生活就是非常典型的城市底层居民生活的写照。第三，我觉得这个城市里还有一种独特的人的精神。像小说里的人物都是属于"一根筋"的，你可以说他豪爽坦率，但有时确实很倔、很执拗，这是不是哈尔滨的特殊气质？当然还涉及一些景物描写。所以这部小说从内到外，共同聚焦了哈尔滨什么精神特质？它想构建这座城市什么样的文化品格？大家可以围绕这个再深入谈一谈。

叶荷娇：我觉得这部小说塑造了一个顺时而动、注重享乐的烟火尘世。但哈尔滨人在随心随性、追求本真的过程中，又不乏道德情义，这座城市仿佛就是一个洒脱但讲究的江湖。哈尔滨的城市风景、人们的生活习性与自然四季密切联系，人们被四时影响，却总能发挥主观能动性创造快乐、释放天性，像哈尔滨的冬天是冰雪大世界，夏天便是啤酒乐园。在这座城市里，常能看到肆意狂欢的痕迹，人们总是努力利用条件制造乐趣，热情乐观、爽利而不拖泥带水。

但在洒脱欢乐的尘世中，作者又安排了极其沉重的故事情节——孩子遗失，于大卫夫妇和刘建国的人生都因此支离破碎。小说中的主人公大多很正直很讲道义，但他们的生活几乎没有圆满的。这种缺憾恰恰是世俗的尘世感所在。生活本身就是残缺，其中既有温情善意，也有不可避免的人性阴暗。对于人们在伦理与情感中做出的选择，对于生活的缺憾和人性的自私灰暗，小说都做出了解释、体谅和宽恕。

洪治纲：你认为这种不圆满的尘世感是小说想要表达的重要东西吗？

叶荷娇：是的，有时不圆满的东西会让人遥望圆满状态而更觉生活本真的珍贵。这些主人公的人生都不圆满,甚至难以享受平凡人的日常快乐。在普通人看来,凡尘俗世也许只是生命燃尽后的烟尘,但对他们而言,让自己的人生像常人一样尽情舒卷生命烟火,却成了一种奢望。这座世俗城市就是一扇人生的窗口,作者也许想让我们看见其中的平凡与缺憾,从而明白琐碎生活的本真意义,让我们在不圆满的尘世中尽情释放真实的人性欲求,真诚自如、踏实安宁、热气腾腾地活着。

冯颖颖:我想讲一下这部小说里有关哈尔滨的历史记忆和哈尔滨人对历史记忆的记录。这些历史记忆包括哈尔滨人的日本记忆、苏联记忆、"文革"记忆,还有知青、高考、国有制等记忆。同时,小说中的每个人都在以自己的方式记录哈尔滨及其记忆:刘建国开着"爱心救护"车穿梭在哈尔滨的大街小巷,记录着他的哈尔滨记忆;黄娥画的城市记录地图,与其说是画给儿子的,不如说是画给她自己的,记录得越详细,表明她对哈尔滨的爱越深切。每个哈尔滨人都深爱这座水汽氤氲的城市,每个人都想留下自己在哈尔滨的痕迹,以证明自己的存在与爱。而迟子建写这本小说也与这些人物一样,在以自己的方式记录这座城市。

然后我还想补充一点,吕老师刚才讲到了赎罪,我想到了刘建国对铜锤的复杂情感:从自责懊悔到委屈愤恨,再到伤害一个不相干的男孩,以及最后的忏悔、赎罪,这种"伤害—忏悔—赎罪"模式,有《复活》中聂赫留朵夫的影子。我认为这种创作受到了苏俄文学的影响。包括小说中的女性形象,也有俄罗斯文学中女性的自然神性和浪漫主义特质。如翁子安的养母,无论在她清醒还是糊涂时,都不愿离开哈尔滨,说冬天看不到雪花她会死的;还有黄娥,她是小说中最有自然性的人物,也是灵魂人物,她就像《叶甫盖尼·奥涅金》中保持着纯真精神的达吉雅娜,可以说是"灵魂上的哈尔滨人"。

洪治纲:我觉得你这个表达非常清晰,归纳得不错。小说确实以不同人物、不同方式,从不同侧面构筑了一个漫卷式的城市。但它共同构筑了哪些主要特质?哈尔滨的历史与别处的历史有什么不同?这可能需要我们进一步地深入思考。大家的讨论我还是比较受启发的,还有同学补充吗？

徐源：我觉得《烟火漫卷》把握住了哈尔滨作为黑龙江一个代表性北方城市的特质。哈尔滨冬季漫长，夏季却非常短暂。在这样的季节特性下，哈尔滨人因想要挣脱严寒，反而会表现出一种执着、真率和热情，像黄娥在丈夫死后能在刘建国面前天真直率地讲述自己的桃色过往，毫不掩饰。包括小说中关于死亡的描写：迟子建笔下的死亡是安宁静谧的，给人以达观超然感，具有浪漫温情，并非痛不欲生或阴森恐怖。还有小雀鹰死后黄娥将它埋葬在古树下；刘建国将哥哥骨灰中未烧尽的腿骨敲碎，撒向江中；还有卢木头死后黄娥将他抛向具有神秘气息的鹰谷；等等。

洪治纲：这个特点我觉得挺有意思的。小说里的人都是坦率真诚的，像夏天般绚烂，没有蝇营狗苟，充满热情活力，任何失败都打不倒他们生活的乐观情绪。

高妮妮：我的阅读感受与吕老师比较相似。我认为《烟火漫卷》以哈尔滨为背景来写人良心的救赎，作者对这些人物的叙说是为了体现出人物内心的煎熬与救赎。像刘建国一生都在赎罪：一是为了找回被自己遗失在火车站的男孩铜锤；二是为了弥补因被自己猥亵而无法正常生活的男孩武鸣。作者是否企图通过描写带有温情的心灵的救赎，来唤起现代物质俘虏下人的良知与真情？

洪治纲：我始终在想，这个铜锤是不是作家对整个城市书写的一种隐喻。哈尔滨这座边陲之城，在漫长的中国版图上曾处于游离之境，传统文化丢失较多，反而融入了太多异质性的东西，仿佛与中国文化难以相连。现在归来了，其实就在中国身边，就像小说中的翁子安一样。在迟子建的书写中，她是否试图发现或重建哈尔滨与祖国的关系，还有哈尔滨在中国传统文化中的城市特征？但这个我没有深入思考，只是我的一点想法。

李佳贤：我觉得这部小说写的刘建国和于大卫，一个是日本后裔，一个具有犹太血统，通过他们来写出哈尔滨的历史记忆，或者说历史创伤。这样的特定历史赋予了哈尔滨独特的气质，这是一个多元混杂的城市。它既有高雅的音乐厅、宗教性质的教堂、巴洛克风格的建筑，同时也有非常世俗的市井生活，像"二人转"。

洪治纲：你的意思是它的特殊性在于其多元混杂，而且浑然一体，是一个多文化的城市。

李佳贤：是的。

郭洪雷：刚才好几个同学还有佳贤、彦霖都提到了一个"救赎"的问题，包括迟子建过去非常强调的一个"悲悯"，还有宗教因素。其实，《烟火漫卷》中表现非常突出的一点是其中的罪最后都在生活中被和解掉了，像结尾刘建国与男孩武鸣的和解。在我们的文化中很少有宗教的救赎，那这种罪靠什么和解消融？其实就是生活，生活的烟火把一切都卷走了。小说中无缘无故的爱，每个人的善良，其实都是被生活和解的一部分。所以我觉得"救赎"太宗教化了，我考察过迟子建的宗教意识问题，我认为更多的是"和解"，从结尾这一点也看得非常清楚。

高妮妮：我认为这种赎罪或许跟宗教关系不大，更多的是与作者自身所具有的世俗关怀和悲悯情怀，及其所引起的惯写人性的自然与温情有关。所以，我认为作者是想通过写人自身的救赎来达到人最后的和解。

洪治纲：有道理。因为在这部长篇小说里，每个人基本上都是善良的，没有人性极坏的情况。所以它是以一种善良温和的生活方式来和解人们心中的道德压力。可以将它上升到救赎，但其实迟子建的小说对宗教问题并没有很多关注。所以用不用"救赎"，我觉得可以考虑，但这确实是一个和解问题。

所以现在我们基本上已经达成共识，这部小说集中体现了两个主题：一个是关于生命的救赎问题或和解问题，另一个就是哈尔滨城市的精神史问题。

童心：这篇小说围绕刘建国与黄娥讲述了两个关于"寻找"与"赎罪"的故事。在黄娥这条线索中，她以寻夫的名义来到哈尔滨，但实际上是救赎，她想要在哈尔滨为儿子找到安身之处后就去鹰谷赴死赎罪。刘建国与黄娥这两个"戴罪"之人的命运因赎罪而有了交叉点，但他们的赎罪方式不同，一个以"生"，一个以"死"。

这让我想到迟子建的另一篇小说《晚安玫瑰》，其中也有与之相似的"寻找"和"赎罪"情节。女主人公赵小娥想要找到并杀死身为强奸犯的父亲，而在父亲投河后，她陷入了强烈的自责与罪恶感中。当她把弑父行为告诉房东吉莲娜时，这个有着虔诚宗教信仰的犹太老妇人，也道出了自己深藏多年的秘密——她也曾杀死自己的父亲。只不过吉莲娜通过与神灵对话渐渐蜕去罪恶的枷锁，但赵小娥却始终被困在自我质疑与厌弃的泥沼中。两部作品中的主人公最后是否得到了救赎是一个问号，但我比较认同郭老师说的，人在赎罪中与生活和解。此外，我认为作者还有这样的观点：若人能意识到自己的过错，正视自己身上"恶"的那面，把余生当作灵魂洗涤之旅，那这就是人类精神文明进步的开端。而是否真正得到了宗教意义上的救赎，也就没那么重要了。

吴晨：我想补充一下，关于黄娥这一形象对哈尔滨城市特质建构的意义。黄娥初入哈尔滨时显得与这座城市格格不入，她掐断老郭头绑在树上的铁丝、无法理解房子比人金贵、不时回忆起在七码头与动植物的对话。这是一个以自然为信仰，以鹰谷赴死为救赎途径的自然之子形象。但在故事结尾，黄娥被哈尔滨留了下来，放弃了自己的自然赎罪之路，同时那只鹞子也死在城区的塑胶跑道上，这是否在引导我们去思考哈尔滨这座城市与自然的关系，或者说城市中自然人性的变化问题呢？

二、双重主题下的创作动因

洪治纲：一个作家想写什么、想表达什么，一定有他深层的原因和想法，所以我们要通过作品来深究作家创作主体内在的特征。有的作家在一个地域生活了很长时间，但他写不了。比如莫言在北京生活了30多年，要他写北京却不一定能写好。迟子建一直生活在北方，她的很多小说都是写北极村那一带，像《群山之巅》。而真正触及哈尔滨历史的可能就两三部，像《伪满洲国》《白雪乌鸦》，再到这部《烟火漫卷》，这部是正面书写哈尔滨的长篇。

李佳贤：小说开头写了哈尔滨非常具有烟火气的早晨，我以为小说要写城市日常世俗生活，甚至会以小摊小贩为主角写起。但继续看下去，小说中出现的几个人物其实并不是绝对的普通人，他们所经历的事并不那么带有烟火气，反而像在写一个城市的传奇。作者为了构筑这种传奇，会设置许多很巧合的情节，像刘建国反复寻找遗失的小孩，甚至猥亵了男孩武鸣，最后又突然抛出了他的身世问题，我觉得有太多过于巧合的因素存在。

吕彦霖：我阅读这部小说时有在听小说里多次出现的那首《伏尔加船夫曲》。中国有《黄河谣》《黄河颂》，表达的是中国人寻找母亲河。而俄罗斯人把伏尔加河作为他们的母亲河，实质上这首歌隐喻了小说的特征，即怎么给哈尔滨这座城市绘制出精神版图，有一种"知识考古学"的意味。并且这部小说中出现了不少沙俄时代的文化符号，杂糅了很多俄罗斯文化的元素。像洪院长刚才提到的哈尔滨人的"一根筋"，其实是俄罗斯文化中的"圣愚"文化，这也是哈尔滨文化品格的一个重要特征。

还有就是迟子建为什么要写这部作品。我看了她的创作谈，迟子建在哈尔滨住了30年。她通过这部总结性的小说来写哈尔滨及其人事，进行自我总结，并为自己的精神找一个归宿、再寻一次根。但迟子建有个问题，她的小说给我一种高低不平的阅读质感，缺少平稳坚实的结构。她要写神性的成分，写城市的历史渊源、丰厚性，但同时她又要写人间烟火，我觉得她在城市书写中没有把这些因素搞得很熨帖，这可能是比较遗憾的。

洪治纲：就是迟子建对哈尔滨城市特质的把握是比较混杂模糊的，对城市背后的思考、对人性救赎的思考也可能缺乏坚实的力量。这部小说对她而言其实是一个巨大的挑战，她施加了太多的传奇性，每个人几乎都是一个传奇，但她往往更善于写散文化的短篇。当她想表现、想深入这个城市的传奇时，会把多族群文化、城市的容纳性和城市本质性的关爱体恤杂糅在一起，而形成一种平面性的状况。

朱婷：我比较认同吕老师说的，迟子建是为自己寻找一个精神家园。我从这部小说中读到了她对城市人间烟火的痴迷和对人生错与失的怅惘。我认为她书写的主体其实是城市的孤独者以及他们心灵的救赎，写这些人如何突破人性的是非与宿命抗争。结合迟子建在哈尔滨30年的生活经历和父辈给予她的认知，很长时间里她其实一直是城市孤独者的形象。所以她才能那么真切地写出黄娥、小米、老秦、小刘、胖丫这样外来户的生活，这些都是她经年累月所看到听到的普通人的模样——人间烟火气。

洪治纲：你说的孤独主要是人物内心很孤独？

朱婷：对，城市的孤独者不仅是这些外来者，还有原本出生在城市，却因为种种原因受到创伤，而无法在城市获得心理慰藉的人，像谢楚薇、刘建国等。

洪治纲：这些人是否体现了作者内心的孤独呢？

朱婷：是的，创作谈说到过这个问题，并且在迟子建的其他作品中也有涉及。如《晚安玫瑰》中，犹太人吉莲娜流浪到哈尔滨，经历了丰富人生后把哈尔滨认作故乡。在她的内心深处，这种孤独曾确实存在，但最终还是找到了精神归宿。

洪治纲：吉莲娜在《晚安玫瑰》中是一个灵魂导师式的人物，虽然这个小说写的是哈尔滨，但未必触及哈尔滨的精神，倒是《起舞》可能触及了。

朱婷：我还注意到小说中几乎所有人都有各自的伤痛，而哈尔滨的图景就作为小说底色在主要人物的生活轨迹中铺展开来。与以往小说一样，这部作品也很注重自然，她笔下的城市随自然节气不断变化形态，人物也在四季变化中与命运斗争。于是最终有的人走向赎罪，有的人走向死亡。可以发现迟子建对人性始终保有一份信任和理解，即至情至性，为人本善。所以她在这部小说中即使安排了一些人性的错失罪孽，但最后还是给予了他们忏悔弥补的空间。

郭洪雷：我觉得这部小说写得还是有点"隔"，并且这个"隔"从我们现在讨论的问题来看还是比较明显的。如果小说以人物、故事去写这个城市，会有很多方法，但在这部作品中表现得太刻意了。

吕彦霖：读这部小说给我一种繁盛的负累感。像洪院长说的，小说有很多面，一会谈城市景观，一会谈城市历史。它的漫卷把什么东西都卷进来了，但卷进来的这些元素能否再拼接成具有主体性的东西？迟子建自己说，《伪满洲国》之后，她开始读城市史。但她始终没有以强悍的主体面貌或核心主线在作品中出现过。最后她可能会把这个主线归因为普世意义的爱、救赎、和解，但这些好像又不能完全体现出哈尔滨的城市品格。

郭洪雷：小说为了写这个城市，甚至采用黄娥带着儿子一口气转了很多个教堂、寺庙的情节，还有于大卫拿着相机拍了十二三个景点，这样就变成了一个外来者的旅游攻略。这值得我们思考：作者和城市是否融为一体了？作者能不能找到这个城市的精神，触摸到这座城市的文化根本？作者和城市究竟是什么关系？我觉得这是这部作品能否写成功的关键。

三、小说创作与说服力问题

郭洪雷：如果说这部作品写得怎么样，我和大家的看法都不太一样，我觉得这部作品写得比较粗糙。这粗糙从各个方面都能体现出来：比如猫在泥水里打滚；像雀鹰因为去抓老鼠，而在塑胶跑道中被粘死……

洪治纲：那个塑胶其实喷上去就干掉了，是粘不死的。

吕彦霖：迟子建在创作谈中说有一只燕子被粘死在塑胶跑道里。

郭洪雷：还有老李去找刘光复喝酒、吃肘子。刘光复得的是晚期胰腺癌，喝酒吃肘子真的是要命的。这样的地方很多，就不一一列举了。还有语言问题，像这句"干这行的起早贪黑，风来雨去，赚的辛苦钱，见的又都是病容惨淡的脸"，病容本身就是脸。还有"唱一曲劲爆的迪斯科"。一个好的作家怎么能这样写呢？语言太粗糙太不准确了。再有一个是情节上，读者不断地被挑战智力，被放鸽子。像卢木头之前还能宽容自己老婆出轨，这一次居然就被气死了。包括还有刚才提到的一些很刻意的东西，我个人感觉这部作品写得还是比较糙、比较匆忙的。

洪治纲：郭老师已经把三个主要方面都提出来了：第一在情节上说服力不够，第二在细节上失真，第三就是语言的粗糙不准确。这三个核心问题在小说中确有明显体现，所以我曾经在群里让大家去看略萨的说服力问题。迟子建本质上不善于写传奇，但她为什么在这部作品中给每个人都设立了传奇？是否想表达城市的奇异性特质？而在这么多杂糅的传奇中，作者采取了一个非常不科学的写法，就是抖包袱，这个写法在小说里还是比较忌讳的，所以我们在阅读时会有缺乏说服力的感受。我个人觉得这个说服力问题牵扯到了作家想构建什么，以及她构建的方法，那么为什么会产生这样的问题？

徐源：我觉得可能是因为作品除了想构建哈尔滨的传奇外，还想完善人物性格。比如刘建国终其一生寻找丢失的孩子，无私善良得像一尊菩萨，最后居然坦白自己曾猥亵过一个男孩，这样的情节在前面没有任何线索。作者可能想通过这样的设置让这个近乎完美的人多一些烟火气和常人的愤怒卑琐，增加可信度，但我认为这个情节的设置是失败的。并且小说的下半部分缺少了上半部分徐徐展开的感觉，作者过于急切地想为每个人找一个归宿。像做了一辈子狱警工作的刘骄华看过多少罪恶阴暗，最后居然因觉得丈夫出轨而去找工人发生关系来报复。

洪治纲：有好多这样的情节，像于大卫最后去找暗娼。这是表面的现象，为什么会出现这种失败？严格意义上说，小说中的这些传奇人物是立不住的。像黄娥，她是一个分裂的人物，她骨子里的忠贞和外表的大大咧咧相互矛盾。

吕彦霖：黄娥这样的性格设置确实会有些牵强。我读迟子建小说的感受是她有一个内在逻辑，她的故事是弱关联的，通过像散文一样的叙述和结构慢慢推进，因此并不太追求因果。但这部小说有两个问题，第一是过于追求奇巧的模式，最后只能抖包袱，强行圆上情节。第二，这个小说可以看成由一个罪案即铜锤被偷走而引发的故事，这种要求逻辑顺畅的罪案模式并不适合迟子建。而且小说的主观推动太过明显，作家强行要让故事运作时就推一把，所以导致小说缝隙特别多。

洪治纲：是有这样的问题。让我们回到原点讨论：像迟子建，写了这么久的作家，为什么还会出现这样的问题？是她表达主题的问题，还是她思考的问题？

郭洪雷：迟子建从《额尔古纳河右岸》之后，这种问题就已经出现了。她的小说始终保持着写传奇的惯性，而没有落实到具体的故事中，没有根据特殊的文本进行具体的处理，这可能是一个原因。

叶荷娇：有没有可能是因为作家在创作中把自己放在了旁观者的位置，根据自己的印象与想象来进行创作的缘故？旁观者的角度可以如实详述她所观察的城市，所以小说中的城市背景很现实具体。但同时作为旁观者，作者又会加入自己的想象，塑造自己想象中的理想人物，而这样的人物可能并不十分贴合日常生活的轨迹，具有理想化和单一化的气质。作者以烟火气的环境容纳了不怎么具有烟火气的人物情节，这样就会造成错位与隔膜，缺少说服力。并且这种旁观者的角度会让作者与这座城市存在距离，难以深入人物内心去摸索曲折复杂的情思变化，只能采取笼统的概括方法，难以深刻思考。

洪治纲：为什么她会把自己放在旁观者的角度呢？

叶荷娇：可能是知识分子的身份一定程度上阻隔了作家对底层世俗人生的深入体验。哈尔滨城市的浓郁烟火浸润了其中的人，这种烟火气由各个阶层人们的生活共同构成。身处知识分子阶层的作家可以作为旁观者来对其他阶层进行观察思考，但很难完全浸入去体验经历。这时若没有深刻恰当的思考分析，就很容易对其他阶层产生理想化或虚构性的理解，从而产生像创作传奇一样带有想象性与冒险性的写法。

高妮妮：迟子建是不是想集中这么多人物故事来展现世俗百态，集中体现人性的自然美好？这部小说让我想起电影《失孤》，如果刘建国能像《失孤》主人公一样，以自己在全国寻找丢失儿童的经历讲述沿途遇见的各种人物故事，这样作者想突出的哈尔滨的城市气质同样可以展现出来，并且通过刘建国视角讲述的故事会经过他的筛选加工，而不那么生硬。

王海月：我在看上半部分时就感觉小说有一个叙事特点：即先讲一

句总括性的话，再绕开，后又重新回到这件事中，有一个情节的松动。作者可能想通过这种方式来触摸城市真实的历史，或说个人真实的历史。人物最典型的历史是黄娥，她来到哈尔滨是打着寻夫的旗号来讨生活的，但其实她的丈夫已经在被她气死后被她抛到了鹰谷。雀鹰的到来似乎预示着事实的本真要被发现，但最后雀鹰死去这个事实又被掩埋。这样的情节松动会造成一种玄妙感，但这种情节的跳跃又会减少小说的可信度。

陈佳： 我的感觉和吕老师差不多，尤其在我读第二遍时，好像这故事不是自然发生的，很多情节都由作者强加暗示。文章有些刻意地在缝缝补补，为了呼应前面或圆前面的情节而反复往里面加东西，导致小说后半部分线索特别多，显得特别冗杂。

许志益： 我注意到作者在叙述时使用了一种手段，即略萨所说的"中国套盒"，也可以称之为"俄罗斯套娃"，在主要故事下派生出很多次要故事。《烟火漫卷》中主要有两个大套盒，第一个大套盒围绕刘建国坚持寻找孩子这个事件展开，然后延伸出刘家三兄妹、于谢夫妇、谢普莲娜等人的故事。而第二个大套盒围绕黄娥寻夫派生出各种故事，例如黄娥住进榆樱院后所结识的各色人物，像老郭头和陈秀、大秦和小米、胖丫和小刘等人的故事。

洪治纲： 那么这种套盒写法有什么问题呢？

许志益： 在我看来，这个套盒的叙述策略一旦运用不好就会导致故事不严谨。作者借助这些小套盒试图去描写哈尔滨的城市气质，包括历史、宗教、血缘族群、充满烟火气的市民生活等，又涉及了"赎罪"的话题。但是当叙述不聚焦时，很容易使诸多主题无法在一个文本里和谐共存，而造成一种涣散感。

姚佳怡： 我还觉得迟子建的写作有很强的目的性。之前很多同学提到被性侵的男孩，我和大家一样对这个情节摸不着头脑。但我不认为这里仅仅是为了填前面挖的坑，照应初恋。我认为这段情节是迟子建想加入一些自己的社会见闻，所以写了小男孩被性侵后的心理创伤。包括她写哈尔滨人晚餐的炖菜、写泡澡，也有很强的目的性。作者完全可以将这些融入哈尔滨人的生活中去叙述,但她却在开头放了一段百科式的文字,这样虽然会比较详细,但会导致读者从故事中抽离出去,我认为这样的处理不太合适。

李佳贤:刚刚叶荷娇、姚佳怡说的,我有同感。小说里的日常和传奇是有些分裂的。如果说把烟火理解成日常生活的叙述,漫卷是一些波折和传奇,那么她没有把烟火和漫卷合二为一,没有把日常跟传奇很好地写在一起,这是我的主要感觉。

化繁于简的精神之城
——余华《文城》讨论

主持人：刘杨、吕彦霖、李佳贤

讨论人：杭州师范大学文艺批评研究院中国现当代文学、文艺学专业教师与研究生

一、情义背后的精神坚守

刘杨：余华的小说《文城》已经有了很多的讨论，这种新作品最能够体现出一个人对文学作品的理解。希望大家还是沿着这个作品写了什么，为什么这样写，写得怎么样的思路，畅所欲言。

吴晨：我认为余华的《文城》描绘了一个富有古典气息、遵循传统规则的小镇——溪镇。故事发生在清末民初，当时的大城市如上海等已开始走向现代化，而溪镇却依旧是以顾益民为代表的乡绅依照传统经验进行治理的"礼治"社会。面对天灾，便拿出三牲祭拜苍天；面对人祸，便以仁义为武器来应对。镇上的民众恪守着侠义与仁义等传统价值观念。外面世界盛行的西化与革命之风就像未曾吹过这里。

徐源：余华新作《文城》以清末民初、新旧交替的乱世作为叙事背景，通过主人公林祥福充满传奇色彩的寻找"文城"之途，向读者呈现了一个充满人间情义的江南小城——溪镇。林祥福终其一生也未寻得的"文城"，或许是余华试图构造的一个乌托邦式的文化符号。

我注意到虽然《文城》是清末民初的大背景之下展开的故事，但其中没有民国题材小说常见的革命主题，没有革命思想、三民主义等政治关键词。余华似乎有意抛开了这些意识形态层面的叙事，让主人公在军阀混战、土匪横行的混乱世道中，踏上充满传奇色彩的找寻之旅。溪镇

就像一个童话般的小城。这里没有传统守旧与现代文明的对峙，取而代之的是江湖上的冲突和自然灾难的迫害，如镇民与土匪冲突、镇民与溃军的冲突，以及那场结束了小美和阿强生命的暴雪等。在兵荒马乱的年代里，这座小城中的人们仿佛只为守护风雨飘摇的家园而活。

同时，小城里阶层的分化被消融于无形。商会会长顾益民、地主林祥福、穷苦的外乡人陈永良一家、田大五兄弟等身份迥异的人物，都在生活中彼此照拂或发生关联。小说最后对林祥福落叶归根之时的描述尤为动人："林祥福的童年是在田大肩膀上度过的，田大驮着他一次次走遍村庄和田野，现在他与田大平躺在一起，踏上了落叶归根之路。"这是不是也隐喻着阶层的差异最终被人间情义消解？

刘杨：溪镇里面的人为什么都具有侠义或豪情？

徐源：我觉得江湖侠义是溪镇至高的精神信仰。在泥沙俱下的时代里，溪镇中无论是身份显赫的人物，还是贫寒小民，关键时刻都表现出侠义豪情，推动整个故事走向高潮。小说中依然存在余华擅长的暴力描写和苦难叙事，这与溪镇乡民的重情重义形成巨大反差，书写苦难是为了彰显温情，凸显我们民族文化传统中的这种精神品格。林祥福冒着生命危险为顾益民送赎金，不惜和土匪同归于尽；陈永良和林祥福从萍水相逢的陌生人变成患难与共、亲如手足的挚友，陈最终亲手为死去的林祥福报了仇；土匪"和尚"曾经救过陈永良长子陈耀武，陈永良后与"和尚"结拜为兄弟，"和尚"死去后，把他的老母亲接回家中照顾；等等。

溪镇有文城的影子，但不是文城的全部。《文城》的悲悯情怀以及那个满载情与义的世界，让我不由得联想到沈从文笔下的边城。但《文城》中的溪镇处于风雨飘摇的乱世，人物之间的纠葛关系也十分复杂，它终究不是世外桃源，也不是静谧朦胧的边城。这里流淌着侠义、纯真的人性之美，也涌动着麻木、腐朽的暗流。

刘杨：你关注到一个很重要的点，就是这部小说没有外在的政治、历史、社会文化的符号。但至于它是不是一个纯粹的乌托邦，你重点讲的是小说里面情义的精神这个方面的力量。但除了这个方面力量，在小说里面还写了作恶、暴力。

徐源：我觉得他的暴力叙事有可能某种程度上是为了更加凸显情义。

王海月：我觉得文本中的暴力叙事是一个值得关注的点。从整个文本来看，暴力情节主要在前一部分，而土匪是实行暴力的主体，一连串的暴力情节在温情、侠义的叙事氛围中凸现，使得小说试图建立的人性乌托邦更加真实和丰富。陈永良、林祥福是作者有意设计的"好人"，并且作为一种价值符号近乎被神化，包括两人之间的关系，从素未相识到成为患难之交的兄弟，更像是传统伦理关系在当下语境下被重新激活。他们象征着人性中美和温情的一面；而土匪群体的介入，在文本内部构建起另一种话语，即与人性之美背道而驰的暴力话语。表面上看这样的话语是对前面温情话语铺陈的突围和对峙，而实际上却是对人性另一面的补充，它让作者建构的小世界变得真实、立体、丰富，两者在文本内部进行着博弈。如果将暴力的这一部分抽离，我们就会发现文本中的人物几乎都是一般意义上的好人，溪镇也成为一个纯粹的、几近平面化的人性乌托邦，如此一来，小说也失去了它应有的厚度和张力。我以为，余华在这里的暴力叙事延续了他以往作品中的倾向，从而构筑了属于他自己作品中的暴力美学。

冯颖颖：我觉得《文城》讲述了一个北上南下双向寻找的故事：小美和阿强北上寻找姨夫以及林祥福南下寻找文城的故事。"姨夫"和"文城"在文本中都有些虚无缥缈，小美、阿强、林祥福都只是在寻找未知的终点。虽然没有找到"姨夫"和"文城"，小美在北方遇见了林祥福，林祥福在南方的溪镇遇到一生的挚友陈永良。即使这种交互的寻找是虚无的，终点是永远无法企及的，但在这种寻找的过程中有了意外的收获。北方人林祥福为寻找小美定居在溪镇，也正是在这里，他经历着溪镇人民的苦难和温情。

刘宗瑞：说到寻找，小说写主人公林祥福寻找的过程，我觉得是为了揭示苦难中人性的真善美，以及作者心中的理想世界。首先，溪镇的人对于这个突然出现的北方男子，不仅没有进行驱赶和欺压，反而时刻关心林祥福的动向。他们主动给他的女儿寻找"哺乳中的女人",给孩子送衣服和鞋帽。陈永良夫妇孩子生病,但还是留宿了陌生人,他们夫妻却在大雪天睡在地上。这些不仅是溪镇人民本性善良的体现,也有无私爱的投射。也许正是溪镇人的口音和善良,促使林祥福决定在这里扎根,等待小美的出现。他寻找的过程是一个艰难、令人心酸的过程,寻找的结果更是未知的。但是这种苦难也随着溪镇人的帮助和信任,转变为小说中的温情。余华在艰难的寻找历程中以一丝丝的温情去抚慰人的心灵,彰显了人的真善美。除此之外,林祥福的以礼待人、顾益民的仁义、陈永良的正义以及溪镇人的友善是否代表着作者想要构造的理想世界?这个世界是仁义的,充满人性的,而溪镇就是实际的文城,我觉得主人公对文城的寻找,实际上也隐含着作者在这个时代建构他内心理想世界的个人诉求。

李佳贤:小说中林祥福、阿强和小美构成的两个男人和一个女人的结构。这两个男性在他的家庭里,都是女强男弱的类型。像林祥福他娶什么样的老婆得他母亲说了算。另外一个阿强,他母亲也是一个很强势的存在。刚才大家讲到他写暴力也写温情,但是余华在这里还凸显了女性的重要性。像那些江湖、战争、暴力,属于一种宏大叙事,是男性的一个战场。像林祥福他为什么要去寻找小美,我觉得女性在其中起了很重要的一个作用。

郭洪雷:大家还可以进一步聊一聊:余华为什么要写民国故事?它能形成和我们的时代、我们当下怎样的一种对话?这个问题是很重要的。

吕彦霖:其实我也想过这个问题,我觉得徐源同学讲的政治性淡漠、外部因素很少,其实大家也都读过另一部作品《边城》,它基本上没有谈这个东西,这是外部的。但余华在《文城》中有意想构造一种他想要的现实,由林祥福、顾益民身上体现出来。他们是用情义、人伦这套价值观来构建了溪镇。所以我觉得余华写"文城"是提供一套他对于我们应该往哪里去的想象,可能是回归到一个特别传统的,甚至于有点保守的道德价值观念。

高妮妮：我觉得他就是想用这种纯粹的善与美，来对比、映衬现代人精神生活的破碎与漂泊。张清华教授说余华是"用喜剧的形式来表达悲剧的内容，用平和的承受、近乎逆来顺受的态度来体味地狱的苦难"，"他又不是一个简单地从道德意义上面对历史与血泪的作家，而是一个从存在的悲剧与绝望的意义上来理解人性与历史的作家"。这可能是他一以贯之的风格。在《文城》中，他正是想通过这样的叙事，为现代人的道德危机、精神困境求得突破的可能。中国的快速发展，在带来人民物质享受的同时，人们的精神开启了"东游西逛"模式。当一切都呈现出快餐化、碎片化的发展趋势，精神自然也不能例外。所以我觉得就是这种纯粹的对比，意在召唤人心中的精神与情感。

二、极致善恶的多维解读

刘杨：这部小说在召唤精神情感中，用的是特别明显的善恶二元对立，大家怎么看这种方式？他为什么要把善和恶写到极致？

钱雨婷：这里的人很善良，这部小说算是简单的爽文。对于小美，同时爱着阿强和林祥福，我是有点无解的。到底是在什么价值观的教育下，会导致这样的结果呢？林祥福后来遇到的翠萍，多少也有小美的影子。最触动我的地方在小美和林祥福在同一个地方，但是没有见上面，在 17 年以后，两人以死者的身份，短暂地停留在彼此的身边。两人的遗憾，以及这部小说中存在的遗憾，最后都要归结于命运、无奈。小说有很多可以拓展的地方，但是因为作者这种简单化的善和恶的叙事，有了一个又一个空白。这样简单的"爽文"又有着魔力，让人在阅读过程中，忘记了一开始找"文城"或者小美的计划，到后来总是想着人物如何击败土匪。但是林祥福这个人，似乎没有什么主角的味道，因为太好的人就不像我们习以为常理解的严肃文学中的"人"。他不够强烈和丰富，像是背景式的存在。在他和翠萍将要发生关系的时候，作者没有给他证明作为一个完整的"人"的机会，他不能发泄男人的欲望，也不会有机会走到台前。

郭洪雷：你们说爽文，我也看到爽文这种观点了。余华在写爽文的话，那么这些地方是可以接着爽的。顾益民的儿子是可以接着爽，把林祥福和小美最后凑一块去是很爽的。包括为什么把林百家弄到上海去不接着爽呢？所以说是爽文的时候，我们得能解释，为什么他抑制住了。他给顾益民的儿子不少篇幅，然后突然就给他安排到澳洲去了。余华在想什么？

钱雨婷：我对这个也有一个想法，我觉得为什么可以爽下去的地方把它停下来，可能就是他只是挖了很多空白，这样再次改编的那些人，知道这些地方都继续爽下去，因为电视剧也有很多的缺陷和漏洞，但是我们不会在意这些，只要有一条故事线就行。顾益民儿子到了澳洲会发生什么样的事情？作为一个看电视剧的人，必须要有一条线看电视剧，而这是一个寻找的故事。如果写顾益民的儿子去澳洲那件事情已经偏离这条线了。

刘杨：我们在接受通俗文学和接受严肃文学的时候，有一个标准问题。就像郭老师讲的，余华的叙事是节制的，叙事节奏是在叙事者的有力的把控下。它和一般的网络文学的写法还不一样，网络文学一个基本的审美机制是它的爽点的设置。作者要在爽点的设置上，突出爽的节奏。但是余华写得看起来很简单，但他特别有意识地在控制小说。我们看第一个"恶"的情景，就是顾家孩子在"撑杆跳"出现前，小说给你的整体感觉是什么感觉？

众：苦闷、认真、温情、严肃。

刘杨：好，也就是说在这里小说叙事笔法第一次发生了变化，写得很荒唐，但是很快就收住了。后面北洋军来也是，第二天挂了免战牌以后，这个事情就结束了。包括他后面写张一斧杀人时凶残的场面也是很快就结束了。

郭艺凝：我觉得不仅是在这里，还有写打仗的时候打得特别顺利，然后就又出事了，好事、坏事都没写到极致，写到70%就停下，然后就转变了。

刘杨：刚刚钱雨婷同学也讲到小说里面有一个很重要的情节就是林

祥福性欲的消失。但是这个情节意味着什么？

徐源：让林祥福这个人变得完整，不再是一个扁平的人物形象，他在去了翠萍那里时，给读者的感觉是余华试图把这个人塑造成一个很完整的人物，有着阴暗和光明的两面性。他发泄没有成功，然后就圣洁化了，他从此好像眼里只有正义。

刘扬：其实意味着这个小说寻找到这里就停止了。性欲其实是爱情的一部分了，但是你看爱情在这里终结以后，他的人生就发生了新的意义生成。

郭洪雷：其实小说的情感还是很饱满的。别人问林祥福为什么把这个银票放在女儿的兜里，他说没女儿要银票干吗？这也是很有中国特色的一种情感。林祥福如果失去了孩子，整个人的生命就失去了最能支撑自己的东西。理解林祥福这种情感，能看出中国人对孩子的那种盼望，对孩子的那种看重，感动人的地方也就在这里。

刘扬：除了这些情节，我们看一下小说里面写了几种情感，你们一直在讲情义，他里面写的哪几种情义？

众：爱情、兄弟情、主仆情、亲情、婆媳情、友情……

刘扬：所以小说看起来是一个很简单的故事，人物也不多，关系也不复杂，情节结构也是一个善恶交织的结构。但是每一种情感都用了一个读者比较能接受的方式，融合在文本中。

郭洪雷：大家接着讨论一个问题，就是张一斧这个人。我们知道他是一个恶人，是一个比较符号化的恶人。他在这个故事里边没有前因后果，就是说并不是由于故事的某种线索，或某种恩怨把他引出来。他是不是历史或者自然的一种无情的、恶的化身？大家怎么认识张一斧这个人？

吕彦霖：张一斧这个人好像天上掉下来的，特别坏，后来被杀了，恶有恶报。很多人说爽文也许就爽在张一斧这个人身上。

冯颖颖：我觉得要放在善和恶的对比中理解张一斧。首先，在《文城》中有多种极致的善的人性：善良忠义的林祥福，温柔坚忍的小美。他们的这种仁爱与包容一切的品格具有震慑人心的作用。甚至像"和尚"这样本来沦为土匪的人,多次帮助陈耀武,最后还在张一斧那里倒戈,还有他对母亲的孝顺,都能体现一种人性之善的至真至美。这种人性正是源自儒教伦理文化影响下的心理,就像林祥福在母亲的培养之下饱读诗书,他早已深谙儒教的善良宽厚,小美也是看见林祥福家里书柜上的书,看准林祥福的知书达理。

但是在这种极致的善的对面是极致的恶的人性。这种人性代表就是小说中混乱、邪恶的土匪张一斧。这部小说中温情脉脉的表象中,他是一个异质性的人物,我们在他身上看不到一点人性的温度。他只有极致的人性之恶,人性的暴虐、残忍在他这里展现得淋漓尽致。与此同时,溪镇百姓身上其实也会流露出人性之恶,听闻北洋军烧杀抢掠,溪镇的居民开始逃难,不少人扎好竹筏准备逃跑,挤到竹筏上的时候,竹筏散了,很多人丧命,这是人性的自私、保全自我。

余华的这种对深层人性的挖掘反映了他这些年对生活和世界的思考,他对人性一直怀着温情的希望,即人性之恶终会臣服于人性之善。生活中一直有如涓涓细流般温情的人性在不断流淌,人性之恶虽然会突然闯入,压抑住人性之善,但是只有善良的人性是永恒的,邪恶的人性终究会消弭。

吕彦霖:这方面我倒是跟《活着》接上了。兵患、天灾人祸都聚集在一起,在溪镇上演,然后展现他们怎么活的。这等于是把《活着》叙述内容之前的东西给补上了。中国人从那个时代到后来怎么活着,《活着》强调的也是情义。其实如果这样的话,这两个作品倒是可以放在一起,说他回到了《活着》的维度也不为过。

朱婷:我认为余华似乎有意在小说中为我们展现"性恶论"与"性善论"的博弈。一路烧杀抢掠的北洋溃军在顾益民细致周密的款待下一改往日作风,整肃军队,严以律下。溪镇百姓的诚意、仁义还是换得了平安,送走了溃军,化险为夷。这说明北洋军队仍心存为人为兵的基本信义,他们内心的善性在真情礼待下被召唤出来,恶意和邪念暂时被情义驱逐。小说一边安排穷凶极恶的张一斧,目的是为了充分展露人性之恶以及原始本能的暴力和杀戮,这是纯粹的,毫无缘由的恶;一边又安排了"和尚"这样被逼无奈落草为寇的乱世农人。"和尚"最后弃暗投明，为抗击张一斧等恶匪壮烈牺牲，人性之善最终压倒了恶，这就揭示了人的存在意义和道路选择。

高妮妮：其实要是专门为恶而恶的话，我觉得张一斧是完全可以不要的。作者完全可以通过写落败军阀被好吃好喝招待后，反过来抢掠溪镇而达到写恶的目的。所以，读到他们最后相安无事走了之后，我倒觉得是很奇怪的。还有旅长带他外甥向林百家提亲的时候，听到林百家已经与顾家定亲之后，就到此为止了，我也觉得挺不可思议的。

刘杨：她提这个问题很重要，这个地方是反转，最后其实给溪镇造成最致命打击的反而不是这军阀，反而是张一斧。为什么？

叶荷娇：这其实就是善与恶的对峙和博弈，也就是说善与恶之间有一个波浪起伏的状态，此消彼长。张一斧可以把大善的林祥福杀掉，但林祥福的兄弟陈永良也可以重新反过来把恶消灭，这是一个动态平衡的过程，善恶共存才能形成一个互动关系。余华在这里所要展示的就是善与恶相交织相平衡的人生状态。

刘杨：我是同意的，因为北洋军的恶是顾益民们对抗不了的，他们没力量把这些人干掉，这就会使小说想表达的东西表达不出来。而一个大善人被一个大恶人杀掉，然后又被复仇，这个复仇实际上是最后完成了善恶的交织。小说要召唤出的情感是正向的，所以在一个善的地方滋长出来了恶的嫖娼。然后嫖娼的人被弄去澳洲了，又来了一波人，这波溃败的军队被感化了，就像叶荷娇同学说的"此消彼长"。这是一个小说叙事力量集聚的过程，小说叙事的情感力量和小说的情节走向，在这样的一个螺旋上升的过程中一点一点积聚起来。

三、多元策略的有效整合

刘杨：这部小说表面上看起来简单，但叙事策略上还是比较丰富的。首先是小说的结构，大家怎么看待小说的"补"？

陈佳：我觉得其实可以把补篇融合进去到正篇，也可以直接舍弃。

第一个做法是他可以在描写林祥福找寻妻子的路上，把这些情节插进去的，架构起一个完整的故事。但同时我认为余华也可以不解密，不展开对补篇的叙述。如果他完全不提到小美，不提到阿强后来的故事，我可以把这个故事当作是寻找家和信念的一个故事，虽然叙事不完满，但是阐释的空间更大。虽然我在读完补篇后对小美、阿强乃至整个故事有了新的理解，但我个人觉得叙事过于完整了。小说这样可以达到设密、解密的效果，也会更吸引人。但是小说毕竟不是仅仅为了解密，还要阐释、表达。就我个人阅读感受而言，我更倾向余华舍弃整个"补"，或者截取部分"补"的细节插入正篇而更好地服务于主题。

李佳贤：其实它的正篇，主要是林祥福为核心人物，读者更多的注意力在林祥福身上。后面的补是以小美为核心，就像鲁迅的《伤逝》换了一个性别视角再叙述。林祥福是一个有限的视角，而通过小美这样一条线作者才把这个故事补全。但是，前面所发生的很多事情、很多情节又重新被激活了，就好像有了另外一个视角看同样一件事。我感觉这个"补"是把前面故事的意义刷新了。

郭洪雷：邵宁宁老师在《文艺报》上那篇对话的发言中，抓到了小说里一个关键的地方，就是错过。这个错过在小说里的意义就是珍惜。在人的生命历程里，有很多东西可能错过了就错过了，它没有一个因为所以，不像我们在以往故事里期待的东西成了一种现实。余华一定不能让小美和林祥福再见面，因为他贯穿着错过和珍惜。这个补里有很多珍惜的东西。

吕彦霖：我比较认同郭老师。在补篇中，他们后来去拜祠堂下了很大的雪，正好和林祥福过来的时候对上。因为脸冻得很瓷实没法弄下来，而浇热水就面目全非了。所以这种错过还是不可辨认的。我是觉得其实这个"补"让我感受到美丽的东西都是很忧愁的，总感觉这个像《边城》，就是永远错过了。

李佳贤：我想到了末尾，他们两个其实都已经是死去了，然后他们抬着林祥福棺材，停在小美的坟前，但是没有人知道，然后又抬上走了。

吕彦霖：是的，这种隔阂是永久的，并且是非理性、反理性，特别偶然的。其实也是有悖于刚才我们这位同学说的就是很不爽，有可能这是另一种爽。因为这是偶发性事件。他们当时已经说要走了但是都走不了，冻死在那儿了。

郭洪雷：我记得林祥福在小美之前还遇到过给他说过一个媳妇，但是后来过去就过去了。我们的生命里其实有好多东西过去你就再也找不到，再也挽回不了。很多小说写不出这种让人感到要珍惜的内涵。

吕彦霖：所以我觉得余华老师真的是长者，感受到过来人年龄的感觉，他谈了很宿命的东西，余华以前不谈宿命的，但是这个小说有非常强的宿命的感觉。

刘杨：大家注意这个小说里面说了三次，"这就是命"。这个命就是偶然性的，他关注到人生中的这种偶然性因素。如果我把它放回小说里面，就是陈佳同学刚才说的那样，我们用最常见的插叙、双线叙事、平行蒙太奇或者交叉蒙太奇，其实未尝不可。那么这个补的好处或者说不好是什么？

高妮妮：余华没有采用两线并置的线索进行叙述，而是在正文留下悬念，在补叙中解答疑问。尽管正文与补叙之间存在不合理之处，但补叙的书写并没有给人一种释疑之后的多余感，反而为小说增添了一份凄美与诗意。尤其是林祥福的棺材与小美的坟墓左右相隔的时候。其实我不觉得他们这里是一种错过，我倒觉得这是他们死后的一种相遇。令人动心的还有阿强与小美之间的情感，它已经超越了所有情感所能解释的范围，更像是融为一体的本能选择。他们的相守、结合、出逃、避世，直至最后的死亡，都带有极致的浪漫主义色彩。余华为人物安排的种种巧合，都让这个悲情的故事带上了一种诗意的色彩。阿强先责备小美说我们就不应该回到溪镇来，然后小美说你为什么要来把我找回去？无论他们内心是怎样想的，但他们自始至终都没有抛弃对方。就算最后死的时候，尽管阿强想走但他一直陪着小美。所以我觉得他们更像是成为一个共同体了。

刘杨：把它倒回在小说的正常的叙事里面，和现在这样的区别是什么？

叶荷娇：这有没有可能是余华叙事重点的一个转移？他想把爱情从林祥福生命中抽离，然后让读者更多地看见其他情义。如果他让小美这个人物一直出现在前半部分，那他们之间难免会有牵扯和相互间的粘连。字里行间时不时出现的小美会把我们的注意力分散，我们就难以完全地沉浸到前半部分对于爱情之外各种情义的描写中。毕竟我们在一开始阅读时就很好奇小美到底是个什么样的人，她到底去到哪里了。只有让小美跟林祥福完全隔离，两个人的叙事完全割裂开来，我们才能不知不觉把所有注意力重新转移到林祥福一生的命运，以及他在面对各种天灾人祸时所做出的反应。余华在正篇和补篇中描述了两种生存状态，正篇中我们对小美难以理解甚至觉得气愤，但在补篇中这种隔离感被消除，随之而来的是更加强烈的共情与感动。小美悲戚的一生在我们眼前徐徐展开，我们得以一览她的生存状态，于是我们逐渐理解甚至钦佩她充满信义的选择与决定。

还有刚才郭老师提到的"错过"这一点，我也有强烈的感觉。余华要让小美和林祥福完全错过，所以要把他们完全隔绝开来，哪怕是在叙事中也不能同时出现。这样在正篇中，当读者跟随着林祥福的视角去寻找小美时，才能真切强烈地同感到错过和失去的遗憾，也能体会到一丝在寻找过程中尘埃未定的希望。而不会因叙述中出现了"小美"这两个字而跳脱出来，这是余华有意为之的一种安排和引导。

郭洪雷：这是一种文本策略。格非的《月落荒寺》实际上跟《隐身衣》是一种阴阳关系，他先出了一个《隐身衣》，把一切的人物线索都给呈现出来了，《月落荒寺》更像是一个对《隐身衣》的补。其实我觉得《文城》补叙和前面正篇间的关系，就像《月落荒寺》和《隐身衣》的关系。如果明确了这样的一种阴阳关系，那么你就能领会得到他文本的策略是什么，想怎么样。我们在文本策略的角度上去理解，而不要仅仅理解成一种回应、交代、补余，会更好一点。

李佳贤：如果只有前面正篇的话，就变成了一个理想走势。一个绝对的主角，所有的事情都是林祥福如何有情义。他有了补之后，我刚才说感觉刷新了这个故事的意义。补就是用小美的视角和线索,把前面的故事重新激活。这样来看,小美其实是一个很重要的存在。

刘杨:是的。从写作策略上来讲,小美出走是一个隐喻,它实际上是先抛出来的一个线。由于林祥福的故事已经讲完了,我们回过头来再去看小美的人生时,会感受到前面情节的悲剧性沉淀。所以林祥福的人是缺席的,但是他在情感上又是在场的。这一缺席的在场,使这个部分的关于小美的叙述,所包含的情感内涵、情感密度是不一样的。

郭洪雷:刘老师让我想起另外一个问题,爱一个女人和承受一个女人不一样。阿强等着自己的女人和林祥福有那么长一段时间相处,这些东西是要一个男人承受的。林祥福跟小美之间是爱,那么阿强有爱的因素,同时也有一个承受的因素。他现在设计的这样一个情节线索,阿强承受的情感强度不次于林祥福。

吕彦霖:这两种人承担了不同的角色,反而是有了补,你会发现主角有可能是小美,小美后来居上。你会觉得你不看补和看这个补,这个故事的强度是不一样的。

徐源:刚刚老师说从阿强和林祥福的角度来看这段感情,纯真的感情也令人动容。林祥福用一生追寻妻子的踪迹;阿强放弃衣食无忧的生活,带着被休弃的小美出走;陈耀武和林百家互生情愫;年轻英俊的副官对林百家一见钟情,得知林已订婚后也毫不纠缠。这些普通人的爱情都质朴平凡又纯真炽烈,自然流淌,而成为他们彼此人生中最美好的一幕往事。

刘宗瑞:小美是阿强的童养媳,两人一起伴随彼此的成长、生活,成为结发夫妻,这份情义是无法轻易割舍的。阿强背负不孝的名声,冒天下之大不韪寻找小美并带她脱离苦海。而小美也因为阿强而两次离开林祥福。阿强和小美在上海共同经历一生中最快乐和幸福的时刻,在去京城寻找姨父的过程中一起互相扶持,走过颠沛流离的逃离之路,这两者的情义也暗示了林祥福找不到小美的必然原因。

徐源:而且小美觉得自己如果一直都留在林祥福身边,可能后半辈子都会很后悔。

刘杨：再深入一点看，小说里面有写实、有抒情、有魔幻，其实是杂糅了多种叙事特点。余华怎么把这些东西整合在一起？

冯颖颖：首先，抒情作为一种写作表达方式，就是以作者个人主观情感为主、偏重审美价值，在《文城》中，余华正是以抒情作为重要手段传达小说温情的底色。这样的抒情引发了诗意。在补中，作者多次提到小美眼中金色的光。父亲带她离开西里村，看见溪镇的街道，"她的眼睛金子般地闪耀起来"，即使被父亲斥责，被未来的婆婆嫌弃，她的眼睛还是闪闪发亮。但是傍晚回到西里村时，她眼底金子般的颜色才消失。溪镇给予了小美眼底的金色，其实也暗示了小美心中向往繁华的溪镇，以及她对美的向往；小美被送到溪镇的家做童养媳后，不能穿她喜欢的花衣裳后，以及偷穿花衣裳被婆婆发现差点被休，还有一年后再穿花衣裳时，眼里没有金子般的颜色，可以说是夫家扼杀了她对美的向往。因为偷钱接济弟弟被休后，阿强来到西里镇接她，乘船离开时，她的眼底是金子般的明亮。当溪镇成为一个噩梦时，更遥远的世界唤醒了小美的希望。但是上海、北方都不是小美的归宿，小美带着对女儿的担忧回到了溪镇，小说中不再提到她眼底的光，她已失去生活的所有希望，眼中常含泪水思念女儿。

其次，小说还有苦难的突然介入。这部小说被温情的氛围所笼罩着，而苦难退居于温情之后，但是一旦出现便是鲜血淋漓的。《文城》中天灾人祸正是苦难的直接来源，最脆弱和最强大的人性也得到彰显。天灾有龙卷风、雪冻，龙卷风过后林祥福出现。而在人祸面前，温情显得不堪一击，溪镇接连出现了土匪骚扰、北洋溃军的闯入、刑罚的狂欢，还有乡民在逃命中丧命等苦难。在这之后是温情的突然回归。在小说叙述到土匪绑架了陈耀武并割了他的耳朵后，他被"和尚"带走，他即将陷入十分危险的处境之时，没想到这个土匪"和尚"也有温情，把陈耀武送到自己母亲家，陈耀武也恢复了健康。

郭洪雷：我的感受不一样，我觉得他有的时候不是魔幻，因为任何一个小说它要有一种艺术的统一性，这种统一性要有连贯性。我觉得他里面有很多东西是因为他对北方不熟悉。包括一些北方冬天下雹子违背科学道理；北方去锄地的时候怎么能用铲子，铲子是炒菜使的。可能这里涉及写作者操作上的失误，和对生活世界的不熟悉。

洪佳成：关于郭老师对《文城》中不合理的极端天气描写，我有不同的意见。《文城》中一共有三次极端的天气环境，一次是写北方，林祥福的故乡在冬天下起了冰雹，一次是位于南方溪镇的龙卷风，还有一次是溪镇的大雪。北方冬天下冰雹，南方刮龙卷风和下大雪，至少这在中国境内是不符合常理的。但是显然这个故事是以民国年间作为时代背景，是作者真的不具备基本的地理常识吗？我认为其实是刻意安排。

小说中出现的极端天气，都与小说的关键转折情节吻合了。下冰雹的那一晚是林祥福与小美感情升温的关键节点，龙卷风则把林祥福与女儿带到了溪镇，溪镇的大雪让林祥福与陈永良相识相知，同时也是小美无法与林祥福再相见的原因。可以说，是这样魔幻的极端天气，引导林祥福一步一步进入溪镇，才有了后续在溪镇发生的故事。在林祥福进入溪镇之前，推动情节发展的是恶劣的天气环境，这是人与自然之间的矛盾。但在林祥福进入溪镇之后，无论是土匪还是军阀，故事的主要矛盾变成了人与人之间的矛盾。除了关于环境的魔幻描写，小说中关于被割一只耳朵的人，身体会不自觉地歪斜起来，这其实也带有一些富有戏剧性的色彩。作者仿佛有意无意地在小说中穿插了一些匪夷所思的情节，这让这部小说更像是一部发生在近现代中国的神话故事。

郭洪雷：我为什么不反对刘老师那种观点，的确在写大雪的时候，我们按照这个常识去理解它是过不去的。很难想象，小美和阿强就是本地人，有房子、有地、有钱，在那个城隍庙里面竟然冻僵死了。除非在这种很不自然的书写当中，它贯穿了某种意思。按正常的叙事逻辑或生活逻辑说过不去的时候，我们就要有另外一种理解。

刘杨：小说叙事的状态一直在切换，一会儿写自然时奇诡，一会儿写土匪时夸张，又用了带有讽刺性的笔法写嫖妓，还有老老实实地写感人至深的情感。但是你整体读下来又不是很违和。

郭艺凝：我觉得他写矛盾显得有点平庸。因为我觉得他的每一个感情之前都是有一种话说一半，然后最后看完之后感觉什么都没有表达。

我看《活着》时候有一种感觉，他那本书很切题，有一种"活着"的感觉，然后我开始思考活着的意义。《活着》至少让我有一些反思，但是看完《文城》之后没有什么感想。

刘杨：郭艺凝说的一点很重要，《活着》叙事是极其缜密的。但《文城》在平面里面又展开了多维叙事手法。《活着》是有意识用固定的叙事语态引导读者的情绪。

叶荷娇：我觉得余华是在描述人不同的生存状态，但是他不会对人的各种生存状态做深入的解析，他只会点到为止，让我们自己去看、去体会。就像刚才说的正篇和补篇，它们就呈现出同一个故事的两种不同状态。同一个故事从不同的角度看是不一样的，其内涵差别也就在于我们到底怎么看它。所以我觉得余华可能是对人生中看起来很混乱、很无常、很即兴的情绪和状况，做一个点到为止的展示。他没有去深入地挖掘，没有去问为什么，而只是给予了充满温情的包容和理解，然后让我们自己感受。

冯颖颖：我觉得小说里还有南北方文化的渗透和融合。在《文城》当中，主人公林祥福作为一个来自黄河北边的北方人，从北到南开始他的寻妻之旅，最后在南方定居。由于北方的自然条件比南方严酷，使得北方作家的文学作品常有生命礼赞、文化颂歌，传达出北方人民精神的坚忍和豁达。余华将这种北方文化的精神倾注在作品中的主人公林祥福身上，而林祥福在溪镇拥有万亩荡一千多亩地，是北方人对土地的依恋。

余华从小在南方出生长大，耳濡目染江浙一带的风土人情，他的创作也时常以南方为背景，吴越文化的水文化浇灌在《文城》中。溪镇的语言就像南方水乡一样水路纵横，"他们的家乡是出门就遇河，抬脚得用船"。在《文城》中，着重写了溪镇的小手工生产者的形象。尤其在《补》中补完了小美和阿强的故事，溪镇中沈家织补手艺高超，小美在沈家做童养媳的日子里，和阿强每天做着织补工作，而且沈家靠着一代代传承的织补技艺存下了不少家当。还有溪镇中种种习俗，如溪镇的姑娘都穿木屐、小美的婆婆要阿强"走大路"，就是让选妻子还是母亲等。

四、精致舒缓的叙事语言

吕彦霖：刚才刘老师说他有很多手法加在里边，我觉得余华是个特别成熟的小说家，就是他的平衡能力特别强，所以你会觉得没有那么突兀了，但另一方面我觉得这和余华的语言是不是有关系？

郭洪雷：有一个传统是读小说，卡夫卡写小说的时候，就把自己的小说朗读给自己的朋友听，然后形成一种朋友之间的交流。我读一段给你们听，为什么这样写？（朗读《文城》第一段话）开始我特别关注它的第一段，"在溪镇有一个人，他的财产在万亩荡"。尤其是刚开头的时候，"有"一个人，他为什么要以这种方式写小说？有一种理解是他想找回一种感觉，就是《活着》的那种叙述，透过这种语言，寻找过去的那样一种叙述感。我为什么特别强调"有"？在溪镇"有"一个人，我感到是他追求的效果。"有"一个世界，这个世界是"有"出来的。我们中国古代很多小说就是这样写的，比如《聊斋志异》。大家对他的语言有什么想法？

李佳贤：读这部小说可以在短时间一口气读完，因为情节抓人，是一个好故事，这是一点。我觉得还有一点就是他语言很干净，没有什么磕磕绊绊的。

吴晨：余华虽因叙事上的大胆实验而被称为先锋作家，但从叙事先锋实验的背后，我们仍可看出他对古典美学的推崇。在《文城》中，余华的语言始终力避繁复，少有风景描写，却有一种别样的宁静与优美之感。在那样一个天灾人祸不断的时代，人物的情感起伏虽大，但中国人的情感表达一贯是含蓄的，欧化的抒情语句并不适合阐述中国式的情感。而在余华那简洁而又典雅的语言下，中国式含蓄情感能够自然地流淌。龙卷风过后，林祥福的女儿失而复得，一句"不是一个从灾难里走来的人，在霞光里走来的是一个欢欣的父亲"，再加上后期的一句"女儿丢了，我还要银票干什么？"便将厚重的中国式父爱表达得淋漓尽致。

郭洪雷：其实很多小说家善写短句，汪曾祺、莫言都是如此，但是余华的语言没有太多长句,也很少短句。它是一种非常稳定的语言,叙述的晃动感很小。

吕彦霖:我感觉他的语言像《创世纪》,就是他好像在创造一个世界一样。这个世界其实有可能就是他的希腊小庙,他自己在里边供奉了点什么。语言的密度很高,并且文气又不会中断,无论是正篇还是补篇,都没有明显的阻隔感,也没有特别强的拼贴痕迹。

冯颖颖:余华对《圣经》的熟悉也体现在他的创作中,比如《第七天》来自圣经的《旧约·创世纪》。这部小说中,不仅能从林祥福怀抱女儿的画面联想到《圣经》故事,林祥福背着巨大的包袱南下的样子,像班扬《天路历程》中的基督徒,背负重物逃离他所居住的"毁灭城",在"福音使者"的启发下,克服了"受辱谷""死影谷""名利场"等精神考验,踏上通往天国城的历程。从这一点来看,林祥福的一生确实有这样一个基督徒的影子。对于林祥福而言,"文城"就是他的"天国城",因为在那里有他最爱的小美。在溪镇的日子里,他面对着乱世之下的考验,最后死于土匪张一斧的刀下,但是他最后是微笑着离开人间的,因为他知道,只有死亡才能到达"文城",与他心中的神——小美相伴。同样,"补"中的阿强背着一个巨大包袱,带着小美北上寻找"姨夫",也有类似感觉。如果有读者觉得和《旧约》有关,其实不仅是语言上的相似,还有背后的情感结构。

刘杨:回到汉语写作的角度来看,余华这种连贯性语言,很重要的特点就是它是一句接着一句写的,连接很紧密。汉语里面是可以有联动句的,这个联动句实际上是增强了句子的连贯性,就是吕老师说的语言密度。

刘宗瑞:我觉得余华的语言中有南方轻柔的特质,比较自然。余华曾这样说:"我只要写作,就是回家。""我的每一次写作都让我回到南方。我现在叙述里的小镇已经是一个抽象的南方小镇了,是一个心理的暗示,也是一个想象的归宿。"在《文城》中,余华写的是熟悉与亲切的南方小镇,甚至小说有很多地名等是引用和化用。除此之外,比如对小美气息的描述,那种轻柔和清淡的气息描述给读者一种如沐春风的体验，而这种语句感受不到刻意，语句自然带给读者的阅读感受也是自然的。

刘杨：小美"嘴里的气息洒在他的脸上，那是无色无味的气息，像晨风一样干净"。这里是通感，然后"在他的脸上吹拂而过时有着难以言传的轻柔"。其实他用词一看就是刻意拣选过，但是这样的刻意拣选的词又达成了一种很自然的叙述效果。它里面有修辞，但这种修辞化成了一种读者阅读时清风拂过的感受。实际上他的语言是尽可能激活语言的能指，所以不是那种网络爽文，那些作品的语言基本上是靠所指。余华通过激活语言能指，让语言的能指变得有弹性，再激发出来更丰富的审美体验。

五、为何"文城"，何为"文城"？

刘杨：最后一个问题就是这个小说为什么叫《文城》，这个题目大家怎么看？

朱婷：文城是阿强捏造的地名，也是小说的一个引子，它是主人公林祥福与小美和阿强一生命运羁绊的交叉线索，同时也可以说是"桃源"隐喻。在小说的文本中，溪镇是最像"文城"的地方，这里充满了温情和人性美。小说以林祥福在溪镇的生活轨迹展现了这个"桃源"的温情。这主要体现在各类人际关系的真诚和良善，如亲情、友情、爱情、主仆情等等。这些情感交互产生了浓浓的人情美，展现了人的本真状态与真实的情感流露。如果没有兵匪之患，溪镇显然是一个生活的理想之地。溪镇中的人性美体现在翠萍的坚韧、陈永良夫妇的质朴、陈耀武的勇敢、朱伯崇民团的义勇……这些揭示的是溪镇普通人的内在精神、品格、信念和理想，也正是人文关怀所坚守的人本身的真、善、美。

姚佳怡：阿强他编造了一个"文城"来应付林祥福的质询，但是这个作为书名我觉得不太合适。小说原来叫《南方往事》，而他改成《文城》可能会比较有记忆点，但是没有很大的道理。这导致大家在评论的时候都把"文城"提到一个很高的位置，然后开始讨论"文城"有什么意义。但是"文城"可能没有什么意义，如果书名不叫《文城》的话，这个点可能就被大家放过去了。

刘杨：好，这是一种理解方式，他只是阿强用来骗人的一个东西，这里面大家注意在后面写的时候，小美问他文城在哪？那么这个谁也不知道的东西是什么，是一个永远到不了的地方。

徐源：文城究竟在哪里？小美和阿强的一段对话令人印象很深刻。"文城在哪里？总会有一个地方叫文城。"它最初是捏造出来的地名，是阿强为了掩盖自己和小美的身份编造的谎言；之后成为林祥福千里寻妻的目的地，是信念与憧憬的代名词，成为溪镇的一个别名；最后文城甚至是一个乌托邦的符号。反观当下，在物质利益的洪流之中，那些最本真的精神品格变得越来越难以寻觅，《文城》或许是余华为回应当下社会现状交出的答卷。林祥福终其一生也未寻得的"文城"，也许一直都在陈永良、顾益民和他自己的心中，在溪镇每一个乡民和读者的内心深处。

郭洪雷："文城"，还有"理想国"，"太阳城"，我们当然可以理解成一种所谓的乌托邦式的题目。原来叫《南方往事》为什么改成了"文城"？任何一个作家给作品换一个题目，往往是引导某种东西。可能如果这个故事不叫"文城"的话，读者根本不拿"文城"当回事了。而他又偏偏拿"文城"作为一个题目，是不是包含着理想？他对溪镇的描写也是理想化的，对道德状态、对民间生活都有理想化的一面。

李佳贤：对，这里的人物其实都不是所谓的圆形人物，他把人物符号化或者是推向极端。这样的话，故事跟现实是有区别的。余华他写的就是"文城"这样一个地方，虽然"文城"其实就是溪镇，但是在他的叙述里这个地方是"文城"而不是溪镇，他是想要超出现实。

叶荷娇：我想《文城》是不是还取义于《围城》和《边城》这样已经沉淀、成型的隐喻性标题，暗示着其本身具有的隐喻性功能？一方面两个字的"文城"其实更方便记忆，比《南方往事》更有特色和聚焦点；而另一方面，大家也会不自觉地联想到《围城》和《边城》，想到其中所蕴含的隐喻和象征意义，而能更发散地去挖掘更多内在含义。"文城"本身并不存在，但它可以作为一个寓言而激发新的可能性。

同时，以"文城"这样不存在的、虚构性的对象作为题目，能在"务虚"中产生一种奇妙的效能。整个故事除了"文城"之外，相对来说还是比较坚实的世界。但"文城"却是一个被刻意提出来的、完全虚构的东西，这样的形式就让人联想到玉璧或中间被穿了孔而空心的玉珠。余华通过中间空的这个点，把《文城》作为了概括全篇的题目，就能连缀起所有实，并且能穿过中空的点让整个盘灵巧转动起来。我们也能跟着余华从虚入手，巧妙地看见实、抓住实、调动实，在实和虚的交织中体会到故事张力。

刘杨：这样看"文城"是一个"说不尽"的文城。我补充一点，这样不依赖外部的文化、社会、历史、政治等信息，而靠文学性形成审美意义的作品，是真正睽违已久的。这样理解的话，文城是阿强虚构的地方，而文学也是虚构的。余华虚构了一座文学之城，在情义世界的审美重构中，不动声色地展现出他细腻深厚的叙事创造力，小心翼翼地搭建着这座文学之城。他不再放任社会历史信息在文本中泛泛而谈，而是让人情人性等在审美世界中低声呢喃。这是我对"文城"这个题目的一点补充性的理解。今天讨论就到这里，谢谢大家！

寻求现世生活的当下觉悟
——贾平凹《暂坐》讨论

主持人：郭洪雷、吕彦霖

讨论人：杭州师范大学文艺批评研究院中国现当代文学专业教师与学生

张仁泽：《暂坐》是贾平凹在1993年《废都》之后的又一都市题材作品。小说以"暂坐"茶庄老板海若为中心，以聚集在她身边的众姐妹为主要人物，刻画了她们生活中的破碎琐事和精神上的迷惘困惑，也牵扯出了官商勾结、文艺被商业社会牵着鼻子走的社会乱象。一定程度上，小说反映了现代人的一种生存现状：精神上的贵族和生活上的俘虏。值得注意的是，作者明显有意识地以佛理入小说，小说的开头就写到杭州山寺上挂着的门联："南来北往，有多少人忙忙；爬高走低，何不停下坐坐。"被众姐妹期待着但最后一直没有出现的活佛，也是小说中一个明显的隐喻。但我们不能因为一部作品写到了寺庙，写到了和尚和几句禅语，就说它是一部佛理小说。就好比现在很多提到宗教的作品，一些批评家都会从宗教意识的角度对其进行解读，但并不是作品中出现了牧师、出现了教堂，它就是一部渗透了宗教意识的小说。在《安娜·卡列尼娜》中，因为安娜出轨了，所以托尔斯泰让她死去，我们才说《安娜·卡列尼娜》渗透着宗教意识。所以，对于《暂坐》这部小说，不知道在老师和同学们看来，通过作者对人物命运的安排、对社会的思考以及对人性的洞察，我们能不能说它是一部渗透着佛理的小说。或者说，从佛教伦理的角度来解读这部作品，是否合理呢？

郭洪雷：先订正一下，贾平凹的小说创作是"双核"的，一个在丹凤棣花，一个在西安。长篇里除《废都》，《白夜》《高兴》故事也发生在西安，《土门》讲的是城乡接合部。不过仁泽讲得很好，上来就抛出了问题。的确，一部作品有佛教元素，是否就能认定它是一部佛理小说？我们如何理解和把握一部作品的宗教意识？小说题目是《暂坐》，这让我想起了佛家"树下不三宿"的说法，大概是怕产生留恋吧，那副对联大概也是这个意思。要不我们换个提法，大家有没有发现活佛到最后也没出现，大家对此怎么看？

一、"等待活佛"

郭文侠：我在读小说的时候，也关注到了张仁泽提到的这个问题，而且我觉得这本小说中蕴含的佛理与禅机其实是非常有意思的一个点。小说开头贾平凹就说到杭州有个山寺挂着一副对联，写着"南来北往，有多少人忙忙；爬高走低，何不停下来坐坐"，由此引出了"暂坐"茶馆。在这里，贾平凹其实是有点劝诫的意思在里头，他想告诉我们不要为了金钱权势、功名利禄这些外在的东西而步履匆匆，以至于迷失了自己的本心。但真的有人能做到"暂坐"吗？贾平凹花了很大笔力在"西京十块玉"的刻画上，这些女人大多经商，经济独立，过着时髦、享受的生活，看似潇洒、自在，但是她们能就此超脱红尘了吗？显然不能，因为她们的一切都建立在物质的基础上，她们必定要为物质所累、所困。不可否认她们之间的确有非常深厚的感情，但事实上她们之间的关系与处境就像西京城一样，经常弥漫着阴晴不定的雾霾。姐妹之情并不能让她们真正摆脱现实以及精神的困境，所以她们还在寻求宗教的救赎。伊娃刚到茶庄，就看到海若在二楼精心布置了一个佛堂，准备接待活佛。海若和她的姐妹们一直在等待活佛的到来，一遍一遍地问着活佛啥时候到来，但是直到小说结束，活佛都没有来。活佛没有出现，却是贯穿小说的一条线索，其象征着现代人物质丰富，信仰缺失，存在虚无，情感困顿，身心焦虑的精神现状。最后茶庄的爆炸，海若的杳无音讯，也暗含着一种万事皆空的意味，聚散离合终有时，再紧密的关系也有曲终人散的时候。凡是生活，也必然是要受苦的，随着时空的流转，善恶行为与因果报应都是冥冥注定的。

许星星：那我先来谈下我的看法。我在这个小说里发现了一个奇怪的现象，就是在伊娃刚来到海若的茶庄，海若便告诉她将二楼布置成佛堂样式，是为迎接活佛。但是在书中几位女性接连遭受打击，小团体逐渐瓦解后，活佛也不曾出现。佛是小说中一个公开、恒久的话题。小说人物的饮食起居以及言行，无不折射出佛的影子。人物在为生活奔忙的同时，也不忘等待活佛的到来。既然作者有意写佛，有意指出佛对人的救赎，小说人物也三番两次询问活佛什么时候到，那么为什么直到曲终人散，活佛也没有如愿现身？且看这几位独立女性：她们焦急虔诚地等待佛的救赎，反而在等待之中陷入更多的困境，逐渐迷失自我，最终落入人走茶凉的境地。

我以为，"等待活佛"是作者为小说埋下的一条暗线。这漫长无边的等待与曲终人散的结局相映照、相衔接，把人放置在了世界的荒谬中心。那么"活佛不来"则是作者有意设置，以此指出生命的实质，即荒谬。而于"暂坐"之中，体味等待本身的意义，是作者对抗荒谬的一种方式。

郭洪雷："等待活佛"，好提法。贝克特有《等待戈多》，河北作家李浩有个《等待莫根斯坦恩的遗产》，大家可能没看过，不过可以沿着这个方向想想。

马英姿：我认为作者采用了一种"以实写虚"的写法，这种写法延续了中国传统小说的路子，其代表作就是《红楼梦》《金瓶梅》等世情小说。在细密的人情关系、生活经纬的编织中，渗透进虚无的底色。他对这些人情往来、生活琐事之"实"编织得越细密、越牢固，其背后的虚无和终点的坍塌就越强烈、越震撼。《红楼梦》有禅宗思想，《金瓶梅》最终也是"佛心显现"，它们都是在以细密的生活编织中对虚无进行某种揭示。而照佛学的说法，宇宙的一切现象都是心的表现，因而人痛苦的根源在于他的"无明"，在于人不能放下欲望与贪念。在《暂坐》中，欲望书写贯穿小说始终，这首先表现在人对物质的过分追求。此时，物质是以"过剩"的形式出现的，人沉迷于大量的物中，且是带有象征性的物——象征人的身份之高贵与品味之高级。其次，是人之情，不管是亲情、友情、还是爱情，小说中的人物都被情感的网罗所缚，在情的泥潭中挣扎。人物在死亡的阴影中有过短暂的停留，流露出一丝觉醒与反思，然后又继续扎进欲望的泥沙中，继续在世俗中逃避与沉沦。而"暂坐"茶庄无疑是作者搭建的一处"大观园"，在共生中有自私、纯净中有龌龊，覆灭是可想而知的结局。茶庄的最后爆炸与团体的矛盾破裂一起，完成这一悲剧的构建，即在《红楼梦》中"好一似食尽鸟投林，落了片白茫茫大地真干净"的最终隐喻。

关于小说中活佛一直没有露面的问题，它是否达成了这样的效果：活佛不来，人的救赎被悬置，在欲望中沉溺的每个个体的生存困惑都得不到解决，因而表明在这种"无明"地奔走中只有一片虚无是最终的归宿。这也暗合了小说的主要结构：由实入虚。

靖雪莹：我也来补充一点。不同于如落水风筝一般消失的冯迎，以及挣扎许久还是撒手人寰的夏自花给人带来了震撼与凄凉之感，活佛这条线"无始"，更"无终"，但这并不令我惋惜。我想，若是活佛真的来了，大家的生命中可能更添困惑。不难看出，小说中的众人对所谓的"佛理"都不甚清楚，也只有羿光为了创作小说而去认真了解一二。因此，我猜作者并没打算用一种宗教理念来提升作品的思想高度，而只是想把这虚无缥缈的意识背景作为衬托人与人复杂关系的底色。佛家讲求"因缘"，他们在自己的生命过程中没有关照那份"因"，自然也就等不来这份"缘"。他们更在意"佛"前的"活"字，心怀强烈的目的性，迫切地渴望这一"活气"能够打破种种僵局。我认为作者并没想赋予这群人"虔诚"这一特质，也并不觉得自己需要被救赎。若是只把佛门当作避难所，只怕不论怎么点化，他们也难真正皈依，反倒要用自己强大的现世经验把活佛逼得还了俗。所以，还是不来好。这里我没有任何批判的意思，甚至还感觉到了作者略带慈悲的笔触。我觉得对"活佛"的企盼是个假设性的聚焦点，也是让人得以"示弱"的软着陆点。这在无形之中提示了大家脆弱的"凡人"身份，使得这群自视略高的人能够自然地以世俗的眼光考量生活中的困扰。也算一种解脱吧。或许是我读浅了这层意味？

二、伊娃

郭洪雷：大家对伊娃这个人物怎么看？

陈佳飞：我认为她的设置很像鲁迅小说中的"我"，人物所遵循的模式包含一种归乡的味道（于伊娃而言西京是她的第二故乡），都在表现着归来与离去之间所都包含的"逃"的意涵。伊娃本来回西京是来寻求快乐排遣忧愁的，但是在走的时候却带走了更多的忧愁。伊娃作为一个外国人，正如许星星同学所说，她的眼光相较于西京本地人而言更为客观。但是在这种客观当中，我们不难发现客观当中所包含着浓重的主观元素，例如她与辛起之间的那种惺惺相惜的情感，所激发的是她对个人自身的生活经验的重温，她在情感上与辛起的遭际产生了共鸣。贾平凹如此的情节设置，就有一种超越本土性体验而上升至世界性人生经验的野心，从而从中提取出具有普世性的哲学真理。作为外国人的伊娃有着与本土人相同的人生体验，这本身就说明着伊娃的"逃"本来就是想要逃离此种生活的纠缠，然而在中国她又再次发现了与其一样的受到此种生活纠缠的人，这种"逃"本身就只能流于失败。而她们所想要"逃离"的究竟是什么，那就是在女性与男性的社会统一中却极难摆脱的"他者"命运，女性始终无法实现超越而意识到自己女性的主体性。那么怎样实现超越，抑或者怎样在附庸状态下实现独立……这些问题都极难回答，因而小说在文中一再提及活佛没有来，这也就意味着这些问题始终无法得到解决，因此伊娃才显得十分忧愁，再次"走异路逃异地"去了。

郭文侠：对，我赞成佳飞的想法。除此之外，我也想对之前英姿所说的做个回应。前面马英姿提到了《暂坐》与《红楼梦》的关系，我觉得讲得很到位。其实《暂坐》写的也是一场梦：做梦之时，众生喧嚷，往来匆匆；梦醒时分，繁华落尽，万物皆空。这梦起于伊娃，一个在西京留学过 5 年的俄罗斯女子，诸多人物也就在这样若即若离的"他者"目光中往来穿梭。伊娃从西京回到圣彼得堡的 5 年里，经历了母亲去世、男友分手，无数个夜晚的梦里千回百转的皆是西京城的街头景象。伊娃再次回到西京城，来到"暂坐"茶馆，也许带着些许寻求心灵平静的意味，可惜映入她眼帘的只有被浓重雾霾笼罩的、混乱不堪的西京城，以及看似热闹，实则为各种苦痛拘禁的众生。与西京短暂的相逢，她似乎丢失了什么，或许她从未丢失什么，她一直在寻找，只是没有遇到要找的东西而已。

陈明珠：我是觉得，伊娃作为一个外国人形象，出现在以中国城市女性群体为写作对象的作品中，也许能够引起我们对个体自由伦理问题的探讨，而对自由的不同理解隐藏着两种关于道德的不同理解。从伊娃与羿光背着姐妹偷情，与辛起的私情甚好，并在树倒猢狲散之后返回圣彼得堡来看，较之中国女性，伊娃不太受到世俗观念的影响，更加注重身体的自然性享乐，这似乎直接顶撞到了中国女性良淑、守己的总体道德观念。伊娃的生活方式在中国女性的眼里，或许正如文本中一直出现的雾霾一样，是灰蒙蒙的，但是事实上，伊娃并没有影响到任何一个人的正常生活，她只是非常自然地遵循了自己的身体感觉，却与中国女性的价值观发生了碰撞。其次，在贾平凹笔下，羿光成为男权文化的利益者，中国女性群体成为能够折射出羿光男性强力的魔镜，羿光的自信在这些女人面前加倍放大。但是，羿光说到底是自卑的，因为正当羿光想要与伊娃发生关系时，他却破天荒地没有了男性的力量。

三、依旧细节如流

郭洪雷：讨论中大家都或多或少地提到了细节，堆积细节是贾平凹一贯的特点，有研究者称之为"细节的洪流"，写小说注重细节这是优点，贾平凹小说中的细节像工笔画，像帕慕克说到的细密画，但也有时候难免泥沙俱下。《暂坐》依旧保持着这样的特点。

麻文卓：我觉得在《暂坐》这部小说中，细节有时起着点明主旨的作用。有个最明显的地方，在小说结尾，海若翻开了一本《妙法莲华经》，里面夹了一张纸，密密麻麻写着文字。这是冯迎的读书笔记，里面的文字似乎在闪动着光亮,并且有了脚在走进了她的心,走进了她的脑。其中就有一句"雾霾这么严重啊,而污染精神的是仇恨、偏执、贪婪、嫉妒,以及对权力、财富、地位、声名的获取与追求"。"雾霾"暗指"精神污染",毫无疑问,小说中的人物或多或少都受到了精神污染,失去了原初的"我"。这些生活在城市中的青年女性,生活上虽然衣食无忧,却在追求更美好幸福的道路上历经艰辛、充满焦虑。也正因如此,呼应了之前同学说的"活佛不来"的问题——所有的行进都是一种试探和追问,能拯救自己的永远只能是自己。

陈明珠:贾平凹从人物的日常生活出发,用细节不断地将以人物和地点形成的空间填满,而细节又不断衍生细节,从而在作品中增殖出他们"过去—现在—未来"的序列,这可能是《暂坐》的一种叙事方法。刚才的几位同学说的都很好,不过我还有一种感觉,就是贾平凹在通过细节彼此的折射、混生和呼应来传达道德价值与思想性的东西。比如,伊娃初到西京时,送给了海若一件套娃,海若提起一个来,又出现一个。在我看来这仿佛也是一个隐喻,女人不就是看似自由、多姿,但始终被一个范围给套住的吗?西京十块玉仅仅在经济上实现了自主,就自诩为强大,但不自知自己并非真正独立,正如波伏娃在《第二性》中提到的那样:"即便女人选择独立,她仍然在生活中腾出一个位置给予男人和爱情。"她们爱名牌,爱排场,将容颜作为俘获物质的工具,通过细节显现出的对外在符号的过分强调也证实了如今女性精神状态的羸弱。而文本又通过一些细节努力营造一种宗教感,比如海若制定的美德十三条、等待活佛、摘抄佛经、放生积德,这些细节再次与众人拉帮结派,饭局上的走捷径,心中对感情金钱的执念混杂在一起,似乎证明了信仰与言行的不一致,折射出现代人信仰的虚假与无意义。

康银兰:对,我也很赞成明珠的看法。《暂坐》这部小说的细节部分被很多人注意到,并认为这是贾平凹小说的一大特色。贾平凹自己说过,他的小说即是意在琐碎的日常中行走。但我们不能忘记的是,细节化的处理本就是文学作品,或者大而化之称为艺术的必不可少的一分子。对于细节的认定也许没有一定的标准,可一旦把视野放在细节的长廊，就会发现细节的世界也并不简单。在作家张炜的文字中曾有"细部"这一说法，所谓小说的"细部"如何，也是张炜最为上心的一桩事。其实，所谓艺术，所谓文学，所谓小说，在某一方面来说，"细部"就是其灵魂，呈现出怎样的"细部"，也便是产出了怎样的灵魂。几乎凡是作家写作小说，都会将细节奉为座上宾，只是方式有差异罢了。而对贾平凹来说，他处理细节的方式自然是有他的一套惯例，但我们不能笼统将对细节的推崇归为贾平凹一人的独到之处，而可行的是，在以《暂坐》为代表的贾平凹小说里，对"细部"选择和处理上进行个人化分析。对"细部"的理解和处理在作家之间，在艺术作品之间存在差异性，当然还存在不限于东西方之间的文化差异，而这之间的高下评判取决于当事人的审美价值观。贾平凹的《暂坐》在"细部"的抉择上，无疑代表了一定范围的审美。《暂坐》的许多文字给我们展开的是一个外部生活，物质性是它的特点。贾平凹将《暂坐》的"细部"锁定在西安城的"外景"，如此这些，鳞次栉比地鱼贯而出，看似繁华无比，其中却透着苍凉和迷茫。

马英姿：我觉得细节在一定程度上体现在物上。帕慕克十分重视"物品"在小说中的作用。他有一个"博物馆与小说"的观点，小说作为记录档案的品质，它观察并保留了生活的组成部分：意象、物品、交谈、气味、感知等。而"物"作为博物馆的组成一员，保存了我们和"物"的际遇，我们对物品的感知，无疑会保存某些传统，抗拒遗忘。因而，回到《暂坐》中，小说对西安文物、风物的描写，无疑也会作为时代的记录，保留一个时代的部分传统，使其不至于遗失在历史中。对帕慕克而言，小说中的"物"还有一个显著作用。我们在阅读时必须将不断离散的小说时刻转化为意识中的图画，此时，"物"就是我们进行图画转化的一个通路。经由"物"，能够唤起经验与记忆，获得对小说的某些感知，进而获得生活的熟悉感，能够追寻小说隐秘的中心。比如，我们对《暂坐》中的风物越熟悉，就越有利于唤醒日常感知，从而更容易进入小说搭建的世界。

靖雪莹：针对英姿所说，我也补充一点。《暂坐》以伊娃为始，再以伊娃为终,把茶庄作为一个中心场所,以此构成一个回环。回望小说中对茶庄背景的猜测,我自然不打算全信,但也隐隐觉察出了茶庄连通不同群体的"中介"性质。小说中的别的场所内充斥着平常人和平常物,而暂坐茶庄内却不尽然,常常是"高级人"配"高级物"。"人"的存在有着物质性,但与纯粹的"物"的存在比起来还是有很大的区别,但在茶庄里却模糊了界限。在这里,物的价值由人来发掘,而人的价值也由物来定位。仿佛"人"与"物"分离后,两者就都失去了存在的意义。我猜不准作者这样设置的真实意图,但也觉得这是作者在苦恼中保留的兴致,即在审视人与人的关系时,偏偏在讲价值的时候谈感情。最终,不堪重负的茶庄离奇地发生爆炸,伊娃和辛起也离开了这个"大酱缸",算是作者献上的"无解之解"吧。

许星星:我再多说一句。记得在徐栖房间里,她站在穿衣镜前,突然挂在墙上的镜框掉下来。根据细节描写,墙上的钉子与镜框上的绳结均无问题,而镜框里装着的是冯迎的画。随后,徐栖便问冯迎几时回来。到小说结尾终于真相大白,出国访学的冯迎始终杳无音信,是因为早已在空难中死去。细节与结局两相呼应,这细节是否是作者有意设置来暗示人物命运。再者,诸如此类与人物命运相关联的细节,更能彰显佛理,小说里的人事也因此变得神秘虚幻,具有说不清道不明的佛意。例如几位女性与羿光在茶庄聚会时,各自喝不同的茶。作者在此将茶名一一写出,茶的命数也是暗示人的命数。

陈泉慧:是的,《暂坐》小说中在人与物的关系的处理上细腻而妥帖。譬如小说第6章中专写了一节众姊妹从虞本温的火锅店专场至海若的茶庄喝茶的场景,她们所要的茶就暗示着她们的性格特质。例如虞本温喜欢白茶,喜爱白茶的人敢于为梦想拼搏,甘于吃苦,并不在意过程,更加注重结果,这也就形成了爱喝白茶的人具有相当的务实品质,因而当众姊妹谈论是否愿意回到10年前再拥有青春的时候,虞本温就很不以为意了。再如司一楠喜欢肉桂,而肉桂的特点就是霸气,这自然也暗合着司一楠本人的性格;海若喜欢铁观音,爱喝铁观音的人具有较强的团结意识,这也与海若自身所处的地位相当——众姊妹的主心骨,众姊妹也正是有海若这根主梁才凝聚到了一起。可以说小说的第 6 章是小说人物的性格的一次大展览，贾平凹如此写作的目的就在于尝试在读者心中预设下对各个人物的印象，以便于在后续的情节展开当中表现人物之间性格的碰撞，例如向其语与严念初的矛盾纠葛背后所反映的性格内蕴，众姊妹在海若这个主梁倒下之后树倒猢狲散的场面，等等，都是重要的情节铺设。

四、作家如何进入自己的作品？

郭洪雷：现代小说强调作家要克制，不能直接进入自己的作品，或者像巴赫金所说的那样，作家的"外位性"是绝对的。但这个问题很复杂，在作品中表达自己的思想和立场，是作家创作的一个基本动机，如何进入、如何表达是一个值得思考的问题。以往贾平凹作品中一些人物如《浮躁》中的金狗、《秦腔》中的夏风、《带灯》中的元天亮等，或多或少，或实或虚，都有作者的投影在里边，《暂坐》中的羿光也是如此，有批评者甚至将这种现象称作"自恋"。不知大家对这种现象怎么看？

陈佳飞：这篇小说当中，我们经常能看到贾平凹的身影，小说人物羿光就是贾平凹自己的分身。不论是他写字卖字，还是书房的设置等都在显示着贾平凹自身的文本介入。这就非常能够表明作家与人物之间的关系了。作家对于人物的刻画大都来自自己的生活经验，羿光这个人物形象就是贾平凹运用自己的生活经验材料加以艺术概括所形成的，而小说中的其他人物我们在后记中也能清晰地看到，这些人物在现实生活当中也具有相应的原型，贾平凹只不过是在这样的原型上将生活真实转变成了艺术真实。而针对羿光这个人物，我们可以在其身上发现贾平凹对于女性的看法，他一方面十分欣赏这些女性，在后记当中他也提到这些女性是最懂情爱的，也正是由于她们看透了情爱，所以才对婚姻如此的绝望。因而在另一方面，他对这些女性是具有相当的同情的。这就可以鲜明地看出小说中羿光的行为逻辑，他自始至终尽管保持着与女性们的暧昧关系，但是也仅限于暧昧关系而不越界。

麻文卓：我是觉得作家可以将自己代入所写的人物之中的，但前提是，作家笔下的人物一定要是独立且立体的，而不是作者对自身的单纯复制。举个最简单的例子，《红楼梦》中的贾宝玉，他是带有曹雪芹的影子，但却不是曹雪芹本人，或者说我们在分析曹雪芹这个人物形象时，是不会觉得曹雪芹本人的自恋。这就是因为贾宝玉这个人物形象是独立丰满的，作者尊重人物。当然，小说来自生活，小说里的人物或多或少会有作者本人的影子，为了增强代入感，作者通常都会把自己想象成主角去思考"我，当我用这样的面目示人时，我会做什么"，这样，也就不难理解，为什么福楼拜在写完包法利夫人死后，在朋友那里痛哭流涕，说包法利夫人竟然死了。而在《暂坐》中，贾平凹是否将自己投射到了羿光这一人物身上，我个人觉得是有的，但是我的阅读感受始终是贾平凹似乎没有处理好他与羿光之间的关系。或许也是贾平凹并没有将写作重心放在人物形象塑造上，而是更多地关注羿光与其他几位女性之间的关系上，我始终没有深刻地感受到羿光的人格魅力。相比较之下，他在《废都》一书中所塑造的庄之蝶这一形象，处理得就要好很多。

康银兰：我也补充一点，当我们直接谈到作家与其小说中人物的关系时，必须顾及这两端之间还跨越着别的媒介，比如叙事者、潜在作者、潜在叙事者等。这有些像演员与他们所演的角色之间的关系，我们常常好奇这位演员是不是本色出演，而演员也常会谈及自己本人与角色之间的相同处，而往往令观众佩服的是那些演绎的角色与本人八竿子打不着的演员。回到小说中，回到《暂坐》中，如果作家本人或者他身边的人能够被轻易地比附在小说的人物上，并且二者存在太多外在特征的相似点，小说便有些朝着自传的方向倾斜了，这在一定意义上，破坏了小说自身的某些特点。《暂坐》羿光这个人物，让许多读者不自觉地将其与贾平凹本人联系起来，两相对比。小说中的几位女性也被说到来自贾平凹的生活。当然艺术来源于生活无可厚非。我们在看到这些联系的同时，也许也会看到这背后作家创作的心理结构如何，而就贾平凹的创作来说，我认为在一定意义上可以用席勒所说的"游戏说"来概括。

陈泉慧：那最后，我来总结一下吧。花团锦簇背后是一片荒凉。《暂坐》写的是西京城里发生的一系列事件。在热热闹闹的表象下，每个人有着隐秘的心思，即便是关系亲密的十姊妹，也有不为"姐妹"道也的秘密，这些秘密横亘在她们之间，在原本交融的精神世界里陡然生出了一条条裂缝，并且越来越大，也就预示了最后繁华落幕、曲终人散的结局。这些女性看似强大自信、潇洒独立，实际上内心是孤独而又脆弱的，物质世界的充盈并不能掩盖她们精神世界的苍白。错综交杂的故事中，作者在反映她们实实在在的生存境遇时，人物的精神状态也昭然若揭。在柴米油盐、"泼烦琐碎"的日常里头，看到的是生活苦难的底色和生命的果报。

我们如何书写战争与和平

——邓一光《人,或所有的士兵》讨论

主持人:郭洪雷、吕彦霖、李佳贤

讨论人:杭州师范大学文艺批评研究院中国现当代文学、文艺学专业教师与学生

一、多元战争陈述中的文化反思

郭洪雷:以往写"抗战"题材的作品很多,有写共产党抗战的,也有写国民党的。还有颇具史诗性的大作品,如王树增的《抗日战争》三卷本。然而必须看到,由于文化或观念的原因,"抗战"题材的一些方面始终未能得到很好的呈现,例如"大屠杀",大陆作家写得非常少,反而是一些有海外身份的作家,如哈金,拿出了《南京安魂曲》,产生了不小的影响。也许对"抗战"题材关注不够,像《人,或所有的士兵》这样从战俘角度写"抗战"的,还是第一次读到。作者邓一光从一个虚构的人物出发,以虚入实,在查阅了大量关于香港保卫战资料的基础上,加入了很多叙述脉络,从而使这场几乎被人遗忘的保卫战得到了完整呈现,其中有国民党军队,也有游击队,还包括英、美、印度、加拿大等国军人。这样,作品通过一场香港保卫战,几乎辐射到整个亚洲战场、太平洋战场乃至整个"第二次世界大战"。小说饱满细致,后来冈崎那个故事脉络的加入,又容纳了家庭、情感、爱情、心理等内容,使作品变得很厚重,富有生活气息。《人,或所有的士兵》77万字,这样的篇幅,更需要适配的结构。小说把情境设置于军事法庭内外,使所有人的叙述都聚焦于郁漱石这个人物,这对作品结构提出了特别的要求。不知大家对这部作品的结构有什么看法和认识,这样的结构设计会

带来怎样的效果。

叶荷娇：我来讲一下。作者采取了法庭调查、法庭外陈述这样的独特形式。在阅读过程中，我们就可以通过不同角色的陈述来多方面、多视角地了解事件的发生过程，了解郁漱石这个人和他的命运。但在法庭调查、法庭外陈述的过程中，小说省去了法官提问的环节，而仅仅只有回忆和复述，我们仿佛和陈述人一起，站在了法庭之上，带着对被告人的审判或辩护，重新回到事件发生的当时。这是一种隔了两层的叙述，我们通过第一层文本进入陈述人描述事件的场景之中，然后我们又跟随着陈述人的叙述进入到他们的回忆里，一点一点补全我们对整个事件和角色的认知。同时，作者安排的每一位陈述人，他们各自的陈述语气都非常符合自己的身份，像郁的母亲尹云英称郁为孩子，陈述中满满的都是她对孩子的温情、担忧与深爱；像梅长治称郁为阿石，把这个比自己小了10岁的年轻人当作了自己的弟弟；还有战俘营日本军官矢尺大介的陈述语气，看似绅士有礼，实则带着一丝傲慢，夹带很多日本人特有的语气词。读了以后让人觉得我们仿佛就是坐在这些人前面，面对面地倾听他们的陈述，沉浸于他们的回忆之中。

郭洪雷：作者采取这样的叙事策略是想要追求某种效果，麦肯锡这个角度，对理解、认识郁漱石有很重要的参照作用。

叶荷娇：其他人对郁漱石案件的呈堂证供，主要是让郁漱石的经历得以复现，这个人物渐渐地完整起来了。郁漱石自己的陈述带有回忆和感受性质，更多侧重于对这场战争，对人性、道义、死亡的感受。内和外连通起来，人物就会变得更加完整。陈述人里有郁漱石亲近的人，也有他工作的伙伴，有友好的人，有受过他恩惠的人，也有疏远甚至敌视他的人。而从对郁漱石的这些供词陈述，和郁漱石本人的表述与回忆里，我们对于主人公郁漱石形象性格的认识就逐渐完整起来。这是一个正直义气、学识渊博、敏感单纯、热爱祖国、能干可靠、清新俊逸的青年，他拥有丰富饱满的人性，拥有较为完整的认知。作者为展开一系列叙述而选择的被告人，是这样一个充满魅力、有着完整人性的青年人。这让我对于郁漱石本人以及他的陈述给予了更多关注。残酷战争中的人性以及人性变迁、人情心理总是更易牵动人心，郁漱石是一个可以在绝望的黑暗年代追求希望和光明的人，虽然后来在 D 战俘营中他备受煎熬，遭遇了无法想象的人性考验，但人性中的一些珍贵品质依旧使他散发着无限的独特魅力。这与他本人的性格品质和个人经历有关。

郭洪雷：你们不觉得亚伦·麦肯锡当战俘当得理直气壮吗？

吕彦霖：麦肯锡的理直气壮里，能看到美国人身上的那种劲儿。但是一个这么乐观的人——他说他有许多短角牛兄弟，他的父母都很乐观的情况下，你仍然可以看到战争对他的伤害——在睡梦中会反复痉挛。他是美国人，他们不敢把他怎么样，他相对生活得也舒服一些。但是这三年的非人的生活，用郁的话说就是超过了人的思维底线的生活，把他摧残成这个样子。就更遑论其他的人。我觉得他是作为一个最乐观的战俘，和其他的战俘，尤其是中国战俘，形成了一种非常鲜明的对比。

郭洪雷：我们和日本文化有很多差异，但在骨子里、在观念的深处有相通的地方：都对战俘不宽容。我们真的去了解现实中战俘的生活会发现，他们最终的命运都很惨淡。我们讲忠、孝、节、义，而所有这一切都指向一个外在的、个体生命之外的一个东西。日本文化也一样，武士道里也有这种东西。

吕彦霖：所以矢尺当时让郁漱石切腹，还说他可以做介错人。还有后面游击队他们逃走的时候，肖子武是留下来了的。就是那个整天叼着烟斗的。其实他也在日本上过学，他也会讲日语。对于战俘来说，有时候我觉得很像《赵氏孤儿》里头的说法，"活着比死更难"。其实战俘问题触及一个非常沉痛的话题，就是他要如何回归日常生活的问题。后来他的一个朋友看到了郁，他说他感觉郁像"两世为人"，他完全不认识郁漱石了，他感觉郁完全变了。

郭洪雷：在我们的文化里，在日本文化里，战俘是不为人们所容忍的，是被看不起的。麦肯锡在这里提供了一个文化观念的参照。

李佳贤：小说里有个细节，这些俘虏后来被允许给家人写信，但是中国俘虏不写，或者说写信的比率特别低，不愿被人知道自己被俘虏了，宁愿让家人以为自己阵亡了。还有一个细节，和其他国家战俘营比起来，日本战俘营死亡率最高。

吕彦霖：对，不仅战俘回去不会有好的生活，日本人也更倾向于杀掉对方的战俘。但是他们又对白人很害怕，像德顿他们就相对过得好得多。

郭洪雷：我记得香港保卫战快结束时，郁漱石几个人跑到一个医院里面，就发现日本兵杀了很多英国士兵，强奸英国的修女。其实在这篇作品里面也写了，日本人很难容忍俘虏，他们是杀俘虏的。日本加入《日内瓦公约》也很晚是吧？

吕彦霖：他们一开始不太承认的。但是后来他们渐渐地对俘虏所谓的宽松和优待是在太平洋战争他们节节败退之后。但他们到最后还是想杀掉这些俘虏的，所以到后来他们说是日本对外报的很少嘛。

郭洪雷：小说设计结局时，日本人故意让郁漱石在战俘营划下白线，让盟军飞机误认为是日军机场，把整个战俘营炸掉。实际上是日本人借美国人的手，把战俘营里面的战俘给杀掉了。这是郁漱石罪行里面很重要的一条。

李佳贤：但这条好像是缺乏确凿的证据。

吕彦霖：对，但他没有着重写这个，就是说美军确实来轰炸了。邝嘉欣就是后来在这个轰炸中死掉的。

郭洪雷：对作品结构大家还有什么想法？这种结构围绕庭审把诸多脉络叠加在一起：保卫战是一个脉络，整个香港保卫战随着郁漱石的叙述被呈现出来了；战俘营的生活是一个脉络，郁漱石的家庭和情感也在这样的结构里被呈现出来。

李佳贤：我感觉他用这种庭审的方式，审判一个经历过战争的人，他本身是一个战争的受害者，但是在整本书的结构里，他又是作为一个罪人，作为一个被告出现的。所有的这些叙述都是关于他有罪或无罪，他是一个被告的身份。但是整个我看过去，其实他是战争的受害者，那么这样一个叙述我就感到有一种荒诞感。

郭洪雷：其实整个故事叙述下来，无论是胜利者还是失败者，作品中的很多人都是罪人，就像小说开始郁漱石所控诉的那样。我们已经和日本人打了那么长时间，直到美国宣战之后，中国才正式对日宣战。后来讲 14 年抗战，是有道理的。实际上"卢沟桥事变"之前中日早已处于战争状态。

吕彦霖：所以郁知堂要痛哭他的老友蒋百里。蒋百里主张"持久战"，以拖待变。他还写过美学史，当过保定陆军士官学校的校长。

郭洪雷：这本书很厚，很大，一个重要原因就是牵扯了很多历史人物，文学界的，文化界的，很多人物都被他写进了小说。

众：还有张爱玲、萧红、胡兰成、许地山、李叔同、郭沫若、太宰治、苏曼殊……

郭洪雷：甚至于轻轻一笔，把茅盾他们滞留香港期间偶然间的一面也带了出来。

吕彦霖：小说的虚构主人公牵连了许多具体的历史人物。它其实是穿梭在虚构和现实之间。

郭洪雷：这样小说有了很大的空间感和历史感，把众多人物都放到战争背景之下，让我们重新加以思考。像郁漱石这样一个人物，我们怎么样去评价他等一下再说。而其他人物，例如，他父亲，叫什么不好，非得叫知堂？其实我们一看郁知堂，很多读者马上会想到周作人。郁漱石是虚构人物，经由他串联出那么多历史人物，我不知道大家对这点怎么想。

徐源：我觉得，郁漱石自始至终都是一个游离于战争之外的人。这首先与他身份的特殊性有关，他是中日混血，并在日本留学多年，这种血缘关系是不可改变的，他的母亲、恋人、师长和好友都是日本人。因此，他既热爱中国，又同情战火之中的日本人民。而母亲究竟是谁，是郁漱石一生都未寻得答案的谜题；直到小说结尾，"母亲"都是一个身影模糊的人，对于郁而言，母亲更像是一种信仰的象征。再有，郁漱石的游离之感，也与他单纯甚至有些孩子气的性格有关。被父亲勒令回国以后，郁先后在美国和香港从事转运军用物资的工作，并帮助国民党军队争取到了许多武器弹药，参军后，他更是一位工作能力出色的中尉。纵使如此，郁依旧是一个同大多数战时的国民有着巨大差异的人。

郁的性格上有时候交织了不少矛盾因素——他与日本朋友保持着单纯的友谊，在香港沦陷前夕专程到酒馆同他们惜别，却又因为与阿国对这场战争的看法不同而大打出手；经过多年工作的历练，他已成为一个干练而经验丰富的少尉，但在偶有闲暇时，仍然苦苦思念着从前的日本恋人；明知海明威及其妻子玛莎对中国战事的报道将会在很大程度上影响美国的对华态度，但他仍然在玛莎发表了对中国的侮辱性言辞后，予以毫不加以掩饰的强烈反驳和回击。在战俘营中，他不会为谋求个人利益而投靠任何一方，在其他战俘遇到困难时，他不求回报地伸手相助。但也是因为种种超越常人认知的做法和理想主义的性格，他也不被敌我任何一方彻底信任和接纳。战俘营经历彻底改变了郁漱石的人生轨迹，这个曾经有着文学梦的年轻人已无力展望新的人生。他无法遗忘在岛上的生活，也无法反抗这种绝望，他只能活在从前的噩梦和记忆中。在时间不可逆转的流逝面前，郁的生命却仿佛定格了。但是人们的生活要继续向前，战争带来的痛苦、创伤和罪恶是"需要"被遗忘的，因此，他与这个世界格格不入。对身世的困惑、对世界抱有的坚定善意，强烈的浪漫主义性格特征等，都让郁漱石成为这场战争中最特殊的存在。这是我对这个人物的看法。

吕彦霖：徐源对郁漱石性格的描述很有意思，不知道大家记不记得，郁漱石当时去梅长治家，在他家弹了一首钢琴曲，叫《死岛》。很像他们之前D营在的那个桑岛。他还讲了一个艾弥儿的故事。这个其实和徐源讲的那个很像，这个艾弥儿在两岁的时候在战俘营里面长大的，所有人都很爱她，对她特别好。当日本战败，所有人都在狂欢的时候，艾弥儿心情很不好。她就问她的妈妈，"和平什么时候才会结束？我们就不能再有战争吗？"对于艾弥儿这样在战争中塑造出来的人格，离开了战争，其实也就意味着她完全回不到原来的生活中了。这很像我们讲余华的小说《活着》，讲到福贵，说福贵已经和死亡须臾不可分割了。艾弥儿其实已经和梅长治说的一样，"战前战后两世为人"。之前有人呼吁我们抗战文学要出现伟大的作品，就是说应该呈现出抗战到底怎样重新塑造了亲历者的人生，以及他们的心灵结构。但其实后来没有看到。

但是，我觉得《人，或所有的士兵》可能是我们所期待的作品。还有一个，大家看这个郁漱石后来的梦想是什么？郁漱石遇到了两个女性，一个是阿国加代子，后来他跟加代子在香港遇见，然后痛哭流涕，但他等于是和加代子告别了。但与此同时加代子不想走，于是她就在医院当护士，因为被骚扰，她后来坐上了他哥哥帮她找的船，但是那个船被鱼雷击中了，有10个小时这个船才沉没。所以，郁漱石一直认为加代子不会死，觉得可以找到她。因为澎湖列岛那片儿小岛很多，他可以去台湾找她。所以后来郁是死掉的，对吧。但是死掉的原因，在他给他妈妈写的信里面也讲了，就是他想去台湾找加代子。读到这里，你会感受到郁想要一种什么样的生活，这是最触动我的。

二、拒绝遗忘：战争创伤中的历史与人物

郭洪雷：我插一句。其实这个小说不仅写到了战俘，还写到了加代子，她在日本是一个"非国民"。

众：注意到了。后来她好像还被特高课把腿打断了。

吕彦霖：对。郁漱石想到他们以前的加代子小鹿般雀跃的样子都没有了。后来我就想，其实这中间讲到很重要的一个词，就是"记忆"。对于郁来说，最后支撑他在D营活下去的是什么？是记忆。这个记忆有两种形式，一个就是说，他到后来他想找到阿国加代子。这个记忆为什么重要，就是他不想像亚伦一样，其实亚伦也没有做到，就是遗忘这三年，重新生活。他中间写到如果"我"这样了，然后"我"忘掉这些，重新娶妻生子什么的——不可能。亚伦也没有做到，即使他是那么快乐的一个人。还有一个就是说，他想帮别人记住家人。所以说这个设计很巧妙，他后来得了厌食症就是因为要用饭来换别人家人的名字。他后来大概搜集了一千一百个。但他没有写出这些名字，他给他母亲写遗书的时候，说那些名字就随着他下葬了。我们理性地想，历史为了要正常运转，是必须遗忘一些痛苦的，这样我们才能生活。但是郁做不到，这是郁最冲击我的一个地方。就是他完全不能遗忘他所经历的痛苦。他要找

到阿国加代子是要做什么？是要完全扭转现在的状态，回到那个原初的状态。就是当时他在日本，两个人恋爱的那种状态，这种比所谓的忘掉、放下，或者所谓的惩治战争罪人更严厉，就是他要这些全部都没有发生。所以梅对他的评价是，他去找加代子是一个绝望的任务——但是这个绝望的任务必须要由绝望的人来做。这个是郁让我觉得很动容的。这其实涉及一个非常严肃的问题，就是战争过后，战俘到底要怎么样回到日常生活当中去。就像艾弥儿说的一样，她问的是战争什么时候重新开始，而不是和平到来了我们要怎么怎么样。这个其实是这部小说非常了不起的地方，他触及了人性中我们最不敢触及的内容，就是，战争结束之后，我们如何整理这些记忆。是你把它放下，不再想，进入平常的生活。但是，被改变的生活就是被改变了。

郭洪雷：我记得福克纳《野棕榈》最后结束的时候说，"我"要不要死，他说"我"不能死，如果"我"活着，"我"还有记忆，他们还在"我"的记忆里，一旦我死了，这些人，世界上就真的没有人知道他们是什么样的了。

姚佳怡：对，很像郁。最后他拿各种东西，比如饭团，来换名字，就为了这个。他其实是记住了D营所有的人。这些人也有家人的，所以有一个广西兵去找他，说能给他38个名字，开始他还以为郁要下蛊，后来老曹说没有知道名字就能下蛊。并且后来他还去问日本兵的家人。

吕彦霖：我们好像真的很少提到这个问题，就是你怎么处理这段记忆。郁是一个特别特别绝望的，但是又特别倔强的人。所以我看到那一段就感受到郁这样的人肯定不会活下来的。因为从历史的层面说，理性主义告诉我们必须放下这一切才能生活。或者说我们不放下这一切，我们不和解，就像韩国和日本的关系一样，也有可能。但郁要的不是对抗，也不是遗忘，他要的是回到原初的状态。所以小说第798页提到，郁漱石"是人类历史的一个证物"。《人，或所有的士兵》点题是点在这儿了。他其实通过郁漱石，或者像郭老师说的，像日本的、英国的这些士兵，他写到的是我们整个人类面对第二次世界大战，我们到底怎么办。这场战争我们把它暂时搁置了,不代表它结束了,我们只是让它中断了。但是作者现在重新打开这些痛苦的东西,这就关系到我们怎么处理那段记忆。

郭洪雷:这个小说里面它还通过回忆,通过记忆,穿插进了很多写得非常美的东西。你们注意到了吗?无论是爱情、家庭,甚至于从战俘营里面往外看的自然风光。如果处于日常状态下,可能那种美就被我们给忽略了。但有了这样一个情境之后,我们发现,可能很平凡的事情在郁的眼里都变得非常美好。

高妮妮:有感受,发现小说里用了不少笔墨来写战俘营墙外的热带景色,动物,都是非常令人神往的,但是与此同时,这些也构成了对战俘营战俘精神的一种刺激。

吕彦霖:这也是一种调节,不然的话你很有可能读不下去,这个小说压迫力很强。这小说没法躺着读,比较痛苦。我找到那句话了,梅长治说的,"我在那时候想,没有人愿意成为战俘,成为战俘是地狱生活的开始,它甚至比阵亡更加可怕。地狱不在另一个世界里,它就在这个世界,经历过战俘生活的人,他们在某个特殊时期穿越过作为人的限制,进入到非人的地狱经历中,在那里,一切关于人类的准绳都不复存在。但他们最终战胜了它,活着回到人类中来,他们是勇士。爱他们,也爱我们自己,竭尽一切制止战争,如果做不到,就别让活着回来的他们再经历耻辱,如果连这个也做不到,那就别拿过去的经历来打搅他们。"这个就直接对应了郭老师刚才说的,就是这种耻感文化下对战俘的看法。

郭洪雷:我觉得这篇小说里边,把我们很多很多有意遗忘的东西,我们做过的事情里面有一些罪恶的东西或者有耻感的东西,这些在我们的日常生活里面会被压下去,被有意遗忘掉。这篇小说里揭示了很多这种被有意遗忘的东西,被有意遮掩的东西。还有郁漱石的上司李明渊,后来变节了,他就是一个很复杂的人物。是什么东西使他变节的?是生存吗?政见吗?他怎么死的?是谁把他弄死的?虽然暗示得很清楚是游击队把他给弄死的。监狱很小,但却折射了整个战场。战俘中等级还存在，文化的差异还存在。政见的差异，中央系和非中央系、共产党和国民党这样一些分野，就成了左右监狱里人们思想行为的因素。

吕彦霖：这还是一个远离战线的岛。战俘题材特别难写。无论从哪个角度来写，这都不是一个轻易套在某种思维框架的地方。

郭洪雷：这部作品的复杂性，溢出了我们以往的历史认知。

吕彦霖：D营其实就是我们历史中存在的那个深渊，不能凝视的深渊。人性的试炼场。为了吃穿住用，人所有的恶都逼出来了。

郭洪雷：对。冈崎提供了一个记录，偷偷地到日本人那儿去告密的有83次，告密的事件达280多次。表面看都是俘虏，但可能是为了生存，甚至为了一个饭团，他都有可能到日本人那儿去出卖你。其中的复杂程度真的超乎我们的想象。

李佳贤：这个小说最后有一个结案报告，就是从我们所认为的政治正确的立场出发所做出的一个结论。但是整部小说的叙述呢其实又解构了，或者说挑战、怀疑了很多看上去很正确、很毋庸置疑的一些观点，这是我觉得这部小说可贵的地方。

吕彦霖：对，李老师说的这个我也感受到了。还有，我想问问大家，你们对郁漱石这个人物是什么态度？什么感觉？

徐源：是一个很迷人的人。他身上有一种神秘的感觉，有忧郁的气质。

叶荷娇：但是如果在现实生活中碰到这样的人，可能会有点别扭。因为他好像太过于倔强了，跟人会有点距离，然后，跟人说话的时候可能会让人觉得有点腻歪。但他的气质又是很迷人的，很有魅力的。

郭洪雷：我觉得是有贵族气的。

吕彦霖：他很像十二月党人。

郭洪雷：对，我干了一件好事你也不用感激我，我就是按照本心去做的。郁漱石的自杀也很耐人寻味，其实人生活在这个世界上一个很大的理由是，你和这个世界建立了很多很多的关系。一旦你和这个世界上所有的关系都被解除之后，你就会发现你在这个世界上生存的理由消失了。这就是郁漱石最后选择自杀的一个很重要的原因。

吕彦霖：大家可以继续谈谈郁漱石，包括大家有没有看到过同类型的人物？

高妮妮：看完郁漱石的故事，我脑海中第一时间就冒出了一句话："当混浊成为一种常态，清白便成了罪过。"当所有人都成为"恶人"的时候，他便成了这些"恶人"心中的坏人，他便注定不能被他们所容。他让我想起了《平凡的世界》中的田晓霞，她真的是太好了，所以她必须死。但是不同的是，田晓霞的死让故事继续发展下去，而郁漱石的死则代表着故事的终结。但郁漱石故事的终结却带给了人们最深刻的精神苦难与道德审视。真的很难想象，郁漱石这样一个天生厌战的人，在那样恶劣的环境中，还能保持着一种我觉得是"近乎神性的品质"。我希望郁漱石能有一个美好的结局，哪怕是一个人随便流浪到哪一座无名小岛也好。但是，这肯定是一种奢望。他的身体里原始地流着两股敌对的血液，所以从一开始，他就有着分裂的精神。他说自己懦弱、无能、充满恐惧，但就是这样懦弱、无能、充满恐惧的人，他却是里面唯一一个勇敢、能干、坚定不移的人。他有自己内心的坚守，也可以说是一种执念吧。我不知道能不能将这称之为人道主义，但我觉得对郁漱石而言，他做的一切更像是对某一种信仰的殉道。最后，我又希望他的死能帮他解脱，让他逃离这丑恶的世界，摆脱他心灵的桎梏，但也没有。他"伫立门右，圆睁双目，停止呼吸，现场之蹊跷实非赭墨所能形容，嗣经法医勘查监室，稽无异样，并行尸检，查无死因"。他最后的死亡也是充满着恐惧与悲凉，这就是最让人心痛的。他用自己来拯救所有人，但被救的人却将他一次次推向深渊，这真的是人类的悲哀。最近我在看孟繁华的《1978：激情岁月》，其中有几句话我觉得可以在这里引用一下："战争改变了人的生命轨迹，改变了人的命运和心理。战争结束了，但它造成的巨大阴影并未随之而消失，人仍陷在危机中不能自拔，并且导致了新的悲剧。遗憾的是，这种报复再也无法施加于战争本身，他们报复的对象同样是战争的受害者。人的危机使人在一定环境下暴露了人性恶的一面，尽管他们都是普通人。"郁漱石一直都在独自承受战争带来的痛楚与不堪，但他没有报复，只有尽力争取多做一些事情的真诚。他自己说，改变不了什么，那就顺其自然吧。

所以，我想人本身就是复杂矛盾的，这也就是为什么许多作家笔下，当人物无法解决他所面对的生存困境，作家又无法给出逃离困境的方法时，作家只能选择让人物走向死亡的原因。而人类精神领域共同的迷惘与焦虑，在现代人的身上同样也有体现。

最后，我想说一下，作品中郁漱石的生母一直作为一个暗线推动着情节发展，我觉得她不只是郁漱石的生母，同时也是郁漱石的精神归属。

吕彦霖：你的意思是他的生母是超乎于生理性质的这样一个存在？

高妮妮：对。

姚佳怡：我觉得他生母的主要作用是让郁漱石接受参与冈崎小姬的实验，因为她们都姓冈崎，所以郁天然地会对所有帝大出身的姓冈崎的女性有兴趣。

郭洪雷：其实冈崎出现的时候，我直接的反应就是这部小说可以改编成电视连续剧了（众笑）。

三、战俘营：极限状态下被悬置的人性

吕彦霖：D营是个人性的炼狱这个之前说过。小说里写到了英国兵的同性之爱，郁被捕是因为试图修复香港的供水设施。人性是小说中非常重要的环节。想起抗战中的人性环节，那种非常光辉的东西。

郭洪雷：战争状况下是这样的，有很多让人很触动的事情发生。我岁数已经够大了吧，够成年人的心智了吧，我在看王树增的《抗日战争》的时候，还是有"怦然心动"的那种感觉，按理说王树增的叙述是比较冷静的了，但也有令人非常动容的东西在。

钱雨婷：但是这样做真的值得吗？比如说郁，战俘营里面那些人其实都已经是行尸走肉了，都很麻木，郁这样去帮助他们，真的值得吗？我感到这很矛盾。

郭洪雷：有时候我们行为的动机不是现实性的，而是精神性的。郁

的身上就有一种悲悯情怀在,他是一个虚构人物,但携带了太多作者本人对战争,对人性的看法。其实有矛盾是正常的,人身上有矛盾是非常正常的事情,并不是说一切都是合理的,一切都可论证,证明完之后得出一个结论,这样我们才去做某一件事情。其实有的时候人就是非常矛盾的,在矛盾的状态下做出某种行为,形成了某种选择。我觉得要这样去理解郁,他不仅仅是书里的一个人物,同时还携带着作者自己对战争,对人性,对国家,对民族,对个体的思考。这种综合性的思考是我们理解郁的一个关键。

李佳贤:我很认同郭老师的看法。郁是有自己坚守的东西在的,当然这样的人物是有很强的虚构性,作者给他中日混血这样一个设定,包括对他个性的塑造,就像刚刚郭老师讲的,确实有作家很强的意图,包括这个小说里有很多现身说法的东西,借讲述者之口,说的其实是作者自己的一些反思。我看到后面辩护律师的一些观点,其实都是作家本人对于战争的一些思考。我觉得对于一般的小说而言这可能是一个问题,但因为这是出现在法庭上的辩护词,这样又缓和了一下一些问题。然后关于郁他为什么在 D 营格格不入,我觉得是因为郁他并不完全信奉什么,认同什么,像其他的人有固定的小团体。我看那个美国人也当他是兄弟,他给共军去做传译或者替他们去做事儿,他也给日本人做事儿。所以说他在 D 营当中是被所有人不信任的,他不属于任何一个团体。确实像刚才那位同学说的那样,郁确实是有很多他坚守的东西,他做自己认为是正确的事情。其实我们看小说里面各种人的讲述,郁并没有犯下那么大的罪过,在我看来。但是他却成了最大的罪人,接受这么多人的审判,我觉得这是一个很讽刺的事情。如果他干脆就认可某种价值,依附于某个团体的话,他也不至于面临这样尴尬的处境。

郭洪雷:你们有没有想过这样一个问题?有很多人都说过,邓一光这本书写得太大、太多了。我们假设一下,如果我是作者,想要使得它的体量适当地减小一点,那么你们觉得哪一部分是可以动手术的?去掉哪一部分,可以使得作品既保持了有效表述,同时又能使得作品本身篇幅不要过长?

李佳贤：我觉得他通过郁漱石这个人物去勾连一些现代的作家的部分可以考虑。它就把郁漱石这个人物搞得很神奇，他可以见这个见那个，做这个做那个，包括和萧红各种的接触。作者可能是想通过郁漱石去还原整个二战，就像《清明上河图》一样，他把各色人等非常精细地都画在了画卷上。

郭洪雷：我觉得他钩入张爱玲其实还可以，这里面也提到胡兰成了，胡兰成和中日之间的战争还有点关系。你们不觉得这个作品里面的人物，像郁漱石，还有冈崎小姬这样的人，都太渊博了吗？

吕彦霖：有点掉书袋了。

郭洪雷：他这样的一个设计就使得人物变成了百科全书式的，作者的意图太过强烈了。邓一光本人是一个很渊博的人，有可能他也查了很多资料，并且邓一光非常擅长写大部头的作品。但是你把这些都代入到人物身上去的时候，就会使得这个作品变得很大、很重。最起码我读到某些地方的时候，我会觉得这个人物某些地方是不是有些过了。

李佳贤：对，我觉得作家的意图还是太过强烈，包括里面有很多说理性的表达。

徐源：郁漱石后来去香港，然后他知道了萧红在香港，他去医院看望她。他就非要回答一下5年前和萧红讨论的那个问题，这好诡异啊（众笑）。怎么有人会这么执拗。然后他还要说一下李叔同写《送别》的词，以及这个《送别》所参照的作品和前面一系列的脉络。我感觉这里掉书袋的痕迹特别重，会有一种强行串联历史事件，来体现郁身上的浪漫主义气息的感觉。

刘宗瑞：我还想说一下关于郁漱石找萧红说的5年前的那个问题。我认为这一部分还是有必要的。首先，郁漱石回答萧红的问题时已经是5年之后，他用《送别》《梦见家和母亲》和《旅愁》来说明"那些不肯让思恋之情断掉的人，无论男子还是女子，坚强只是做出来的，他们不是尿性的人，而是心碎的人"，只是负心人。同样，5年前他与加代子不辞而别，5年后他再次与加代子见面时，用的也是《送别》《梦见家和母亲》和《旅愁》这三首歌，暗示他是一个心碎的人，对加代子更是无比思念，但不是无情抛弃。他对加代子说这三首歌的作者都已经去世，其实也暗示他们之间爱情的结束。同样5年的间隔时间，同样的三首歌，可以更好地让我们了解郁漱石这个人执着的性格和爱情观。

其实，小说之中有很多前面设置悬念，后文进行答疑的写法，看似重复，其实这之间有很多的联系。比如萧红是郁漱石通过学姐认识的，之后便托梅长治帮他定期送《星岛日报》的连载小说，在写定期送《星岛日报》时，并没有写为什么送，但是这一行为让梅觉得郁是一个文艺青年。在5年后与萧红回答问题时，才解说因为这个《星岛日报》上刊载的有萧红的《呼兰河传》；再如，与阿国相遇时的情景，初次见面，两者为什么那么开心？后来为什么又大打出手？这里面都让人产生了很多的疑问，但是在后文都一一进行了回答。通过阿国也进一步介绍了郁漱石的学生时代、他与阿国真挚的友情以及与加代子如何相识到相恋。也正是通过这种一层层的解答、连接，让我们对主人公的形象、人生经历有了更多的理解，所以这样写还是有必要的。

郭洪雷：宗瑞发表了不同看法。我觉得作者书里面也许想提醒我们，文学本身，它会给历史、给人类带来什么东西。可能文学为我们人类社会提供了某种精神性的滋养。我想在这一方面，他之所以牵引进那么多人来，是在践行着这样一句话。我觉得我们要是这样谈的话，就能够看到邓一光写作的某种特点和习惯，其实也是某种不足。我记得汪曾祺说过什么是真实，什么是不真实的问题：你带着小孩子看草原，草原上有很多花。然后小孩子说："草原上的花朵姹紫嫣红。"他说这个就是不真实。他说什么是真实呢？小孩子说："真好看，好看。"这是小孩子说的话。这部作品中的人物也存在这样的问题，你让郁漱石成了一个百科全书式的人物。那么多的知识，那么多的细节，都携带在他身上的时候……

李佳贤：这个小说我想作者是不是把郁漱石作为一个很完满的、神人一样的存在。不管他到哪里，矛盾都能因他而解，包括他去采购军需还是什么……

郭洪雷：野心太大了（众笑）。其他同学有什么想法吗？任何想法都可以。

许志益：总的来说，作者写战俘营而不是写正面战场，写俘虏而不是写作战的士兵，我认为他更多关注的不是充斥着血腥暴力的战争本体，而是战争暴力对士兵的长期持续性的创伤，这不仅包括肉体上的饥饿、病痛，更重要的是对他们精神层面的不可磨灭的伤害。

另外，我还要补充一下我对战俘营的一些感触，书中的 D 营，作为一个空间，它有一个不能忽略的特征，就是它的封闭性。一个细节就在于对 D 营所在的桑岛的地理描写，它四面环海，是一座孤岛，岛上是一望无际的原始森林，这不仅一开始就强调了 D 营的空间上的封闭状态，还隐约预示着被俘虏到 D 营的人将会逐渐退化到一种原始的、生物的本能形态。

还有战俘营内部还隐含着一种特殊的权力结构，在这个层面上战俘营和监狱有相似的地方，不过它比监狱更极端、更残忍。作品中，日军作为战俘营中权力的掌控者，对底下的各国战俘实行压制和规训，但是他们之间并没有简化成施害者和受害者二元对立的关系，在很多极端情况下，仅仅是为了一点口粮，战俘相互伤害、算计、出卖、谄媚日军。而刚刚提到的封闭性的空间又会反过来加深 D 营的极端权力的运作。这样，我们就会发现 D 营具有某种隐喻性，它就成了作家精心设置的一个实验台，在这里他给我们展示战争情景下的人性的极端和复杂。

吕彦霖：所以我说 D 营是个无法凝视的深渊。

许志益：对，确实是人性的炼狱。在战俘营里，人类个体生命的尊严是被肆意践踏的，除了奴役和欺压之外，在作品中还体现出一个非常重要的形式，就是用编号来对战俘命名，例如郁漱石内编为 131 号。一般来说我们的姓名是这个人存在的确证，也是这个人的尊严的一种标志，但是战俘营会通过剥夺你的姓名，给你施加一个数字编号的方式，剥夺人的个性，使其沦为一种物化的部件，或一种毫无价值和尊严可言的动物。所以，当我们从这个角度去理解郁漱石收集战俘名字的动机，我们就会发现他其实有着某种精神反抗的姿态或者是人文主义的立场在里面。

徐源：确实我也注意到，郁漱石搜集名字的动机里有个人反抗的意味在里边。

郭洪雷：我倒想起来布罗茨基说的，战俘营或者是监狱，它会有一个什么样的效果呢？就是空间的有限，使得时间变成了无限。战俘是在非常有限的一个空间里面生活，但正是因为空间的有限，使得很多东西都在很短的时间里面呈现出来了。时间会膨胀，三年的战俘生活，你感受到的可能比你在外部世界 10 年所经历的事情更多。布罗茨基说的相对性是有道理的，你看这个人一旦彻底地没有行动自由了以后，他的头脑里面，记忆里面，把很多很多事情都拿进来，反而使时间变得很长了。

李佳贤：我看这个小说里面写他们如何艰难地生活，就联想到了一些其他的作品。他们住在一个孤岛上，我就想到了那个日本电影《大逃杀》，里面就是把人都放在一个孤岛上让他们互相残杀。如果你放弃去杀戮的话，你就会死掉。我感觉这个小说也是这样，把人性当中的善恶都凸显了出来。这个小说里面也说了，人性之中不仅有善或恶，其实它是很复杂的一个东西，邓一光这部小说聚焦到战俘营，我感觉把人性的很多东西都写出来了。

另外就是郁漱石在里面是翻译，他是两边语言的一个沟通。战俘营也给我一种像巴别塔一样的感觉，这部小说里面甚至还写了很多方言，他粤语的一些表达底下都没有作注释。我注意到只有一个，那个人讲的是客家话，然后注释里面说这个是客家话，是什么意思。里面那些粤语其实我不太看得懂，但是他也没有去注释。我感觉到他好像是在还原战俘营当中那种人与人之间有隔阂的那样一种状态，互相不信任，互相不理解，而且是不同的族裔，不同的阵营，有不同的政治理念，不同的价值观。人与人之间其实是互相警惕，互相提防的，郁漱石反而是一个能够在他们之间做沟通的一个人，英文啊，日文啊，以及一些方言，他都听得懂。

郭洪雷：我觉得这也是这部作品非常有特点的一个地方，郁漱石很特殊，他很多语言都能听得懂，成了一个文化中介式的人物。这种语言隔膜我不知道同学们有没有体验，我是有体验的。我当时在福建的时候，和同事或者同学们交流很正常，大家都说普通话。给我感觉最深的是，我和某个同事俩人正说着话呢，突然之间他来一电话，他就开始跟家里人说话。我就发现他说的话就和日语、和韩语都是一样的，我都根本听不懂。所以语言就是这样，小说里面包括老咩、孖仔，他们都操持着个人的语言，这种处理很有意思。

高妮妮：老师我想问一下，小说中多处写到长着透明翅膀的草蛉、浓密的森林等意象，但它似乎并不是代表一种希望，似乎也不是给他灵光乍现的提示，似乎也没有什么明确的预示，我还没有完全体会到作者的用意。

朱婷：后面好像有提到这个草蛉象征了他母亲，或者是加代子。

郭洪雷：肯定是有意味的。我又想到一点，作者最后没有把郁的母亲落到实处，我觉得是很好的一个处理。如果通过冈崎把他的母亲找到了，或者他母亲有怎样的境遇，他母亲究竟是怎样的，他和自己的母亲又有一种什么牵肠挂肚的东西，反而会流失某种东西。处理成空缺之后反而让和母亲相关的东西、人生当中最美好的东西，还能让我们寄托着。虽然是空的，抓不到的。读作品你们就是不要放过任何一个细节，刚刚妮妮说得很好，这个草蛉怎么反反复复在里面出现？很多小说家是非常善于写这个东西的，写蚂蚁呀，写小狗啊。你看莫言写《枯河》，《枯河》里面反反复复写那个狗，狗被车轧了然后肠子从肚子里出来之后，这个狗和这个人之间究竟是一种什么关系？作家们太善于用动物去写人了，所以你们不要放过，要揪住这些东西。

叶荷娇：郁漱石并不知道自己的生母是谁，只知道她是一个日本人，姓冈崎，并且他一直都没有停止对生母的寻找，哪怕是被关在D战俘营的日子里，他仍然抱着这样的信念和希望不停地追寻着。这种对亲情的渴望与寻索，在战火纷飞、一切都几乎支离破碎的混乱年代里总是显示出格外的珍贵与温情，正是因为有这样的人性存在，一个人才能成为人。郁漱石是一个混血儿，他的母亲是日本人，而父亲是极其痛恨日本人的中国军官。这样看似毫不相容的两个敌国的混血，在这部作品中可能更具有独特的意义。《丰乳肥臀》里的上官金童也是混血儿,和郁漱石一样,上官金童也有着一副好皮囊,生得是人见人爱,但上官金童的中外混血显示出的却常常是一种羸弱与怯懦,患有恋乳癖的他一生都在女人的庇护下生活。中日混血的郁漱石虽然多愁善感,但他正直能干、有民族气节,日本母亲的背景让他生来就对日本抱有一种亲近之感,以至于开始时他从来没有想过自己要上战场去伤害日本人,也不愿相信他所认识的日本人,怎么能有这么深的憎恶和残忍,怎么能以人的身份对另一些人做出那样灭绝人性的事。郁漱石所拥有的中日背景,看似是两个国家民族的混合体,甚至在战时的一些人看来是杂种,但事实上,他比很多纯种的中国人更爱中国,对日本也有着独特的深厚情感,在他身上,反而凝聚融合着两国美善的人情与品质,更加包容、通透、重情,更具有人性。而战争是敌视,是分裂,是把人变得冷酷无情而推崇反人性的血腥暴力,其本身便是罪恶,并无正义与否之分。因此,在中日两国之间发生的战争会把人变成士兵,会将人异化成战争机器,不知不觉从一个独立的人沦为一群士兵,这样,两国之间的士兵们面对敌国的士兵,便只能以仇视与杀戮的态度出现,不可兼容,不能再像人那样去温柔拥抱另一个人。而有着两个敌国共同血脉的郁漱石,反而更具有人性,更能跳出两国战争看见世界,看见两国人民之间的友谊,看见战争之外人性中的本真,看见人性相互之间亲密的联系,看见人与人之间本身并无差别,这种敌对双方的混血与融合,反而更具有包容性和崇高性,这恰恰是对分裂与战争本身的讽刺。人的成为是不分国界的,只有战争才分国家和敌我。

吴晨:律师冼宗白问郁,如果找不到失踪的恋人,他怎么办。郁没有正面回答自己该怎样,这正对应了大家刚刚所讨论的话题:郁的生死似乎已经与他无关,不能由他决定了。而是向他可能永远不会存在的孩子嘱咐:要原谅家人办不到的事,不抛弃,不仇恨;要远离战场,不为不能保护他们的国家拿起武器。吕老师前面提到郁有想回到未上战场之前,扭转整个局面的想法。家庭、国家其实就是推动郁走上战场的重要因素。郁清楚地认识到,如果这两个因素没有改变,哪怕自己回到过去，最终的结果也不会有所改变。自己得不到的，总想给孩子，这是人之常情。郁仿佛从来没有信心考虑过是否能够活下去这个问题。所以到他畅想未来，提到孩子时，给我们带来一丝希望的同时，更多的是感受到在历史潮流中个人力量之微弱。

陈佳： 还有一点想说的，就是大家可以看到扉页上的话，这本书是作者送给他的几个孩子的。他为什么要把这样的一本书送给自己的孩子，我想这里的原因值得我们细细地思考。

从生命的根本处探入历史
——胡学文长篇小说《有生》讨论

主持人：郭洪雷、吕彦霖
讨论人：杭州师范大学文艺批评研究院中国现当代文学专业教师与学生

一、生命感受与生命形态的多样书写

陈佳飞：在祖奶的叙事过程当中，作者不时插入"蚂蚁在窜"这句话，如此不断强调，我想可能与小说的主题有联系。"蚂蚁在窜"带给读者的是一种躁动不安、奇痒难耐的感觉，联系小说的主题，我不禁大胆猜测，小说想要表达的似乎就是这样一种躁动的生命体验。我们从小说的文题入手，《有生》，联系祖奶本人的接生婆身份，我们很容易就知道小说所要探讨的是关于生命的问题，因为无论是出生还是死亡都是超验的、不可知的，而唯独处于中间的生命状态才是经验的、可知的。而小说当中各种人物的命运似乎也在证实有关生命躁动的主题。我们可以看到，小说中人物的阶级分层是非常有特点的，农民、村支书、镇长、饭店小老板、大商人等，他们都是处于一种躁动当中，例如毛根由于爱欲的觉醒而对宋慧产生的单相思，如花对钱玉难以被除思念，乔石头压抑在身体当中难以平复的罪恶感，等等，这些似乎都是生命当中躁动的表现，作者用质朴无华的笔触来表现生命的难于超脱的不自由的生命状态。颇有庄子《逍遥游》的意味，无论是人还是万物，都得遵循各种各样的尺度，躁动的生命想要突破这些尺度，也终究只能被这些尺度所束缚，这也就是作者期望达到的主题所指。

麻文卓：我倒觉得《有生》的主题是体现了一种命运的不确定性。《有生》中主要写了6个人物：祖奶、如花、毛根、罗包、北风和喜鹊。

首先，我们看祖奶。文本中不止一次地提到过诸如"多年后，我也没有想到"之类的话，充满着偶然性。如果"我"和父亲当年没有偶然地钻进那个窝棚，我们就不会遇到李贵，也就不会遇到李富一家人；"我"一开始跟着父亲谋生活，后来却当了接生婆。而被"我"接生的人，大家的命运也都充满着偶然与不确定性。如花和钱玉的相识就是一次很偶然的机会，而钱玉的死亡也是如花所没有料到的，而更加令人惊讶的是，如花和钱宝的结合。其他几个人物也都是如此。虽说，无巧不成书，这个"巧"其实就是暗含了一种命运的不确定性，而整个"史"也正是架构在这种"不确定性"中。但作者在处理这种"不确定性"的时候，又常常会通过叙述者的一种预叙做层层铺垫，例如，钱玉要离开家去做矿工时，文中就写到"如花便放心了，甚至对钱玉所言的花屋有些向往。没想到这次别离竟然是永别"。这种预叙的铺垫，我在读的过程中，又会有种宿命论的感觉，而偶然事件的产生，又是将人物的命运引向固定的轨道。对于命运的看法——确定性或是不确定性，或许，也是作者想在"万物史"的构架中讨论的。

许星星：我的观点不大一样。个人觉得作者的着眼点并非生命的躁动或者命运的不确定性，而是致力于对多样生命的展现。躁动给人很急、一刻也无法停留之感。像张炜《九月寓言》中赶鹦不停地奔跑、青年人的夜游、"肥"永无止境的游走等等，这些我觉得是生命的躁动。我能在《九月寓言》里感受到他们对被给定的命运是不服的，因而他们跟随、游走、奔跑。每个人都以狂躁的、宣泄的"动"来拒绝既定的一切。但《有生》没有给我"动"感，更多的是每个人物在认清现实与自己后的"顺"。这"顺"不是对外部的妥协，宛如羔羊失去个人脾性，而是顺应个人的内在"性"发展。这其中就带有一种"顺天应命"的中国传统生命美学。作者几乎给每个人都安排了一个物，物有物性，不同的物相互建构了自然界，物的不同特性相互作用，使得自然界生生不息。人也有自己的脾性，物与物能够并行不悖，相互协调，那么人是否也应该向万物学习，"顺应"各自秉性，同时也尊重他人的脾性。因此，我在小说中捕捉到的"顺"感，或许是作者为每一个生命的真挚发声所产生的效果。他深切地希望每个人都能尊重生命的多样性——自己的以及他人的。作者三番两次借祖奶之口道出了一个人的诉求。如花 12 岁时，羞涩腼腆。如花她娘脾气暴躁，带如花来见祖奶，告诉祖奶如花常常丢魂。祖奶对如花百般怜惜，对如花她娘说：人和苗一样，各有各的性，麦子就是麦子，你非要让她长成树，魂就容易丢。除了劝诫如花的家人要尊重如花的本性外，祖奶也对罗包的父母讲了相似的话。罗包懦弱胆小，行动慢半拍，父母怀疑他被下了蛊，于是带他找祖奶。祖奶用羽毛随风飘、石头随力落，向罗包父母传达一个道理：石头朝下落，羽毛往天上飘，各有各的性，没必要拗着来。作者赋予祖奶博大的心胸，其实也是对尊重生命多样性这一精神诉求的有力表露。

二、人与物

靖雪莹：前面星星已经提到，这部小说名为《有生》，但明显把"人"之生与"物"紧紧联系了起来。"物"对人来说到底意味着什么？仅仅是附庸，还是空虚灵魂的填补？这不用我多说，小说中的几个人只怕就做了最好的解释。我注意到的是，往常每每有人带着困惑来向祖奶求助，祖奶常常是用"物性"来解"人性"。就是用自然的生命常识比附人生的选择难题。整部小说中，祖奶不能行动，只能思索，但却是所有人的精神支柱，这就好像是一个"神物"。宋庄的人对她此时的状态无能为力，但对她的能力依然深信不疑，这便提示了我：人对"物"的信仰是否会更虔诚？人与物的交流的确少了些感情回馈，但却自然地传递了一份安宁。生命之间的纯粹就此可以展现吧。

陈佳飞：就靖雪莹同学提出的"人和物对应"深化一下，据说小说《有生》原题名为《万物史》，而在小说中也充分显示了作者想要包含万物的野心，文学作品的任务只在"尽人情"，因而作者要以人为代表，通过以小见大的方式来展现万物的生与死。但在小说当中，作者也依然没有忘记小说文题"万物史"，他把"万物"也化作"蝴蝶""乌鸦""蜜蜂""黄豆""喜鹊""蚂蚁"等与小说所阐释的人物之间时刻发生着联系。这种联系不仅是人物本身的象征，有时候万物在情节发展过程当中也承担着相当的作用。例如，"乌鸦"是钱玉在如花心目当中的化身，为什么选择"乌鸦"是因为钱玉是在煤矿中发生事故死掉的，全身沾满黑煤，由于这种接近联想使得"乌鸦"成了钱玉的化身，因而在"乌鸦"身上寄托着如花对钱玉全部的爱恋，但是毛根因为对宋慧的单相思没有得到回应而处于发泄怒火的需要，射杀了如花的宝贝乌鸦，以致如花来向祖奶告状，才发生之后的故事，所以，"乌鸦"不仅仅是人物本身的象征，也是小说中重要的叙述逻辑连接点，推动着情节的发展。此外，"万物"也有暗示人物命运的作用。例如，"黄豆"所代表的不仅是罗包慢吞的性格和卖豆腐的职业，它也代表了一种多子的命运，然而多子所带来的并不是罗包的福气，而是不得不要面对与麦香失败的婚姻。这种对婚姻的矛盾也随着罗包的又一个孩子的即将降世而不断受到激化，尽管作者并未交代罗包的命运，但是我们能从中预测到罗包由于自身慢吞懦弱的性格而难于挣脱命运泥沼的生活悲剧。

许星星：我也隐约感受到了"象征"。但与陈佳飞同学所谓的"人与物间的联系是人物本身的象征"不太一样。在《有生》里，每个人对应一物，花虫草木，各不相同。我想，一物是否象征了一个世界？每个人伴随一个物，说明每个人除了共有的现实世界之外，还保留着一个私人世界。这个世界隐藏了隐秘的内在，用来寄托情感、宣泄情绪以及倾诉烦恼。像蚂蚁是祖奶的阴影：母亲死时成群的蚂蚁，自己被强暴后被蚂蚁包围，父亲尸体上密密麻麻的蚂蚁。蚂蚁是祖奶心里的一个结，这个结里藏了祖奶对死亡与暴力的恐惧。蜜蜂于杨一凡，应该是他隐藏焦虑的一个世界。乌鸦是如花的寄托。如花相信钱玉死后变成了乌鸦：乌鸦在，钱玉便永远与自己相伴。"乌鸦由钱玉而变"，已然化成了如花心底的信念。正因她执于此念，此念便幻化成她独有的一个世界。这虚幻的世界弥补了如花在现实的不完满。此外豆腐于罗包，铡刀于林月莲的公公，羊于羊倌，等等，都是人物在不完满的现实中寻找到的弥补物。

作者把人与物结合，让物象征一个世界，使得读者能够进入由物编织成的虚幻世界进行反向思维——由虚幻把握真实——从虚幻中体会现实世界中每个人的缺失所在与焦虑所在。

陈泉慧：我与三位同学的观点不同。我从《有生》中人与物的紧密联系里，窥见了人对生命的一种自然的理解，以及人与自然和谐相处的精神诉求。人和动植物间仿佛有着一种模糊而又灵犀相通的交流。如花爱花成痴，甚至被戏称为"花仙"。她的丈夫钱玉虽然死去，如花却始终认为他只是化为乌鸦陪伴在她身旁而已，从此，她与乌鸦之间有着斩不断的联系。树上的喜鹊救了羊倌，将树枝和喜鹊联系到一起，树枝从此改名为喜鹊，甚至想变成一只真正的喜鹊，两个"喜鹊"之间同样有着生命的联系。大梅父女与锔活，罗包与豆腐，羊倌与羊，在人们与万物交流中，构成了一个隐形的联系。人们不光能创造出灵性的事物，还能与植物密语，与动物状如亲人。万物生生不息，大地接受死亡，包容万物之死，化死为生，滋养新的万物。在人与物的联系当中，万物对人也产生了一定的影响，人们渐渐形成了对生命的一种自然的理解，甚至隐含了追求一种人与自然和谐的生态伦理精神。人亦是自然界的一部分，而我们在自然里获得的启示能够使人类重新审视自然、社会与经济之间的关系，重新审视人类的生存和发展。

三、"历史"如何赋形？

马英姿：《有生》这部小说，在我看来，虽然它的故事中有"史"，但和历史并没有产生很大的关系。作者或有指涉历史的雄心，似乎很想把人物放在博大历史之中，因而有意提到了历史上的某些大事件。作者把承担"史"的重任放到了"祖奶"身上，试图通过祖奶这根线索串起百年中国史。但是在"祖奶"这条线之外，其他人物的生命活动并没有因为历史事件发生多大的改变，"祖奶"也并没有真正进入历史的经脉，并化作其新鲜的、流动的血液。人是生活在历史中的，写人或多或少都要牵涉到历史，尤其是在历史变动频繁的时间段。因而我认为《有生》对历史事件的提及不足以成为它是历史写作的证据，它对历史的触碰是一种有意的但并不成功、同时也是别无选择的牵扯。作者缺少以人写史的笔力，人物始终潜藏在历史的地表之下，与历史脱节。但是，失之东隅，收之桑榆，在这一缓缓脱离历史的悬浮舞台上，得以上演了个体生命历经苦难、追逐欲望、两性对垒、生命无常的一幕幕戏剧。较少涉及历史书写，使小说少了历史积淀的厚重感与磅礴气势，但减缓历史的滞重后，也多了些人物欲望、激情、焦虑交杂的轻快与飞扬。

结合整部小说的表达效果来看，《有生》中"史"的气势来自"祖奶"形象及各类人与物的繁多，这里的"史"更像是在隐喻各式各样生命的繁茂与广博，而不是历史的长度与深度。

郭文侠：我的观点可能跟马英姿不太一样，我始终觉得胡学文是有书写历史的野心与热情的，只是这热情是潜在的，是隐藏在琐琐碎碎的日常生活细节中的，因而其冲击力不够强烈，甚至让我们产生历史与个体断裂的感觉。事实上，历史意识是贯穿这本小说始终的，而且愈到后期愈强烈。就拿祖奶的子女后期密集性的死亡来说，祖奶一共孕育了9个子女，他们的死亡大部分与20世纪中国历史的走向有着千丝万缕的联系。比如李春随德王逃亡途中中弹而亡，李夏被伪蒙疆政府的高粱军射死，乔秋死于饥荒，乔冬在公社炸山石时出了意外，乔枝爱上了一个下乡的城里青年，最终因受情伤而自杀。历史的车轮无情地碾过这些卑微而粗陋的生命，留下一道道血痕，他们所有的苦难与不幸最终都由母亲乔大梅来接纳、收束与承受。乔大梅在一次次承受死亡打击的同时，也在一次次地用自己的双手将全新的生命引领到这个世界上。在生与死的无限循环中，历史拖拽着巨大的死亡阴影，内蕴着生命再生的能量踽踽前行。

马英姿：《有生》中的"祖奶"形象是小说塑造的最重要的人物形象。"祖奶"明显担当了作者试图梳理历史链条的人物，她以其长寿、勤劳、博爱、正义的形象特点担当了一个闪闪发光的"地母"角色。在小说中，女性被塑造为具有奉献精神，被众人膜拜的"地母"形象早已有之，女性以其忍辱负重、聪明机敏、坚忍执着的特质代表了世间的正义秩序，甚至具有了某种"神性"，成为民间力量的代言人。莫言《丰乳肥臀》中的上官鲁氏就是"地母"的代表人物。如果说上官鲁氏因其承载的厚重历史苦难而有"地母"的资格,那么"祖奶"这个人物——她身上的历史感似乎并不足以撑起为众人膜拜的"地母"角色——得以成为"地母"的倚靠是什么呢?在《有生》中,作者的回答是对生命的尊重与敬畏。"祖奶"接生婆的身份首先表明了这一点。就文本的书写效果来说,作者对她个人命运的偶然性书写并不出彩,以生命际遇来看,这个人物并不立体。我认为对生命的尊重敬畏才是"祖奶"这一人物形象的支撑点。同时呼应了另一条线——对向"祖奶"倾诉的众人的书写。这一条线也清楚地体现出作者对不同种类生命的书写冲动与贯穿于其间的尊重。这也透露出小说的焦点:"万物史"不重在历史,而重在多样的、广博的、焦灼的生命,与其背后的生命意识。

同时,这也引起我们的思考:"地母"这一意象是否代表了作家形而上信仰的匮乏,而安排这一包容万物的女性形象来填补此空白,以抚慰苦难、平息欲望、倾听众生?

郭文侠:一看到祖奶这个形象,我也跟马英姿一样,联想到了中国民间的地母之神,祖奶这个人物还算是比较完整地体现了中国民间大地的内在生命能量。她的大慈大爱与包容一切的宽厚,正是"地母"所具有的典型特质。"大慈大爱"表现为她的爱心超越了一切利害之争,称得上真正的仁爱。小说中表现得很明显的一点就是,祖奶接生从不问出处,无论是富贵人家,还是贫苦农民,甚至是土匪、日本人,只要有需要,她就不计一切代价去接生。她的一生都持守了天地所赋予的正气与自然的母性,她所凭依的是民间原始的生活法则。"包容一切"暗喻的是祖奶作为地母之神的神性,蕴藉的是一种自我完善的力量。祖奶凭着生命的自身能力,将天下所有的痛苦、不幸与污垢化为营养与生命的再生力量,让生命立于不死的状态,使自身升华为充满神性的圣洁化身。在祖奶身上凝聚着母性与神性的双重力量,她默默地承受一切,却孕育和保护了鲜活的生命源头。在这个意义上,祖奶是历史得以赋型的承载者。

四、叙事语调与叙事结构

陈泉慧：祖奶以一个接生过万人的资深接生婆的身份出现。由于祖奶几近于"神"的传言，引来一众倾诉、祈愿的人，纷纷向她袒露自己的一切。虽然祖奶身体已无法动弹，却始终留有一丝清明的意识俯视众生，以这样一种"冷"眼看世界的姿态，收容一切隐秘之事，洞悉人们的内心世界。作家通过这样一个近似半神的特殊人物视角，以及配上祖奶成熟、沧桑、通透的叙事语调，展示了人与万物的契合和生命的复杂性，也看到了作者想要描绘"万物"的野心。但小说中的叙事语调偶尔会有和人物不甚相符的时候，比如在母亲生产之时，乔大梅作为一个年幼的孩童，对生产的画面过于冷静和专业的描述；还有作为一个没接受过教育的农村妇女，她的言语常常超越她的知识界限和认知范畴，经常带有一定的哲理性。尽管作为一个曾经跟着父亲四处闯荡的女孩来说，有一定的见识与阅历，但其对人性的分析过于透彻，似乎不是一个农村妇女该有的见解，和人物有些偏离的语调导致作家在塑造人物形象时稍显出一丝用力过度的痕迹。

康银兰：关于陈泉慧同学说的作者在塑造祖奶这一形象时稍显用力过度，我认为也许是作者有意为之。祖奶作为小说里居主导地位的叙述人，注意：对她的称呼是"祖奶"，这很容易与"祖母"产生语义混同。有必要对"祖奶"进行进一步辨明，这关系到对后续所谓祖奶语调的理解甚至整个作品的理解。"祖母"是一个在狭义范围内，或者只限于直系的亲属间使用的称呼，如果我们潜意识地带入我们已有的对一个祖母原型的已知条件去审视这里的"祖奶"，我们很容易觉得这个人物所操持的叙述语调是值得怀疑和推翻的。因为此时我们内心的期待是一个传统的祖母的出场，在这样的期待下，语言与人物的分离十分明显，因为从她的自白中，不能使人捕捉到更多能够对这个叙事主人公进行定位和评价的情况，没有识别度。还一再冲击她的形象的是她那清晰的记忆，作为一个垂垂老矣的人，她忆及父亲单县的牌坊的时候，思维清晰，完全不是我们期待中的一个年迈的"祖母"。所有以上这些不适最初的源头可能是我们把"祖奶"意会为"祖母"所致，从而让一个"刻板印象"主导着我们产生以上不适的感受。一旦重新认定"祖奶"一词后，便会走向另外一种维度。被称作祖奶的"我"与其他人物无任何亲缘关系，围绕祖奶的是一个更复杂更大的社会成员构成，祖奶是这个世界里的中心，她是有些抽象的人物设定，承担一定功能，是小说世界里的支撑，是某种神秘力量的具象化。这样一来，她那种洞悉一切的让人辨别不出她的性别、年龄的语调便不是一种缺陷，而是看作作者的有意为之，由此，"祖奶"的语调中渗透的是一种不置可否的硬度，一种坚如磐石的东西，她的语调不对她的形象负责，小说的意义存在于"祖奶"的语调之内。

麻文卓：我不知道大家有没有发现，《有生》其实一共说了三个故事，第一个故事是文本现实中所发生的，第二个是祖奶回忆自己的故事，第三个是祖奶回忆其他人的故事。而不论祖奶在回忆自己的故事还是别人的故事，她都是以一个梦呓者的身份在叙述。祖奶一直躺在那里，在外人看来就像是睡着了一样，每当现实又发生了什么事时，她的思绪又能飘得很远很远，不停地回忆起其他人或是自己的故事。但是，祖奶的叙述有一个很大的特点，就是她不能说话，不能发出声音让别人知道。在文本中，多次提到祖奶得知了一件事情，很想说出来，但是却无力发声。最典型的就是，当乔石头告诉祖奶，自己要为祖奶修建一所祖奶宫的时候，祖奶非常震惊生气，恨不能跳起来把乔石头骂一顿，但是她依旧只能躺在床上。我觉得，这其实正是一种叙述者无法深入地介入历史的隐喻。因为是万物的史，对于"史"的态度，我觉得在祖奶的叙事方式中也可见一斑。只能回忆尊重，却无法更改。

靖雪莹：作者在机缘巧合之下，确定了"伞状"的结构方式。这让他写作时多了些兴致，也让我读来感到惊奇。全书 20 章，以"祖奶"为始终，其中整齐地间隔穿插 5 个人物，以此构成一个回环。看似确实是一把滴水不漏的伞。但是，"形"不散，"神"散不散却值得推敲。祖奶的主心骨地位毋庸置疑，但我读得出她的美德、看得到她的传奇，却品不出她的性格。相比之下的其他 5 个人，性情各异，却都是"痴人"，各自陷入了自己的圈套，而祖奶模糊的全能性正可以揉抚他们的棱角。这样看来，缺陷反倒成全了作者的苦心。总的来说，作者有写"百年家族史"的意图，既然有了"家族意识"，便想把人"团"起来，"伞状结构"的选择给了他操作的可能。然而，仅仅撑起一把"伞"，到底是小气了些，从头到尾都弥漫着制造业的气息，一切都安排得规规整整，这使其看上去更像机械的产物。说到底，"伞"只是一个遮风避雨的工具，它有很大的作用，却没有自己的生长点，没有作者的不断提示，我便意识不到它的存在。小说下半部分的叙事节奏越来越快，让我不免猜想"制造者"是否已经筋疲力尽。总之，从"伞状结构"被设想的那一刻开始，作者心中或许就有了大局，但正是带着这样的意识，到最后也没能给文本放一点自由。伞是好伞，但终有用不上的一天。

陈明珠：我也能够体会到作者想通过人物与祖奶之间的联系去分说个人的小历史，在后记里他也将其结构称之为"伞状结构"。如果说祖奶处在顶点位置，观察其他四个视角与祖奶的关系，除了都是祖奶接生的，有几人会向祖奶祷告或忏悔以自救，人物之间再无其他深入的联系。尤其是《北风》的那一章，更是非常突兀，像是一首乐曲中突然掺入了杂音。这就让整个故事的串联变得非常的生硬，彼此之间不能融入，就显得没那么和谐了。

张仁泽：雪莹和明珠同学都提到了结构问题，我也与两位同学有类似的看法。作者称其为"伞状结构"，但在我看来，作品确实具有祖奶这一"伞柄"，也具有罗包、如花、毛根等这些"伞骨"，却没有一个将这些伞骨很好地连接包裹起来的"伞面"，就像明珠同学说的那样，"人物之间再无其他深入的联系"。读完整部作品后，让人不禁怀疑，如果将其中一个故事单拎出来，进行更深入的思考和更精致的加工，会不会更好一点。但另一方面，星星同学提出的"生命的多样性"或许能解释作者选用这一结构的原因，人物数量的多能表现出生命的多样性。但总的来说，单从阅读体验上，每个人物、每段故事之间缺乏深刻的联系，会让人产生隔膜、阻塞的阅读感受。

五、对"蚂蚁在窜"的多重理解

陈明珠：有几个疑问一直伴随着我整个的阅读过程。比如，祖奶为什么被神化？为什么乔石头声称要将自己的后半生交给宋庄？为什么只有宋品一个人能看到祖奶身上有蚂蚁？刚才佳飞同学由"蚂蚁在窜"引出了"生命的躁动"，我同意他这一观点。我觉得，《有生》写了那么多人，宋品才是充当了那个人与人之间联系的中介，从而让人难以忽视。他是一个很"吃得开"的角色，面对祖奶，他不像宋慧、如花那样充满敬畏，甚至当着祖奶的面就会跟麦香勾搭在一起，但在妻子和情人孰轻孰重这个问题上，又清醒得很。同时，在联系村庄各色人等拆迁时的行为举止，都让我感觉到宋品这个人物，待人处事有着天然的拿捏感，生活得有滋有味，游刃有余。所以我想，是不是正是因为这一点，才能让他独具看得到蚂蚁在窜的"慧眼"。换句话说，面对生命的躁动，他不是遮遮掩掩的，选择了伸手搔抓生命之痒，反而能够得到身心合一的愉悦，至于其方式及合理性，那就另当别论了。总而言之，我的这些疑问主要还是因为关键情节的空缺而生发出来的，诸如"蜂王"到底是谁之类，而另起炉灶，穿插进一个新的故事，成了作家处理空缺的一种方式。虽然在阅读上略有阻塞感，但如果把这样的"空缺"嵌入现实生活的状态里，就造成了我对生活的一种理解，因为生活本身就非常悬疑，也存在着种种无法解释的空缺。

张仁泽：蚂蚁在身上窜来窜去，就像牙缝里卡了东西，就像鞋子里进了小石子，虽然微小，却让人焦虑、难受。祖奶就一直处在这种感受中。其实不只是祖奶，其他人物其实也都被这样的感觉所包围，如花对于钱玉的心结，毛根对于宋慧的进退维谷，杨一凡对于蜜蜂的胆战心惊，哪一个不像蚂蚁在身上爬来爬去呢？我想，蚂蚁在窜或许是串起整部作品的一根细若游丝的线，不同人物、不同故事之间的那一点微弱的联系，生命多样性之间的一点共性，或许在这里可以找到。再者，为什么只有宋品能看到祖奶身上的蚂蚁这一问题，我同意明珠同学的看法，祖奶和宋品看起来是两个极端不同的人，祖奶通透，宋品深谙世故，八面玲珑，是个不折不扣的"人精"。或许这种通透和世故有其共通性，因此，宋品才是能真正理解祖奶的那一个。

康银兰：对于"蚂蚁在窜"，我有不同的理解。这四个字的重复出现，恰到好处地掩盖了小说中偶尔出现的节奏缺陷。尽管小说的作者在进行叙事的时候会忘记隐藏自己作者的身份，与真正的叙事者争夺话语。例如小说中，我们看到会加入许多评议性的语言，"虽有嘲弄，却是事实"，这种带有论文求真色彩的语言并不少见，它们破坏了小说的想象空间，这种也许是无心之笔，但无疑损害了小说的节奏。然而，更值得注意的是，作者却也成功地嵌入了某些东西，恰好盖过此处的缺陷："蚂蚁在窜"在小说中定时定点地出没，显然不是作者的无心之笔。它一再地出现，也一再地被作者突出。这个细节的作用相当于作者在小说中投放的一个节奏开关，使阅读的人挥之不去，这一"重音"在小说中引起的余音也逐渐呈现出来，如此一来，小说的节奏便又开始明朗起来。

历史长河里的一阕民谣
——王尧《民谣》讨论

主持人：吕彦霖、李佳贤

讨论人：杭州师范大学文艺批评研究院中国现当代文学专业教师与学生，王尧教授作为嘉宾，以批注的方式参与互动

李佳贤：今天我们讨论王尧的长篇小说《民谣》。该小说有几个值得讨论的问题：首先是小说的结构。其次，是虚构或真实的一些历史文本，它们体现在"杂篇"和"外篇"，包括"杂篇"中收入的作文、入团申请书，乃至当时的倡议书、毕业留言、检讨书、揭发信、政治鉴定、儿歌等等[1]，"外篇"中收入"我"的初中语文老师写的小说。最后，是一些别有意味的细节，比如小说中的"味道"——洪灾导致麦子有发霉的气味，"我"的神经衰弱、白胡子老人等等。同学们可以就这些问题，当然也可以从其他方面谈谈自己的感受与思考。

王尧：特别感谢吕老师、李老师，我不能与会，会用批注的方式和大家交换意见。

一、形式与先锋

许志益：我想谈一下小说的结构问题。首先我注意到作者借鉴了《庄子》的形式结构，采用了"内篇"[2]"杂篇""外篇"这样的结构设置。《民谣》中的内、外篇并非毫无关联。内篇，特别是卷四中出现的

---

[1] 王尧：杂篇中的各式文本，均是虚构的。大多数在十几年前就写成了。
[2] 王尧：我最初是用了"内篇"的，在定稿时删除了。主要是考虑不宜太整饬。另外，相信读者会把前四卷看成内篇。

许多细节性的事件,都被收纳到了"杂篇""外篇"当中,包括革命意味浓厚的语文作文、揭发信、检讨书,以及各类信件等,起到相互补充、阐释的作用。"杂篇"还有一个重要特征,就是作者在呈现文稿的同时,又在下面作了批注,让人想起洪子诚的《材料与注释》,两者都采用了"材料＋注释"的结构框架,先展示客观的历史材料[1],然后再从当下的主体视角出发进行评价。这种副文本所提供的视角和立场同样是小说文本中不容忽视的声音。通过这样的方式,一种"双声部"的效果就尤为强烈地呈现出来了,透过材料,我们触摸到了作者少年时期的声音,看注释,我们又听到了作者现在的声音。它的特殊之处在于它建构了"过去的我"和"现在的我"的对话。我也能感觉到整个"内篇"中叙述者一直在"我"的双重视角中反复穿梭,"少年视角"是有限的视角,在文本里呈现为碎片式的记忆,而"成人视角"则是通过"我"的回忆,来把记忆中的碎片整合起来,形成一个可被讲述的事件,并赋予它一定的价值评判。[2]

李佳贤:志益注意到这点很好。"杂篇"中包罗了多种文体,这些文字是特定历史语境下少年的"我"眼中的世界,也是"我"曾经历过的历史的遗迹;而注释就是现在的"我"与少年的"我"的对话,同时也是现在的"我"对那个时代和那段历史的重新审视。[3]

姚佳怡:志益关注的是比较大的框架结构,但我对小说中的意象比较感兴趣。比如"疯狗",就是秋兰家的那条老狗,出现了很多次。小时候那条狗总是朝"我"叫,后来这条狗死了,"我"还是会有被狗追着叫的幻觉,"我"认为这是自己神经衰弱的前兆。小说里还写道:"那时我已经知道忘记的好处,忘记了,就不会神经衰弱了。"所以这里的"疯狗"是不是指代了有关那个疯狂年代的记忆,成了"我"的心理阴

---

[1] 王尧:注释文字是十多年前写成的,去年完稿时,将材料和注释中的人物姓名、角色和时间做了部分调整,以与前四卷一致。
[2] 王尧:我后来在创作谈中解释了我为何如此,一是重建我与历史的联系,二是呈现语言的分裂现象。
[3] 王尧:这个理解是准确的。

影,一直折磨着"我"?[1]

李佳贤:说到狗,狗也是鲁迅《狂人日记》中一个很重要的意象,小说中"赵家的狗"在狂人看来也是"吃人"的同谋。《民谣》里,"我"的神经衰弱在很大程度上与外公的被批判分不开。在那样一个讲究阶级出身的年代,外公的被批判给"我"造成的精神压力可想而知。

叶荷娇:这篇小说像是作者对往事的追忆。不管温情还是悲伤,都带有鲜明的个人化倾向。同时,小说以童年视角来观察家族、小镇的变迁,这种回忆有一种流水的性质,在整个叙事中,欢喜悲愁都像随着流水流逝,泥沙俱下,留下鎏金。在"我"的生命历程中,既有人性的美好,也不乏人性的丑陋甚至残忍,但在作家的叙述中,无论是对温情还是残忍的追忆,都秉持着较克制平和的姿态。这种回忆性质的叙事很像"絮语",或者梦中的呓语,因此语言特别地散,抓不住主要的情节。[2]

李佳贤:是的,它的语言很密实,时空被揉碎、打乱了,作家舍弃了线性叙事,故事性比较弱,因此不可能轻轻松松地被阅读。再加上小说采用回忆的限制性视角,使得文本呈现出琐碎、模糊的特点,并构造了过去的"我"和现在的"我"的双声对话。而借助童年视角,小说消解了"梦"与"现实"的边界,质疑并解构了大人的"梦"。另外,小说中对革命史的回顾也同样交杂着不同的声音。梦境、回忆、现实、历史、虚构、真实……各种声音糅进了文本中,这可能也是感觉到小说难以把控的原因吧。虽然有这种阅读上的困难,但看完小说,我们还是会发现有几件事是作者重点去写的,比如外公的"历史问题"、队史的编写、钻井队的到来和填湖造田等等。[3]

叶荷娇:回忆视角让叙述带有较强的主观性和非逻辑性。我们很难轻易从小说文本中捕捉到完整信息,似乎小说的语言和想表达的内容之

---

[1] 王尧:我在写作中没有想这么多,同学如果这样理解,我也尊重。
[2] 王尧:这一阅读感受是我预料到的。另外有老师也提出一些细节比较散。也许更准确地说,是细节特别散。尽管这些细节之间有关联性,但需要反复梳理。在定稿后,我曾经想重新组合一部分,但最后放弃了。如果重新组合,文本的特质可能消除了。
[3] 王尧:对一般读者而言,确实存在阅读的困难。诚实地说,我在写作时没有考虑读者。

间也存在一定的距离。同时，小说还仿照了马尔克斯《百年孤独》的写作方式，例如小说中经常出现的回忆性质的语句："很多年后，我在巴黎塞纳河左岸徜徉时，我又想起在小镇大街的那个下午……"再比如小说中写道："我少年时看到的已经是半新半旧的小镇，如果曾祖父真的有灵，在夜间重走他熟悉的路线，他一定会说变化太大了，但他肯定预料到石板街的衰败。外公看到曾祖父趴在柜台上时，这条石板街就开始坍塌了。"这也让我想到《百年孤独》中鬼魂重返人间、与人类交流的情节。这种魔幻感，可能与他带着回忆视角看这段历史有关。[1]

李佳贤：结构也好，视角也好，其实都属于小说的形式问题。我想大家肯定也注意到作家非常注重讲述故事的方式，这篇小说因此带有强烈的先锋文学色彩。除了打破时空的碎片化叙事，这部小说还糅合了不少先锋写法。比如明显的元小说叙事倾向，再比如多文本叙事、童年视角、梦境的引入、白胡子老人的设置等等。但是有一个问题，这些在20世纪80年代比较有冲击性的、先锋的写作方式，在今天已经融入作家的创作中，并内化为普遍比较认可、接受的写作形式。这种对形式的看重是否可被视作先锋文学的继续？不知道大家怎么理解。[2]

叶荷娇：我谈一下对白胡子老人的理解吧。王大头说他自己的经历承载了村庄和镇的历史，就是说他见证了历史，同时历史也在他身上发生。从一个孩子梦到白胡子老人，我读出了轮回的意味。我觉得类似这样的设计，表现了作家对先锋叙事的坚持，这种先锋叙事增加了小说的回味空间。[3]

王海月：我认可叶荷娇的观点。这部小说的一个叙事特点是"絮语"。作者将革命年代的记忆放到庄舍水乡这样一个具有浓厚地域感的空间中去讲述，前前后后串联起几十个人物以及故事。小说中的人物并没有一个严谨的出场顺序，笔墨行到之处，顺带一提，三言两语便草草

---

[1] 王尧：我们这一代写作者不可避免地受到外国作家的影响。
[2] 王尧：就我个人而言，我更希望这些形式转化为内容。
[3] 王尧：这个白胡子老人，在我少年时亦曾出现过，可能我行走时也在做梦，或者处于幻觉中。在这次写作中，我强化了这个梦幻。

收场，随后则是相关性不大的人物相继出场，跟随作者的记忆出没在文本当中。[1]这种几近散漫的、随机排列的人物出场方式，在某种程度上给人一种"嘈嘈切切错杂弹，大珠小珠落玉盘"之感。同时，小说没有相对完整的情节，作者的讲述在相当程度上是跟着自己的思绪、感觉流动和漂浮，王二、父亲、奶奶、李先生，这些人物之间没有过多的矛盾冲突，也没有戏剧化的生命经历，总体形象不是那么立体丰满，他们只是在作者的回忆里闪现跳动，或东奔西突。与其说作者在讲故事，不如说他在企图用零散人物聚合自己的个人历史。另外，阅读这部小说也让我联想到其他作家的作品。比如："几根麦穗，也在记忆中随风而动"和"一直处在饱和饿之间"让我想到苏童的《米》中有关记忆与食物的叙事。第二部分详细介绍庄与舍与码头时，不禁令人想到王安忆在《长恨歌》的开头部分埋下的绵密之笔。"供销社墙上时常张贴的布告"让作者"有一种莫名的兴奋和慌张"，余华也曾谈到"文革"时期的大字报给了他写作上的某种启迪。[2]总之，这种零碎散漫的叙事使得整部小说有一种"絮语"闲谈之感，然而，反过来想，这亦不失为一种叙事策略。[3]

吕彦霖：我读完小说后和大家的看法有一致性：小说很难进入。如果我们想要从中提炼核心或者拉起一个严密的结构是十分困难的。[4]我在思考为什么小说会呈现出这样的特点。而且，小说比较驳杂，小镇一开始写的是村庄的布局，同学们说到的《长恨歌》也是，第一句是"站一个至高点看上海，上海的弄堂是壮观的景象"，"至高点"代表的是一个居高临下的视角，大家也知道王安忆早期写小说的时候花了大量的时间来查资料构建上海的格局。其实，这就是"空间政治"，空间决定了生活其中的人的形态，胡同和弄堂就是两种完全不一样的空间景

---

[1] 王尧：我其实是有整体设置的，但这种写法强化了你的这种感觉。也许我的第二部小说会是另外的面貌。
[2] 王尧：我和你提到的这些作家有些共同的生活经验。
[3] 王尧：这是我有意为之的。与我对这段历史的理解有关。我认为这个村庄没有大故事，其实不是我写小说时"反故事"。我觉得就小说而言，很难统一定义故事是什么。
[4] 王尧：在完成之后，我自己也觉得进入小说很难。村庄的布局我后来做了一些调整。

观。再到王尧写的庄、舍、镇三维立体乡村结构[1]也完全不同。一方面,这篇小说给我的感觉是比较现实主义的,是巴尔扎克式的,好像作者想要构建出一个完整的现实世界;另一方面,这部小说给我的感觉很像潮涨潮歇,一开始潮涨得很高,一会儿静水流深。

我想,我们可以尝试用几种范式切入:譬如成长小说的模式,里面包含着王大头的成长过程;我们还可以用《哦,香雪》式的城乡小说模式——"外面的世界很精彩":小说中钻井队和放映队来到村庄,给村民改变生活方式带来一些希望。但这篇小说是不是典型的成长小说呢?是不是在讲述"我"成长的故事?当我这样认为的时候,却又感觉小说在不断消解成长小说的范式,比如小说会忽然写到"很多年后,我在巴黎塞纳河左岸徜徉时","多少年以后,我去俄罗斯访问,终于在莫斯科郊外的新圣女公墓",因此觉得它们之间在互相消解,这是我心中的一个疑问。[2]

还有一点,这部小说也可以说是一部乡土小说,与此同时他写了大队史和家族史。家族史还有所嵌套,比如地主胡鹤义、他们自己家等。但是,他又出现在20世纪50年代至70年代特殊的语境下,让我们不得不怀疑其中还嵌套其他的表意趋向。需要向大家介绍的,就是王尧是研究"'文革'文学"的专家[3],同时他也是研究散文的专家。他的散文研究影响了小说的语言,他对"文革"的研究也给小说奠定了一个扎实的基础。刚才李老师也提到,王尧的创作带有先锋的痕迹,大家读小说的时候有没有在内容中体会到这一点?我觉得刚才李老师说得很有意思,先锋文学的技巧可能放到今天不算"新",但是这篇小说是不是重现了20世纪80年代先锋文学的技巧?而这种先锋技巧的再利用又出于什么意图?与此同时,如果我们在2021年的语境下再读先锋小说,我

---

[1] 王尧:这三个空间的设置,对应的是人物序列。
[2] 王尧:我自己不认为是成长小说。
[3] 王尧:1998年我完成了博士学位论文答辩,论文是《"'文革'文学"研究》。因为很长时间沉浸在"文革"时期的文献中,20年前开始写作民谣时,我已经设计了围湖造田的情节,就顺手写了"外篇"。

们会有什么感受，这涉及我们对王尧小说的接受问题。

高妮妮：这部作品确实具有明显的先锋特点[1]，除了小说更注重讲述故事的方式之外，它里面一些细节也很先锋。比如作家多次写到老房子的阴郁，在尹昌龙的《1985：延伸与转折》中提到"先锋小说家对南方雨季的诡秘的入迷——这些雨的故事里，潜藏着暴力与阴谋、死亡与腐烂、传奇与恐怖等可以称作神秘的一切"，在这里，作家对潮湿、阴冷的老房子的书写肯定是要传达一些什么东西。

叶荷娇：我也注意到这一点。小说中写到，但"我"在甪直街道闻到潮湿和阴郁的气息，在呼吸中闻到了石板街的潮湿和阴郁，"这种潮湿和阴郁竟然打动了我，我当年曾那样拒绝潮湿和阴郁，我少年的心中总是荡漾着红色的广告颜料和震天动地的呼号"，但多少年过去，"我"发现自己更喜欢在潮湿中呼吸和畅想，在阴郁的氛围中写下自己的文字。这里同样写到了"潮湿与阴郁"，这里"我"对霉味的接受背后表现的是"我"对历史的接受、与自己的和解。[2]

二、真实与虚构

吕彦霖：看了王尧的创作谈，他说他的野心比较大——想要重新建构"我"和历史的关系，大家觉得他做到了吗？我注意到他把中学时的作文放在最后，但是他没有解释其真实性。我最近非常关心的一个问题是文化回忆。作家写自己回忆的时候是否会作伪？另一方面是，为什么会把回忆呈现成这样？与此同时，最后补充的中学作文和前文"我"讲述的历史构成了什么样的关系？在刚开始阅读这篇小说的时候，我一直感觉难以找到一个很好的切入点，但读到末尾的作文时，我感觉那个我期盼已久的切入点终于出现了，我觉得这些作文与"我"讲述的历史之间的对立关系终于架构起王尧小说的核心。所以我觉得我们还可以讨论

---

[1] 王尧：在叙述上确有先锋小说的特点。南方雨季在我这里更多的是环境、氛围和小说调性。有时候也是人物情绪的对应物。

[2] 王尧：如果潮湿也是隐喻，可以这样理解。

一下回忆的真实和虚构如何体现在文本中。[1]

童心：小说中的"我"带着作者本人一些局部的零散记忆，是作者重返历史的一只眼睛。虽然大多数时候，"我"以一个旁观者的视角讲述那些"散落在老人们之间的故事"，但作为历史事件的亲历者，"我"与这个村庄有着密切联系。"我"参与了江南大队革命史的编写，见证了勇子事业与爱情的关键抉择，当母亲与等待钻井队到来的人群伫立在码头时，"我"与这个村庄一同被"分娩"了，从某种程度上来说，"我"也见证了村庄的新生[2]。作者关于这个村庄所有记忆的现实或虚构的想象都在"我"的视角下徐徐展开：勇子，网小，余明，巧兰，方小朵……这些形形色色的人物都在记忆中与"我"相遇。

叶荷娇：记忆和回忆的关系问题也值得关注。[3]一个人如果没有刻意去记忆，那他的回忆一定是琐碎的。当以个人记忆和感官来重现历史的时候，难免会呈现出相对口语化或散文化的倾向。所以，这种碎片化的叙述方式真实呈现了一种回忆的状态，通过这样平淡琐碎的叙述，作家把他记忆中的历史全部都展现出来。或许很多作家在处理这些回忆时，会把不重要的细节剔除出去，只保留所谓最"重要"的历史，但王尧不愿意这样做。"杂篇"中把中学作文呈现出来，可能是为了对回忆做一个补充，以求尽可能真实地再现历史。[4]

钱雨婷：我很赞同叶荷娇的观点。我觉得"人"在这部作品中，不是在时间维度中被建立，而是在空间维度和事件中被感知，比如西头老太、烂猫屎，以及"我"的妹妹糖果。时间不重要，重要的是人物，最终由人物来展现时间。小说打破时间顺序，每一部分的结尾都有些出人意料。比如，卷一在"我"猜测是胡鹤义出卖老杨、外公喊一声"啊"的时候结束；卷二在父亲扮演杨子荣、老太去看抚琴表演的地方作结。这些并不按时间线性排列的事件，本身就模仿着人回忆时的跳跃性。不

---

[1] 王尧：吕老师提出了一个有意义的问题。
[2] 王尧：我特地设计了"我"是倒着看世界的。
[3] 王尧：我在回忆中虚构了记忆。记忆可以虚构。
[4] 王尧：除此而外，我想在小说的结构上有所探索。

知王宏通是不是就是王尧,如果是的话,那真是很有意思的一部作品。另外,卷四有句话很打动我:"长幼常常是这样,在长者越来越看清往事时,幼者恰恰驮着他们的往事向前走。"这句话与我们通常所理解的"肩住黑暗的闸门"的长者形象似乎不同,让我看到了幼者的沉重。

吕彦霖:我觉得你提到了一个很重要的点,你说"人,在这部作品中,不是在时间维度中被建立,而是在空间维度和事件中被感知",我们可以继续深入,如果我们找出王尧的小说提供了怎样的新的表意风格,就更好了。包括刚才叶荷娇说:他想要把一切都记录下来,那么他为什么有这样的动机呢?

钱雨婷:但我觉得作者并没有想要把一切都记录下来。文本中有一些刻意的"遗忘",举个很小的例子:在写"我"读书时遇到的不断写作,却没有作品发表的李先生,文中提到"我记不清李先生的笔名叫什么"。这个"记不清"恰恰让人觉得真实,如果能事无巨细地把一切都回忆记录下来,这可能就失真了。

李佳贤:大家刚才也谈到小说对村庄地理布局有非常细致的描写,甚至我们通过这样的描写可以画一幅村庄的地图出来。最小的单位是舍,三五个舍组成墩子,再大一些是庄和镇,等等。之所以这样写,除却建构真实的考虑,也是为了体现传统乡村世界的秩序感。作家在第二节有一句很重要的话,他说:"村中有庄,有舍,舍围着庄转,庄围着镇转,镇围着县城转,这就是通常的社会秩序。有一天,我们村庄的秩序被打破了。"这句话点出了整部小说的历史背景:一个秩序被打破的时代。[1] 结合这句话,我觉得作者写村庄的布局,就是为了呈现传统乡村的空间秩序,并以这样的空间秩序来折射乡村世界的人情伦理。比如刚才同学讲到"西头老太"的称呼,这样的称呼就很典型地体现了传统乡村社会安土重迁、缺少变化的那种状态,空间与人情关系是纠结在一起的。但当这样的秩序遭遇"革命",必定是要被冲击和"打破"的,这部小说写的正是在这样被冲击被"打破"的历史时期的乡村的人

---

[1] 王尧:是的。

与事。

钱雨婷：我觉得除了这种空间的构造，作家对真实的追求也体现在对王二队长、胡鹤义等人物的塑造上，或者说体现在对革命史的书写上。[1]在当时的语境下，王二队长是英雄，胡鹤义则是阶级敌人。但作家在塑造胡鹤义这个人物时，并没有把他一棍子打死，而是写出了胡鹤义在传统乡土世界中的特殊地位。卷三中有这么一句话："我熟悉和亲近的人，要么老了，病了，死了，要么走了。"其实年少的"我"在写村史，成年后的"我"在写"我"所熟悉的人史。"我"始终没有刻意偏袒地主胡鹤义或者王二队长，反而把这个地主特别温情的一面表现出来了。

李佳贤：雨婷的观点让我想到"杂篇"中历史文本与页下注释。它们构成了非常有意思的参照。大家如何看待"我"的神经衰弱？不知道大家有没有注意到，"我"的神经衰弱是在遇到方小朵后治愈的。方小朵的爸爸是"右派"，但"我"却对方小朵说："你爸爸是不是右派，我们这边的人不管的，我们只看人好不好。我转述的是我外公的观点，……我一次和勇子说到谁好谁坏时，他说，你这样的观点就是'人性论'。""方小朵开心地笑了，我第一次感受到了一个女生看我的异样眼神。我不吃药了，神经衰弱好了，方小朵看到的是正常的我。"小说中少年视角的设置最想要传达出的是"我"对大人世界的不理解，和大人对"我"的不理解。[2]就像小说写到的"白胡子老人"，"我"深信"我"遇到白胡子老人的事，但是大人们对此毫无兴趣，可"他们有那么多理想，我从未嘲笑过他们"。"我"成长在一个"革命"的非常态的世界：传统乡村世界的秩序受到冲击，人情伦理、道德规范被重新定义，甚至只能讲阶级性而不能讲人性。因此，在这个时代下成长的"我"是"不正常"的"我"，是生了病的神经衰弱的"我"。"我"和方小朵之间懵懵懂懂的爱却恰恰是最贴近正常的人情人性的，当这种带有

---

[1] 王尧：这种革命书写一方面是20世纪80年代启蒙的结果，另一方面，我熟悉的乡村生活中，阶级的矛盾有时不是以激烈的方式呈现的。

[2] 王尧：确实存在这两个不理解。两个不理解其实就是冲突。

人性温度的、美好的感情发生时，"我"才开始成为一个"正常"的"我"。

姚佳怡：所以，我觉得这个故事的主线是"我"的自救。[1] 小说大背景是一个狂乱的年代，"我"的形象是一个处在蒙昧状态的初中生，思想和当时的环境一样混乱，不断地被身边的人、事冲击。我认为小说里的"奶奶"值得注意，奶奶身上承载了人道主义精神，甚至有一些"神化"的迹象。比如奶奶从来不说自己是难民，始终保持着她的优越感；比如奶奶养了几段小藕，不让"我"碰，有次"我"撕了点荷叶搞得奶奶很生气，但有一天奶奶又剪下一片荷叶送到根叔那里说敷着可以去火。虽然他看到奶奶的一些言行时，并不完全理解，但后来他逐渐地回到了"人性"的路上，这个过程是他自救的过程，最后他终于变得正常了。

李佳贤：是的。"我"成长于革命年代，旧的正在被打破、新的尚未建立。小说中因此真实呈现了不同价值立场的多种声音，有像外公坚持的"人性论"，也有勇子所代表的"阶级论"等等。文本内的多种声部使得小说的面貌十分丰富。

童心：我也同意这一点。小说里"我"的思维与言行常常表现得前后不一、自我分裂，这可能是作者的有意设置。小说中的"我"存在于过去与现在的两个维度，对于过去，从"头朝地脚朝上"出生的那一刻起，周遭的一切都在"我"的观察范围中被倒置了，这使我变得极为敏感和神经质。这种不安与疑惧的心理在文中也有多次表现：赫然印着外公名字的大字报使"我"感到恐慌，祖先父辈脱离革命的往事又让"我"愤恨羞愧，处于"生病"状态中的"我"，对奶奶背负着的小镇不屑一顾，怀疑地主胡鹤义做好事的真正动机，甚至一条狗的叫声也令"我"痛苦难忍；另一方面，挣脱了"文革"枷锁的"我"迫切地想通过记忆来明确自己的位置，进而重新认识自己与历史的关系，于是那些困扰"我"已久的事件与场景在记忆中不断地被重复追述：外公遗留的

---

[1] 王尧：这个说法有新意。

历史问题、春日下午的白胡子老人、王二队长庙前的死亡、石板街那场扑朔迷离的大火……历史总是在铺设一个又一个的谜题，对谜底的好奇驱使"我"一次次重返记忆的现场，翻检细节，鉴辨真伪，在不断地否定和重拾中拼凑历史的真相。或许是那个时代太过擅于改造与扭曲一个人的记忆，将"非常态"的东西"常态"化，在回到现实的地面上时，正常与反常的界限却也变得模糊不清了，而"我"之后表现出的种种冲突和矛盾心理，似乎是对这种感受的深化，其中或许包含了更多的隐喻色彩。[1]

吕彦霖：我们谈论真实与虚构，也可以联系前面谈过的"先锋"问题来思考。这部小说是一种弱观点、弱联系的叙事，没有强调冲突或逻辑线。如果因为生活没有逻辑，小说就按这样无规律的状态去写，那我们不能说这是现实主义小说，因为现实主义作品本质上说是理性筛选过的真实。[2] 王尧的小说不对人物作评价，仿佛人物就是这样的、人生就是这样的。这是很特别的设计。是不是他和格非一样，想要一心一意地抛开现实主义写真实？而这种抛开现实主义写真实，任由人物发展的真实是不是应和着像王尧这样的"老先锋"的志向？先锋对应的是发掘现实、理性之外的东西，而他们抛开现实、不对现实作评价的写法，让人物自生自灭的写法是不是也证明了或埋设了他对之前先锋岁月的致敬？这一点也值得我们探讨。[3]

高妮妮：关于吕老师说的作者是否想通过这样的叙述来描写真实的生活，作品中有一个细节说："网小在这封信发出二十一年后去世，她在幸福路骑自行车去镇上吃喜酒，被一辆卡车撞了。"她在幸福路上去吃喜酒，但在这喜庆的时刻她却失去了生命。这里通过乐与悲的对比，也可以体现出作家试图想表现生活的真实，表现生活的无法预知性。

吕彦霖：小说确实写了很多意外事件，就像刚才叶荷娇说的作者想

---

[1] 王尧：童心的分析与我的设置和文本比较吻合。
[2] 王尧：我压抑了自己的理性。小说中的理性或者思想需要以小说的方式表现。
[3] 王尧：教科书可以清晰地定义现实主义和现代主义，但在实际写作中，作者的笔下没有创作方法问题。20世纪80年代以后，各种主义融合了。写作时，不会想到现实主义和现代主义。

要把全部事件都记录下来。这种记录没有筛选,是不是这种不加筛选的记录能体现出另一种力量?这种力量是不是正是作者追求的?

三、跨界与命名

吕彦霖:我还想和大家讨论一个问题:大家觉得有"批评家小说"吗?作家的批评家身份会影响他的小说创作吗?或者我们应该再问一个问题:有没有"学者小说"?[1] 当然也有,钱钟书的小说就算。但是我们要问的是:学者的身份或批评家的身份给小说分别带来了什么?是优势还是劣势?

李佳贤:很多优秀作品都是跨界写出来的,像金宇澄、李敬泽、格非等人的作品。

郭艺凝:跨界是一个趋势,现在很多领域都需要跨界,批评家、学者与作家的界限或许也不需要那么分明。[2]

吕彦霖:作为一个成熟的学者和批评家,他如何评判自己的写作?这会不会影响他的创作?"批评家小说"的提法或许会消解创作的主体性。[3]

姚佳怡:我想问一下:为什么小说题目叫"民谣"?[4]

李佳贤:作者在《〈民谣〉的声音》这篇创作谈中曾谈及小说的命名问题。据作者交代,小说之所以命名为"民谣",与他在南方街头和二胡邂逅有极大的关系:"去年底在南方一座城市参会,闲逛时听到前面十字路口的东南侧传来二胡的声音。青少年时期,我最亲近的乐器就是二胡,我最早听到的最好的音乐几乎都是二胡拉出来的。……曲子终了,这个男人起身,和我反向而行。我过了十字路口再回头时,他已经

---

[1] 王尧:我在写作小说时没有批评家或学者的身份。但之前的文学批评和文学研究无疑影响了我的小说写作。
[2] 王尧:因为分工太细才有了跨界的问题。现在没有文学家了,只有各个门类的写作者。
[3] 王尧:就我个人而言,我不赞成别人将《民谣》说成"批评家小说"。
[4] 王尧:以下各位关于《民谣》的名称的分析都很有见地。

消失在人群中。……——那个黄昏我从码头返回空空荡荡的路上，想起了十字街头的场景。也许，我的这部所谓小说应该叫《民谣》。"这样一个场景真是感性、诗意又忧伤，在熙熙攘攘的城市街头，二胡这种极具乡野气息的乐器把作者拉回少年、拉回到曾经的故乡。这部小说本身是很私人性的、细密琐碎的，如果以"东风吹"或"时代"命名，或许太宏大了，与小说本身的气质不是那么契合。

叶荷娇：如果以"时代"命名的话，可能多了一些政治性的内涵，和写"文革"这样的主题比较契合。而以"民谣"命名，将文本从一个宏大的叙事中解脱出来，更切合小说风格。这部小说实际上更多是对琐碎生活、对人情人性的一种确认。

吕彦霖：这部小说确实是在有限的空间内写大历史，它不是宏大叙事，而更关注真实的生活。这一点会让我想起《长恨歌》里在革命年代却照常过自己的生活、在屋子里涮火锅的场景。其实，很多时候时代的书写不在于描写社会总的景观，而是写茶杯中的风暴。[1]

李佳贤：这部小说当然是在借故乡的人、事来反映一个"时代"，但他并没有去正面地描写宏大历史，而是采用了少年的限制性视角，基本没有溢出他第二小节所塑造出来的乡村空间，虽然有"革命"的冲击，但在这样一个空间里，旧的人伦秩序依然起着作用。另外，碎片化叙事与故事性的淡化固然增加了阅读的难度，但在很大程度上也可以说是还原了生活的本来面目。所以我们不难发现，这部小说始终是以个人的、琐碎的、生活化的叙事反映宏大的历史，反映"革命"如何渗透到村庄中，如何改变人与人的关系，人在这样特殊的年代又是如何表现的。[2]

冯颖颖：我觉得以"民谣"命名与小说的风格是更贴合的。小说开头比较轻盈，开篇曾叙述到主人公"我"渴望靠近天空，但是因为身材瘦小，不会爬树，不会手足并用，崇拜杨晓勇能爬到最高的树顶上，还

---

[1] 王尧：这是私人化的历史。
[2] 王尧：李老师说的这一点，是我想达到的效果。

有"鸟儿是没有故乡的，天空都是它们的世界"。从这些文字中，我能体会到一种类似卡尔维诺《树上的男爵》的文字的轻盈感，并且有一种人物渴望天空的豁达感。这些关于天空的叙述不一定有什么深意[1]，可能跟文本中的"霉味""白胡子老头"等等，都是作者絮语式叙述的一部分。"民谣"这个题目也给人以轻盈的感觉，似乎暗示这部小说是一段关于民间的歌谣。其实阅读文本的过程中会逐渐发现，这篇文章是在以主人公"我"的视角叙述一段与"我"有关的历史，这段历史虽然沉重，但更多的可能是温暖的人性回忆。

吕彦霖：我也觉得"民谣"这一命名更合适。小说全章都是弱联系，是一种漫谈式的写作方式，有点像《追忆似水年华》的写作方法。但是这个小说应该怎么归类，我们对小说的评论其实意味着你对它在文学史中位置的界定，这是我们应该思考的。

徐源：《民谣》的语言风格也有着独特之处。譬如作者描写村庄中几条河流寒来暑往的变化，描写大雨过后麦子发霉、草木腐朽的气味等等，都是梦幻般的呓语笔调，这种浪漫的叙述腔调又与小说整体的现实主义风格交织在一起，包括作者本人有时会跳脱出小说、同读者对话，这又类似于先锋小说的元叙事手法，这些都给人一种十分特别的印象。[2]

冯颖颖：小说中，"河流""码头""供销社"等都是叙述时经常提到的，另外也常常写到"码头上的空地"。这块空地是当年地主舞龙灯、唱戏的地方，后来成了乡村日常生活的舞台。空地连接了河流和地面，民间的历史也在这块空地上展开。虽然在《民谣》中提到非常多的民间的历史的细节，但是这些细节都非常琐碎，甚至难以串联成一个完整的故事。[3]这就让我联想到另一本把个人与民间历史融合在一起的小说——王安忆的《纪实与虚构》。在这本书中，王安忆摸索着母系的历

---

[1] 王尧：确实，有些并无深意。
[2] 王尧：这部小说因为语言、意象和结构的相对成功，多少掩盖了其他一些不足。但语言的分析很难。
[3] 王尧：故事有大小。我的很多批评家朋友也不适应我这样的写法。

史去寻找自己的家族历史，当涉及部分无法挖掘的历史时，她会以虚构历史的方式去使故事完整。她这种历史叙述是线性的、实在的，但是《民谣》的历史叙述则呈现出零碎的、模糊的特点。

姚佳怡：不知道是不是我个人感觉，我觉得小说中的人物没有立起来。似乎这还是有意为之的。小说写了很多有关奶奶的事件，但是奶奶这个人物形象很平面，奶奶身上最突出的是人道主义的光芒，但其他方面都比较模糊。[1]

叶荷娇：可能塑造立体的人物需要相对丰富的故事性来实现，但是这篇小说是有意弱化故事性的。

刘宗瑞：有同学提到这篇小说希望重建"我"与历史复杂的多层次关系，我觉得，复杂、多层次本身如何去表现其实也很令人纠结。小说人物形象没有典型化？是先锋小说还是成长小说？我们都很难去下判断。[2] 把日常发生的事情记下来，这是生活，生活当然也包含琐碎的事情，但是这些琐碎的写作必定有其含义。刚刚老师也说生活是没有逻辑的，所以小说就按照生活本来的面目去写，对笔下人物也不作评价。这篇小说涉及诸多人物，时间跨度也比较长，文本中充斥着各种声音，也有时空的转换。正是通过这些不同的人物和事件，作者找到了自己与历史的联系。这种碎片化的叙事可能因为作者是按照自己的灵感来写，有意去打破某种固定的写作模式。[3]

---

[1] 王尧：在意识层面上，我想由奶奶写出旧时代的延续。
[2] 王尧：我赞成不下结论。
[3] 王尧：我最初的理想是写部异质性强的小说。

个体心灵危机的症候分析
——东西《回响》讨论

主持人:李佳贤、吕彦霖

讨论人:杭州师范大学文艺批评研究院中国现当代文学、文艺学专业教师与研究生

李佳贤:今天我们一起来讨论东西的《回响》。这篇小说在形式上比较明显的几个特点,一个是罪案小说的形式,另外一个就是双线结构,破案线和夫妻情感线。另外,这不是一篇单纯的罪案小说或侦探小说,它非常明显地是在写人性,而且挖掘得非常深。作家像是拿着显微镜,把人物内心的隐秘都呈现出来。在讨论开始呢,我想听一听大家最直观的阅读感受是怎么样的,印象最深的有哪些方面。

一、深渊与出口

吕彦霖:我先来谈一下我的阅读感受。我觉得小说的题目就很有意思——"回响"。有句俗语叫"念念不忘,必有回响",这篇小说其实讲了一个和这句俗语很有关系的故事,就是你如果真的将一些念念不忘的东西带入到生活中,会发现生活里有非常多的裂缝和细节。这种细节平时不去看,它是无关紧要的,大家都能凑合着过。但是如果你认真地细究,任何一个细节都可以摧毁你的生活。我觉得这篇小说有病理学的性质,它其实写的是神经官能症。作家东西对人性的"恶",对于人性无法直面的东西有更深刻的认知和理解,并且他捕捉的那些细节非常好。我们现代人的一个艰难处境,其实就是生活状态被工作割裂了、僭越了,所以如果分不清工作和生活,就容易导致精神上的病理状态。所以

我觉得这篇小说有一种寓言的性质，这种"回响"或者说这种病理，如冉咚咚或者慕达夫的病理性也可能出现在我们所有人身上。东西在这部小说中达到了一个更深的深度，他写我们人的处境，人如何与现实共处。《回响》某种程度上可以作为我们现代人的一种生存寓言来看，我觉得这是写得比较深刻的地方。

李佳贤：吕老师谈了他读完之后最强烈的感受。我感觉这篇小说写了理性之下的种种非理性，挖掘出了内心深处更真实的或者潜意识的那一部分东西。有时以理性方式呈现出来的反而不真实，非理性难以察觉、难以言说，却往往指向了更深层的真实。人如何与自己非理性的一面去共处，如何处理内心深处回响的那个东西，如何跟自己和解，这都是东西在小说中想要揭示和探寻的问题。

吕彦霖：我再补充一下，佳贤老师也说到了，有时候理性的东西反而是不真实的。大家记不记得，余华就说过，作家一定是和现实有紧张的关系，很多东西你以为是真实的，但其实离真实特别远。你会发现我们说小说是虚构的，但是虚构的永远没现实离奇。第二个就是人与人之间的关系，其实我觉得东西写夫妇之间的关系有点偏黑暗了。虽然对人性的描写特别深刻、透彻，但不是很理想主义，能感受到东西可能对理想主义已经有点失望了吧。接下来请大家来说一说：阅读时有哪些是触动你们的、印象比较深刻的？你们认为这篇小说的主题是什么？

叶荷娇：看了《回响》以后，比较强烈的第一感觉是这部小说所达到的精神分析深度。最典型的是冉咚咚这个形象所体现出来的分裂与矛盾，包括她本身的分裂和所处环境的分裂。结尾处，面对邵天伟的追求，冉咚咚启动了一系列的自我防御机制，如否认、压抑、置换、投射等方式，东西在这里动用了弗洛伊德的人格结构理论。这在小说中还有多处体现，且多集中于冉咚咚身上。从这个角度去看冉咚咚，可以发现她身上确实体现出了"本我"与"超我"的激烈矛盾。不管是冉咚咚自己的内部心理环境还是外部的社会环境，都处于分裂的状态，难以统一。像她在职业跟家庭，个人情欲与社会道德，自我构建和自我认知这些方面，都具有冲突和矛盾。

刑警与妻子的双重身份使冉咚咚成为串联罪案与家庭两条主线的核心人物。小说以一场血腥残忍的凶杀案开篇，冉咚咚则以一个精明能干、理性智慧的女性刑警形象出现。随着故事情节的发展，我们也更加感受到她在办案过程中的认真负责、一丝不苟。但同时她对真相的追寻，也使她变得更加敏感多疑，面对丈夫是否出轨这样的不确定情况时，会更加难以信任对方，甚至将在办案过程中追击拷问罪犯的方式带到家庭里，以对待嫌疑人的方式来对待慕达夫——她从丈夫的伪装层挖到真相层，然后挖掘到伤痛层，不断追寻着她所认为的真相。但事实上，冉咚咚如此偏激地怀疑丈夫出轨是有深层心理原因的，她爱上了邵天伟，精神出轨了。她对慕达夫的怀疑和追问，表面上看是出于精神洁癖，但根本上是对自己的质询和审判，更是对自己精神出轨的无法容忍。她不能接受自己在婚姻里精神出轨，所以她不自觉地发挥着敏感多疑的性格，利用自己刑警的职业身份，找寻着丈夫的过错并不断放大，以丈夫的"出轨"来为自己的变心找一个合理借口，从而使自己继续保持对纯洁爱情的忠贞假象。

罪案与家庭中难以调和、平衡的矛盾，使冉咚咚的生理和心理都陷入了巨大的危机。她的身体状况每况愈下，甚至产生了被爱妄想症等心理上的精神危机。进一步而言，冉咚咚在职业与家庭中的矛盾本质上是其个人情欲本能与社会道德伦理的矛盾。冉咚咚想方设法在职业跟家庭中构建理想的"超我"形象，保持"好母亲""好妻子""好警察"的人设，她的情感洁癖一定程度上也是其着力于构建理想"超我"的体现。在她的理想当中，她所拥有的婚姻应该被纯洁永恒的爱情所填满，但事实上她"本我"的潜意识已经不知不觉地爱上了邵天伟，这背离了"超我"中的社会道德和自我构建目标。在最后与慕达夫的对话中，冉咚咚终于意识到自己爱上了邵天伟，更新了她对自己的认知，理想"超我"的构建与真实的自我认知是矛盾的，之前她所认为的一切道理都在瞬间崩塌。

在这个分裂矛盾的过程中，尽管冉咚咚的自我认知与自我构建有所冲突，但她没有仅仅囿于此般矛盾中自暴自弃，而是在不断尝试认识自己、探询人性。在小说最后,冉咚咚鼓起勇气,主动卸载部分自我防御,主动去见慕达夫。在与慕达夫的谈话中她的心里产生了一股深深的内疚。冉咚咚开始产生内疚感,我认为这是她认识自己的第一步。因为之前她所自以为的构建的完美"超我",其实是一种表象。她开始意识到之前心里的这些真相是被掩盖的,所以她开始了残酷的自我认识,所以她才会在这个过程中身心俱疲,承受巨大的心理压力。

陈佳:跟荷娇一样,我也认为这部小说非常明显地运用了弗洛伊德的心理学理论。我在阅读过程中注意到小说不仅大量描写了主人公冉咚咚意识的浅层流动,而且在不少章节中直接引用了弗洛伊德学派的专业术语,例如"自我""本我""超我""心理抛弃""疚爱""自我防御机制""集体无意识"等。在创作谈中,东西自己也谈到在《回响》之前他从未直接将心理学知识用于小说创作,而这一次他在创作的构思过程中利用空余时间阅读了心理学方面的知识,我觉得小说中不时跳跃着的"专业术语"就是最直接的体现。

在此基础上,我把小说理解为一个讲述了冉咚咚的"本我""自我"与"超我"抵牾冲突的故事。冉咚咚爱上邵天伟,却又以"超我"严格地控制"本我"的冲动。而当"自我"无法达到"超我"的理想道德形态时,人会不由自主地心生"内疚感"。冉咚咚在家里看到慕达夫内裤破了一个小洞,"那个洞越大,大到她羞愧得想从那个洞里钻进去",直到她下单买了5条名牌内裤,头顶的那个洞才渐渐缩小,"小到她几乎看不见"。慕达夫内裤上的那个忽大忽小的洞是冉咚咚因为未做好"好妻子"角色产生内疚感的具体体现,而购买5条名牌内裤的行为,实则是她以消费的方式反向补偿内疚感的投射。虽然她后来称自己匿名购买是考验慕达夫出轨的一种手段,但实际上冉咚咚内疚于疏于关心丈夫,不愿,甚至觉得不配以"好妻子"的角色关心慕达夫。

本我、自我与超我的抵牾冲突,尤其是无法达到"超我",通常会使人产生道德性"内疚感",进而妨碍正常的心理活动,引发心理健康问题。弗洛伊德认为自我防御机制是减轻道德性焦虑的有效途径之一。自我防御机制通常包括否认、压抑、移置、合理化等,指人在面对焦虑时启动的自我保护机制。主人公冉咚咚身上主要体现的是其中的合理化，即用一种自我能够接受、"超我"能够宽恕的理由掩饰自己行为的真实动机。比如我们在小说中看到的冉咚咚在出轨案和"大坑"案中关心嫌疑人家庭、对婚姻第三者进行道德上的审判等都是为了掩盖她已然精神出轨的事实，或者说本我的真实欲望，不断为自己的精神出轨找寻合理的理由。

高妮妮：我觉得东西是在一定程度上写出了当下欲望社会中人的精神困境。精神困境，是物质消费时代的必然产物，也是欲望肆虐的必然结果。在当下这样剧烈拉扯的时代背景下，人无法在现实生活的诱惑与伤害之间达到平衡，于是在无休止的怀疑、缠绕中，呈现出各种各样的精神困境。在《回响》中，东西将当下人的精神困境定位在对欲望的把控方面。比如冉咚咚，她对于欲望的把控体现出欲望对理性的冲击，以及由此造成的无法逃脱的精神困境。

还有我觉得东西是不是想将小说落到"爱"这里，生活毕竟还是要有一些支撑的嘛。与消费至上的物质享受不同，爱在人类社会中具有普遍性。不论人们的经历、生活多么不同，爱都是无法磨灭的人性印记。在小说中，爱的力量主要体现在由内疚产生的"疚爱"上。冉咚咚在邵天伟吻了她后，发现自己建构的道理崩塌了，对慕达夫产生了深深的愧疚之情；吴文超的父母因内疚而想安排吴文超逃跑；卜之兰因内疚而重新联系刘青，并想用自己后半辈子的爱去补偿对他的伤害；刘青因内疚而投案自首，他顶住了一切外在的压力，却顶不住爱人的眼泪；易春阳因内疚而想要给夏冰清的父母磕头。尽管这都是由内疚产生的"疚爱"，但仍显示了爱在人类社会中的强大力量。尽管冉咚咚一再试探、伤害慕达夫，慕达夫最后对她的回答仍然是"爱"。这是慕达夫对爱的坚守，更是人们对于爱情的美好期待的坚守。曾晓玲与徐海涛的同甘共苦，以及她对徐海涛的不离不弃，都很好地体现出爱对于人们的意义所在。因此，当冉咚咚抓住"晨昏线伤感"这一人们内心特殊的情感时刻的时候，徐海涛就再也抵抗不住晓玲爱的力量，说出了一切。爱是人类的本能，是人之所以为人的凭证。

小说最后以"'你还爱我吗？''爱。'"这样一个问答句结束，它不仅仅是冉咚咚与慕达夫之间的感情问答，更是东西对所期许的社会严肃思考后的回答。因此，小说结尾的"爱"，以"回响"的方式，十分明确地体现出了作者对消费时代的反思与期许。无论时代多么荒诞不经，爱是人类永远的出发点与落脚点。当太过执着于理性已无法建构一个美好的社会时，爱或许会成为人们愈合创伤、走出精神困境的不错的选择。

刘宗瑞：我认为东西的小说选取身为警察和妻子形象的冉咚咚为主人公，目的是展示当前社会公众集体隐忧和人性的矛盾。小说在冉咚咚的家庭情感线和凶杀案线上，展示了冉咚咚对丈夫的猜忌，徐山川和沈小迎之间看似和谐的家庭生活表层下满是裂缝和仇恨，小三对正妻的打扰，卜之兰与老师的情人关系……这种婚姻上的不信任，夫妻之间相互的隐瞒、猜忌，混杂的男女关系，金钱对人性的扭曲，等等，都是当今普通大众比较在乎的话题。作品直视社会问题，作为读者我们又该如何正视？其次，作家用冉咚咚的情感、工作来进一步揭示人性的矛盾。任何一位女性在得知丈夫有开房记录时，都会穷追不舍，这使她多疑、偏执和精神错乱。而作为警察办案过程中她理性、思辨，有着很强的推理能力，即使对人性不信任，但追求永恒的爱情。在冉咚咚身上恰恰体现了她精神的分裂和人性的矛盾。而这种矛盾不仅只在冉咚咚身上存在，在徐山川、吴文超、夏冰清等人身上都存在，表明了人性矛盾催发的自我困境、社会问题。

人性书写一直以来都是热点话题，但东西写出了人性的复杂和矛盾。作家通过冉咚咚这个形象，用女性细腻的思想、情感以及情绪化的反应，不同角度呈现出人性的复杂。区别于选取具有客观理性、推理天赋的男主人公，小说选取冉咚咚这样一个有血有肉的普通女性，使小说真实可感，呈现出她在工作中的偏执、疲惫与同情，在家庭婚姻中的猜忌、敏感，更好地展示了人性的矛盾和精神困境。

冯颖颖：是的，我阅读完《回响》最大的感受，是这部小说对人性的幽暗面挖掘得非常深。幽暗人性就是隐藏在人性最深层的部分。每个人的人性当中都有幽微黑暗的部分，在作家东西的书写当中，女主人公冉咚咚以每个人都有罪的质询撞击出人性当中种种幽暗面，包括人性当中的欲望、仇恨、孤独。

"回响"本身是有源头的。在小说《回响》中，案件和现实的回响都是由女警察冉咚咚的质询而撞击产生的。她作为办案的警察，既一步步推进案件的发展，另一方面，她在质询、拷问犯罪嫌疑人的同时也在拷问自己的生活。但是她在案件中的直觉有利于寻找案件线索、找到案件嫌疑人、揭开案件真相，而在生活中的直觉，伤害了身边的人，伤害了丈夫慕达夫，伤害其他人，最后伤害了自己。冉咚咚不只是质询自己的生活，还有对案件中种种人物的质询，对幽暗的人性做了细微的揭示。这种人性的幽暗首先表现在人性的虚伪方面，案件中所有的嫌疑人只保留有利于自我的虚假的部分，还表现在人性的欲望和人性的仇恨，以及人性当中的孤独上。东西似乎拿了一个放大镜在探照人性当中贪欲、虚伪、暴力、空虚等黑暗因子。

夏璐：《回响》是在冉咚咚对案件、丈夫慕达夫以及自身的质询中向人物心灵深处开掘，展现出人心的复杂与模糊。除此之外，我认为还体现了人与人之间的隔阂。对自己内心真实的直面与压抑给冉咚咚带来了巨大的精神压力，最后还是承认自己早已精神出轨。但是在慕达夫的眼里，冉咚咚的冷战和焦虑都是因为爱他，选择离婚是因为害怕被再度抛弃。冉咚咚对自我的认知和慕达夫对她的认知截然不同，可见即使在亲密关系里，人与人之间也无法获得了解，比如冉咚咚和慕达夫，以及夏冰清和她的父母。

童心：夏璐谈到小说所表现的亲密关系里的隔阂，从这个层面看，我认为这篇小说的主题可能是"相信"。就主角冉咚咚而言，多年办案的经验与原生家庭不幸的影响使她对任何人都难以放下防备，始终处于一种"不信任"的状态中。冉咚咚与慕达夫最后一次去找莫医生时，莫医生告诉她："相信，你才会幸福。"这句话会不会也是作者想借人物之口告诉读者的呢？高度的警觉和敏感可以帮助冉咚咚破案，却无法让她获得幸福。人性如深渊，凝视深渊的人也难逃被凝视的命运。所以，接受人性经不起质询的事实，同时也相信人性中存在美好的那一面，不必对生活中的每个细节都刨根究底、锱铢必较，这样才会比较容易使自己幸福吧。

二、精神病相

李佳贤：上面大家比较多地谈到了冉咚咚这个人物形象，冉咚咚作为整部小说的核心人物，确实非常重要。读过小说之后不难发现，冉咚咚在感情生活中时常会有歇斯底里的倾向，她的身心都处在濒临崩溃的边缘。同时，她的情绪也极大地影响到了慕达夫的状态，导致慕达夫陷入焦虑中，并出现了一些心理问题。那么她为什么会表现出这样一种心理病症？为什么她一直处在一种非常强烈的、无法与自己和解的状态呢？由于冉咚咚特殊的职业，她不得不长期面对人性的恶。在探案的过程中，她其实也窥见了隐藏在更深处的人性面貌，看到了更残酷也更真实的人性。那么当她带着对人性的悲观理解回到家庭生活时，对慕达夫信任的丧失就是很自然的事。不知道大家怎么看小说中所写到的这些精神或心理病症。

高妮妮：作为一名警察，冉咚咚无疑是理性、正直、严谨的代表。但与工作上的无误、准确不同，她在情感生活中充满了谬误。这一切的源头，在于她面对新的情感的强烈矛盾。冉咚咚作为一名优秀警察，她努力维持着自己的英雄形象，所以她在潜意识里排斥自己已经移情别恋的事实。但是这种情感欲望的长期压抑，加上破案带来的巨大压力，使她越来越坚信自己认为的"真相"，并一步步走向情感的偏执。冉咚咚对邵天伟的爱是出于性本能。冉咚咚从第一眼看到邵天伟，就喜欢上了他，并且在潜意识中一直渴望与他发生更多的联系。因此，她会臆想出自己大学时浪漫的男友郑志多；当她知道邵天伟喜欢的人是自己时，她心里会产生窃喜；当她发现邵天伟钱包里藏有自己的照片时，她不动声色地将其放了回去；当他们在水长廊餐厅亲吻时她体会到战栗，她既紧张又害怕……这些都是源于她对邵天伟强烈的心理、生理欲望。于是，

"大坑案"的侦破过程,也是冉咚咚回到自己内心、遵从本心的过程。在爱本能的驱使下,冉咚咚实现了本我对自我、超我的突破,是感性对理性的一次超越。她愿意为了与邵天伟在一起而抛弃自己所拥有的一切,包括作为一名优秀警察的光辉,甚至甘愿冒着给唤雨留下童年阴影的风险。但这种义无反顾的欲望的满足,带来的是新的精神困境。当冉咚咚坐到嫌疑人坐的椅子上、邵天伟坐到警察的位置上时,他们之间就已经种下了怀疑的种子,因为这两个位置就是专门为怀疑而生的。讯问室讯问的不是罪过,而是人性。但人性是永远不会被勘破的,因此他们之间永远无法逃离以讯问开始而造成的精神困境。

吕彦霖:我觉得你可以再深入一点思考,其实你刚才提到一个观点,就是冉咚咚身为警察,她给自己附加了很多道德成分和道德光环,对吧?但她最后为什么要舍弃这些东西?还有她为什么一工作就表现正常,回归到家庭她就变得不正常了?这个问题除了联系弗洛伊德理论之外,可不可以再思考一下?

叶荷娇:我感觉她在工作时,可能不太会陷入矛盾的境地,她只要去追寻真相就好了。但在生活中刻意挖掘真相的时候,这个真相会把她推向一个更加危险的境地。她的这种追求完美的性格,跟周围的环境其实是格格不入的,可能她会有点无所适从,所以我觉得这也是一种社会中的精神困境吧。

李佳贤:嗯,或者说是工作需要她更加理性,需要她去怀疑和不停地质疑。作为警察,对于接受审讯的每一个人所说的每一句话,都不能完完全全地相信。多疑让她在工作中保持着很强的敏锐性,但当职业习惯和职业思维进入生活时,就毁了生活。这或许也涉及工作对人的异化。很多时候你必须要去做这样一些工作,或者不得不遵循某一些规范,然后你会发现自己深陷在这套规范里,无法找到一个可以舒展你自己、去把你内心深处的那种欲望释放出来的机会,所以人是要出问题的。大家可以继续谈一谈。

刘宗瑞:我会觉得冉咚咚是一个矛盾体。作为警察、妻子、母亲,不同的身份对应了她不同的性格,表现出工作中她面临理性与感性的矛盾，情感中面临信任与多疑的矛盾，争强好胜与内心柔软的矛盾。但矛盾也源于冉咚咚的精神出轨，冉咚咚熟知人性的真和善，熟知这个社会正确的道德标准和正面因素，而现在是她自己出了问题，因为她自己已经做不到那些真和善，但是她又想回到那种真诚善良的状态，因此产生矛盾。也可以说，她一直都在平衡外在身份与内在自我追求之间的矛盾。她喜欢同事邵天伟，但是内心的道义、身份、责任不允许她这样做。所以她侦查、追问丈夫是否出轨，对他不愿表达真实想法，这些都是她在潜意识层面为精神出轨的事实寻找借口，并想以此来跟丈夫离婚。外在虚伪的义正词严与内心的真诚想法反映出她内心的矛盾，导致她一系列的行动都伴随着矛盾的心理。

冯颖颖：我是觉得在《回响》这部小说当中，每一个人的人性都有幽暗的一面，这是极其正常的事情，但是如果这种人性幽暗压抑过久、突然失去控制得到释放，往往会呈现出人的精神病症。如整部小说的关键人物冉咚咚患有焦虑症和猜疑症。在追查真凶过程当中，她承受着自我和外部的多重压力，还要追究慕达夫是否出轨。为舒缓压力，她偷偷吸烟、服用精神疾病类药物百忧解、幻想不存在的初恋郑志多，甚至还有过一次"意外"的自残，这些都是她长期积累的焦虑症、猜疑症等精神病症的外显。

另外，我注意到小说中多次出现一部名为《冷血》的小说，这是一部基于真实事件所创作的案情追踪小说。1959年美国堪萨斯州发生了一系列谋杀案，杜鲁门·卡波特来到案发现场实地考察，在1965年发表了《冷血》，这部小说折射出当时美国社会环境的极度冷血。杜鲁门·卡波特以案件的发展写小说，他想在作品中提出问题，什么样的社会环境孕育了这样的杀人凶手？而《回响》当中的杀人凶手易春阳正与《冷血》中的凶手帕瑞·史密斯相似，他仅为了刘青的一万元就去杀死夏冰清，《冷血》中帕瑞·史密斯也仅仅为40多美元大开杀戒。他们都有着非常悲惨和不幸的童年经历，易春阳有写作天赋，给喜欢的女生写的情书被老师当众朗读后他的精神变得不正常；帕瑞·史密斯有音乐天赋，但是他的父亲根本不在乎。杜鲁门·卡波特更多地是想谴责那个时代美国社会的冷血，但是东西所要传达的可能是揭露人性的幽暗。易春阳从小极度缺爱，他把他的爱寄托在两个女人身上，也寄托在文学创作当中，甚至因为刘青欣赏他的诗歌就为他杀人。易春阳的精神病症和精神困境在小说中有某种代表性，儿童时期的心理创伤影响到成年后的情感关系，这个人物表达了东西对社会心理的关注。但这种对幽暗人性的关注并非推崇人性的幽暗，正如东西在《向上的能量通过向下的写作获得》提道，"之前必须后缩，然后前冲，这样的打击才出效果"。写作也是如此，我们要获得的正能量往往需要从反方向写起，反能量越大正能量越突出，只有战胜巨大的坏才会产生巨大的好。所以也就难怪东西会在《回响》当中深挖人性的幽暗面，他不是为了书写人性的幽暗而写，而是为了反向推导出人性向上的力量。

姚佳怡：我有一个小问题，我们刚刚分析冉咚咚特别纠结于生活中的一些细节，但是小说中还有另外一个极端——沈小迎，她似乎完全不在乎那些婚姻中的细节，至少表面上看完全不在乎。不过我们也可以看到，这两对夫妇最后的生活都很悲剧。那么是不是说，当意外和厄运来临的时候，完全没有办法去解决这些事情？因为好像过度地纠结不行，不去管也不行。

李佳贤：我觉得沈小迎也并没有那么超脱。她只是表面上看上去云淡风轻、与世无争，但其实内心也是很纠结痛苦的状态。而且我们会发现这部小说中没有几对夫妻关系是正常的，甚至亲子关系也不正常，我觉得这可能是作家为了凸显主题而采取的一种极端化处理。

徐源：我注意到一点，在夏冰清遇害的悲剧里，看起来好像没有人是真凶，甚至包括最后亲手杀了她的易春阳。小说中的每个人都没有极端的恶意，但却导致了夏冰清的悲剧结局。每一个人都是为了自己的欲望和利益，进行一些看起来并不是很起眼的、很小的、恶的举动，你也没办法非黑即白地去评判这些行为，但就是这所有看似"无害"的举动最终导致了血腥悲剧的发生。

童心：我也对夏冰清的死亡这一点比较有感触。从徐山川到刘青，夏冰清如同一件任人处置的物品被他们接手和转移。在这个过程中，除了易春阳之外，每个人都不是直接杀害夏冰清的凶手，他们都以为自己只是在完成一桩"生意"，虽然在他们的潜意识里或许都认为"杀人"是最便捷的途径，但却怯于将其说出口。然而"生意"只是一个说辞和借口，无处不在的心理暗示使潜意识支配了现实行为，夏冰清就在他们层层递进、不断加深的心理暗示中被推入了真实的死亡深渊。在"生意"这一章中还有一个情节比较触动我：吴文超在最后转接"生意"的时候才发现自己暗恋夏冰清。人似乎难以完全摆脱纠结和矛盾的处境，原以为感情可以用一纸合约、一场交易来维系，却又在谈生意时不可避免地掺杂进私人感情。人生悲剧背后映射出的恰恰是人性的复杂。

吕彦霖：嗯，所以就像我一开始谈到的，东西这篇小说写得非常黑暗，他写到了好多种变态心理，这些人看似"无害"的举动不就是"平庸的恶"吗？他们只在意自己这一环节做了什么，但回避了自己这一环节又影响到下一个环节，并最终导致了夏冰清的死亡。

叶荷娇：还有一点，我认为从徐山川到易春阳，是身份地位不断下落的一个过程。身份地位下落意味着人所受到的社会约束就更低了，但是越是底层，对爱和情的这种渴求反而是越来越强烈的。徐山川只是想要解决生理上的一些欲望，但是像易春阳，他却因为对爱的过分追求反而患上了"被爱妄想症"。徐山川他一开始是用 200 万让徐海涛去解决麻烦，但是一环一环下去后，钱也越来越少，结果反而是钱拿得最少的人去执行了凶杀。我就感觉身份地位高的人可能因为受到社会约束而不敢轻举妄动，但同时高社会地位也掩盖了他的一些罪恶行为。

吕彦霖：对，我觉得荷娇说得很对，其实这个小说还有一个视野是他对现代社会阶层的描写。总体来看，我觉得这篇小说的内核非常具有悲剧性，好像小说里只有理想人格，没有理想主义者。小说中所有人都是有问题的，或者是有罪的，或者是有各种精神疾病的。

姚佳怡：还有个很奇怪的点，不知道大家有没有注意，似乎大部分的男性读者都认为慕达夫没有出轨，然后女性读者都认为他出轨了，是吧？性别的不同导致对小说的看法和认知也不同，这里是不是也涉及男性写作和女性写作的不同，大家怎么看？

李佳贤：我倾向于认为慕达夫没有实质性的出轨行为，是因为觉得冉咚咚这个人物是作家书写的重心，慕达夫未出轨和冉咚咚执意认定慕达夫出轨之间构成了一种张力，从而更凸显出了冉咚咚的精神病症和精神困境。在很大程度上，作家把慕达夫塑造成了理想丈夫，而且好像是过于理想化了，平时女儿由他照顾、家务活由他包揽，并且也尽力地包容和迁就冉咚咚的无理取闹。作家是塑造了一个完美的丈夫吗？似乎我们也不能完全笃定，作家在慕达夫出轨一事上布下了疑云，慕达夫开房的目的无法确证，贝贞的前后不一似乎也证明了记忆的不可靠。就在慕达夫否认与贝贞的关系，而我们也认为慕达夫没问题时，贝贞却拿出慕达夫亲手写的暧昧信件。所以，在慕达夫身上同样体现出了人的复杂，这些疑点也让我们对冉咚咚的怀疑有了更多的理解和同情。不知道大家是从哪些细节认定慕达夫出轨了。

朱婷：我注意到小说中提到慕达夫秘密开房的日期正好是贝贞在本市开新书推介会的当天，而且贝贞的对话嘉宾正是慕达夫，他们还有许多合影照片，而联想到慕达夫几次三番的说谎，不免让人怀疑。贝贞的小说《一夜》讲到男主人公激情之后会大喊一声"美"，虽然贝贞丈夫承认是对自己的映射，但慕达夫在与冉咚咚过夫妻生活后，也有这样喊"美"的行为。还有冉咚咚讯问时意外得知卜之兰的前任情人正是西江大学的中文教授，而且提及的论文与慕达夫的论文观点几乎一致，连名字也极其相似。所以我觉得种种细节都指向慕达夫出轨了。对于男性与女性阅读的不同体验，我猜测是不是跟男女对亲密关系的认识不同有关。就是可能大多数女性认为亲密关系应该是灵肉合一的，而有些男性则认为灵魂和肉体可以分开，也就是只要精神没有出轨，那么肉体出轨就不算出轨。

三、双线结构与网络流行语

许志益：我比较感兴趣的是小说的双线叙事结构。在东西的创作中，有一部小说叫《猜到尽头》，这部小说的故事形态和《回响》中的家庭线是非常相似的，讲的是妻子一次夜里去温泉度假村给丈夫送衣服，却发现丈夫整晚未归，由此开始了对丈夫外遇行为的种种猜疑。随着越来越近乎偏执的求证，最终的真相却出乎她的意料。或许我们可以将《回响》视为东西对《猜到尽头》的一次续写。但这种续写又不是浅显的复制，而是在此之上融入了探案推理的元素，并构成了命案与家庭的双线叙事。

推理小说这一题材对于东西而言，是较少涉足的领域。为什么在《回响》中他会融入这样一种结构？比较容易想到的一点是，推理小说通俗性强，通过作家谈，我们也能感觉到东西的创作理念有着向通俗性趋近的愿望。但是我认为更重要的原因是，悬疑探案和家庭情感服务于作家的结构实验，这两种叙事结构在小说里形成了一种对位和呼应效果。这种对位既有人物、事实层面上的简单交织，如冉咚咚在凶案中的人物及其遭遇，在家庭线中会成为她关照自己内心的标志。而除了这种之外，还有深层的意义话语的碰撞。

李佳贤：深层的意义话语的碰撞是指什么？

许志益：我举一个比较极端的例子，在福克纳的《野棕榈》中，作者在轮流交叉的章节里讲述了两个独立的故事：一对情侣不顾世俗成规狂热相爱，但最终命运悲惨；另一个故事是两个囚犯救人于水灾中，但圆满完成任务回到监狱后，又被荒谬地加判了十年徒刑。看似两个风马牛不相及的故事，通过作者的一种巧妙的对位策略，得以产生联系和呼应。无论是爱情还是洪水，我们透过这种意象，都能感知到人类非理性的生存状态及其困境。

《回响》也是如此，大坑案的犯人为了脱罪而选择撒谎，并将责任推诿给他人，那么冉咚咚的真实心理机制也是如此，她的潜意识同样为了脱罪（拒绝承认喜欢上邵天伟）而选择撒谎（心理伪装），并将责任推卸给他人（放大慕达夫的错误）。从这个意义上看，冉咚咚也是一个"罪犯"，她的超我一直在审讯、拷问她的本我。我觉得这是东西的一种策略，在这种对位的结构和话语的碰撞下，小说意义会不断发生裂变和增殖。

吕彦霖：我们上一次讨论《血色莫扎特》时也说到过，罪案小说可能给描写现代人的心灵提供了一种比较好的模式和比较大的空间。志益刚才说的也很对，其实本质上来说冉咚咚所做的一切都是为了"脱罪"，她和她审的犯人没区别，但是她很多时候又有这种道德负疚感，一方面是对她的丈夫，一方面是对她审讯的犯人。所有人好像都是这样，就像刚才徐源提到的那个问题，所有人都觉得自己无罪，只有患有精神疾病的易春阳承认杀人事实。

这篇小说还有一点触动我。其实东西没有谈对还是错的问题，他反而谈了复杂性，他谈了"错"是怎么形成的、"对"是怎么形成的。并且他讲到了一个人的判断，人其实是有自限性的，就是人如果不开全知视角的话，你根本不知道这个人他为什么这样。生活的本质好像可能没有对错，东西没有写对错可能就正好抵达了生活的本质。其他同学呢？可以继续在写法上来谈一谈。

吴晨：我注意到关于人性以及心理活动的呈现，小说引入了众多心理学概念。对于人性这一不可见的事物而言，东西采用的概念性的语言便于一语道破事物的本质，相较于修饰性语言显得有效且便捷。如易春阳幻想"谢浅草"这一人物形象所表现出的"被爱幻想症"；冉咚咚评价夏冰清恨徐山川却又离不开他，甚至想和他结婚这一行为时所提及的"斯德哥尔摩综合征"。

其中最触动我的是"心理远视症"这一病症的导入。家庭本应是人类的归属地、避风港，应充满温馨与和谐。《回响》中的人物大多患上了心理远视症，无视现实、无视他人甚至是亲人的感受，而各自活在自己的世界中，也就是"越亲的人其实越不知道，就像鼻子不知道眼睛，眼睛不知道睫毛"一样的心理状态。人与人之间最深的伤害，往往从最亲密的人开始。如刘青因父亲的嘲讽而离家出走，吴文超因父母的变相遗弃而喊出"没人爱的孩子只爱钱"的人生宣言，冉咚咚因父亲的出轨而沉浸于害怕被抛弃的心理阴影之中。更为可怕的是，夏冰清的父母在女儿死后，不见其丧女的悲伤与为女儿找寻真凶的意向，而是为了维持他们所期待的理想女儿形象选择撒谎，沉浸在"美丽、聪明的女儿已去北京工作"的幻想之中,这为破案带来了极大阻力,同时也令人寒心。

朱婷:我觉得《回响》这篇小说看似写的是一桩"情杀案"以及家庭中夫妻双方的情感纠纷,实际上是在剖析人刻意压抑情感的表现、挖掘深藏的潜意识。在《回响》中,可以发现东西是从讲述、倾听、幻想等几个方面来揭示人的内心层次的,在"大坑案"和"疑出轨"两条线索中,多位嫌疑人的讲述揭示了他们内心的自保意识,而自保意识背后是驱动内心的无法抑制的欲望。如徐山川对情色的欲望使得他犯下强奸罪,当情色欲望威胁到了他内心更在意的金钱和地位欲望时,他又选择了毫不犹豫地抛弃情欲,试图通过虚假的诡辩来逃避责任。倾听看似是一种接受主体的被动行为,但"倾听"这一行为实际上也隐含了倾听者的接受、筛选和转化的动作。如吴文超是夏冰清的"倾听者",他们原本是一种单纯的"讲述与倾听"关系,但在"生日策划"之后,二者关系变成了策划人和客户。急需周转资金的吴文超在面对夏冰清的策划要求时,选择性地拒绝了"谋杀",承诺"制造意外",但实际上只策划了一场精彩的生日秀,目的是为了帮助夏冰清感动徐山川,打消其杀人或自杀的念头。幻想则往往代表一个人内心的渴望和追求。如冉咚咚认定慕达夫出轨,在推开按摩房的一瞬间幻想将其"捉奸在床",这种幻想其实是冉咚咚的一种心理暗示和认定目标,是她期望出现但又害怕出现的场景。而冉咚咚对郑志多的幻想则是她对纯美爱情的渴望,更深层的是对自己决定离开慕达夫的暗示。实际上人的心理感受或多或少都有相同之处,东西将这些隐秘的心理感受写出来时,更容易引起读者强烈的共鸣,甚至在共鸣之后产生自审自省之情,逐渐将现代人麻木的心灵唤醒。

此外,《回响》的叙述结构显然是一种推理模式,有营造悬念、积累疑惑、揭秘解惑三个完整步骤。多位嫌疑人的不同讲述使得真相不断被掩饰,也积累了疑惑;证词的不断推翻和真假证物的出现制造了悬念,也推动了情节发展;最后线索汇聚,幻象被剖开,解开了所有疑惑和隐秘。东西的这种"迷宫叙述"游戏并不等同于传统的"未知"推理模式,而是在"未知"之下设置了"已知"元素和"无解"元素。但这些虚实的缠绕只是文本语言层面的荒诞外衣,当我们一层一层剖开遮蔽的外衣时,我们会惊奇地发现其核心和本质是"极度的真实",正如东西所说:"极度的荒诞也是极度的真实,它们像是连体婴儿。"东西着力发掘隐藏在荒诞的现实社会生活背后那些具有普遍社会意义的东西,揭开隐藏在当代社会中的看似荒诞却又无比真实的本质。

郭艺凝:我也有类似看法,《回响》以疑案为主线,通过虚实相间的手法体现出事件的错综复杂与人物间的拉扯纠葛。悬念设置是疑案题材小说至关重要的因素,通过叙事延宕对事件做陌生化处理,以达到提高阅读趣味性的目的。在《回响》这部小说中东西采用了双线交叉叙事的方式,与一般疑案题材小说不同的是,疑案线只展现由冉咚咚为主导的限制叙事视角;而感情线则展现了冉咚咚与慕达夫两人的心理状态与情感活动,与疑案线互为补充。所有小说都是交代真相的过程,《回响》一方面追寻着夏冰清死亡的真相,另一方面通过冉咚咚的内心活动,将对真相的探寻引向了对复杂人性的思考。

小说里的真相分为两部分:一部分是夏冰清的死亡真相,另一部分是冉咚咚的感情真相,小说最后一个片段将最终的真相推了出来,那就是对复杂人性的思考。对真相的追寻是小说的特点,而疑案小说中体现得更加明显。《回响》中最清晰的一条主线围绕夏冰清的死展开,冉咚咚作为负责该案的警察介入调查,情节的推进主要依靠冉咚咚在各个嫌疑人和证人间的周旋互证。在探寻夏冰清死亡真相的过程中,冉咚咚因为一本放在夏冰清桌子上的《草叶集》以及与夏冰清父母的谈话而确定了第一个嫌疑人徐山川。真相的揭示总需要一个过程,《回响》用到的技巧是用谎言包裹真相,使读者通过每个人的供述找到互相矛盾的地方,从而抽丝剥茧看清真相的最终面目。每一次从嫌疑人嘴里套出真话是不容易的事,我们可以注意到冉咚咚敏锐的直觉和高超的刑讯能力。严格来说,《回响》甚至没有太注重对证据的挖掘,作者的描写对象永远是人,冉咚咚这样一个老练的刑警居然会对嫌疑人独特的爱情观发生兴趣,甚至可以为了寻找真相而作假证去诱供,以达到自己想要的结果。

李佳贤:所以小说里充满了真实与虚构的矛盾,因为作家有意留白,使得很多细节的真相最后还是有争议,还是不确定的。可能每个人看到的都不一样，每个人有自己的答案，我觉得这就是人性难以把握的地方，作家想要呈现出这样一种"不确定"。

吕彦霖：对，东西的这篇小说实际上有很多的留白，很多我们无法解释清楚的东西。

姚佳怡：我还有一些想法，是关于《回响》语言的。我从《回响》中感觉到东西的语言是很丰富的，尤其写冉咚咚和慕达夫斗嘴，一些句子十分生动，比如："你能把这两本风马牛不相及的书扯在一起，就像挑着一头重一头轻的担子从上海走到了北京，不仅没让它失去平衡，而且还到达了目的地。你一头挑棉花一头挑铁，真了不起。"但与之相对的是，东西在这篇小说中使用了很多网络词汇，这些词汇在小说中的运用比较生硬，有些甚至是误用。

我给大家念一段，这段当中网络词汇高频出现："她没受过什么委屈，也不缺钱花，唯一的缺点就是性格内向，不喜欢说话。冉咚咚想这不就是清高或高冷吗？她妈说这孩子运气不错，嫁了一个好老公，但自从结婚以后她就变了，变得一点上进心都没有了。冉咚咚想这不就是躺赢吗？"这段后面还有"佛系""装""洒洒水"。

所以我个人认为东西是故意的，有一个很明显的例子是冉咚咚提审易春阳时，易春阳说能不能让我见见受害人的父母；冉咚咚说，为什么要见他们？他说我想献上我的膝盖，给他们磕几个响头，我想跟他说一声对不起。此处的"献上我的膝盖"明显属于误用，东西在网络上看到"献上我的膝盖"的语境绝不会是这样的。

陈佳：说到这，我想到了张晓琴老师的一篇评论，《极端的命运之书——论东西的〈篡改的命〉》，似乎在东西的文学世界里，荒诞才是这个世界的真相。文学的真相却可以与现实重合。人的"自我丢失"，身体与心灵的剥离，在现实中比比皆是。东西用黑色幽默的方式把世界的荒诞撕开给人看，《篡改的命》中处处是黑色幽默。小说共7章，7章的名字除了"篡改"之外，有一些是流行的网络语言，一些是当下社会上的流行用语，比如"死磕""弱爆""抓狂"等，东西用这些词语实现了荒诞的揭示与反讽的效果。

历史记忆与现实问题的双向思考
——晓风长篇小说《湖山之间》

主持人：洪治纲

特邀嘉宾：晓风、张晓玥、吴玄

讨论人：杭州师范大学文艺批评研究院师生

洪治纲：今天我们讨论晓风老师的长篇新作《湖山之间》。这是一部别有意味的小说。首先，它通过两条线索交叉叙述，单数章节描写当下的高校生活，双数章节则回顾历史，整部小说以母女两代人半个世纪以来的生活经历为主线，呈现了两代人的个人命运。从双数章节来看，主要写母亲的成长和奋斗，基本上属于我们这一代人的命运抗争史。从单数章节来看，叙述的则是与在座的同学们类似的生活史。这两代人回答了一个共同的问题：一代人有一代人的命运、困惑与抗争，两代人的抗争比较完整地体现了中国近半个世纪的社会变迁，背后承载了个人与历史之间的深层关系。

其次，小说所书写的当下高校生活，尤其是其中所涉及的问题，也是值得我们关注的。我觉得，将《湖山之间》作为问题小说研读，也是信得过、有意义的。问题小说就要聚焦到公众所关心的问题。高等教育长期以来就是一个热点领域。就像小说中说到的，对于高校问题，大多数人都非常关心，但如何解决高校问题，依然是任重道远。例如面对学生的心理健康问题，是小说的一条主干线，像小说当中金刚强的心理问题，其形成过程与肌理，是由社会与家庭多维构成的，在高校当中是特别重要的。还有杨小倩作为辅导员的思想政治管理问题，疫情控制的问题，师生关系的问题，教授与学生的关系问题，学生之间的情感关系问题，以及学术不端的问题，等等；小说中所涉及的这些问题，可以引发我们进一步思考。这也是我们探讨这个小说的重要因素。因此关于这部小说,一方面可以从艺术的角度看,另一方面还可以从社会认知价值的角度看。

郭洪雷: 我是第一次读到肖老师的作品,因此有一些特殊的体验。我从作品中体会到一种文学情怀。从创作到研究,从研究到创作,这样的一个角色互换,成为当下一个很重要的现象,也成为一种潮流。进行学术研究的学者,有一种关怀,用一种学术性的笔触来描写当下,表达自己的关怀,并且呈现在作品当中。肖老师做过很多年的学生工作,接触的事件比较多,因此面对这种情况,学生、老师、舆论的想法与思考,都呈现在作品中。当我看到张大凤那条线索,讲到她买了一辆凤凰牌自行车时,记忆一下子被激活。此外,像换粮票这个情节,我上本科刚入学的时候,我母亲一个月给我50块钱,还有20多斤粮票;等到大四的时候就拿粮票换袜子,因为粮票已经没有限制了。这个过程其实就是改革开放当中,从需要粮票到不需要,由粮票很重要到不再重要,呈现出来的一个变化。从中,可以看出文学记忆的不断被唤醒,这些都和人的成长有关系。

从艺术上说,整个小说通过双线叙述,将两代人进行穿插叙述,形成一种对比,非常特别。当然,我还感觉到,作者身份背景的不同,也会在叙述中呈现出来。比如肖老师的叙述语言当中有很多古典诗词,有很多古代典故。还有比较特殊的,是将笔下的人物和文学经典的人物套着写,"金世遗"在我的脑中已经消失很久了,而在小说中又复现了。一想到金世遗,那么与金刚强的性格、命运马上就联系起来,其中包含了作者对人物的理解,以及塑造人物的一个渠道。在语言上,一个作者的学养与背景会形成叙述语言的差异,肖老师的小说中有很多成熟的语词、成语、常用语,这些都区别于一般的作者。一个研究者转变为小说家的时候,其特点和风格也很大程度上保留下来了。

王晴飞: 很多学者学中文,往往都怀有一个作家梦,包括郭老师讲到的学者写作现象。我认为我们有时候会受到作家身份的影响,由此想到知识与创作的问题,《沧浪诗话》中说:"夫诗有别材,非关书也,诗有别趣,非关理也。然非多读书,多穷理,则不能极其至。"我对这句话的理解是,读书与创作是两条道路,创作是另外一套功夫,掌握了之后,多读书多穷理对于文学创作是有帮助的,不然你无法"极其至"。这是一个方面。

第二个方面,肖老师在学者写作里也有特殊性。一般的学者写作,都是研究现当代的教授来写,他们能很便利地成为小说家。而由古代文学的研究者来写现代小说,我想到了萧纲的"立身先需谨慎,为文且需放荡"。肖老师写小说和写论文的时候不一样,能够放得开。学者的身份对于写作是有影响的,因为文体之间是有等级的,文大于诗,诗大于词。很多文人用文章来写东西一定是关乎家国大事,而不写男女之情,是非常严肃的。但是一旦开始写词,就发现其另一副面孔,特别是为女性代言。我看肖老师的小说,也比附了一下,其中两位主角,都是以女性的视角来观察这个世界的,是否继承了这一传统?因为肖老师长期从事古代文学研究,可能潜移默化地受到影响,为女性代言。

第三个方面是人物身份的特殊,特别是杨小倩。很多写大学的小说是不能令人满意的,你会感觉到作家对大学根本不了解。而这部小说的作者长期在大学工作,对大学非常了解;并且很有意思的是,一般小说中的主人公多是文史类的大学教授,但是这部小说的主人公是思政老师。一个思政老师看到的大学,和一个文学教授眼里看到的大学,一定是不一样的,这会暴露出更多的问题。这样的变化是否和我们现在的时代有关,也说明我们现在已经与 10 年前 20 年前不太一样了。

洪治纲:我也补充一下,刚刚晴飞讲到我们如何写大学的问题。其实我上课的时候也和学生交流过,从鲁迅开始到钱钟书,到沈从文的《八骏图》,到邱华栋的《教授》和张者的《大学三部曲》,还有李洱的《应物兄》,都延续了一种"反讽"的基调。鲁迅写《高老夫子》之类,都带有反讽意味。《围城》和《八骏图》的反讽,就更加突出了。这个传统一直延续到当下,很多当下的作家写大学,也是带有反讽格调的。那么正面的有没有?正面写的也有,但是特别少。所以我们做肖老师中篇小说研究的时候,大家曾讨论过这个问题:为什么写大学的小说都带有高度模式化的反讽笔调，我们为什么缺少正面的书写？而肖老师的小说就是比较典型的正面描写。很多作家笔下的大学叙事是反讽的，而他们同时又身为大学老师，所以他们背后的主体情感是非常奇怪的。他们写到非大学生活的时候就很端着，一写到大学就脱离不了鲁迅的那一套。在古代文学中，只有《儒林外史》采用了反讽，其余都是正面描写。因此肖老师的小说创作，给我们提供了很多可以深入思考的东西。

吴玄：像作家写高校、作家写知识分子，他首先是采取认同的姿态，作者与人物是合二为一的。合一了以后才开始调侃。他在小说中的调侃，其实是一种自我调侃，不一定是在调侃别人，因为自我调侃在写作当中是最有快感的一件事情。如果你正儿八经地去写，就比较难以操作了。自我调侃才是显示一个作家才华的，而且像钱钟书和李洱，往往在自我调侃的那个部分是最有可看性的，是写得最好的。其实他不是在嘲弄别人，是在嘲弄自己。

吕彦霖：首先要向肖老师学习。肖老师的这部小说，让我想到我们在学习现代文学第一个十年的时候，就提到了"问题小说"这个类型，这个类型冰心和叶圣陶都写过。我看完《湖山之间》之后，认为肖老师还是比较敢写的，我们作为青年教师也在其中有感同身受的地方。比方说绩效，这也是大学激励机制建立之后造成的，所以无论是杨小倩还是里面的教师，以及她的导师吴贞观都受此影响。包括我看到您以前的"大学三部曲"，因为您是做古代文学出身的，您在把批评的锋芒展示出来之后，还会往回拉一点，还是要追求中庸。所以我看到您写的问题小说的取向，也是一个典型的古代文学的取向。比方说白居易曾经写过"地不知寒人要暖，少夺人衣作地衣"，用周作人的说法是，他要"言志""载道"的。所以这个印象是很深刻的。小说谈到的一个问题令我很感兴趣，就是"大学何谓"。大学到底是干啥的？其实在古代的时候，大学是拥有绝对权威的，你是不能非议的，比方说湖南的岳麓书院。但是现在的大学谁都能说，就像刚刚吴玄老师所说的，知识分子调侃自己其实也挺苦闷的，因为别人也可以调侃你。所以关于现在的大学到底怎么样了的问题，是不是触发了您将选点选在一个辅导员的身上，因为其实这才是中国大学机制的毛细血管，我们知道这是非常中介面的一个位置。在这里就体现了"问题小说"的导向，并且其正写的特点，是为了揭示和解决某些问题，并且提供了通观的方式。这里就非常像社会分析派，如现代文学当中的茅盾等人，他们试图以一种宏观的方式来解决一些问题。尤其是您写这部小说，其中有张大凤受到她闺蜜的帮忙，这里面有一定的黑暗，有各种的博弈。但是另一方面，又写到了张大凤和杨小倩这一类的本分人，到最后，要风得风的同事反而很羡慕他们。在这里，是否包含了您作为一个古代文学研究者，对这种做人的道理和道德的寄托呢？我觉得是有的。还有一点，看过这个小说后，我特别期待您再写一部关于杭州的小说。杭州这个城市很好，但是在文学史书写上，好像是失踪了一样。我们谈杭州的文化，会发现杭州的文化其实是断裂的，它好像只有两个时期：一个是宋朝，辉煌和儒雅的南宋；一个是当代，永立潮头的城市。但是杭州的现代其实也有很多故事，特别是大学的故事一直是欠缺的，所以我觉得写到杭州的小说很少，好像只有散文会写到杭州，乃至于有一部写杭州的《茶人三部曲》，我后来查询的时候，发现很少有人研究它，虽然它得到过茅盾文学奖，但是知网上只有十余篇研究它的论文。您写了很多的大学，如果您将来能够写到杭州，写到求是书院，写到中国美院，我是非常期待的。

郭洪雷：中国现当代文学中的"问题小说"有两个传统：一个传统是吕老师提到的"五四"时期的，还有一个传统是农村赵树理的。我反倒是想到了第二个传统，其实人们在实际工作当中遇到问题，发现问题，最后还要通过工作解决问题。我认为肖老师写的这个小说，有对赵树理问题小说的借鉴，在高校工作当中，面对实际的问题应该怎么去处理，例如像这部小说里面写的，遇到极端事件的时候怎么去处理，怎么去把握。

洪治纲：我始终在想，我们是不是一直把"问题小说"给低估了，"问题小说"在中国乃至世界文学史上都非常重要。之前有一段时间，一位经济学家谈到茅盾的《子夜》，在当时20世纪二三十年代，全球第一次经济大萧条时期，茅盾写的就是这一时期的经济状况。这位经济学家论证了茅盾的书写的准确性是很强的,最后他得出结论,一个优秀的作家,对于社会问题的把控,不见得比经济学家差。我一直觉得我们在现当代文学中,讲到"问题小说"的时候会把它适当降低,所以重新审视"问题小说"的价值和意义是比较重要的。我在做代际研究的时候发现,社会发展越快,代际冲突造成的社会矛盾就越多,这里所体现的问题,就涉及我们整体的社会结构的变化,并且社会结构的变化带来的是观念的变化,乃至生存方式和思维方式的变化,这些变化不去深入研究肯定是不行的。这也是为什么我认为大家可以从"问题小说"的角度来看这部小说。我们和学生两代人,读这个问题小说一定是很不一样的,理解也是不一样的。所以我们不想仅仅把它放置在老师的层面上来谈,也想和学生共同交流。确确实实,教育问题是我们未来中国社会非常重要的问题。那么我们的问题小说如何从社会的角度、文化的角度重新来看待教育,就不再是一个单纯的问题,而需要我们进行深入思考,说不定,肖老师的《湖山之间》里面所涉及的问题,就带有预言的性质。我们未来的教育越是发展,越是会涌现出各种问题。包括在座的各位同学,以后可能也大部分从事教育行业,也会面临各种教育问题。

林浩: 我觉得《湖山之间》是晓风老师想跨出自己的写作舒适圈的一种尝试。无论是《大学三部曲》,还是《回归》,它们的主题多围绕着当下的大学展开,涉及大学中多个阶层、职位、身份的人所面对的个人困境与社会问题,以及他们所做出的反应。如果我们单单把杨小倩这条情节线拎出来看的话,它已经是一个足够丰满、完整的故事,可以看作是一个"大学三部曲"的外篇。杨小倩这条情节线所承载的故事,本身就是一个对大学生心理问题的思考,并通过一起学生的自杀事件折射出作者对学校体制的一些反思,比如校长与组织的"二位一体"关系,为突发事件寻找替罪羊的行为,对学校排名或教师职称的过度追逐,领导对责任的暧昧逃避,下级在说真话还是说领导爱听的话之间的揣摩,等等。这些问题中有一些是我们学生会听闻到,也较为关注的,所以我在阅读时也会有一些共鸣。当然,杨小倩这条情节线的丰满度虽然足够,但从晓风老师之前创作的题材内容看,仍然是在其写作舒适区内的。所以，我猜想晓风老师是想突破原先相对来说更针对当下的，而且是聚焦校园的写作视野，于是增加了一条能涵盖更为丰富的历史的情节线。这种双线叙事方式与《羊的门》有些类似，李佩甫也是通过一条叙述当下的线、一条叙述历史的线，形成了对一个具有长跨度的时代的历史叙述。杨小倩的母亲张大凤这条情节线的加入，展现了半个世纪以来的社会变化、经济变化、人情变化，并揭示了一些不良的社会现象。当然一些历史的小细节对我们来说确实读不出特别的意义，比如黑市换粮票这种事情，我们就没有概念。另外，小说还涉及许多其他社会问题的思考，如关于"娘炮"审美问题，教授"有知识没文化"问题，社会繁荣与个人虚荣的关联问题，现代社会人情的冷漠，等等。总之，《湖山之间》除了有作者擅长的对当下高校问题、体制问题、社会问题的探讨，还以流畅的叙事涵盖了半个世纪的中国社会变化，涉及两个时代、两个代际的对话，这是这部长篇的特别之处。

肖思予：就像刚才老师们所说的，这部小说反映了我们现实中的许多问题，比如学生心理问题。就拿金刚强这一人物来说，作为同龄人，我挺能理解他。金刚强来自经济欠发达地区，家境贫困，同时他也是东部经济发达地区 985 高校的大学生，这意味着"城"与"乡"的两种截然不同的生活经历，势必会给他带来一种强烈的反差感，他在成长中必然要处理好这一心理落差问题。但是，金刚强的个性也比较孤傲和倔强，他为自己的贫困和学业感到自卑、焦虑，在学校里找不到归属感，于是疏远老师和同学，将自己封闭起来。其实他的内心也渴望温暖，渴望得到爱情和其他人的关心，但由于清高，或者出于一种自我保护心理，他还是习惯性地将他人拒之门外。当然，也不能说他没有值得我们欣赏的地方，我们可以看到他对辛苦劳作的父母是非常孝顺的，他是个重情重义的人。他虽然性格孤僻，但也有一颗善良的心，所以当他心中的苦闷膨胀到极致时，不会选择以外界为发泄口，不会责备父母，充满道德感的他更不会通过违法犯罪的形式来报复社会，而是试图自己消解——实际上仅凭他自己的力量是不可能的，反而还会造成一种精神的"内耗"，他始终难以走出这一精神困境，最后走向了极端。就是这样一个饱含矛盾的人物，让我觉得比较真实，我们从中能看到当下一些大学生复杂的精神状态。

洪治纲：这个话题比较重要，我也很希望大家能够关注到这个方面。乡下的孩子比城市的孩子更加难以适应大学的各种制度，即使有奖学金机制也难以精确地帮扶到他们。金刚强的问题不是代际的问题，而是人生层级的差别。一方面，他的自尊心非常强，面对困难的时候并不会求助于老师。另一方面他所接触到生活的各个方面也并不宽广。同时，身份认同也很重要，作为来自边远地区的学生，如何与城市的学生达成身份认同，这个问题很关键。就像小说当中，张大凤可以坦然接受同学的帮助，但是到了金刚强，他却无法接受。小说中的张无忌很愿意帮助他，但是找不到合适的方法。为什么这两代人会出现这样的问题？为什么时代变化之后人心变得脆弱？这是值得思考的。我们新一代大学生的自尊心过强，导致了一种过度的自我保护，是比较明显的特质。这会在一定程度上没办法获得身份认同的渠道。但是人毕竟是群体动物，一定是需要身份认同的。金刚强是非常典型的人物形象，不是同学们要孤立他，而是他要自我孤立，自尊心过强，但是能力却不足。面对别人的帮助，却产生了误会，这是一连串的问题。他与王同学谈恋爱，并非是要谈恋爱，而是要寻找一种自我认同。这是我们在现实中也会遇到的情况。这个问题在未来相当长的一段时间内都会存在。我认为大学教育并非是知识灌输的问题，而是心理素养、思维能力、知识获得能力的培养过程。如果群体交流能力解决不了，那么所有问题都很难解决。对于这个问题，还可以深入地谈一谈，这是小说的主线，也是我们碰到的一个难题。

樊雅霜：我认为，金世遗自杀事件除了他自身的原因之外，社会因素也很值得注意。社会对男性的规训和要求，是不可以轻易展露出自己的脆弱和柔软，向他人寻求帮助是弱者的行为，而男性一向是被要求以强者的形象出现的。这种规训会使一部分天性比较敏感柔软的男性在遇到挫折和困难的时候羞于向外界求助，进而产生心理问题，甚至产生走极端的念头。小说恰恰表现了这种矛盾：一方面，社会上流行着鄙视不阳刚的男性的风气，认为"小鲜肉""娘娘腔"丧失了男性的品格；另一方面，这种对男性的要求，也让男性羞于表现出自己的软弱，面对困境时也难以主动向外界求助，更不会用哭泣来释放心中的压力。长此以往，便会造成两种不好的情况：一种是表现出对情感的麻木，缺少同理心和感知爱、表达爱的能力；另一种便是心理出现扭曲，产生强烈的自卑感，进而催生出自负感，在生活中过度误解他人，独来独往，拒绝沟通，这就造成了诸如金世遗一样的悲剧，男性在面对困境时更容易走极端。我又想到前段时间网上的清华贫困生每月只花 400 元却资助四名孩子完成学业，不禁感叹，不同的人在面临相同的困境时做出的不同选择，可能就是一生的差距。

闫东方：当时张大风的经济状况是非常困难的，她的家庭情况，决定了她一定要接受来自同学们的帮助，她一定要多拿 10 斤粮票回去，这是一个经济基础的问题。金世遗这个人物，让我想到我妹妹说过的一件事，她们寝室也有一个女孩子，家庭生活比较困难，所以宿舍聚餐时，即使面对同学们的善意，她也从来不参加，而且她的敏感表现在生活的方方面面，在很多事情上也会暴露出其他一些问题。这是很复杂的。其根本还是一个经济问题，现在大学生普遍经济没有那么拮据，那么如何处理在经济有所差异的情况下，产生的一系列问题呢？小说后面也谈到了如何解决问题的思路，但不详实。茅盾的小说大多是分析问题的，而赵树理的小说是解决问题的。我读这本小说有一个不满足的地方，就是没有提供一个解决问题的方式。

王晴飞：我来说一下金刚强，他的问题是多层次的。首先一个人从中学到大学，其内心必然经历变化，学习方法与学习模式都发生了改变。另一方面，从小地方来的学生，因为其教育资源的有限性，导致同学之间只能在分数上获得平等，而在大城市的学生则更容易融入大学生活，但小地方的学生却要付出得更多。还有一个问题，就是学习在我们现代生活中所占的比重没有那么大，除了学习知识之外，他们去学习现代文明是非常困难的，是一个充满痛苦的过程，而不像城市的学生一样早已耳濡目染。这里面再加上经济条件限制的因素，就更加困难了。自尊不过是因为自卑，我们拿他和张大凤比较的时候，不是谁的自尊心更强的问题，张大凤的自尊心也一点不比金刚强弱。所以这是一个农业文明和城市文明的关系，在农业社会里，人和人的距离感是不明显的。在城市文明里，确实也带来人与人之间关系的冷淡。所以这里不是谁尊重谁、谁不尊重谁的问题。这种距离感会让他一下子不适应，他适应了人与人之间亲密的关系，他在城市文明里会因这种距离感，把自己保护起来。

杜诗雨：金刚强的心理问题，主要表现为过度的自尊背后隐含的过度自卑。一个主要原因，可能是知识功能的改变造成的心理落差，这点在小说中是有提及的。小说整体上是时间上纵横交错、空间上南北并峙的结构，视野广阔。我看到的一个重要主题是在改革开放的历史进程中，知识在社会中的功能和处境的变化：从以张大凤为代表的知识改变命运到以杨小倩为代表的知识仅仅成为工作的敲门砖，甚至是以金刚强为代表的知识给人精神力量的有限。我认为金刚强是小说中最鲜活、审美逻辑最充分的人物。我关注到塑造他形象的形式也最丰富：有前任辅导员的口头评价，有从杨小倩角度记录的"生情日记"，还有"心路屐痕"这样直接袒露他隐秘心声的文字。这些丰富的形式给我们展示了一个更全面、更立体、更丰富的形象。

李佳贤：大家谈得比较多的是金刚强这个人物，我认为他就是过度自卑导致的过度自尊，并且非常敏感，最后形成了一个恶性循环。小说中的人物反映了这个时代某些共性的问题，例如阶层固化和贫富差距过大等。肖老师有意在小说中把金世遗与张无忌进行对比，张云鹏是高大帅气、阳光富有的一个"富二代"，而金刚强恰恰相反，从他们身上就能够体现出上述的问题。小说也确实触及了很多现实问题，如心理健康、校园权力建构、师生关系等。小说以辅导员为主人公展示大学生活，是比较少见的，也很吸引我，如果不是真正身处大学当中，对于像学生自杀事件是不会描写得如此真实的。我认为，也可以从成长小说的角度看待这部小说，它讲到了几代人的成长问题，张大凤与她的女儿杨小倩，杨小倩与学生之间，都存在一些代沟和差异。肖老师在写作时刻意控制矛盾使之不过于外露。张云鹏虽然是一个富二代，但是他也乐于助人，他与金刚强的矛盾，追根究底其实只是一个误会。在呈现金刚强时，采用了多文体多角度的方式，通过他电脑中记录的心路履痕，去还原和丰富金刚强所遇到的困境。

贾艳蕊：如果从文本出发，我们可以看出，金刚强也能够进行自我分析，并反复盘问自己的心理。比方说成绩下滑后，他也知道自己沉溺于网游和武侠当中去，是为了逃避。同时，他也明白张无忌对他的关心，明白他的善意，例如主动请他吃饭等，也知道杨小倩主动和他偶遇是为了去关照他。对于这些他都非常清楚，他在日记里也说他心头热了一下，他知道"世间终究还是有爱的"，但是他最后还是走了。像前面我们对他的一系列分析一样，其实他也知道自己陷入了一个困境。他对自己有清醒的认识，但悲哀的是他同样认识到自己的无力。这种无力感让他的理智只能够停留在自我检查和反思的程度，这一点我认为晓风老师写得非常深刻，写出了这个人物对自己现实的认识，他也知道自己无法改变。虽然在某些时候非常清醒，但是过后仍然不知道该如何自处，又返回了虚拟世界。如果将他的心理扩大一下，也是带有普遍性的，我们虽然认识到自己的不足，但是比起改变，我们更愿意逃避。不仅仅是金刚强，当代大学生普遍有这样的问题。而信息时代的发展也为金刚强提供了逃避的空间，因此他就沉浸其中，导致问题被不断地积攒起来，他自己也不知道什么时候会触发问题。我考虑的是，作为同龄人，我们应该以怎样的方式去帮助金刚强这样的人。

刘文虎：首先值得关注的是小说中所涉及的转专业问题。小说中金世遗的自杀有着多方面的因素，虽不乏作者夸大的自尊与好胜心，也有校院监管与专业设置的问题。由小说中可以得知，金世遗更感兴趣的是文学专业，而非录取时的管理专业，他将大量时间花在看武侠小说上，必然导致其专业成绩的下降。所以小说中辅导员觉得转专业是较好的选择。但值得注意的是，武侠小说只是文学专业的极小部分，并非有了对武侠小说的热爱就能对全部的文学专业感兴趣，并作为逃避原先专业课程的理由。况且，金世遗的文学功底并不突出，不像那种严重偏科的学生，单纯的兴趣而没有天赋的支撑，并不能真正保证他在转专业后能适应文学院的生活。同时，金世遗并不自律，他无法处理好专业与兴趣二者间的关系，对于今后的生活也没有清醒的认识，有的只是极度的自尊和自卑感。那么面对这样的学生，辅导员应该做的就是放下身段，把自己带入到学生的身份之中，从文学的角度出发与该同学展开对话，让他明白兴趣虽是进步的动力，但不是生活的全部。小说中的辅导员既然天赋异禀，便更有可能打动学生，而不是问一些比较简单的问题，特别是对于这种有着危险倾向和严重心理疾病的学生，应当时刻留意。

吴玄：我是肖老师小说最早的读者之一，像他早期的《发票》《第三种人》等我都读过，特别是《第三种人》写得非常好，我读后大吃一惊。我对肖老师小说的整体评价是"品相端庄""温柔敦厚"。关于高校小说，我们首先想到的是《围城》，作者以知识分子的腔调进行调侃和戏谑。李洱《应物兄》的腔调也有点相似，甚至变本加厉，滔滔不绝地进行调侃和戏谑，但叙述非常有趣且文学性很强。肖老师的高校小说则颇不相同，并存在两个视角：一个是学者视角，与钱钟书等人相似，其中有文化，有专业知识，也有调侃。另一个是大多数作家都没有的视角，我们称之为政治视角。这个视角在小说中随处可见，分量也略大于学者视角，如杨小倩观看完金刚强的心路历程之后，考虑要不要发布、发布后影响会如何等等。因此研究肖老师的文本，除了学者视角之外，还要看到政治视角为我们提供的丰富内容，这是我们当代文学研究应该重视起来的。

其次，肖老师的小说，也让我思考白话文学与古典文学对接的问题。"五四"以后，两者之间是存在断裂的，虽然仍然是汉字书写，但中国文学已经完全离开了古典文学。鲁迅先生虽然反对古典文学，但是其自身古典文学的学养深厚，小说当中的语感有杜甫诗歌之抑扬顿挫的味道，这也是鲁迅的伟大之处。然而我们当下的写作面临着一个非常严重的问题，就是所谓的翻译腔。反观肖老师的作品，作为古典文学的研究专家，他能够很好地在语言层面与古典文学对接，小说中的唐诗宋词俯拾皆是。另外在小说结构上，也有类似于唐代格律诗的结构，肖老师的小说结构、章节安排与人物设计都严格遵循了这一结构，例如章节上一三五七与二四六八对应，人物上张大凤与杨小倩对应，张无忌与金世遗对应。这种对应对称在小说写作上是好还是不好，是一个值得讨论的问题。基本对称是挺好的，但我认为在某些人物与章节上奇峰突起，打破小说的稳定结构，也是一种方法。

最后，再谈谈小说的"品相端庄"和"温柔敦厚"。这一点较多地体现在学者的视角上，其处理人物大多是从好处着想的，没有钱钟书与李洱那种刻薄的态度。在面对现实问题时，肖老师也是怀着一颗温柔的心想要为小说中的人物解决问题，其中流淌的情感类似于传统的儒家情感，为人与为文都是温柔敦厚的。小说当中最让我感兴趣的，也正是金刚强这个人物，如果把他的这部分剥离出来，已经是一个特别好的中篇小说了。肖老师对这一人物心理的把握也是非常准确的，这里就能够见出作者的功力来，尤其是其中的两个细节，更是让人拍案叫绝。一是在校园里与王同学的偶遇，金刚强在安慰了王同学之后，王同学反而在保安面前诬陷了金刚强。面对保安的询问，她大哭之后说了一个"是"，这个细节令人震动，写得非常有力量感，让人驻足思考。二是在面对女同学时的身体能力，直接导致了金刚强的自杀。这就是肖老师对男性的透彻理解，作为一个自尊心极强的男孩，金刚强在这方面遭遇挫折之后，是极有可能导向自杀的。肖老师对于角色心理的把握非常准确，也正是他的厉害之处。

张晓玥：今天讨论所贯穿的主线是"问题小说"。我也想谈谈"问题小说"中的"问题"。这部小说中其实存在两个层面的人物，一个是我们的肖老师，另一个是作家晓风。肖老师和作家晓风面对的问题，是两个层面的问题。之前很多老师讲到现代中国文学传统，包括冰心、叶圣陶以及赵树理等，"问题小说"的最大问题在于，当这个问题不足以成为永远的问题时，这些小说可能会慢慢地被遗忘。"问题小说"的现实意义很重要，但是其艺术生命可能并不恒久，这可能是我们"问题小说"一个根本问题。所以我们应该从三个层面去看待"问题小说"，一是观念理念的层面，二是体制制度的层面，三是实践的层面。肖老师面对问题的时候,可能是从实践的层面去解决问题的。当转变为作家晓风时,面对以辅导员为中心所牵连出来的一系列高校治理、教育管理,包括青春成长困惑等问题时都是不一样的,包括肖老师的《回归》以大学校长为主角。我觉得肖老师并不是要解决什么问题,而是通过一个全景的方式把问题给展示出来。就像刚刚吴玄老师所说的写人物,写高校教授知识分子形象的小说是很多的,但是写到大学校长的小说家是非常稀见的,能够写大学校长还能写辅导员,这就更加稀见了。这是两个极致,从顶峰到基层两端的书写,也可以称之为"湖山之间"。这其中也是一个广阔的天地,我认为是非常难得的,和我们许多高校小说不一样的地方。接着说到肖老师小说当中"温柔敦厚""品相端庄"的特点,我认为其中所讲的反讽也罢,反思也罢,触及的一些现实,例如学术腐败、高校里的庸俗化等一系列问题,肖老师把这些问题点出来,但没有推向极致,控制在一个恰到好处的分寸中,这并不是没有批判,更多的是一种建设性批判,类似于海明威的"冰山理论"。

晓风:感谢各位老师同学为这部小说提供了很多宝贵意见。我写小说是从 2012 年开始的,可以说是"老夫聊发少年狂"。之所以进入小说创作的领域,一来是内心深有所感,我从在杭州大学做系主任到浙江工业大学担任副校长这段时间,亲眼见证了中国高等教育的发展。一方面中国高等教育发展非常快,另一方面在体制机制方面也存在一些问题。因此我就想试着为 21 世纪初的中国高校存此写照。以前写高校题材的作家不少,基本上是一个横断面,有些是身在高校、对高校制度极度不满的,所以采用反讽的方式。还有校外人员写高校,这中间也有一定的隔膜,存在把教授妖魔化、脸谱化、概念化的问题。我是做古代文学研究的,和当代文学创作有些隔膜,不过好在我一直是一个当代小说的爱好者,经常阅读《收获》《十月》等杂志,也多是出于欣赏的角度,没想到有一天自己能够动笔创作。因为一直进行人事方面的管理,我发现职称的评审制度上确实存在一些问题,比方说我写的第一篇小说就叫《职称》。从来没写过小说,但没想到能够得到吴玄主编和麦家的肯定。更没想到获得了当年《人民文学》主办的剑门关文学奖的"优秀中篇小说奖",一下子深受鼓舞,于是继续创作了第二篇小说《第三种人》,也获得了文坛的肯定,从此就一发不可收。所以在我的创作过程中,有两个推手,一位是吴玄主编,另一位是麦家。之前在我长篇小说《回归》的发表过程中,两位也发挥了重要作用,是我的伯乐。

  《湖山之间》之前,我所有的小说都是聚焦于高校当中的,后来我认为要打破这个现状。我和太太曾一起去呼伦贝尔大草原旅游,带着我们的就是一位银行高管,她也是张大凤的原型。她对我讲述了她的家世背景和奋斗经历,我小说当中张大凤的人生轨迹,和她大致上是差不多的,例如家境苦难与交换粮票正是来源于此,其余的一些细节是我虚构出来补充进去的。我的小说确实想要展示一些问题,但是解决方法恐怕没办法提出来。我的小说确实如吴玄主编说的那样"温柔敦厚",也有反讽的成分,但正如我的中篇小说《儒风》后记里写到的,高校的知识分子在现实中感受到困惑和桎梏,试图从现实中突围,但是心底还是在守望大学之道。这部小说试图把校内校外连接起来,在时间上有个纵深度,在空间上也比较广袤,在原先的基础上有一些突破。我一直自认为是不计名利、不问得失的,也从来没想到文坛上扬名立万,这样反而不会患得患失,写作能够由我的心出发。接下来我准备写一些中唐的诗人,写一写白居易,迄今为止没有一部好的传记,都比较单薄,我想好好地写一部《白居易传》。

《浮士德》的"影子"背后

——李宏伟《灰衣简史》讨论

主持人：詹玲、吕彦霖、李佳贤

讨论人：杭州师范大学文艺批评研究院中国现当代文学与文艺学专业教师、硕士研究生

詹玲：今天我们要讨论的作品，是李宏伟的小长篇《灰衣简史》。《灰衣简史》延续了李宏伟一贯的创作风格：强烈的画面感、张扬的戏剧性以及令人目眩的互文使用。这部小说在确定用《灰衣简史》作为题目之前，作家还尝试过另外两个题目，分别是《影子宪章》和《欲望简史》。如果把这三个题目放在一起，我想我们应该能够了然作家想要在小说中表达什么了。阅读这篇小说，我们可以从两个角度入手，一是核心意象，这个很清晰，就是"影子"；二是互文，最明显的互文作品有两部，分别是歌德的《浮士德》和沙米索的《彼得·史勒密尔的奇怪故事》，二人都是德国作家。作者采用的叙事手段让我想起另一位德国作家，丹尼尔·凯尔曼，他写作《蒂尔》的方式，即用民间故事集的人物和故事作为原型，进行当代的再创造。只不过丹尼尔用德国民间故事重启三十年战争的思考，而李宏伟是用德国民间故事指向中国当下社会现实。同学们可以从我说的这两个角度，结合具体的文本细节展开谈，也可以从其他的方面，比如叙事结构、情节等来谈。

一、浮士德、彼得与冯进马们

郭艺凝：我觉得《灰衣简史》和《浮士德》有一些相似之处。不管是靡菲斯特，还是灰衣人，他们刚开始都是用物质作为诱惑，进而想要

拿走影子。我觉得影子可能是一个自我精神上的追求。人们在物质欲望得到满足之后，就开始想要追求自我的实现。这里有一些事件是比较类似的，像后来冯进马和浮士德两个人的眼睛都瞎了；在瞎了之后，他们都非常平静，说出的话在寓意上是有一定的相似性的。比如，浮士德说的是："黑夜逼过来，像越来越暗，我内心却照得明光闪闪。"冯进马说的是："我才可以认清楚影子的模样，也只有影子，才能让我走进黑暗。"还有一个细节就是冯进马拍老虎的这个过程，它跟浮士德穷尽知识的愿望有一种执念的相似之处。

詹玲：这个是我们看到的一个层面。冯进马跟浮士德之间存在类似性。

冯颖颖：我想讲一下《彼得·史勒密尔的奇怪故事》和《灰衣简史》在情节上的互文性。《彼得·史勒密尔的奇怪故事》是一个德国式的浪漫主义童话，《灰衣简史》是一个现代的欲望寓言。这是一个中国21世纪的彼得的故事，是一旦人没了影子，所有人都会发现的时代。所以，冯先生没了影子之后，他建了一座特别的房子，里面的地板、灯光都是特别的颜色，让人看不出来影子。可即使如此，最后他也和彼得一样，发狂地想要拿回自己的影子。首先，灰衣人都喜欢在年轻人还不懂影子的珍贵时，攻破他们的心防，用金钱交换他们的影子。如彼得的故事中，灰衣人用"福图拿托的幸运袋"买下了彼得的影子。《灰衣简史》中，冯进马为了报复前女友，把影子卖给灰衣人；王河为了自己的戏剧梦想，也出卖了影子。其次，本尊在失去影子后极度痛苦，想与灰衣人再次交易。彼得卖掉影子后，他想要找到灰衣人换回自己的影子。冯进马丧失影子后，一直在做着奇怪的射线实验，想证明人本身不需要影子，其实这是他疯狂渴望影子的写照。最后，灰衣人提议用影子交换灵魂。在经历了种种后，彼得虽然想要取回自己的影子，但是他拒绝了用灵魂交换影子。冯进马因为精神的扭曲、对影子的极度思念，答应用死后影子永远归于灰衣人的条件，来交换现世的影子。在这里，影子其实也是灵魂的外显，影子与灵魂之间存在着某种转化关系。

高妮妮：我想从整体上来谈一谈我的一些感受。人与人性作为哲学的最高命题，它从来都是神秘的。而人通常所谓的善恶好坏，只是人为了维护人这一生物所共处的空间与生存，相互之间约定俗成的一种规约。在这种规约内，各种人性之间永远具有不可调和性。而人能做的就是做出当前自己所认为的，最利于自身生存的选择。处于群体生活的人，他必须具备这一群体共同承认的共性，才能为群体所承认。不论是影子还是灵魂，都是人之所以为人的明证。我认为作品中的灰衣人起着靡菲斯特的作用，他挑起人的欲望，使人深陷欲望泥潭而难以维持自己为人的主体性与完整性。在这里，灰衣人代表的就是目前人类群体所划定的人性中所谓恶的部分。他诱使人背离正常的人生轨道，带来不可预测的结果。一旦接受与灰衣人的约定，人就会失去自己正常的生活，成为一个缺失的人。像那个老人，他管理园子，丢弃影子，算不算是一种身有所依、心有所缺，是不完整的？他自己极为谨慎地说出每一件事物的名称，反对影子对园子里事物随意地命名。这是他自己依据规约所做出的最理性的决定。可有一天，他发现了影子，而影子超出了他的控制范围。于是，他想方设法丢弃影子，将它们赶出园子。我认为这在一定程度上是对肉体与精神或者心灵的一种变相表述。肉体总体而言是可控因素，可心灵却总是不可控的。而影子就是不可控心灵的一面。老人丢弃影子正是因为影子的不可控，这种不可控带来的无法预知性对人而言就是最大的危险。

  最后，老人将自己的9个影子禁锢在灰色衣服下，用肉体来禁锢心灵。这虽然可以起到一定的控制作用，但在一定的条件下，心灵的不可控因素还是会溜出来，扰乱人的身心。正如《浮士德》与《彼得·史勒密尔的奇怪故事》一样，《灰衣简史》也在尽力揭示灵与肉之间的冲突，并竭力寻找心灵的真正归处、探究真正的人性。而灰这种不黑不白的颜色，相比于非黑即白的人间定律，它更能体现出人性的复杂性，善变性，不可控性与不可预知性。在赶走影子后，老人欢迎所有来园子的人带着自己的影子来享受园子的一切。我认为这是老人对自己的不完整的一种变相安慰与弥补。他以一种高高在上的姿态俯视这些不可控的影子，本就是一种对其无法掌控的掩饰。他说园子里的每一样事物是自身又是自身的影子。不论可控占多大比例，不可控永远存在，就像老人与自己的影子一样。从没有什么一成不变且永远单一的人性，这根本就是一种至上者的臆想。小说以药品说明书开头，药针对的是不适，所以我认为小说也是一种对人性中不可控因素开出药方的尝试。

詹玲：如果这样理解，那么作家不过是把西方的故事东方化了。你们觉得是这样吗？

钱雨婷：其实我在质疑，老人邀请有影子的人进园子这件事是不是真的，它是不是老人的意思。因为从来没有人进去过园子，园子里只有老人与那些事物，出去的只有影子。所以有没有可能这并不是老人的意思，而是影子的意思？因为老人本来就是拒绝影子的，但是最后他要求那些人带影子进去，我觉得很奇怪。还有作品里面出现一个很意外的角色，就是小女孩。小女孩说：究竟是不是，一定要亲自去问才可以。大家都忘记了这一个步骤，但其实这一个步骤是很关键的。最后，小女孩和妈妈进了那个园子。那么，老人的园子接收的始终是真诚的人。而灰衣人之所以能获得其他人的影子，本就是因为他们身上流露的是贪婪、欺诈、虚伪。如果说影子是在和老人战斗，那么老人始终是胜利的。能来到园子的人始终会来到，不能来到的人，并不是因为被灰衣人截下，而是他们本身就无法到达。我觉得最有意思的地方就是园子这个部分，前面的太像浮士德了。

徐源：乍一看，李宏伟的《灰衣简史》同西方的《浮士德》和《彼得·史勒密尔的奇怪故事》十分相似，都讲述了人类为达某种目的出卖影子或灵魂的故事。但同样是索取影子并满足人类欲望，灰衣人与另外两个故事中纯粹的魔鬼不同。他不是绝对"恶"的象征，正如其名字一样，灰衣人是灰色的所在。"灰是他的标志，在黑白之间，非黑非白，可黑可白。……灰色决定他游走的方便，可以往来截然对立的地方，也可以出没含糊的所在。"这意味着灰衣人与本尊进行交易的欲望本身没有被作者简单粗暴地定义为极端邪恶的、不该存在的东西。

叶荷娇：我觉得这部作品讲到了人在不同生命状态下的选择问题。对作品中的这些人来说，他们的选择本身并没有对错，而在于自己是否愿意坚持这个选择，能否承担得了自己选择的结果，或者说自己在未来的某一天是否会为自己所做的选择而后悔。像年老后的冯进马，他是生命的一个末尾阶段，他对自己之前所做的选择后悔了，所以他想要扭转和弥补，于是找到了和自己年轻时相似的王河。王河拥有实现自己野心的欲望，所以他凭借欲望的冲劲，义无反顾地出卖影子。影子对于当时的他来说，其实并没有什么实质性的作用，所以他能够做出这样的一个选择。在他看来，人生或者说戏剧就是一个得与失的过程，就像影子对他来说，当时并没有意味着什么。但是通过这个没有什么意义的影子去做交换，他就能得到自己想要的最大的一个"得"，实现毕生的梦想，所以他才能够这样义无反顾地去交换。

我认为人类交换影子其实是堕落的第一步，灰衣人也是这样温水煮青蛙般引诱人一步一步迈向最终的深渊。与彼得的故事一样，当人意识到影子对自己无比重要时，他们恳求灰衣人想要换回影子。这里面都有提到影子和灵魂具有相似性。在这个过程中，有些人最后意识到的时候，灰衣人的目标就已经是人的灵魂了。于是，人们可能为了换回影子而不得不出卖灵魂，这才是灰衣人变成魔鬼的真正一步。看似无意的偶然触发必然，在琐碎的积累中生发出巨大的转变，就是这样的一个生命状态中做出选择的问题。

詹玲：嗯，如果我们认为用影子来交换某件物品是堕落的第一步，那就没有办法解释小女孩的母亲用女儿的影子跟灰衣人做交换。你说她是堕落吗？

叶荷娇：有时候欲望会转成渴望，渴望可能就不是罪恶的。因为小女孩她并没有意识到拿自己的影子可以把自己的性命拯救回来，但是母亲知道。这个不是堕落。

二、欲望何为？

姚佳怡：从叙事层面来看，作品的前、中、后三个部分的叙事模式非常不一样。他前面讲了一个关于写话剧的故事，然后中间插入了一些社会新闻。是人类为了满足自己的欲望而做的一些事情,就是欲望跟道德之间的博弈。到后面又变成了一个类似于穿越的神话叙述,后面又出现了类似于圣经《旧约》里面创世纪那一段的叙述,再到后来是失乐园的故事情节。但人生活在这个世界当中,就免不了为了自己的欲望去交换一些事情。因为,人本身的力量与他的欲望是不匹配的,人有很多时候会有深深的无力感。其实,作者用了那么多的互文想要表达的,是想要讨论一个问题:出卖掉自己的一部分,人还有没有资格再进入天堂?包括后面有一个母亲带着她的女儿出现的场景。女儿遇到了一个意外,灰衣人趁机提出要求,用小女孩的影子作为交换,来挽救小女孩的性命。但是,没有影子她们无法找那个老人,进入他的园子。但是小女孩说:规矩是老人定的,那我们应该过去问一问他,我们没有影子还能不能进去?我认为作者在这里是想要表达一种对人类的罪孽类似于宽恕的意思。人并不是非要那么善良,他可以包容人身上的一些罪恶以及欲望的部分。小女孩的交换就不是一种罪孽,因为生命才是最重要的。

冯颖颖:比起身体上的其他器官,影子是最容易割舍的。但当人们都放弃了影子之后,却都陷入一种精神上的困境,都想要去找回影子。因为他们失去影子,就失去了一种社会性的功能,将永远活在黑暗之中。彼得的故事更像是一个童话,有点儿劝诫的感觉,想劝告人不要贪图物欲享受。但是在《灰衣简史》这里,我觉得冯进马整个人的精神都不太正常了,很扭曲。他折磨自己的初恋,但是发现她很有生命力之后,自己又陷入了一种对黑暗的怀疑之中。

詹玲:我们怎么解读他对初恋的折磨?他后面为什么会那样做?他去看初恋的时候,发现她很平静地对待自己目前的境况时,冯进马的心理是怎样的?这个情节背后的意义是什么?它到底想表达什么?

冯颖颖:冯进马发现她仍然具有生命力,但他自己已经垂垂老矣。他报复自己的初恋,却发现她这么平静。而这一切都源于她看见的那个蓝色气球。他的初恋说了一句话:人本来就是人,气球本来也就是气球。她突然意识到自己这么多年的疯狂,就好像悟到了的那种感觉。还有就是"蓝色气球"这个在小说中出现了四次的事物。它第一次出现是王河在天桥上看见的气球,那时他正在犹豫要不要拿眼睛换投资。第二次出现是冯进马初恋看见的飘走的蓝色气球。蓝色气球离开小女孩的手飞走了,小女孩没有尖叫,更没有哭泣,她从中看到了自己,明白了人一直是人自己,就像气球不是从人们手中飞走的才是气球。第三次出现是冯进马巡视剧院时,脑海中出现的蓝色气球。冯进马感到他的那几只蓝色气球也脱离他的手,向上飘去。然后,他坚定地要拿回自己的影子,哪怕付出种种代价。最后一次出现,是舞台上的蓝色气球。我觉得气球是一个很轻盈的东西,应该是让人们精神上有了一个转变的东西。但是具体指什么,我很难对它做一个定义。

徐源:如果说冯进马为换取声名地位和呼风唤雨的权势,去报复多年前弃他而去、一心追寻演艺梦想的恋人,而出卖影子,展现了欲望的阴暗面;那么心系受难百姓、不惜一切代价赈灾的地方官员和想要救回年幼女儿性命的母亲,他们的欲望又应该作何评判?人类的历史在本质上就是欲望的历史,李宏伟笔下的欲望是当下中国语境中的欲望,或许我们也应当重新审视这种欲望本身。还有王河,我觉得他可能就是作者李宏伟在这部作品中的一个投射。王河他不是一个剧作家嘛,他在作品中想写戏剧,为了完成这个戏剧,他经历了一系列心灵的挣扎,去考虑出卖影子什么的。我觉得可能李宏伟在创作这个作品的时候,也有类似的一种对于人到底应不应该为了自己的理想去牺牲一些东西的想法吧。

詹玲:那你怎么看后面他跟灰衣人做的那个交易?非常彻底的一个交易。其实他不用这么彻底也可以做到的,他为什么要那么彻底?

徐源:可能就是他想要为世人留下一点儿什么吧,他想要为这个世界留下他自己的一些东西。作品中写道,王河这个人他从小就对死亡很恐惧。他觉得可以把自己一生对于世界的看法、对于死亡的理解,通过这一部戏剧表达出来,释放出来。只要戏剧成功了,他就觉得死也没有什么可怕,对于死后的世界什么的他也不是很在乎了。可能是这样。

叶荷娇:我认为王河之所以要和自己的影子决裂,一方面他拥有强烈的实现梦想的欲望,愿意用影子来换取自己毕生渴望实现的导演梦。但他也看见了冯进马出卖影子又后悔的结果,意识到影子可能会变得重要,所以他打算一开始就决绝放弃,坚决斩断与影子重修旧好、为赎回影子付出一切的可能性。这是不同生命状态和心理状态下的人的选择。小说中有一段对老人和孩子状态的描写:"只有老人和孩子——前者完全将世界调试到了自己的节奏,后者还在百分百依赖世界的节奏,因此他们都安之若素。"老人到了生命的尽头,开始意识到欲望对生命本身的完整性而言不再重要;而孩子尚未意识到欲望的强大力量,可以天真自由地面对欲望。我觉得这是一个欲望觉醒的过程。欲望的觉醒会影响自己的选择,所以人们总是以最大的得来衡量自己选择的正确性。但有时候得与失的界限是会游移的,有的人终其一生可能都不会意识到自己真正希望所得的是什么。但当他们意识到以前最没用的东西反而是最值得珍视的时候,就有人为自己的选择后悔,像冯进马。

陈佳:对于小丁而言,冯进马对她演艺事业、梦想百般打压,别人对她的评价也没有达到自己的预期,但是,她的生命力仍然表现出"平静地生长"的状态。小说中写到她的目光是坚定而不是空洞的,而且她还说:"以我对表演的理解,我想和他们站在一起、相提并论的那些人都得到了,我又怎么会看轻它呢?"也就是说,即使在他人否定自己的情况下,小丁她仍认可自己,并且接纳自己。虽然冯进马对小丁实施打压的最初目的是希望她被自我的、自然的欲望和野心折磨到丧失自我,但结果恰恰是小丁逃离了欲望的魔爪,在心灵深处获得自我肯定的力量。就像她在小说里说:"现在我知道,不存在标志性的时刻或事件,必须跨过它我才是自己。我一直都是自己,就像气球不是从我们手里飞走才是气球。"反而是最初的施暴者——冯进马落入欲望的深渊,成为欲望的魔鬼,也因此丧失自我和理性。

李佳贤:关于王河,我想说的是,他想要创作出一部非常伟大的作品。为什么灰衣人愿意放弃冯进马的影子,收王河的影子,就是因为他的影子最炙热。可能欲望最炙热的时候,他的影子是最好的。灰衣人最想收割的是这些人的影子。王河之所以这么决绝,就是因为他有想创作出一部非常伟大的作品的欲望,他可以为了这个不管不顾。

詹玲:对,其实到后面就是一个人何以为人的问题。人在什么样的境况下最能够激发出自己的能动性,把自己的能动性发挥到极端呢?就是生死关头,当你被推到极致的情况。王河这里就是把自己推到了一个极致。这个东西我到底了,就这样了。

李佳贤:会不会说就是他呈现了一个人处于欲望当中的一个不同的阶段?像王河他是处于那种想要实现的、欲望最炙热的一个阶段。冯进马已经实现了他的欲望,他在实现欲望的过程中,失去了真正的自己,所以最后他想要回自己的影子。而女演员,她在面对欲望的时候,是另一种选择。

吕彦霖:我记得,冯进马跟她四目相对的时候,他被女演员的这个状态给刺激了。冯进马最后好像觉得他对她所有的折磨都失败了。所以我觉得这种高低关系,或者说我们讲冯进马、王河、女演员种种,到最后其实都指向一种一切了然之后的自在状态。冯进马这算什么呢?其实也不算什么。最后有可能他对自己决绝了一把,把影子换回来了。但是他和女演员的高下其实作者是有所表态的。包括写小女孩和气球的那种关系,它也有点儿像我们讲的"童本论"。就是小孩子的这种思想最像通灵宝玉,她无知无识,对于欲望的态度就是:它来的时候,我跟它玩耍;它飞走了,我也不想占有它。反而是这样,她获得了最纯粹的自由,或者说自我。

三、"影子"与人性

夏璐:《灰衣简史》由外篇和内篇两部分组成,外篇采用药品说明书的形式,内篇则加入了戏剧的独白、自白、旁白、对白。第一部分用的是第一人称"我",以王河为视角的"我";第二部分用的是"你","你"代表的是冯进马。在第四部分,它的小标题是"你与他""我与他""你与我与他"。我觉得"你""我""他",作者想表达的不单单是文章中的这几个角色,它已经上升到了整个人类的整体。还有,这部小说的第五部分按照末尾、升序、中断、降序以及起初这样的倒序,叙述了灰衣人如何诞生,老人如何试图摆脱影子,比如说用细线切割影子、用枣核把影子钉在地上、把影子冻在冰面上等。而这些方法就是药品说明书中灰衣人切割影子时使用的方法。小说的结尾和开头相连,从末尾回到起初,外篇映照着内篇,像是可以循环往复地阅读。还有这个园子,它代表的是伊甸园一样的角色,老人说里面的事物既是抽象的也是具体的。那在现实生活中,他们也是抽象的和具体的,就感觉这个园子和现实世界没有区别。

童心:"内篇"作为小说的主体部分,前四章分别由"独白""自白""旁白"和"对白"构成,营造出一种强烈的戏剧氛围。王河与冯进马这两个人物的故事分别在前两章的"独白"和"自白"中,以一种平行的方式展开。之后的相遇又为两种人生带来宿命般的交叉,并在第四章里形成了一种"对白"。前者根据后者的行为来调整自己的选择,在灰衣人看来,这也是在成为别人的影子。第三部分的"旁白"作为过渡段穿插其间,"领声""副声""独声""合声",一声比一声高昂恳切,道尽了金钱与道德双重抉择下普通人的艰难处境,欲海浮沉的众生百态就以一种音乐剧般"重声迭唱"的方式为读者展示了出来。小说里的王河想要导出一部能够揭露万有欲望残暴本质的戏剧,可为了寻求资金支持,他也做了与自己故事素材里的主人公史勒密尔一样的事。戏剧既作为现实的映射,又在现实中得以延续,似乎活着的每一个人都难以挣脱欲望的围困。作者的这种结构安排,或许也是在以另一种方式完成王河未导完的戏剧。除此之外,整个小说的谋篇布局,包括各个章节标题的拟订也给人一种在"解谜"的感觉。

詹玲:哪里设谜了?设了什么谜?

童心:我能感觉到,作者想要通过这篇小说进行追问的谜题有很多。比如在已经预知死亡终将到来的情况下,生存究竟有何意义;出卖影子是否就是灵魂堕落的开始;金钱与欲望是否只能被当作罪恶的代名词。从"门前"到"门外",从"地下"到"地面",这些充满现世关怀的追问随着故事情节发展慢慢浮出地表,最后共同指向了一个终极问题——人何以为人。作者在最后一章中回到造物的"起初",借老人之口为我们做出了解答——不是每件事物都需要被命名,就像不是每个人都需要拥有影子那样。追求欲望也好，拒绝欲望也罢，人只是在做出选择的过程中成为那个最纯粹的自己。

刘宗瑞：大家多次提到王河，其实王河身上也暗示了影子的重要性。王河从身上选取最重要、最值钱的部位去换取资金，手指、手臂、左眼、右眼、大腿，甚至是肾等等，但唯独没有想到影子。面对灰衣人对影子的提议，他说谁会要影子呢？显示影子的微不足道。灰衣人在与王河的交易时说"我不想你们把影子当成可有可无、任人宰割的附属品"，在第五部分又指出"真的影子必须是身体的一部分"，即使灰衣人有影子，也不属于他。影子对人来说看似毫无作用，但失去影子，人本身不再完整，灵魂会倾斜，处于失重状态。人用影子来交易，是否意味着从一种物质困境走向了精神困境？小说中的人为了金钱、爱情、权力抛弃影子，事后却又不惜一切想换回影子，如冯进马宁愿刺瞎双眼也要换回影子，他为什么要这样做，很值得我们思考。

朱婷："影子"在这篇作品里有着深刻的含义，它不是虚无缥缈、可有可无的。我觉得"影子"是一个人灵魂的外显，是自我人格的象征。人本尊越是神志清醒，影子的依附性就越强，与人本尊灵肉合一，这时的影子无法与本尊切割。一旦"影子"切割，人似乎也就不再成为一个"人"，无法直立于阳光之下。因为世间所有的物都有自己的影子，影子是存在的凭证。可以说，这部作品是对《彼得·史勒密尔的奇怪故事》内容的一种延续。不同的是，在《灰衣简史》里，并不单纯地点明"影子"对于一个人一生的重要意义，而是通过冯进马和王河这两个人物，在同一时空下的不同选择来表现——一个是自我折磨后顿悟，宁愿自残双眼也要换回影子；另一个是明知前者困顿，仍义无反顾封闭退路也要割舍影子。他们的对立视像再次将"影子的存在意义""人生的意义""爱与恨""理想与现实"等问题抛出，直接叩问读者，试图从读者那里找到不同的答案。我觉得这就是作者的一个创作立点，他不想予以定论，不想要就关于出卖"影子"进行性质评定。

陈佳：那我谈一下我从小丁和冯进马那段谈话得到的对影子的理解。这段对话内容出现的位置非常重要，它就发生在冯进马决定赎回影子之后。但是，小说没有解释是什么促使冯进马换回影子，影子又究竟代表着什么。刚才荷娇也提到影子是作为交换的条件，灵魂才是交换影子的目的。我认为影子不是灵魂的化身，我倾向将影子作为身份确认的标志，所以我觉得影子其实是自我认识的代名词，是认识自我和区别他人的标志。与此同时，我又觉得这个影子对于每个人来说似乎都有不同的含义，比如说放在将军身上，影子是为了帮助他人，是为了赈灾，它并非认识自我的一个标志。所以，关于这个影子，我觉得对于它的定义好像又不能那样的狭隘。

许志益：我认为"影子"具有多重隐喻性。刚刚陈佳提到影子是一种自我认知的标识，此外，还有的观点认为"影子"代表着灵魂，或者是道德、良知等等，这些看法好像从各自的角度都可以说得通。我觉得，它恰恰具有多重的隐喻性的特质。在小说中，影子最独特之处在于，它和左眼、左肾等身体器官不同，失去影子不会对你造成生理损伤，看似很划算的交易，而它最后又会让你后悔。这种我们常以为微不足道的东西，反而是最重要的。我觉得"影子"指涉的是这一类东西。

詹玲：很难说，因为你要是将影子界定为良知，或者等同于灵魂，或者其他的什么东西，都没有办法去解释那个小女孩的情节，也没有办法去解释那个青年的情节，还没有办法去解释王河的情节。全部解释不通。哪怕是在冯进马这里都很难说清楚。为什么呢？我把影子给了灰衣人，我出卖了良知，那我就堕落了？冯进马他是堕落了吗？这里面有哪一个人他是真正地堕落了？所以，你看到他好像是借用了彼得，借用了浮士德，但是他在讲自己的故事。所以我们要跳出来。想想看，欲望本身就是坏的吗？我们就真的该什么欲望都没有吗？如果真的什么欲望都没有的话，人类早就灭绝了。

四、"道"与欲望

郭艺凝：我认为欲望是人本身生命力的一种体现。靡菲斯特和灰衣人都是欲望的化身，冯进马和浮士德最后对欲望的追求都从物质上升到自我的实现，所以说，我们想要追求的就是欲望本身。当我们在展现自己的欲望、追求某些东西，就是我们活着的一个证据。如果说一个人没有欲望的时候，他就陷入了一种焦虑。

吕彦霖：李宏伟是学哲学出身的，他的小说里有很多戏仿的成分。比如说，大家知道浮士德、彼得等，但是影子对不同人来讲，有不同的代表性。那么，本质上来说，影子指向的到底是什么？看了李宏伟的《国王与抒情诗》《暗经验》，他给我的印象，就是他想通过这样一个寓言性质的故事，用一种非常隐微的方式来谈他对于中国这些年，人的心理状况的体察和描述。就像大家说的，影子其实不仅代表这个那个一样，像詹老师刚才说的，有欲望就错吗？也没有。李宏伟在小说中没有明确地谈对错，他只是谈后果。你能不能接受后果，你能不能承担这个后果？当然，冯进马是后悔了，但他也承担了他的后果。在这个故事里，所有人都得到了他的结果。所以，我觉得他要强调的，反而是一种不诉诸强制性阐释的因果关系。而这种因果关系本身指向生活，指向我们的人生。就像刚才同学们说的，它在不同的时段好像有不同的代表性。而这种不同的代表性是一种流动的状态，它代表了一个人的一生。在这种不诉诸强制性阐释的情况下，赋予这个文本一种隐喻意义。

李佳贤：我感觉他整个是按照倒叙的方式去完成这个小说的。小说的最后一小节，他讲，起初，就讲这个灰衣人是如何诞生的；他又讲了那个老人类似于创世的一个故事。但是在这个故事里头，他强调了在上帝创造的这样一个完满的世界里面，万物都是没有影子的。为什么不需要影子，他不需要给所有的事物一个命名吗？因为那个东西它本身就是一个东西，他不需要去占有那个东西，也不需要去定义那个东西，更不需要去命名那个东西，那个东西它就那样自然地存在着。

詹玲：对。有一个细节是讲，那个灰衣人跟它交换的影子，到后面他们彼此想要说出对方的名字，说出来之后他们就一下子爆炸了。怎么来看这个细节？

吕彦霖：从命名这个角度去看是很有意思的。就像我们做学术一样，知识考古学就是从它进入的。或者我们讲人创造了律法，但是人一定为律法所束缚。我们讲曹禺的许多剧就是在讲文明与野性的冲突。就是，当这个人他完全处于无名状态时，他是自由的，是本然状态；但是一旦我们给他个名字，他就成了另一种状态。我觉得它的概括性特别强，就在于李宏伟这个小说的一种寓言性质。包括这个影子，它其实就是一种自我实现，但到最后能不能承担得了这个后果，就是另外一说了。

李佳贤：我感觉可能就是当给它命名的时候，说出来的这个东西就已经不是那个东西了。所以它就消失了。老人是最完满的一个状态，他所创造的所有东西，不需要被命名，也不需要影子。因为影子就是它，它就是影子。影子内在于他，也就是说它是一种自在的状态。它也不需要你去命名、去占有它，或者说去定义它。老人本身就是一个上帝一样的存在，他是一个全知全能、一个完满的存在。但是突然有一天他有影子了，他变得不像一个上帝、一个神，他变得有人的感觉，有饥饿等感觉，会觉得冷！就是说，当这个影子生出来的时候，是他的力量被削弱的时候、他变得不再完美的时候。这种状态更接近于一个人的状态。

詹玲：你刚才说，这个老人是很自在、很自足的，但有了影子之后，他开始有人的欲望了，因为他开始有饥饿的感觉，开始感觉到寒冷，实际上这就是一种生理需要嘛。

李佳贤：作为上帝，他不允许自己有人的生理需要或者说欲望。我觉得灰衣人被逐出这个园子，他其实是代替上帝。不管是老人的影子，还是灰衣人，本身是上帝在人世间的一个代理的角色。

姚佳怡：如果非要从这三者之间的关系考虑的话，那上帝是在他拼命想要摆脱影子的过程当中才感受到寒冷和饥饿的，那么也就意味着，人是在跟欲望斗争的过程中才成为人。

詹玲：嗯。所以，你跟欲望斗争，这本身就是你的欲望，也就是你的欲望在显现。就是说，当你想摆脱的时候，你就不是自在状态了。所以它是东方式的，它一点儿都不西方。所以李宏伟用了一个西方的故事，想讲的是东方哲学。其实，就是那种道家的自在圆满的状态。

吕彦霖：那这个观念就很中国了。他没有讲二元对立。关键是，我是因为克服了我的反面才成为了我，他讲的是一种无知无识的状态。所以他讲的不是浮士德式的人和魔鬼做交易，也不是说直接把你引向黑暗。确实是很不西方，有可能他是一个套着西方壳的，内里很中式的核。他确实还有一点儿《红楼梦》的那个感觉。我还看了李宏伟的一些访谈，我觉得他作为一个文学编辑、诗人，他的现实关怀比较强，甚至你看他那个人的样貌，就是对现实有很多关怀。他是不是尝试用这种方式提出我们解决精神危机的一种可能性？

詹玲：可以这么来看。在我们现在的这样一个世界，一种不确定的状态下，每个人其实都处于精神漂流、迷茫的状态。那么，这种状态下，我们怎么实现自身的、内心的安定，让自己的内心能够摆脱一种不确定的状态？怎么在这种不确定中求得确定？当无法用西方的话语来界定、来解释，也无法复制他们的生活的时候，就只能回头到东方，回到我们中华文明传统中去寻找，让自己获得内心满足。我觉得是这样。

吕彦霖：对，尤其是这些年我们遭遇了这么多精神危机，我们怎么样解决这个精神危机？这就让我想到王阳明说的："你未见此花时，此花与汝共归于寂。"这个其实也是一样的，你好像并未察觉，或者说它并没有一种特别强的异物感。我之前看过一本书，它说，其实20世纪是个免疫学的世纪；我们要寻找异己，并且干掉它，来确立我们自己的存在。当然，他这个强调的好像是"我并不把别人当作外物，我也不把自己当作外物，好像你我可以混融到一体"的这种感觉。

詹玲：我们看到小说主要想回到的，是我们道家无欲无求的境界。对于欲望本身，他不会去做一个简单的价值评价。因为欲望本身并不是一件坏事情。他在小说里面讲的这些，其实都没有说这些人怎么罪恶啊，或者什么样，没有。他最多就是分"公"和"私"来讲。这里面善恶其实并没有分得那么清楚。

李佳贤：我觉得他也在说人应该怎么样去看待自己的欲望、怎么样去对待自己的欲望。其实关于出卖影子，写的所有的故事，没有一个人是去做了恶了、完全堕落了，没有一个人是这样的。我觉得他就是在讲人怎么去看待自己的这样一个欲望。

小女孩手里的蓝气球触动了女演员。对于一个小孩而言,这个蓝气球可能是带给她快乐的很重要的东西,但是当气球飞向空中、远离这个小女孩的时候,却并没有给她造成特别大的一种波动。而这个女演员,她本来也是受欲望折磨的,尤其是有冯进马在后面给她操作,让她处于接近梦想的状态,却又隔一层玻璃,让她能看见却又触摸不到,保持这样一种痛苦的状态。当她想要拼命去追求、执着于自己内心欲望的时候,她就非常痛苦。但她看到了蓝气球,瞬间触动了她。她放下了心中的执念,或者说她意识到了应该怎样去看待自己心中的欲望,然后她就慢慢回到她自己了,把自己从与欲望胶着的状态中缓释出来了。

詹玲:我觉得这里有两层,还不是说这么简单的。他其实是把人的欲望跟老人的状态分离开来了。因为老人的状态是完完全全自在本然的状态,其实是一种理想态。这种理想态它是脱离了人的。如果他是一个人的话,就会有欲望,那我们怎么样去看他的欲望?我们每个人都这样无欲无求,是做不到也是不可能的。因为我们是人,很简单。

"90年代"的追忆与叩问
——房伟《血色莫扎特》讨论

主持人：吕彦霖、李佳贤

讨论人：杭州师范大学文艺批评研究院中国现当代文学、文艺学专业教师与研究生

一、"罪案小说"形制与创作主题探究

吕彦霖：我们这次讨论房伟的新作《血色莫扎特》。房伟老师是苏州大学的博士生导师，著名王小波研究专家，曾经出版过《革命星空下的"坏孩子"：王小波传》。之前在天津的一次见面中，房伟老师讲到自己在写抗战故事的时候，深切地感觉到现实中的故事，比作家虚构的要精彩得多。总体而言，房伟老师的创作始终有着深沉的历史意识和明确的现实关怀。而《血色莫扎特》是一个与当下紧密关联的故事，有着显豁的现实主义风格和鲜明的时代特色，不知道大家读过这篇小说后有什么样的感觉。

姚佳怡：我觉得初读时叙事流畅，情节引人入胜，但文本的最后给人的感觉却很沉重。

吕彦霖：对，它在顺畅的阅读体验之外，还是个挺沉重的作品。

姚佳怡：因为它表面上是一个说深层叙事的悬疑案件，但是它实际上应该是一个改革文学，讲改革阵痛的。

许志益：我的一个阅读感受是，这部小说的主题会随着叙事的发展而变化。刚开始阅读的时候给我感觉是葛春风等青年在20世纪90年代的起落沉浮，而到小说中段变得很像改革小说，再到"红姑往事"一章时，我又看到了权力书写、女性书写的影子，最后到夏雨和冯露，主题

又变换为"赎罪"与"惩罚"。感觉随着作者的叙事推进，小说的主题在不断发生变化。

吕彦霖：其他同学有没有什么看法？

徐源：这个小说给我的感觉是虽然他写了几位主角，从大学时代一直到他们中年以后的几十年生活沉浮，他们这几十年各自生活都发生了翻天覆地的变化。但是从另一个角度来看，他们又都是没有走出各自的青春，他们都好像是用一生来为当年的青春做一个注释的感觉。

李佳贤：我有一点不同的看法。这部小说中，几个人物都是大学同学或朋友，但最后他们做了不一样的选择，走上了不一样的人生道路。在叙述上他采用了转换人称的这种多角度叙事，这跟主题有相配合的地方。因为时代转折的时候，往往是那种价值观比较多元的时候，他们便有了不同的人生选择。

冯颖颖：我觉得他书写了理想主义者的溃败。小说中的韩苗苗、夏冰、葛春风等人都曾是拥有美好理想的人，就像韩苗苗的舞蹈梦想，夏冰的感情梦想，葛春风曾经的文学理想。但这个他们赖以生存的理想却也使他们走向毁灭，因为在20世纪90年代社会转型的大潮当中，他们的理想主义已经显得不合时宜，他们为坚守自己的理想主义付出了极大的代价甚至是生命的代价。韩苗苗想要以自己微薄的力量扳倒陈中华这座大山，毫无意外地被害；葛春风在化工厂发生事故后，闯入化工厂爆炸现场救火，为工人谋权益，一度当保安，最后被化工厂职员抛弃，被迫下岗，在街头卖凉皮。但多年后，葛春风说过这些"明亮耀眼"的东西都是害人的，因为此时的葛春风已经认识到他们曾经的理想主义害死了苗苗，而且作为省城名记者的他，已经向生活妥协，甚至已经抛弃了曾经的理想主义。

吕彦霖：几位同学的发言给了我一些启发。我想谈一下我自己的看法，我和佳怡有一些共同点，我觉得这部小说身上难得兼备的一种品格就是它是严肃文学，它看起来很爽，它把严肃文学和"爽文"结合在一起，其实在叙事上很有魅力。最近好像出现了不少这类身兼严肃文学和"爽文"的文本，像我们上次讨论的《文城》也是这种例子。这种小说其实我们也可以叫它悬疑叙事,但是本质上来说它一般被称为"罪案小说",所以大家之前探讨过的双雪涛的《平原上的摩西》其实也是调查一个杀人案。我现在就想问大家一个问题,就是小说中独特的这种"罪案小说"的形式,到底给这个小说带来了什么样的艺术特点?

叶荷娇: 我觉得这部小说和邓一光《人,或所有的士兵》有很多相似之处。首先是不同视角上的法庭呈堂证供的呈现,不同的人的内心独白,它们之间可能是相互矛盾的,因为这个人他心里所想的,与真实发生的,以及其他人记忆的都会产生矛盾和裂痕。其次,那个故事也会层层地展开,它主要就是围绕着韩苗苗的死亡,从她的死亡之前到她的死亡之后的一系列故事,借此帮我们呈现出人性的多面,进而让我们看到人性的幽微。因为在这部小说里镜头是一种近乎血色的,以韩苗苗为例,我觉得她是一个最无助最无辜的牺牲品,她兼具灵魂和外形的双重审美性,但到后面被玷污、被怀疑,因为当时并没有解释的机会,以致最后失去生命,表现出对于女性悲惨命运的同情,颇具某种女性主义文学的味道。这样的情节表现与小说的题目《血色莫扎特》相互呼应,所谓血色,就是美好的东西在现实面前融进了血色;所谓莫扎特,就是呼应了本文里面对此提到的交响乐,并且莫扎特的死亡也与书中一些唯美主义者的悲剧命运相呼应。

吴晨: 我也认同荷娇所说的,"罪案小说描写的是美的失落"这一观点。而这在《血色莫扎特》中就主要呈现为浪漫色彩与灰暗现实色调的调和。这一点从小说的标题中便可看出。"血色莫扎特"中"莫扎特"可看作是音乐的代名词,而且是优雅的钢琴曲,梦幻且浪漫。大学时代的"钢琴王子"夏冰与"高贵的天鹅"韩苗苗,以及此时被看作是才子的葛春风,就存在于这一乐曲之中,成了"美"的一种象征。但同时这一名词也能使人联想到"莫扎特"这一伟大音乐家的人生遭遇,如小说最后所注"莫扎特之死,是音乐史上的谜团",指出有研究者认为莫扎特死于谋杀,其死亡与婚外情和音乐都脱不开关系。这显然为小说的情绪特征定下了悲剧的基调。二者并置就不难发现,房伟对 20 世纪 80 年代浪漫主义进入 90 年代功利化环境后,一系列社会变迁的深刻反思。

朱婷：我觉得之所以采用"罪案小说"的模式，实际上隐含着非常浓厚的时代印记。当作家想要表现20世纪90年代广阔社会背景时，会发现事件太过驳杂，无法用三言两语去概述这种全面的激荡，因此需要一个合理的剖析切入点，这时候罪案就是最完美的叙述选择。罪案就如同戏剧中的高潮，是所有事件及人物矛盾冲突的集中点，作家通过罪案的侦查过程，可以更有条理地将事件的发生背景和涉案人物背后的社会关系梳理清楚。20世纪80年代中后期开始，文学内部的叙述方式发生了裂变和转型，小说的关注重心从宏大主题转移到平凡生活之上，表现由社会变迁而导致的生存苦难和人性之恶，这些都是历经过90年代的人的历史集体记忆。作为"70后"作家的房伟，正是借助《血色莫扎特》一书将他青春的伤痛和时代的病症隐匿在"还乡"见闻和回忆中，借用一桩悬疑案件将那些真实发生过的历史映射出来，并引发我们思考案件背后的历史与现实的关系。

二、"90年代"图景的文本还原

吕彦霖：我觉得吴晨同学提到一个很重要的问题，就是20世纪90年代的问题，这可能是这部小说除了"罪案小说"的另一个重点，它的另一条线就是90年代的问题。相对于80年代的被追忆、被反复提及，90年代并没有受到太多的关注。大家是如何看待这部小说中90年代的因素、质素的，还有它怎么影响小说人物的命运，或者说它的小说人物和整个90年代的话语语境有什么关系？在这里还要插上一句，就是房伟老师自己在《天涯》杂志上曾经发表过一个随笔，他说自己写的小说是对他青春的一个哀悼，所以《血色莫扎特》其实有非常深的90年代的痕迹。那么在这里就想要请大家谈谈，小说是怎么反映90年代以及大家如何看待90年代在小说中的呈现的。

王海月：我觉得它主要是从两个方面书写的，一个是主题，它反映了普通人在大时代转型下的命运，以悬疑笔法的书写去回应与作家同时代人的"阵痛"经历。金融风暴、国企下岗的大潮，让许多人跌落在潮水之中，发生了命运的反转，对于普通人来说近乎是苦难般的经历，因而"血色"一点也不为过，那是坚硬且实苦的现实。而"莫扎特"则象征着一代人怀揣的理想。书里面的人物吕鹏和薛畅，我觉得他们两个就是那种世俗意义上的成功者，因为他们在转型的时候就比较能够做出基于现实的选择，或者说是一种功利和投机主义；而夏冰、韩苗苗和葛春风他们在艺术上虽然有比较高的造诣，但是在现实生活中，他们这样的浪漫主义和理想主义者却只能越发沉沦。另一方面，在叙事上，文本中采用了多声部的叙事方式，呼应了90年代解体的社会环境。80年代集体想象的解体，90年代多元价值的生成，使个体思潮日益凸显。多声部的叙事方式表达了每个人内心隐秘深处的真实想法，解构了单一的宏观、冷静的讲述，呈现出大历史下个体小历史的面貌和声音。从而解构了那种比较单一的、一体化的叙事。

许志益：为了书写90年代，小说其实刻画了人物群像，这些人物群像除了葛春风等主角之外，还有一个重要呈现，就是"苗苗的客厅"中的小人物，有玩摇滚的"姜氏兄弟"，有青年教师，有业余画家，有浙江大学的高材生。我认为"苗苗的客厅"其实是一个空间意象，作者采取了一种象征化的手法，通过这个空间，给我们呈现了90年代众生相的细微缩影。

冯颖颖：小说在书写社会转型时期的人物群像，这些人都是"苗苗的客厅"中的常客，在90年代这个人人都忙着赚钱的时代，这些坚持理想的青年面临着下岗的处境，但是即使外部的处境有艰难，他们来到了"苗苗的客厅"。不可避免，他们都是失败者，孟冬的机械厂面临破产，姜氏兄弟也没有出唱片，画家穆陶出家后被赶出寺庙，"前计算机教师"石小军下岗后卖猪。但是小说没有止步于他们灰色的人生，也给了这些失败者希望，因为10年后的他们偶尔也会回想起10年前理想主义的日子，但是他们仍然努力过好如今普通的生活，仍然怀着对现实生活的希望。

吕彦霖：对，我也有这种感觉。"苗苗的客厅"是这个小说中相当特别的一个场域，也是房伟着重书写的一个点，聚会的时候有人把他们三个抱着痛哭、说谁也离不开谁的画面给画下来了，因而"苗苗的客厅"是他们当时透视90年代的一个非常重要的场所。房伟老师说90年代他感觉到现在对于他们的这段记忆，在文学上的反映他都不太满意，他说有些是过于甜蜜了，有些是过于先锋了。那么大家觉得房伟老师笔下的90年代到底是个怎样的年代？

徐源：我觉得房伟老师眼中的90年代是一个理想主义和英雄主义都失落的年代。首先，比较悲壮的像葛春风的父亲，他就是有点象征意味的那种英雄式的壮烈的毁灭。其次就是韩苗苗他们这种比较极端的结局，"苗苗的客厅"里面其他那些小人物是那个时代的一种灰色的注脚。最后他们如果想要得到一点成就的话，就只能向生活妥协，他们中很多人都没有从事自己大学时候真正热爱的专业工作，可以说比较庸俗地向名和利妥协的那种。

吕彦霖：我对这一点也有一些想法。尤其是薛畅这种人物，他最后取得世俗意义上的成功，同时意味着对自己的彻底背叛。90年代的含义和复杂性就在于，它是80年代的理想退潮的一个时代，同时也是理想主义并未完全丧失的、处于半明半暗的中间状态的一个时代。整体上说，好像所有人都要完全放弃自己的道路，他才能获得在转型社会里的成功。90年代还面临一个东西，即地域和文化主流的问题，90年代转向的同时也意味着南方取代北方成为主流。麓城就是北方的一个城市，很多国企的衰败其实也是这个时代的缩影。所以说我觉得某种程度上来说，这部小说通过葛春风、夏冰、韩苗苗在为90年代的生活图景造像，因此小说的诠释在写实的外表下又有很强的隐喻色彩。那么其他同学就这个问题怎么看？

叶荷娇：我刚才也想讲他是一个通过人物命运来不断推进这个时代发展的过程。有一个非常明显的不一样的地方，像葛春风的爸爸还有葛春风自己，是知识分子和有梦想的这种青年人，并不是底层的那些老百姓。同时我感觉到90年代以后，随着市场经济的开发、权力开始抬头，会催生出人的欲望，滋生出一些黑暗面，像是小说中的天鹅歌舞厅等。90年代给人的感觉是很混乱的、是黑白共存的，但是这种混乱并没有一直延续下去，最后那些警察们把歌舞厅给取缔了。所以 90 年代，我觉得是处于一个从天真美好到有秩序的法治社会的一个过渡。

吕彦霖：我觉得荷娇的观察很敏锐。我想提一点，"苗苗的客厅"本质上来说好像是对整个 90 年代，无论是市场经济大潮也好，还是普遍的理想主义的沦落也好，它是一种抵抗。当然这种抵抗失败了，不仅失败了还失败得很惨烈。所以从这里我们又引出一个新的问题，大家结合自己比较了解的像郭敬明、韩寒这些作家，房伟这代"70 后"的青春书写有什么特征吗？他们笔下是写了一批什么样的人，再直接点说他们笔下的人物都是什么特征？

李佳贤：刚才各位同学谈到的我们也有相似的感受，像里头韩苗苗、夏冰、葛春风他们相对来说代表了一个比较坚持理想主义的群体，或者是相对来说不合时宜的这样一群角色。夏冰跟韩苗苗这两个人，他们曾经是金童玉女，一个跳芭蕾，一个弹钢琴，结果就是夏冰他没法弹钢琴，而去做清洁工，他曾经弹钢琴的时候，他还去掏大粪，其实写得挺极端也挺残酷的，这在一定程度上呈现出人物的悲剧命运。除此之外，值得比较的两个人物，一个是薛畅，他现在是资深官员了，说明他懂事且成熟了；另一个是葛春风，原先他是非常理想主义的，加上他父亲，因为他是工人后代，他父亲本身有那么壮烈的一个举动，对他必然会有影响。但是最后在面对具体利益的时候，工厂改制时，工人反而背叛了他；而薛畅还是更倾向于实现自己利益的最大化，为此他不惜去背叛自己的朋友、出卖自己的朋友。究其原因，我认为葛春风是处在这种非常矛盾的状态当中，所以他才会抑郁，他有轻度抑郁症、失眠，他处在和自己的心理矛盾做斗争而又无法解脱的痛苦状态中。

吕彦霖：佳贤，我想跟你交流一下，你感受到没，夏冰和韩苗苗身上有很强的隐喻性？我读的时候感觉到这两个人物是非常艺术化和浪漫化的，这似乎寄寓着房伟对 90 年代的一种态度。刚才荷娇的话提醒我，就是"苗苗的客厅"，好像是他们做的最后一个抵抗，我觉得这两个人身上有着很强的年代特征，最令人意外的是，苗苗的那个孩子其实是葛春风的，春风之后才是夏雨。你怎么看待这三个人的形象？

李佳贤：我感觉他们三个的关系完全是听凭自己内心感受的，是很浪漫很自由的，我觉得是一个很自由的选择。他们在那样一个场合抱团取暖，或是互相给予彼此力量，或是避风港，借此确认一下自己这么选择的意义。好像是一个波涛汹涌的大海上的一艘小船，他们这些理想主义者就在这艘船上，互相抱团取暖，最终不得不去面对残酷的现实。

吕彦霖：是的，我觉得最悲剧的是两个最理想主义的人，夏冰饿死，韩苗苗被捅死。这让我想到大家都看过王安忆的《长恨歌》，王琦瑶他们就是在革命时代，享受着小人物的世俗烟火，也就是说，这两部小说中都渗透着一种大时代潮流之下个体的强烈无力感。

姚佳怡：对，因为他们当时的现实太混乱了，把原来的一些既定的秩序、非常坚固的东西给打乱了，所有人都没有办法招架。一部分人比如说像薛畅这样的人比较会钻营，所以他可能还稍微有一点出路，就付出很大的代价之后，他可能还会有一条生路可以走；但像夏冰和韩苗苗这样非常具有理想主义倾向的人，他们就会走投无路。所以其实房伟他写得非常直白，最后结尾的时候，他说谁能给我们一个说法，谁还记得我们，谁能记起我们承受的痛苦，一切都回不去了，无法走出，所以其实是非常沉重的。

吕彦霖：实际上一般来说小说显得沉重，它就必然牵扯到一个问题，就是道德，我觉得房伟这个小说体现出了他的文学史素养，就是他没有诉诸道德批判，他没有批判任何一个人，他笔下的人物基本上都是无奈且无力的，这个就涉及一个问题，即"底层书写"如何呈现的问题。洪治纲教授其实对"底层书写"的泛滥很有看法，他认为"现实主义冲击波"一开始好像很有感召力，但是后来渐渐地没有感召力了，原因就是底层书写陷入一种"苦难焦虑症"，只有卖惨才能感动人。但是大家觉得这个小说它和我们讲的所谓的改革小说也好、现实主义冲击波小说也好，有什么异同，或者说审美取向有什么变化？希望大家下面聊一聊这个问题。

三、"转型时代"的历史记忆与世相描摹

姚佳怡：我感觉房伟还是比较敢写的。当时的改革文学有一个问题，就在于真实性的缺失。它写阵痛，但是这种阵痛只是暂时的，最后都会落到政策很好，大家都有出路。包括当时 90 年代很多人下岗，他下岗这个提法，给人一种你能重新上岗的暗示，但实际上不是这样，这其实是失业，但是他的说法叫下岗。但是房伟没有去美化一些东西，包括他讲红姑的娱乐城倒了之后，它的主要落脚点并没有放在警察把娱乐城查了之后世界就光明了，而是提到了娱乐产业倒了之后，当地的经济怎么办。他写得非常现实。

吕彦霖：像佳怡说的一样，他们也没有特意卖惨，对吧？甚至他敢于写一些比较敏感的东西，这是好小说你们读起来觉得有感觉的原因，有没有别的同学对小说的这种风格有看法？

冯颖颖：我对这部作品的音乐叙事很感兴趣。这种音乐叙事主要体现在两个方面。一、小说中多次出现的音乐元素；二、小说内在的音乐性。

首先，小说当中的音乐元素包括小说的题目《血色莫扎特》，小说中"莫扎特"——"钢琴王子"夏冰，还有小说中重要的音乐曲目。小说当中的莫扎特音乐是最能体现与小说情节的互文关系的，小说提到了四部莫扎特创作的歌剧和 5 首莫扎特乐曲穿插在小说的叙述当中。这四部歌剧是莫扎特的《费加罗的婚礼》《牧人王》《魔笛》和《唐璜》。小说当中，葛春风在冯露家的钢琴上看见翻到《你们可知道什么是爱情》这一页的曲谱本，这正是《费加罗的婚礼》中的一首重要咏叹调，凯鲁比诺爱上伯爵夫人向她示爱后遭拒，当凯鲁比诺即将离开，临行前见伯爵夫人最后一面时，他向伯爵夫人深情地演唱这首《你们可知道什么是爱情》。《魔笛》，莫扎特生命中的最后一部歌剧，也在小说的最后出现，夏雨绑架了葛春风，把他带到当年"苗苗的客厅"，播放歌剧《魔笛》选段《在这神圣的殿堂》。这首咏叹调渲染了庄严神圣的氛围，正是在

这样的氛围下，夏雨心中怀着对亲生父亲葛春风的仇恨，却像歌剧中帕米娜一样没有下杀手，帕米娜是因为还记得父亲将她托付给大祭司，并且在大祭司身边成长的经历让她相信大祭司是个好人，但是夏雨不一样，他曾从夏冰口中相信葛春风是个可以托付的人，但是葛春风辜负了夏冰的期待，考上研究生后离开麓城，对夏雨不管不问。小说中的情节呈现出与歌剧剧情相反的情境。还有《唐璜》和《牧人王》在小说当中的出现都与情节相辅相成。如小说中出现的《G 小调第四十交响曲》，全曲使用了莫扎特罕见的小调，整首曲子有着一种压抑、忧郁的情感，但是又加上抒情风格，使得全曲有一种忽然心境明朗之感。这首曲子出现在夏雨所在的小超市，葛春风和薛畅听到音乐，然后吕鹏出现，告诉他们夏冰回来了。其实这首曲子是夏雨的暗示，渲染了紧张的气氛，预示真相即将拨云见日。

其次，这部小说内在存在着音乐性，就像 90 年代的理想主义主题与音乐的关系，还有小说结构与音乐结构的对应关系。《血色莫扎特》不仅是情节上的音乐性，这部作品整体上就像一部声势浩大的奏鸣曲，也可以用莫扎特常用的奏鸣曲式的结构分析《血色莫扎特》的结构，奏鸣曲式一般包括三部分，呈式部、展开部、再现部，还有序曲和尾声。小说第一章以葛春风还乡，带着过去与麓城的种种回忆为序曲。进入小说第二章，进入呈式部，主调的第一主题是当年的韩苗苗凶杀案以及找到失踪杀人凶手夏冰，而第二主题是葛春风过去的经历以及 90 年代的回忆。从第四章开始，进入展开部，发生转调，两个主题发生转换，第一主题变成第二主题，第二主题变成第一主题，90 年代的回忆成为第一主题，90 年代工业城市麓城的发生转型，90 年代"下岗潮"的历史背景，还有 90 年代青年进入抉择的十字路口，呈现出 90 年代的混杂特征。而寻找杀人凶手夏冰成为第一主题之下的第二主题。呈现出一种庞大、复杂、多声部的效果。到第 12 章，小说的奏鸣曲进入了再现部，当苗苗被害的真相被揭开，害死苗苗的红姑、陈中华都已被绳之以法，小说再现对夏冰行迹的追问。然后夏雨解开了谜团并且自杀。最后冯露留给葛春风的信件以及葛春风知道前因后果后自杀构成整部小说的尾声。

吕彦霖：这个发现是很重要的，其实我是挺建议你再细细地思考总结起来，专门写一篇文章。这部小说的叙事行进其实和音乐的互文性是非常强的。

高妮妮：我好像跟大家的感觉不太一样。大家都觉得这部小说非常沉重，然而我觉得它其实在写人在时代中的瓦解和重组，我觉得它还写出了人面对命运时的抗争与生命力的迸发。虽然苗苗和麋鹿，他们俩代表着高贵，但是他们俩却都跟着"野猫"葛春风（他刚开始是外号叫"野猫"），一个是"天鹅"，一个是"麋鹿"，但他们却都跟"野猫"纠缠在一起。中学之后，琐碎贫困的生活也并没有磨灭他们身上的理想主义色彩，他们一直都在努力地激发自己的生命力。这虽然是一种压力下的自我麻痹和自我放纵，但是我也觉得它是一次生命力极力抗争的表现。尽管这是一种充斥着命运无力感的生命的畸形生长，但是我觉得这正是生命的那种韧性所在。

徐源：我有些不一样的感觉。我觉得他写得很真实，比如说他当时通过葛春风这个人物，他命运的一起一伏，他当时在市场作为一个很底层的小摊贩，他能够体会到同为下岗工人的那种为了谋生的艰难，包括他后来通过考研，到了省城改变命运，然后他又能在这个层面上接触到很多上层社会的人。他把在改革大背景之下的很多社会的不同层次不同面都能够非常完善地展现出来，但又不让人觉得很庞杂很琐碎，我觉得这个是他叙事上面挺厉害的一点。

许志益：我觉得如果说这部小说是严格意义上的改革小说的话，那么这部小说在"红姑往事"一章最后葛春风写完新闻报道之后，基本上就可以宣告结束了。但是这部小说没有，在这一桩大案了结之后，小说后面还有两章，在最后两章里，它已经脱离了改革小说的现实批判层面，并逐渐深入到人性深处的范畴。我认为用"赎罪"与"惩罚"可以切入最后两章的核心话语主题。小说留给我们读者的一个问题是：对于韩苗苗的死，当我们把责任归咎于冯国良、陈中华、红姑这一些有权有势、象征着"罪恶源头"的人之后，其他个体是不是也有罪过？需不需要承担？这部小说给出的答案是——有罪，而且是不可推卸的。薛畅的罪在于同流合污、出卖朋友，葛春风的罪过在于介入恋情，以及怯懦和逃避。

小说开头有一个细节，葛春风还乡，吕鹏这个人物刚登场时，穿警服的吕鹏对葛春风说的第一句话是："你！罪不可赦！"葛春风没认出这是吕鹏，他当时觉得"这威严的审判声，竟令我有了丝颤栗"，这个反应看似正常，是对警察身份的本能畏惧；但我们还可以做更多的解读——按照弗洛伊德的理论，葛春风在潜意识的层面是意识到自己有罪的，他是心虚的，所以他才会感到战栗。葛春风的返乡是带着罪孽意识的，这也决定了葛春风的返乡之旅是一个赎罪之旅。但是葛春风是"赎罪"而不是"忏悔"，因为"忏悔"更多强调的是主体的自觉性，葛春风他不是，他的赎罪是由两个小孩逼着他完成的，夏雨和冯露充当的是审判者的角色，这就逐渐生成了小说的另一个主题话语——"惩罚"，而且这个惩罚还比较特殊，它是子辈对父辈的惩罚。夏雨和冯露是当年那场悲剧事件所孕育出的产物，对夏雨来说，他从 9 岁就开始养大心里的一条蛇，这条象征着仇恨和毁灭的蛇，让他以自戕的方式惩罚他的生父葛春风。这种子辈对父辈的惩罚有一种很强烈的隐喻色彩，它或许隐含了作者对 90 年代历史的一种看法。

吕彦霖：许志益同学的发现很有意义。大家看韩苗苗有没有罪，其实韩苗苗也有罪。整体上来说好像每个人都有罪，所有人都有罪，这种感觉我觉得是很重要的。还有一个问题，大家觉得小说中呈现出的一种重塑，一种集体记忆，描写一种集体生活，就是说共同记忆的欲望，大家在这小说中有没有找到这部分的东西？

高妮妮：我觉得这里面他写的薛畅、陈中华、红姑他们都是出身贫苦，而且都有一种对人对事的报复性心理。看房伟的一些小说，包括一些历史题材的小说，他对于女性的书写，大都会涉及女性遭遇极端的侮辱，以及这种侮辱后的惨状。因此我认为他对红姑的塑造，也有这个想法，以此凸显这种苦难和人性。

吕彦霖：也就是说小说中蕴含着一种情感的张力。

童心：我注意到小说中动物意象的设置，我认为小说中繁杂的动物意象设置是为了凸显人内心善与恶，理性与本能，人性与兽性交错相生的复杂状态。野猫的桀骜乖戾、麋鹿的柔和温驯、天鹅的华美高贵，三种动物意象分别是葛春风、夏冰和韩苗苗的象征。葛、夏、韩三人之间的情感关系已经无法用人类道德予以定义，而是一种关乎动物间互相吸引的本能。三人对艺术和浪漫的沉溺与追求，摆脱世俗纷扰的自由与放纵，一切行为都遵循着一种情感本能，而少理性的约束。小说通过对这三个人及其情感关系的刻画，放大了人性中动物性的那一面。相比这三人所体现出的动物性，吕鹏和薛畅更像是现实意义中的"人"，他们对人生道路的抉择，是一种理性与情感的对峙与博弈。吕鹏选择以理性压抑内心对韩多余的情愫，走上了一条正义而正确的道路，而人性的复杂性在薛畅这个人物身上有比较集中的体现，他对葛春风的态度从善意的帮助到无奈的出卖，从人性利己的角度看似乎都合乎情理。在以明眼人的形象劝诫好友远离三人情感漩涡的同时，他自身也无法抵抗世俗利益的诱惑，最终被卷入更大的漩涡之中。"任何人，在任何情况下，都会追求利益的最大化。"小说通过不断转换第一人称视角，从心理层面切入每个人物的意识深处，人性中最阴鸷的一面在"罗生门"式的叙事结构中展露无遗。

吕彦霖：动物性的隐喻是一个比较独特的点。在这里不知道大家有没有注意到，小说有一种真实性，它为什么要制造这种真实性？这是下一个问题，就是它为什么要造成这种真相，因为有些小说会故意跟你说，我讲的就是假的，你随便听一下，经常会出现这种。但他这个小说怎么这么热衷于真实性，我读的时候其实也有一种感觉，真实性很强。葛春风身上就有作者的影子一样的感觉，他为什么要塑造这种真实性？

姚佳怡：我觉得他就是想告诉我们，那些过去的事情，其实都跟我们有关。

吕彦霖：嗯，有道理。他的这种时间观念，小说中的时间线索，实际上他写了很多集体记忆的东西，但是这个集体记忆的东西在房伟的笔下又很个人化。这其中包括他用罪案这种形式——每个人的记忆，对于韩苗苗被杀，包括他们中间的这段纠葛都是不同的，然后这种不一样本质上来说又汇聚成一个我们讲的集体记忆的丰富性。每个人都有关于90年代的记忆，每个人都有一套说辞，对于一个事件大家有不同的印象，但这种不同的印象的汇聚其实才是现实本身。

第二辑　中短篇小说讨论

个体与现实的纠缠及其待解的难题
——朱辉小说集《午时三刻》讨论

主持人:洪治纲
讨论人:杭州师范大学文艺批评研究院师生

一、内心意愿与现实生活的错位

洪治纲:朱辉是一位写作实力很强的作家,曾获第7届鲁迅文学奖。最近十多年,他主要创作短篇小说,而且多半聚焦于当下的现实生活。他的短篇小说总体上看,都带有一种比较突出的错位感,否则他似乎没办法去处理作家与现实之间的紧张关系。大家可以稍微思考一下,朱辉的小说在书写当下生活时的最大特点是什么?

吕彦霖:在短篇中书写现实,其实面临两个问题:一是现实本身超乎寻常的复杂性;二是作家和现实的距离太近,如何叙述现实?朱辉的短篇一直在关注一个核心问题,用《红楼梦》里的一句话说,就是"假作真时真亦假"。像《放生记》就很明显。有人送了马老师一只野生甲鱼,让学生去放生,两个放生的学生各怀鬼胎,遇到了老板敲诈,然后拍了假的放生照。老师也不问真假,只求彰显自己的"善良",这就是"假作真时真亦假"。生活的本质到底是什么?再如《岁枯荣》,骏遥的爷爷去世,奶奶抑郁,他告诉家人自己在欧洲街头看到了转世的爷爷,其实是他编造的,他看到的其实是一个长得很像丽姐的女人,但他却说看到的是爷爷,这个时候:"奶奶难以置信地看着骏遥,抓住了他的手。他不认识你吗?你说你是骏遥啊!"其实他撒谎了。生命的本质好像不是靠真实支撑下去的,我们其实不一定能靠真实生存,相反必须借助谎言来维持真实,就像克拉其实也是死了,但大家不愿意让骏遥知晓真相，大家互相撒谎。

更明显的是《调笑令》，赵志明天生自带预测功能和乌鸦嘴，但是他最后却完全没有预测到自己的死。他们一开始就遇到骗子，看到学生被水果老板骗，后来在动物园赵志明穿上了鳄鱼皮来吓唬"我"，到最后他真的死在鳄鱼的嘴里了——也不一定死了，但鳄鱼的攻击确实翻腾起了一阵血浪。女主人公在此时说了一句很奇怪的话："如果你有一些人生阅历，你可能对我的态度产生怀疑。如此血腥的一幕，如此意外的结果，我的叙述竟如此戏谑，这么不正经。好吧，你的质疑不无道理。但对于一个心怀怨恨的女人，你最好能够谅解我；如果你坚持要谴责我，那我就要笑话你：你为什么一定认为，这最后的结局，就是真的？"这番话直接构成了对真实的嘲讽，生活到底是不是真实的，在《调笑令》里作者显然给出了否定的答案。

还有《紫霞湖》，讲三个失败的男人在打水漂，然后遇到了在水里的一个男人。他穿着衣服，系着一个爱马仕腰带，不停地捡他们扔的钱，结果后来看新闻发现这男的是个死人，就是溺死的，然后这几个人就吓坏了，因为阿林给老婆写了遗书，其他两个人就认为阿林可能也是鬼，然后阿林就当他们面撒尿，证明自己不是鬼。这样一个志怪风格的故事，让我们明白，朱辉用短篇反映现实生活的路径，实际上就是将生活"寓言化"了——为了在短篇小说里写生活，他其实是把生活抽象化、寓言化，制造了另一种写实性，但这种写实又明显是反理性的，他甚至刻意将紫霞湖里的那个鬼安排到了三个活着的人之间，以至于他们产生了错觉，认为写遗书的阿林也是鬼。这个鬼的出现，实际上隐喻着我们理性生活中，存在着一个更真实的真实，我们生活里其实是有"鬼"的，但是理性告诉我们生活里没有"鬼"，因为没有鬼我们才能生活下去，这个就是拉康经常谈到的"实在界"（the real）。齐泽克讲过，很多时候我们所看到的现实是一片草坪，草坪底下有各种虫子、下水道等，但是他不会告诉你，这就是我们的理性生活。实际上真正体现真实的，就是他去拍下水道中各种肮脏的事物，这反而构成了对真实观的嘲讽。我觉得"平日见鬼"反而体现出他寓言化叙事的本性，这个是非常有突破性的，并且这个突破性其实已经构成了一种写实的趋势。这个是朱辉小说中一个非常突出的特征。

刘万宇：我也觉得作家跟现实的关系其实是靠欺骗和谎言来维持的。比如说在《放生记》中，真正诚实的人好像是没有的，大家各怀鬼胎。但是马老师通过营造自己放生的一种善心，来获得一些心理上的认可。其实结局是每个人处在欺骗之中，但最终是一个皆大欢喜的场景。所以作者可能认为现实中充满虚伪和欺骗，但如果大家都通过这种欺骗来维持的话，也可以得到一个融洽的环境。《紫霞湖》也是如此，大家其实都过得不愉快，但是他们中间会出现一些荒诞的情况，比如说遇见鬼这种情形，不过，后来他们捡到了一个玻璃坠子，在相互的传递中，把这种荒诞突然又拉回现实中，把前面的荒诞给消解了，感觉让这个结局的反转更体现出一种荒凉。

林浩：我关注到小说集中"雾"的意象。"雾"直接在文本中反复出现、作为叙事手段的就有《小跑的黑白》《彼岸》《如梦令》，"雾"构建起了作者想要达到"贴地飞翔"的效果的叙事空间。《小跑的黑白》中的"雾"使现实与幻境接洽，为小说中人、魂（小跑、黑蝴蝶）共存的状态提供了合理性。在《彼岸》中的薄雾构成了幻境，是人物的行动空间，这是中国志怪小说常见的元素运用。《如梦令》中的叙事空间是由"雾"构成的记忆空间，这使人物的生活经验与精神体验在记忆中交织，在记忆的对话与交接中形成了文本内部的张力。

还有被作者设置于叙事之中的无形的"雾"，体现为故事的悬疑性。如《午时三刻》中，在第一次整容前，秦梦媞向父母说"又不是整了就不是你们的女儿了"；在最后一次整容前向父亲说"但俊朗的父亲生不出猪头的女儿"等，都对结尾秦梦媞不是亲生的起到了暗示作用。又如《紫霞湖》中对紫霞湖曾为陵墓的历史交代，暗示结尾的"闹鬼"等，都是这种情况。另一方面，无论是叙事自身的要求，还是作为保持读者阅读期待的手段，作者以说话人的身份出现，有意在情节上设谜，有评书中"且听下回分解"的意味。如《岁枯荣》中，对欧洲遇丽姐的情节，是靠一句"骏遥哪里能想到，他到欧洲的这次出差，会有如此的意外呢?"引入的;又如在《调笑令》中,以"我怎能料到,某一天,我的面前会出现那一幕?""我确实没想到,他这句话,竟然是个潜伏的预言,只不过我没有察觉"作为推动剧情的方式。在《求阴影面积》中,甚至直接运用"我们尊重他的隐私权,暂且不说","这是隐私,连他老婆都不知道,我们还是不说吧",来隐藏杜若的情人状况。《门对门》中,"我们先不说具体是件什么事。这不是卖关子,而是因为这件事的前面,另有一件事,不能忽略。"这种技巧早在《七层宝塔》中就有所运用:"他没想到,就这个把小时,家里就出了事。"在《午时三刻》中运用得更加熟练。

我们在拨"雾"的过程中,也许可以窥探作家对人的荒诞境遇的思考。荒诞源于人对命运的失控。存在主义认为,人在偶然中被抛入世界的那一刻,就开始了荒诞。如萨特所言,荒诞就在于偶然性。《午时三刻》这部小说集中,偶然成为推动故事发展的重要动因。以《求阴影面积》为例,几次偶然将杜若的邮票、车、房、婚姻一层层剥离,杜若从偶然的舒适生活跌到"两只手不像自己的"失控生活,在偶然面前,杜若的所有斗争都是失效的。或如加缪所言,人与生活的距离构成荒诞感。人处在生活中,距离指的是人与现实生活的错位。小说中有身份错位,如《午时三刻》《见字如歌》;有记忆错位,如《如梦令》《岁枯荣》;有欲望错位,如《放生记》《午时三刻》《小跑的黑白》《紫霞湖》《天水》。

除了对生存的失控与荒诞感到乏力之外,作者也试图在消极应对中做到自洽。在《放生记》中,荒诞带来的是所有人的快乐;《紫霞湖》的玻璃坠子象征对失意的释然;《岁枯荣》中用两个谎言维系着家庭生命的延续;《见字如歌》是试图以记录抗拒死亡与消逝。至少从结果而言,这种消极应对是一种具有积极意义的精神胜利法。

程子悦:我觉得朱辉的小说也传达了自己对于现代生活的悲剧性的思考,但这种悲剧不是晴天霹雳式的人生打击,这种悲剧来自人在日常生活中体验到的缓慢而持久的疼痛感,以及面对现实的种种错位产生的无力感。

《岁枯荣》里的骏遥，从小就没有父母的陪伴，成年后当父母努力与他沟通时，他与父母之间总是有着一层隔膜；而小时候陪伴着自己的爷爷已经去世，陪伴自己的奶奶也无可挽回地正在老去。这是他所承受的亲情的错位。面对"歇不得脚"的工作，他又只能任由亲情淡漠、生命流逝。而骏遥的父亲，他要操心儿子的发展，要担心母亲的健康，还要承受年老体衰的焦虑，但这些担心、焦虑都只是徒劳，对现状的改变无济于事。凋零的生命无可挽回，活着的人却要一直承受生活的隐痛。

而在《午时三刻》中，整容的发生，不仅意味着秦梦媞外貌的改变，还意味着她的自我分裂和错位。秦梦媞把自己人生之路上的打击、失败都归罪于容貌，把自己的未来寄托在"整容"上。这其实展示了秦梦媞对自己的定位，就是她否认了自己的完整性，所以才会采用这种医学手段去完善自己。从整容一开始秦梦媞就把自己内在的自我和外在的肉体割裂开来，忽视了灵魂自我的重要性。她不相信宿命，努力地打破宿命，但其实一直都没能逃脱宿命。个体命运和血缘伦理之间的冲突、错位，最终把秦梦媞推向一个沉重而荒诞的境地。《变脸》也是如此。何雨能够自如变换各种表情、神态，但这最终却让他也被领导提防、被朋友疏远、被社会抛弃。外貌作为人的身份和角色的一种象征而存在，当他能够自如地变脸时，他的自我和身份之间就已经发生错位，最后导致他失去了自己在这个社会中的位置，在小说的结尾就消失了。

闫东方：《午时三刻》是一个关于容貌焦虑的故事。小说是围绕女主人公秦梦媞对容貌的认识和改造而展开的，让秦梦媞承担了作者对容貌焦虑的批评。秦梦媞之所以可以承担批评，是因为作者将其设置为一个认可"颜值第一，声音第二，学业第三"的形象。

如果说整容前的秦梦媞承担的是不漂亮的压力，那整容后则承担了虚假的压力。这其实是当代女性的典型困境，你化妆的话别人会认为你是一张假脸，你不化妆的话别人会认为你不够漂亮，其实女性在这样的困境中是无法自处的。

可能是由于性别的区隔，朱辉在塑造秦梦媞的时候采用的大多是描述性的语言，比如"婷婷袅袅不算什么，秦梦媞的身材也堪称优异"。

这种语言是很典型的男性话语，只有将女性视为"物"的时候，才会要求女性每个地方都是完美的、宛若天工的，所以说，这个小说我觉得他不太进入人物的内心，也没有呈现女性因为不够漂亮而产生的痛苦心理。这让我想到前段时间热议的一个事件，有位住院的女病人，在住院期间做面膜，照片被发到网上，很多人就指责她是装病带货。李静睿说"有些人永远不会明白，在那么多事情都无法控制的时候，美是一个人仅能握住的尊严"。因此外貌焦虑不仅是因为自卑引起的一种焦虑心理，可能与我们对自我的认知、对美的天然追求息息相关，需要我们更深地去挖掘。

相对于这种不够漂亮的痛苦心理的缺位，作者其实花了很大的工夫去写容貌与事业、婚姻的一个连带结构。这个结构，在这篇小说的情节设置上，其内部又有一种自反性。作者设置了秦梦媞这个人物，她认可有漂亮的脸蛋就可以有好的事业和婚姻，但是小说的情节又推翻了这一结构，比如说她的第一次整容，并没有为她的事业带来任何起色，所以在这个意义上秦梦媞这个人物看起来就特别可笑，我们能够体会到作者对她的讽刺，小说达成了一定的讽刺效果。但是更深一层的话，我觉得就容貌影响事业婚姻这个观念而言，它的讽刺效果似乎略有不足。小说中其实有一些可以延展的地方，比如说秦梦媞对于容貌的特殊敏感性来自何处；容貌压力，除去个人的观念之外，社会文化施加了怎样的影响；秦梦媞的父亲和母亲对于整容手术不同的看法，是否反映了不同性别在容貌问题上的不同认知。总而言之，作者并没有展开其他可能性，而是选择了很集中地借人物去进行批评，对人物的批评力度很大，对观念的批评，有些地方是比较暧昧的。

李佳贤：我觉得小说的荒诞感更强。比如《午时三刻》，作家设定的叙述者其实是一个油腻中年男，这使得整个小说的叙述语调有些油腻，甚至在个别的叙述词句上是粗俗的。这个设定其实可以回答刚才闫老师提出的关于秦梦媞内心书写缺失的问题。作家似乎确实无意去深挖秦梦媞的内心，这个中年男性的叙述者契合了秦梦媞的处境，她其实也是在不自觉中，把自己作为一个男性审视的客体，她的主体性并没有被建立起来。"秦梦媞"这个名字，本身就是做梦都想有一个好容貌的意思。秦梦媞当然是有悲剧性的，但小说呈现更多的是荒诞感和虚无感。小说结尾秦梦媞整容回来之后，她的父亲去世了，并且通过母亲知道了自己的身世。对于容貌，此前她一直有一个可以去抱怨的对象——血缘，但当她知道了真相，当跟她有血缘关系的父母都去世之后，那种虚无感和荒诞感就生发出来了。人在做某件事的时候，往往有一个推动力，秦梦媞的整容也是，她要对抗的是血缘和基因。当知晓亲生父母都已离世之后，秦梦媞所对抗的那种血缘的力瞬间消失不见了。这样，她的整容、抗争，乃至她对血缘的诸多抱怨也瞬间变成非常虚无的一种行为。

林力：刚刚老师讲到虚无，《午时三刻》里也讲到一个女同学不需要靠整容，她说我有最好的整容医院，就是在她的娘胎里。但是秦梦媞需要不停地整容，最终她整容的结果也是不好的。而她自己生育的时候，她又生了一个很黑丑的女孩，对她再一次造成了打击。后来我们才知道确实是因为她的母亲并不是她的生母。当我们再回望那个同学说的话的时候，一种宿命感就随之而来了。包括像她这个名字，做梦都想要美好的容颜。她本身长相普通，但是又去读了播音主持这个专业，在这样的环境当中，不可避免地就产生了非常强烈的容貌焦虑，以及整容意愿。她通过整容的努力来抗击命运，同时也幻想依靠整容去改变自己的女儿。但即使她努力对抗，还是逃不出家破人亡的悲剧，这展示了人在命运面前的虚无和无力感。

程子悦：我觉得李佳贤老师所说的荒诞还体现在一个方面，就是朱辉的很多小说都采用了一种"无因之果"的模式，像《调笑令》中赵志明的预测能力，《变脸》中何雨的变脸能力，从小说一开始，两人身上的"特异功能"就摆在那里了，其出现是没有原因的。包括《紫霞湖》只是讲述了三个失意的中年男人打水漂的故事，并没有解释他们为什么失意。而《午时三刻》中的秦梦媞，她的父母都"相貌周正"，她外貌的普通本来就是没办法解释的，而身世之谜揭开后，她的容貌就更无法溯源了。这些小说都设置了"无因之果"，颠覆了现实生活的因果逻辑，既然找不到原因，也就加深了结局的不可逆转和宿命的不可违抗，使小说更加充满了荒诞感。

洪治纲：其实作家在面对现实的时候，始终预设了一个比较重要的前提，这个前提有的时候是合理的，有的时候不一定合理。比如说《岁枯荣》《小跑的黑白》中的这种血缘伦理，《午时三刻》里面的容貌问题，这些在我们现实生活中是需要的。当然有些也未必是我们需要的，像《求阴影面积》中的出轨。作者一定有一个预设作为前提，否则它构不成错位。所谓的错位就是有理想的合理性，或者有伦理现实的合理性，而在追求这个合理性的时候，往往得不到，怎么办？只能用一些非常态的行为来实现它，或者说与理想的形态达到和解。

比如说《岁枯荣》，它涉及现实的破碎镜像，但是伦理上面它需要很多亲情的东西。骏遥为什么老是梦见那个女孩？那女孩是怎么死的？她为什么要死？这些都是现实的问题。而骏遥渴望的内心生活，关于家庭、关于爱情等等，他的那套伦理秩序在现实中是没法维持的，那需要怎么办？

《午时三刻》其实也说到这个问题，我们不一定要去讨论这个整容多么虚假，当然也可以说她是自我的分裂。但从整容本身来说，它表现的是此在的现实与彼在的人生状态的距离。《紫霞湖》也非常典型，现实就是破碎的。《求阴影面积》可能更复杂一点，现实本来不破碎，他自己把它弄破碎，他是想建构一种完美的，但是建构不了。《小跑的黑白》也是这样，他觉得别人都有一个完整的家，都有一个强壮的父亲，他没有。《放生记》本来是一个很简单的事情，野生甲鱼嘛，你不吃就放生了，但是现实就是破碎。虽然兜兜转转，好像把这个裂缝补起来了，其实距离人们的内心所需已经很遥远。

肖思予：朱辉小说的荒诞感，主要体现为人在生活中的自我定位、自我追求与现实生活的矛盾，也就是个人期待值与现实生活的一种错位。《午时三刻》中秦梦媞的自我定位很高，她觉得自己应该有个非常体面的工作，并且应该嫁给优质男人，于是她费尽心思不断地改变自己的容貌，试图挽救不如意的人生，但最终还是失败了。这种无法改变命运的荒诞，容易使人对现实人生产生一种幻灭感，或者说是一种虚无感。就像吴俊老师在《当代西绪福斯神话——史铁生小说的心理透视》中分析的那样，人面对无法改变的生活的时候，会产生一种宿命意识。像《见字如歌》中的杨浩成教授，与"我"是有交集的，但"杨浩成的人生之旅，与我们远远地并行着，我们看不见。我们看别人的一生，常常是，几个节点，或者几句话就完了。这个人见过，这个人去世了"。这很能体现作者的一种思考，就是对人生的无常，对缘分的感慨，对现实的无力感，也是通向对宿命的思考的。

洪治纲：他的作品有一种错位感，但还没有达到荒诞的程度。这种错位，体现了作家对现实怎样的思考？

林浩：作家对现实是不信任的，所以在小说中设置的鬼的形象反而让人没有恐惧感。所有的鬼都带有一点温暖。而直接书写现实的，比如《门对门》《见字如歌》《求阴影面积》，反而给人一种报应的感受。对现实的不信任使作家的信任感需要另有寄存处，所以他设置了鬼或者说魂的这种存在状态，这是在现实背后的，对作者来说也是在现实之上的。

洪治纲：那为什么他对现实不信任？

林力：我认为作家是遵从于个人的态度来展示现实。首先，信息时代的人们每天面对无数倍于过去的甚至自相矛盾的信息，这对人的筛选能力提出了严重的挑战，引发了作家对现实的质疑。其次，科学精神的倡导在一定程度上导致了作家话语的退场，作家对现实不信任，而社会并非那么渴求作家，作家退回自我的精神堡垒也不难理解了。因此作家在叙述现实的时候，类似于一个旁观者，这个旁观者的审视并非以社会的标准为标准，而完全仰赖这个作家精神的自我来裁判。在《小跑的黑白》当中，让小跑的灵魂去看到最后的场景也好，在《岁枯荣》中骏遥恍惚之间看到了丽姐也罢，这些都不是出于现实的需要，也不是出于故事发展的需要，而仅仅是出于作家本身的需要。

贾艳蕊：读完《午时三刻》，我最大的感受是温情。虽然生活是破碎的，但人物又总是在填补这个破碎，或是谎言，或是鬼魂，或是梦境。填补之后，日子照常进行，在日常生活的不断破碎和填补之中，人物体会到或许这才是生活的本质，就是发现不如意，然后以某种方式去自欺欺人地填补，最后达到自己想要的结果。在这个过程中，我看到的是作者对待生活的温情态度。一种人到中年看破生活、人生的感叹：生活就是这样，有失意有灰暗，但总是能找到办法的，实在不行就靠虚构和想象，总是能够找到方法来填补的。

洪治纲：大家可能都看到了作家笔下现实的破碎感、荒诞感，所以经常会有一些非常态的状态，要么是鬼魂，要么是雾，要么是蝴蝶，很虚无的原型，用非常态的方法才能抵达他所讲的这个东西，但是背后还是有一种温情，这种温情肯定是与跟他相联系的现实的一种理想状态或者一种应然状态有关系的。这种情感如果再上升一点，就表明了一个作家比较纯正的道德感，或者说一种应有的情怀在里面。

张伊菲：朱辉小说中有着日常烟火气，无论是成功人士，还是市井平民，都逃不过柴米油盐的日常生活。朱辉将错位放置于日常生活中，由于错位本身带有的异质性和作者的刻意为之，使得错位下的日常生活显出了荒诞的成分。在《午时三刻》中，有着个体角色认知的错位。秦梦媞把相貌看作是人生成功的决定性因素，近乎病态地痴迷于整容。无论怎么修正，人生注定都是悲剧。理想和现实是一对永远的矛盾，在一次次整容的过程中她逐渐迷失了自我，因此走向了破碎的命运。《求阴影面积》则是社会关系的错位。杜若是一个可以被定义为"成功"的人士，但是杜若因为去见"特殊"的朋友撞了人，由此引发了一系列的错位，所谓一步错步步错。在命运控制下的人生是悲剧的。朱辉小说中人与人的关系是非常态的，人与社会的关系也是非常态的。

刘文虎：其实用错位来描述朱辉小说的特质，似乎分量上有点偏重，更不用说荒诞。朱辉小说给我最大的感受是，他像是一个各类社会现象的记录者，以一位中年人的姿态平静地叙述着故事，没有太多的激愤，也没有太多的悲哀，有的只是淡淡的温情和无奈。小说给人最大的冲击，在于人物现实生活（实然世界）的惨淡与理想生活（应然世界）的虚无之间的不平衡。同时，人物在带着强烈的欲求走向理想的世界时，总会遇到不可预知的困境。最终，人物走向覆灭或是达成暂时的圆满。这种未知的命运感布满了小说，当矛盾爆发时人物可以产生各种不同的情绪，但最终的走向只是一缕无奈感以及家人之间相互依偎的温情。作家用平静的视角虚构故事，将一些看似伏笔与另一些看似突兀的信息传达给读者，但作者自身的态度却是悬置的（作者也可能想表达，自然无欲求的生活便不会迎来突兀的结局）。这种创作方法表明作者有意使文学摆脱载道的传统，将品评作品的权利完全交给读者。

樊雅霜：朱辉的短篇小说中有不少主题是表现新与旧的冲突，在飞速发展日新月异的社会生活中，人们固有的旧习惯面对新的生活方式后随之瓦解。最突出的就是《七层宝塔》，在两代人不同的价值观念和行为方式的摩擦中，书写了乡土中国在城市化转型中出现的新现象和新问题。《午时三刻》中的秦梦媞热衷于整容，父母却认为"身体发肤，受之父母"。《岁枯荣》中的骏遥父母俱在，却不得不远行，漂泊于异国他乡。《放生记》中从老师到学生，一群人口不对心的虚伪行径，失去了传统的信义。《天水》中本是神圣的庙宇之物的龙头，却成为敛财工具。《求阴影面积》的男主人公在物质上富有了，却因为欲念惹上了种种官司。这些新旧冲突，表现了旧的秩序迅速瓦解、新的秩序缓慢形成，这其中产生的错位，带来一些荒谬的现实状况，成为一代人的精神隐痛。

二、个体内心中的精神图景

洪治纲：接下来我们讨论一下内心化叙事。除了少数传统的写实作家，他们会通过外在的情节来制造人物冲突、反映人物的内心世界，现在的很多作家，在短篇小说叙述中非常注重内心化的叙事。大家认为这种内心化的叙事有什么样的作用？具有什么样的审美特质？为什么越来越多的作家都转向内心化叙事？

闫东方：当下中青年作家有一个问题：作家要书写自我，但是这个自我跟社会之间有一种距离，很难介入某个更大一点的结构之中，所以选择回转到内心重新做挖掘。像我最近一直在看孙频的作品，她这方面就很明显。

吕彦霖：我觉得有几个原因。一是技术影响。他们受现代主义影响更大，现代主义非常强调对人物内心的关注。二是受现实观的影响。在巴尔扎克的时代，大家都认为自己可以认识并且书写整个世界，但现在的作家意识到，现代社会变得特别复杂，你是无法把握和认知的，所以只能从自己的点切入，去建构个人的世界。三是对理性的看法。过去的作家信赖理性，建构的是理性化的现实，但现在很多作家也会关注非理性的东西。

林浩：当下作家普遍使用内心化叙事，是因为作家对现实也感到失控、乏力、难以把握，所以他对外在的行为动作处于一种消极的心态，但内心是挣扎的、积极的、充满幻想的，是一个对现实的"空想派"。所以他书写内心的时候，也更加上手，甚至认为这种应对现实的方式更为重要。

洪治纲：现实的破碎感也罢，无力感也罢，悲剧性也罢，很多时候都是不同个体对现实的感受，具有个人化的意味。如果大家对文学史稍稍熟悉一点，就会发现，这其实是20世纪90年代"个人化写作"的一种深层次的延续，不是简单的对现实的否定。短篇小说的时间跨度和容量，决定了它必须直击现实的一个问题，不可能是很多问题，因此它需要回到个体层面来观察现实世界。在作家看来，现实世界是针对个人而存在的，个人的完整性才是人的完整性，至于这个个人有没有典型性不重要，重要的是个人。但是像刘庆邦，以及其他的那些靠外在情节推动叙事的作家，追求的一定是人物的典型性。像弋舟、张惠雯、朱辉等很多作家，都是立足于个人的，所以这种内心化叙事背后，不仅体现了作家特殊的现实观、特殊的世界观，甚至体现了他的哲学观。人的完整性来自个体的完整性，个体的完整性来自他与世界之间的关系。

从叙事上来说，它带有反情节性表达，这也是刚才吕彦霖老师讲的现代主义叙事技能的深化和延续。所有内心化的叙事，里面看不到热闹的情节，只有对话，情节通过对话来解决。那大家想一想，这种反情节带来一些什么问题。

林力：这个问题，其实展示了作家对以秩序为首要的现实的不信任。前因后果似乎没有那么重要，这就减缓了小说中让人目不暇接的现实变奏，释放了有一定余裕的自我。同时，情节的退场会留给人物更多的空间。即使是在短篇小说这样紧张的叙述空间里，人物仍然能够甚至有点过度地表达自己的内心世界。如《调笑令》当中，"我"对赵志明爱而不得的淡淡的怨念贯穿始终，通篇采用了内心化叙事的方法，甚至到结尾仍然让这个"我"再一次站出来对前文进行颠覆。赵志明是否死去并不重要，我们那过往的恩怨纠葛也并不重要，重要的是"我"要足够地表达。

蒋柳凝：朱辉笔下的人物内心有着一个共性——执念。《午时三刻》中，秦梦媞有对容貌的执念。《岁枯荣》中人物有对"过去"的执念。小说先以骏遥为中心，分析祖孙关系和父子关系。骏遥为什么总是梦见他去墓地时路过幼儿园，看见课堂里有个很像他的孩子？因为思念已经逝去的人，并且意识到他还会失去更多的人，他往后的生命中将不断有亲人朋友离他而去。《彼岸》中人物有对彼岸的执念。一个中年男人做梦似的遇到三个女性，莲香、安妮、幸子，最后还偶遇了初恋情人。他对彼岸念念不忘、执念于心。在结尾处，"曾媛应她们一声，庄容说道：其实看惯了也没什么的。你可以只看到鲜花。幸子在那边接话道：是啊，应作如是观"。这两句话显示出一种处世的态度：人生在世，执着追求某些东西必然会失去其他的东西，但只要心中认为值得，可以只看到鲜花而不看鲜花下的泥泞。还有《小跑的黑白》中小跑对爸爸的执念。孩子对父亲有一种天然的依恋，父亲是有力的，是可以依靠、可以在他那儿躲藏的对象，失去父亲，某种程度上就失去安全感。《天水》中有对钱财的执念。天水引发的泥石流，惩罚了阿贵和贪婪的镇民。作者试图通过"天水"来惩罚贪婪的人，告诫世人：勿贪、勿嗔、勿痴。

汪晨霏：《午时三刻》里，朱辉意不在批评整容本身，而是借整容来窥视个体的内心图景。个体在社会化的过程中，会有美好的或者感伤的经历，形成完整的或破碎的内心图景。这种内心图景与他们生活的现实或形成一种和谐的关系，或形成一种背离，这都是生活本身的意义。《求阴影面积》展示了杜若夫妻围绕"车子"进行的各种奔波以及郊区的朋友怀孕等，这一系列复杂疲累的事件展示了个体在时代中的精神境况，展示了个人与现实之间的分裂与撕扯。《如梦令》中，叙事充满了一种梦幻的气息，男孩和他的爸爸去看海，他们看过的风景以及存在于他们当中的对话，都流淌着一种温情，这种温情其实折射了个体内心深处的理想化的亲情。从这里，我们似乎触摸到了远离现实但却是内心渴望的某种东西。

每一种日常生活的形态其实都折射了生活本身的丰富性，生活是有烟火气息的，它存在于吃饭、谈话等各个地方，而朱辉在他的小说里努力展示的应该就是这种烟火气息。在这种烟火气息里，每个人都经历着属于自己的人生，或是随波逐流，或是努力奔跑，无论哪一种，这种生活本身的样态存在于世间各个角落，或许这就是生存本身的意义所在。

刘文虎：我认为小说中有大量的人物内心独白和个体情感体验的描写，这赋予小说人物一种主体性。人物与作者处于一种对抗关系；作者不能为了扩大一种艺术效果而刻意安排人物的行动，更不用说是心理。同时，这些人物没有突出的社会身份，是"小人物"。小人物虽不具有典型性，但具有普遍性，他们以一种普遍的存在构成了整个社会的生态，他们是存在的主体，而非观念的化身。这些个体通过大量的对话和奇异的心理活动消解了传统小说的情节性，从个体的内心图景即可透视社会现状，打破原先整体统一的社会模型，构建一个新的破碎化的社会图景。个体间的相互了解大都体现为不同时间线间节点的短暂交汇，进而通过交汇时的感受构想出他人的整个人生轨迹。但这种构想是不准确的，没有人能代表其他个体发声，故而这种内心图景的描绘强调了小说的虚构性以及现代社会的陌生与疏离。

三、诙谐的语调，抑或中年姿态

洪治纲：最后我们来讨论一下，朱辉的短篇小说有什么样的语调，有哪些独特的语言特色。大家思考一下，他的总体风格是怎样的。

樊雅霜：朱辉的小说偏爱截取那些具有诙谐意味的片段。他的叙述者一般是快人快语，叙述语速上是活泼跳跃的，对自己笔下的人物显示出浓厚的兴趣，于带说带笑中为故事增添了色彩。这种诙谐的语调与人物的处境相得益彰，偏于口语化，明白晓畅，有时也会有一些俚语和调侃，让人有种眼前一亮的感觉。他很少以全知全能的视角去写，而是给人物留出足够的余地和空间，让人物自己立起来、自己寻找出路，而作者负责记录和传达，不会过多地介入。

贾艳蕊：朱辉的语言总体来说诙谐幽默并且非常朴素和生活化，且多采用短句形式。诙谐幽默的语言和无奈的现实形成错位。这种错位强化了现实的荒诞感，使得本来悲剧的故事产生出一种喜剧感。

除了像《岁枯荣》《小跑的黑白》这种明显具有温情的作品，他的很多小说语言都十分生活化和口语化。作家弱化了语言的抒情性，尽可能通过朴素的语言来呈现日常生活图景，这与"新写实"小说的某些作品，如《一地鸡毛》的语言有相似之处，即用客观的语言描绘生活的原始状态。不同之处在于，《一地鸡毛》的语言属于摄像机式的转述，而朱辉的语言则多了一丝调侃自嘲的从容。这也体现出两者对待生活的不同态度：《一地鸡毛》企图通过展示生活的原始状态，呼唤人们关注真正的日常生活本身，关注普通人的生存状态。而朱辉的企图并没有那么强烈，只是想传达关于生活的中年感慨：人生不如意事十之八九。也体现了作家对待生活的宽厚态度。

洪治纲：朱辉的叙述有一定的宽度。我把叙述分为三类，一个是正叙，就是比较正派的一种叙述；一种是反讽或者说戏谑的叙述，它肯定是带有否定性眼光的；还有一种叙述是我不喜欢的，就是油滑。油滑的叙事是什么样的呢？它跟戏谑和幽默看起来很相近，但是油滑的作家总是显得作家自己比笔下的人物聪明很多，对人物是不尊敬、不尊重的状态。所以鲁迅在《故事新编》的序言里说油滑是文学创作的大敌，他的《故事新编》也会让人家误以为油滑，那其实是一种反讽。反讽有两种情况，一种就是我们讲的黑色幽默——绝望中的笑声。鲁迅的小说为什么突出那种深刻的绝望？特别在《故事新编》里面尤为明显。但鲁迅也会写得很正的，如《祝福》。所以一个作家的叙述也未必都是一个格调，否则很难体现他的叙述能力和宽度。

蒋柳凝：朱辉是以比较宽容的那种态度去书写的，所以他的笔下不是非常强烈的讽刺，我觉得是一种消极的状态，以此达成和生活的自洽。

刘万宇：我觉得他的语言风格可能跟他想表达的主题是有关系的。比如《午时三刻》的语言风格明显比较戏谑，有的地方也会偏油滑。我直观感觉是比较像王朔，虽然没到王朔那种程度，但有那个趋势，比如说有一些脏话、调侃。《放生记》也是这样，表现几个学生的时候，会开尺度大一点的玩笑。但是到第三篇《岁枯荣》，它表现的是亲人之间的关系，语调立马就转到了比较平和的叙述，甚至会有一些温情在里面。到《紫霞湖》，他表现的是几个兄弟、发小之间的感觉。他会根据人物和主题来变换语言风格。

闫东方：我感觉他总是想批评、讽刺现实，《午时三刻》《放生记》《天水》《门对门》等作品都可以感受到这种讽刺。但是这个作家还是一个性格比较宽厚的作家，除了《午时三刻》里油滑的中年男性口吻之外，其他小说的反讽不是一下就让你感受很深刻的那种力度。

吕彦霖：反讽也好，戏剧也好，朱辉主要是不想煽情。像《岁枯荣》《小跑的黑白》中的人物，是可以煽情的，完全可以写得非常让人泪目，乃至于洒狗血，但他没有，他非常节制。与此同时他还用一种有点像戏谑，又有点像反讽的东西来达到一种区隔的效果。他写的好多人也算是边缘人，但是他并不太想用他们的身份来完成这种叙述，相反，他想用一个相对冷静客观乃至于有点区隔的语调来表现，因为他想让你关注这个东西本身，而不是让很多情绪夹杂在其中。

洪治纲：现在的中青年作家特别不喜欢典型性，所以小说里的人物身份非常模糊，几乎可以忽略不计。但是在底层写作里，人物身份是非常重要的，作者会反复强调人物的农民工等身份。而深受现代主义影响的这些作家，其实非常不在意人物的社会身份，不会强调他的社会属性。因为强调社会身份的属性，里面就有一个社会伦理作参照。当把人物定位成一个进城的农民工，我们在读这个人物时，就带着一种很强烈的伦理参照。所以朱辉把伦理参照适当地去掉，角色意识并不是很明显，只是在有需要的时候去进入一个角色。像《紫霞湖》里面这三个男人怎么失败的，我们不知道，也不知道他们的社会生活，只知道他们不如意。如果换成一个现实主义作家来写，他一定会突出这些方面。

林浩：像《见字如歌》还体现了一种"元叙事"的技巧，作家抛弃原有的现实，只是想体现婚礼、丧礼在记忆中的关联。所以他对杨教授的现实表述是很少的，如果作者愿意，他完全可以在元叙事的技巧上，把文本写得更加有冲击力，比如把"恩高"的"天使"和"叔叔"两层内涵写得更有张力，但他只是一笔带过，他在乎的只是描述早上的仪式和晚上的婚礼在自己心中的印象纠缠。这也是内心化叙事的一个体现，整篇小说的走向就像是作家内心情绪流向的一个显现。

洪治纲：相对来说，只是在特定作品中朱辉才会纳入人物的身份。比如《午时三刻》，需要构成人物跟现实之间的冲突关系，所以他会强调秦梦媞的播音主持身份，其他情况下他不太强调人物身份。

程子悦：我觉得朱辉小说的语调整体上是轻松、诙谐的，这种诙谐是能够舒缓人物与现实之间的紧张关系的，因为很多的小说虽然以调侃、戏谑的语调讲述，但其实讲述的内容并不轻松，甚至有些沉重。而朱辉这种语言的轻就恰好缓解了现实的重。像《调笑令》就是以诙谐、调侃的语调讲述的，主人公赵志明"预测"能力的一次次发挥像是一幕幕喜剧，但他最后却没能预料到真鳄鱼的存在，当他掉入鳄鱼之口时，他的预测能力也消解了。如果说故事就这样结束，我觉得是沉重的，但最后那一句"你为什么一定认为，这最后的结局，就是真的？"让这个小说的结局也变得复杂暧昧。这样读来，似乎这篇小说并没有带给我们太大的悲剧感。

《变脸》中的主人公何雨也是一个天赋异禀型的主人公。他的变脸的过程以及同事围观的场景也是以非常诙谐、滑稽的方式呈现的，但这种特异功能最终让主人公在自己的生存环境中失去了存在的位置。这个故事的结局同样是可悲的，但却在一种轻松、诙谐的语调中呈现。所以我觉得作者选择这样的语调或许也是对于沉重的结局的一种缓冲。

徐兆正：我读朱辉小说最直观的感受，是这个小说家写的东西非常轻，也就是卡尔维诺在《新千年文学备忘录》里讲到的第一点。我们在第一个话题，谈到阅读朱辉时发现的那种荒谬、黑暗、沉痛，我好像缺乏这种感觉，所以说之前提到的错位问题，或者是主人公的个人期待与现实生活的错位，或者是他自身与他人之间的错位，都不是根本问题，根本的问题是作家使用的语言与小说人物处境的错位。质而言之，朱辉的"轻"表现在，他在写日常生活时不会触及太多的悲剧；即便是写悲剧，也不会朝着悲剧的方向去写，而是让小说人物的现实生活消融于、沉浸在一种轻快、倒转的语调，使我们看到日常生活的重负中存在"轻逸"的可能。这是朱辉小说的底色。另一方面，也体现了小说家的宽度。什么是宽度？《午时三刻》《调笑令》涉及女性的成长史，《放生记》以两个男生的视角来写，《紫霞湖》以三个中年男性的视角来写……宽度体现在这一点，朱辉实际上不断变换着主人公的身份，他们无论是老是幼，无论是男是女，都不妨碍作家从主人公的身份、心态去体认和叙说一个故事，而且写得活灵活现。这意味着什么呢？作家本人从小说里退出了，但退出又是什么意思？退出指的就是这个作家的"具体主观性"不再那么强烈刺眼，甚至可以说没有，他是完全贴着人物来写一个故事的。

"贴到人物"也是汪曾祺回忆沈从文教导他如何写作时的核心。在《沈从文先生在西南联大》一文中，汪曾祺回忆自己曾"竭力把对话写得美一点，有诗意，有哲理"，而沈从文先生则说："你这不是对话，是两个聪明脑壳打架！"如果一个作家的"具体主观性"太过强烈，那么这个作家与他笔下的人物便隔了一层；倘若作家又认为自己远比小说里面的人物聪明，那么隔膜的程度就更深了。汪曾祺受此启发，从此知道："对话就是人物所说的普普通通的话，要尽量写得朴素。不要哲理，不要诗意。这样才真实。"后来他对沈先生的话有了更深的体会，何谓"贴到人物来写"？即"小说里，人物是主要的，主导的；其余部分都是派生的，次要的。环境描写，作者的主观抒情、议论，都只能附着于人物，不能和人物游离，作者要和人物同呼吸、共哀乐。作者的心要随时紧贴着人物。什么时候作者的心'贴'不住人物，笔下就会浮、泛、飘、滑，花里胡哨，故弄玄虚，失去了诚意。而且，作者的叙述语言要和人物相协调。写农民，叙述语言要接近农民；写市民，叙述语言要近似市民"。我在读朱辉的小说时立刻就想到了汪曾祺的这段追忆。附带说一句，朱辉是"里下河"派的大将，学界对这个文学流派的界定，也是以汪曾祺在"新时期"发表的一系列作品为开端的，所以他的"轻"印证于"贴着人物"来写，并不奇怪。

李佳贤：其实朱辉小说的叙述语调有鲜明的中年感，作家在面对现实的时候，不是一种咋咋呼呼的状态，而是平稳和理解。

徐兆正：包括语言的诙谐、反讽，其实我觉得不是太重要。根本上说，作家使用的叙述技巧反映了一个作家的心性。而朱辉给我的感觉就是，他避免去把这个世界、现实写得过于沉重，他的心性是非常宽厚的，没有情感激烈的因素。

吕彦霖：有一个概念叫"中年写作"，其实这个是叫作沉重、滞涩、缓速的中年嘛，是一种没有加速的状态。有些人是加速主义，像弋舟的小说会把一个很小的东西放得很大，但是朱辉是主动将东西提纯、凝练、缩小。

洪治纲：一种语调，从根本上来说，就是一个作家看待世界的方式。

吕彦霖：张惠雯的小说就不一样，阿乙的小说也不一样。很多小说都明显地导向虚无。但朱辉的落脚点还是比较实的，这种能从"虚"中看到"实"的能力，本身也是一种思想上的成熟，或者对于很多事没有那么较真的状态。

洪治纲：基本上还是虚无居多，他的小说基本上是以非常态的方式结束的，这也反映了现实与个体之间的矛盾是无解的。

林浩：我觉得作者的语调与人物的姿态有关。如果小说中人物的动作是被偶然性推动着进行的，那么语调就会变得诙谐；如果人物有较强的能动性，如《小跑的黑白》，对于寻父的执着推动着小跑行动，还有《见字如歌》的"记录"意愿，语调就较为平静、沉稳。诙谐的语调给读者一种消极感，与消极的人物姿态是同步的，也与无奈的现实相呼应。平静、沉稳的语调会给人一种力量感，甚至是悲壮感，如果人物没有相应程度的努力，叙述与人物就不会贴合。

杜诗雨：我也感受到作家的一种中年语调，作者并没有对现实进行辛辣尖酸的讽刺，更多的只是一种"已然"的呈现，甚至抒情都很少。我认为中年语调主要包括以下几方面：对社会现实包括阴暗面的清晰洞察；深知现实难以轻易改变的无奈（这与天真热血的青年作家有很大不同）；理解众生不易的宽容。中年人的社会经验更充足，对社会了解更全面，对社会的灰色部分有厌弃感却又深知改变的不易，对每个个体也有更多的耐心和理解。

洪治纲：中年语调，这提法挺有意思，就是说你们都能够看出这些小说背后有一个中年男性。中年男性看待世界的方式有哪些特点？从小说里面来看，他选择的这些语调有哪些特点？特别是他写的《求阴影面积》《紫霞湖》，都有一种中年男性语调。如果他笔下的人物变了，他的中年语调可能会隐藏得深一点吗？中年语调究竟包含了哪些内容？这仅仅是宽容吗？

徐兆正：中年语调不是一个很特定的对现实的看法，它其实就是一种把看法给"打上括号"的做法——没有看法，对于任何事情都尽可能地去宽容，我觉得最重要的是这一点。包括《午时三刻》的结尾，她和父亲开玩笑说要去整容，不整容你挂在墙上，后来回来她妈妈说你爸真挂墙上了。就这明明是一个悲剧，但我们读起来就有一种也没有那么悲的感觉。这个作家的中年心态表现在哪里，可能就是表现在这里面。他把生死给跨越过去了，看得不那么重了。

闫东方：其实朱辉小说中有些人是很突兀的死亡，比如《午时三刻》中的父亲，还有《调笑令》中的赵志明、《小跑的黑白》中的小跑。我觉得他处置死亡的这种方式跟我们的人生经验不太一样，因为我经历过一些突然的死亡，不管是朋友、同学或者是亲人，都是有很大冲击力的。但朱辉小说显然不是这种感受，他写得很轻，好像对死亡有种淡然的态度。

林浩：朱辉小说里每个"死亡"都不代表着"消失"。《午时三刻》父亲死后的回响，《小跑的黑白》的灵魂之震，《紫霞湖》的溺尸复活……在这样的生死处理上，作者有意在模糊，甚至是打破生与死的物理界限，这为复杂的心理探索拓展了道路，扩大了对"现实可能性"的思考空间，也为内心化叙事提供了更多元的可能。

洪治纲：他选择这种语调，背后隐藏的是他对现实生活的态度，大家基本上有这个共识，但是这到底是什么样的态度，可以再思考一下。

吕彦霖：朱辉老师写作中的"中年心态"，其中存在着一种"生活还是得过"的预设，所以我刚才说，在他的观念里似乎并不需要真相，只需要有个默契。默契就是中年人的一种感受，就是你不要让对方或者关注你的人那么担心，哪怕是以骗他的方式，然后这样维持生活的运转。说白了，就是我们常用的一句话——"情绪稳定"。

在生活幽微之处探寻

——尹学芸小说集《寻隐者不遇》讨论

主持人：郭洪雷

讨论人：杭州师范大学文艺批评研究院与暨南大学文学院部分师生

郭洪雷：大家好，我们今天讨论尹学芸的中篇小说集《寻隐者不遇》。说实话，我对尹学芸的创作不是很熟，我只知道她是一个很有实力的作者。我是河北兴隆人，她是天津蓟州人。她写的那个地方紧挨我们县。她的写作就是围绕着这个地方建立起来的，也有人把埙城、罕村作为"尹学芸的文学世界"提出来。小说中写到的很多东西，我读的时候马上能想起它们的样子。我读南方的一些作家、作品，里边出现的东西，有时想不出具体的样子，但是尹学芸写的我马上就能想起来，这个集子引起了我很多的回忆。这次读书会由杭师大文艺批评研究院主办，同时还有四位来自暨南大学文学院的同学参与，这样我们的读书会真就成了"联合课堂"，大家欢迎。下面我们谈谈阅读这部中篇小说集的感受。

一、结尾：为生活的幅度收边儿

吕彦霖：我在天津也待过好长一段时间，读这本书也挺有感想的。在这部小说集当中，《寻隐者不遇》和《望湖楼》是我印象最深的两篇。《寻隐者不遇》这个故事挺现代的，不过我感觉尹老师更擅长写现实主义小说，《望湖楼》这种风格可能更适合尹老师。《寻隐者不遇》写的是所谓的"隐者"吗？那个隐者其实就是一个贪官，然后李寒武也变成了一个隐者，我感觉尹老师尝试在探讨现代人的一种生活状态。其实可以从李寒武和苏梅的关系中看出,虽然两个人有一些暧昧,乃至于后来发生了关系,但是李寒武心中还是喜欢薛小梨。小说里并列了一种关系,就是薛小梨和苏梅两个人以代号相称,一个是 48 号,一个是 26 号,然后这种序号类的关系,一旦实质化,你想摆脱这种实质化生活中的关联,你就必须去做一个"隐者"。而这个"隐者"有几种类型,一种就是所谓的贪官;还有一种,就是彻底让自己消失。我觉得,这个小说在尝试探讨一个现代人怎么从现实中逃离的问题。

《望湖楼》是一篇我特别喜欢的作品。一方面,作者写了她对于阶层划分的细微观察。尹学芸老师写东西特别朴素,不玩什么花架子,这个小说让我最欣赏的就是它体现了极为本色的笔法。第二个方面,它让我想起了蒲松龄的《促织》。我觉得《望湖楼》有个反向的处置,这反映了尹老师小说里有传统性的东西。天津作家其实多少都受到过孙犁的影响,尹老师小说多少也有一点,尤其是受孙犁晚年《芸斋小说》之类的影响。尹老师其实在有意识地学习民间传统志怪的东西,《喂鬼》《苹果树》这两部小说都挺传奇的。《望湖楼》讲一个报恩的故事,贺老三要请陶大年吃饭,请在望湖楼,在故事之间串联的是陶大年家的小保姆喜鹊,所有的矛盾又集中在喜鹊身上。一方面,喜鹊其实是想替贺家索赔的,所以她后来用了贺坤的卡,尚小彬给她打了 3 万块钱。但是另一方面,喜鹊表现出报恩的倾向,陶大年家就对她开始戒备了,两边都对她开始戒备了。贺家觉得:我们是想报恩的,惹来的后果只能怨我们自己,并且从来都是"民不告官"的。这些就是所谓的朴素的倾向。

尹老师的功力还体现在人物塑造上。陶大年在岗的时候,最讨厌接电话,因为第一,他凡事都让秘书安排;第二,他不会开车,但是非常喜欢坐车,他从吉普坐到奥迪 A6。再有就是贺三革。贺三革请陶大年等人吃饭,而这些官员并没有把他放在眼里,请客的人是最多余的。但是这个请客的人负担最大了,甚至于就是摔瘫了,失去生活能力了。但当喜鹊告诉他们的时候,陶大年夫妇第一个想到的就是自己应该没责任,法律上可以撇得清。我觉得尹老师其实通过这个饭局体现出一种特别深刻精微的观察力,并且,它也体现出一种现实主义的勇敢。从这个小说中我看出尹老师是一个比较敢言的人,她体会出"促织"式的、中国传统的民间哲学,就是上面的人偶用一物,下边人就得倾家荡产。一个阶层的日常生活成本、一次消费,砸到另一个阶层身上,可能就不仅要他们的钱,还要他们的命。这种传统的道德,我们讲,一次报恩,在一个阶层到另一个阶层之间,居然转化成了一个对于他们来说很平常的事情,但是对于那个报恩的阶层,却是一个摧毁性的家庭打击。我之前看访谈,也有人提到莫泊桑的《项链》,玛蒂尔德借了个项链,然后这项链变成了一辈子的不幸。玛蒂尔德是因为虚荣,贺老三不是因为虚荣。他就是因为一种朴素的道德,想报恩,他们一直觉得可能也花不了多少钱,我们带这些钱肯定够了,但是到最后就是不够的。所以我觉得尹老师写出了我们生活中一种非常无奈的现象,就是很多人怀着比较善良的心,依据比较传统的道德去做一件事儿,但是这件事如果发生在两个不同的阶层中,可能就产生了一种道德的颠倒。这种道德的颠倒砸下来,居然可以毁灭这个地位比较低的、想做好事的家庭,我觉得小说写得让我特别触目惊心。如果让我选小说集里最喜欢的小说,我觉得是《望湖楼》,这个小说无论是刻画人物的敬畏、写作的那种平易,还是故事设计的圆满,都是这5篇小说里我最喜欢的。

郭洪雷:彦霖老师在南开大学读过书,知道天津,也知道天津的一些作家。你刚才说到孙犁的影响,尹学芸身上的确有孙犁影响的影子。我读《寻隐者不遇》时,还感受到承担的问题:当你承担得了现实的时候,你可能是现实里的一个人,甚至于是一个符号;但是当你承担不了时,隐者是不是意味着一种退出?现实生活的确有某种不确定性的东西,在尹学芸作品里得到了揭示。大家还有什么看法?

朱霄(暨南大学):我想从这5篇小说的结尾,谈一谈阅读过程中感到的一些晦涩感。《寻隐者不遇》有三个主要人物,薛小梨、苏梅和李寒武。薛小梨身上有着太多谜团,整篇小说的主要矛盾和困惑都集中在薛小梨身上。比如说薛小梨和丈夫的关系究竟怎样?她为什么关注、选择一个隐居的老头?这些神秘和晦涩吸引着苏梅和李寒武以及读者的目光。小说结构设计回环往复,结尾让苏梅和薛小梨再次相见,并没有将各种谜团揭开，而是更进一步让苏梅认识到自己的处境。这个结尾固然不能使故事豁然贯通，但它用轻描淡写的办法，抹掉并接受了小说所揭开的城市生活问题。最后以苏梅说"太冷了"结尾，就像在映射都市生活和职场婚恋情况。我觉得这是一篇很特别的城市小说，结尾可能引起很多困惑，但多种元素交杂的抽象结局，使用人物对话来承载意义，很特别，也很有意思。

《望湖楼》结尾抽象性减弱、故事性更强，回应了前面的饭局，也交代了人物的命运走向。他们在饭桌上以提问、解答的方式引出小说的主要矛盾，而尚小彬和陶大年之间关于是海鸥还是天鹅的争论，又映射了喜鹊这一人物。这属于小说结尾的写法中较多的一种方式，回应人们对喜鹊及贺三革一家的好奇，最后视角再次转到望湖楼外。《苹果树》的结尾令我惊喜。高雷的梦对整篇小说有很明显的升华作用，读来感触也比较深。这个梦，将苹果树与大树命运之间的关联上升到了精神层面，仿佛这棵苹果树就是高大树的精神。这无疑提升了小说的趣味性，小说对刘苹的形象塑造比大树丰满，更为立体。《喂鬼》的结局与《苹果树》相似，都产生了一种精神相互依附的意味。结尾的处理让长久熟悉的干娘和短暂接触的阿祥之间产生了一种精神联系。干娘的趣事和阿祥的意外死亡之间有一些神秘巧合。这种结尾让人看到了更多的精神联系。"喂鬼者"躲入深山，不只是对迷信和繁复习俗的拒绝，也是与过去的撕裂。可在实际上，她始终没有离开，她要逃离的正是她所寻找的。这在小说里对西南乡村和罕村之间的描写中有所暗示。两者是交叉进行的，也就是她现在的经历和过去的记忆之间是交叉叙述。最后是《比风还快》。单从手法说，这篇小说给人的感觉是故事还在继续，但叙述却没有必要再进行下去了。小说从乡村的视角出发，把对城市生活的向往表现了出来。在第一人称中揭露一些不堪，他在懵懂中理解这场闹剧，又把自己搅和进去，让参与和旁观这对矛盾出现在同一个人身上。这种感觉一直持续到结尾。

郭洪雷：朱霄同学说得很好，她从结尾来谈对整个作品的理解，思路非常清晰，分析很透彻。我觉得结尾的设计上，的确有很不俗的地方。朱霄你觉得刘苹这个人物写得很好,能稍微展开一下吗?

朱霄:我觉得作者是从一个少女成长的角度来看的。在成长过程中,她母亲为她遮掩身体的残疾,很多地方都讲述家庭对她的影响,她的家人从未让残疾影响到她的成长。小说里面还有一些爱情描写,但我觉得刘苹可能刚开始对大树是有一点爱情的,在提出要和大树结婚以后,她是第一个同意的,积极准备她的嫁妆,这是不是从侧面反映了她少女时代对大树的感情是偏向于爱情的?后来她在成长过程中,知道了大树出轨的真相,刘苹面对真相时选择了自我消化。在生活出现了一些特别尖锐对立的时候,刘苹选择的是将这种对立和矛盾内化,自我消解。

郭洪雷:正是因为有残疾的成长经历,她内心变得非常强大,出现尖锐矛盾时,她能消化掉,表现出非常强的控制力。你说的这个是对的,你接着说。

朱霄:在后续对刘苹这个人物的塑造中,作者就很少讲刘苹的心理。大树死后,作者通过一系列事情,从侧面写刘苹这个人。她面对巨大的变故所做的一切,我觉得是从一个比较客观的角度去叙写的。这个过程中,我们能够看到刘苹的主观性在增强。作者用这样一种比较客观的叙述手法,却塑造出了一个主观性不断增强的刘苹。因为刘苹在这个过程中展现出来的决断,以及后来自己的生活,她有比较清晰的规划。她的孩子考上了很好的大学,她在给女儿讲述高家历史的时候,都是在虚构,好像这个家庭过去的种种对她的影响不是很大,她所看到的东西更深、更远、更客观,也对自己更为有利。我觉得这个人物形象,完成了从少女到非常强大的一个成长过程。所以我还挺喜欢这个人物的。

郭洪雷:刘苹把自己的整个生活传奇化,她和那棵大树一起成了一种乡村传奇,在这个意义上和《喂鬼》形成连接。在北方文化,特别是在乡村生活里,这种现象是存在的。

姚佳怡:我接着朱霄同学谈一下刘苹吧。朱霄同学的观点是刘苹把生活安排得很好,她是一个坚强的人。我从另一个角度理解,我觉得刘苹在知道她的丈夫出轨、死在别人床上之后,实际上她当时是遭受了巨大的打击,然后变得有点疯了,甚至是"黑化"了。那个时候刘苹已经不是原来的刘苹了。我觉得她是一个脆弱的人,她在为自己造一个梦,就是觉得一切都没有变,只有这样日子才能继续过下去。包括后面,人们把那棵苹果树当成一个神去祭拜,我觉得也可以理解为刘苹对自己丈夫出轨的一种报复——如果很多人去向那棵树许愿的话,那棵树就会像结尾所安排的那样很累,所以可以理解为是一种报复行为。刘苹后面的生活并不是非常美好,一个真正坚强勇敢的人,在遭遇挫折之后,她的生活应该是平和的,而不是像刘苹那样,有一个很大的转折,忽然就像变了一个人。还有《望湖楼》的结尾,陶大年问:这个是海鸥吗?尚小彬说不是海鸥,是天鹅。朱霄同学理解说是跟前面的喜鹊照应,都是鸟类,也是说得通的,但是我还有别的想法。因为海鸥跟天鹅实在是差得非常多,无论是体型还是外貌上面,都差得非常多,是不是可以理解成身居高位的人对世界和生活的认知,跟普通人是不一样的?他们确实分不清海鸥跟天鹅,也不需要分清。

郭洪雷: 佳怡,你有没有注意到经常有这样的现象,同样一句话,不同的人会形成理解错位。

姚佳怡: 对。

郭洪雷: 或者说不同。尚小彬说这句话的时候,她有她自己的意思和情感的表达;陶大年听这句话的时候,可能也会有不同的理解。也许像你所说的,他可能是分辨不清楚,可能长期做官、离生活很远,对于生活的体察很弱,这是一种可能;但是尚小彬会不会在想自己的事情,表达自己另外的意思?而读者在读的时候呢,虽然他们是一种情人关系或是说不清的关系,他们两个一问一答之间有某种错位,我感觉应该是有的。关于刘苹这个人物,我想问一个问题,就是说,读者读这篇作品的时候有一些想法,无论朱霄还是佳怡,都会有不同的想法,但我想问的是,作者塑造这样一个人物、设计这样的情节,作者对这个人物究竟持怎样的态度?

高妮妮: 尹学芸写刘苹,试图寻求生活中应对无力与痛点的一种出路。我觉得刘苹是有心理创伤的,虽然她家里对她一直照顾得很好、保护得很好。但是，别人对她的态度还是有意无意伤害了她。这种伤害，在高大树最初拒绝婚事之后达到了一种极端，不然就不能解释她嫁入高家后对自家父母不管不顾的态度。按理来说，她家的家庭氛围其实很好的，父母也很开明。在这样家庭长大的孩子，应该是乐观、宽容的。但是，她出嫁之后就突然跟家里割裂了，这很不合常理。还有，就是她对高大树的态度，我觉得更多的是一种占有欲，后面我甚至觉得是病态的占有，很偏激，支撑她外表强大的就是她内心的病态。她执意如此强大，就是为了消解她与高大树之间所存在的不足，以及自己对高大树出轨的不耻，是为了抵抗高大树的出轨对自己的二次伤害，甚至后来我觉得她有一种演变成乡村神婆子的倾向。

郭洪雷：其实这就是作品意义呈现的复杂性。面对生活里的不如意，我们怎样去应对呢？一种就像刘苹刚开始那样，知道了生活的真相，用非常激烈的方式去表达。但是，刘苹的强大是残疾人的强大，我们会发现，最初她和大树提亲，这样一个不被人关注的人很快地就成了一个非常活跃的人，在高家败落的时候进入这个家庭，并且马上就变成一个高家人，刻意不让自己的家人到高家来。刘苹平静的表面背后有一个非常复杂的心理世界，这个心理世界被遮掩着。直到后来，她不仅能够控制自己，使自己和那棵梨树成为传奇，甚至使整个村子变成了旅游景点，一个人们膜拜的地方。在这里，我们能看出作者对这个人物所持的态度。

刘宗瑞：我对刘苹的认识可能和大家不太一样，我觉得她是一个在不断证明自己的人。一开始，她是一个比较温柔的女性角色，但结婚之后，她激起了自己的潜力，从一个温柔的女孩儿变成了"女斗士"。我和佳怡有点不同，我觉得刘苹不能算是"黑化"，这是正常的人性。从一开始，我觉得她与高大树的婚姻就是她为了证明自己。她和高大树并没有太多感情基础，在结婚之后也没有婚姻的美满或者爱情的美好。我觉得她婚姻的出发点就是为了证明自己不差，配得上高大树这样一个人。在这中间，刘苹和大树的关系有一点"相爱相杀"的感觉。小说中刘苹对大树的一个看法并没有太多涉及，但是经常出现的一句话就是

"真是个蠢小孩"。我觉得刘苹和高大树是互相看不起的。后来大树死了,刘苹仍然把日子过得风生水起,就是为了证明自己。小说结尾,刘苹的心态有点类似救赎,她对女儿讲述大树的死因,可悲的故事还变成了美好的故事,她这样做是在掩盖自己的失败。

二、隔膜:一种需要安置的现代感受

叶荷娇:我读了这5篇以后感触比较大的是人和人之间的隔膜。不管是阶层、身份、地位,还是年龄、境遇、思想观念,这种隔膜都有体现,每个人都沉浸在自己的世界里。《望湖楼》就是很典型的由阶层之间的差距所造成的隔膜。还有《苹果树》里,患有先天心脏病的大树和因小儿麻痹而残疾的刘苹,他们在长大之后也渐行渐远,充斥隔膜,不复年少时的默契。还有《喂鬼》里,云丫一直很抵触"喂鬼",她觉得"喂鬼"代表着传统封建迷信,一直禁锢摧残着她的身心。但是最后当她从云南回到老家,经历了那个"喂鬼"的过程后,"喂鬼"结束时她反而会有一种失望的感觉。这恰恰就是不同阶层、不同年代、不同思想观念的人之间隔膜的体现。并且云丫与干娘相处的过程中,两个人其实也是越来越远的。云丫作为知识分子,而干娘作为代表着传统鬼神文化的老年人,她们之间越来越远,隔膜也越来越深。云丫为了逃离干娘家而顺手给的几百块钱,在干娘看来就是贵人给予的极大善意,而干娘一家对云丫的热情与依赖,在云丫看来就是沉重到窒息的桎梏,甚至让她恐惧。在这篇小说里,"喂鬼"本应该是一个激发她们矛盾的顶点,但到最后,云丫却发现"喂鬼"其实根本没有自己想象中的那么艰难可怕,她甚至感到了一点失望,双方此前激烈对峙的矛盾(或许这个矛盾只存在于云丫心里)豁然消散。因此我感到,这种人和人之间的隔膜很多时候往往是自己造成的,很多人生活在自己的世界中,将个体与世界隔离开来,企图让自己成为"隐者",而不愿与别人沟通,也不愿理解他人的生活方式。于是,现代社会中充满荒谬的隔膜,以及隔膜造成的荒诞后果。

这种隔膜在小说的很多场景与情节中都有体现，并且这些情节往往充满了矛盾和荒谬，而且这种荒谬并不是匪夷所思的，它是自然而然发生，并且有迹可循的。也就是说，这种荒谬本身具备发生、发展的逻辑，有现实依据，是一个循序渐进的过程。这就更加体现出日常生活的荒诞性。小说从扎实的日常现实不断推进，陡然到达了高潮；而高潮处往往就意味着结局，小说戛然而止在这个仍处于高潮的戏剧化结局中。这种往后之事不必再说的方式，就会给人以故事暂且说到这，但充满未知的生活仍在继续的感觉，并且能让人盘旋在小说意犹未尽的结局中，正如刚才朱霄同学从小说结尾读到的晦涩感。

同时，我觉得人跟人之间的这种隔膜，还通过故事叙述中人物的情感和感受体现出来。小说中的叙述者是极其重要的角色，跟随着不同叙述者的不同角度，读者得以进入到作品当中。我们常常会顺着叙述者的视角，随着叙述者的叙述表达，把自己代入到叙述者的正面角色当中去。于是我们往往会对叙述者的言行有更多的理解与认同。比如，《喂鬼》一篇中，我们一开始跟随着云丫的视角与心理，也会产生对干娘一家的排斥感，对"喂鬼"这一行为产生抵触和恐惧。但随着故事发展，我们逐渐发现，被厌恶的干娘一家其实有着淳朴热情体贴的一面，福成哥对云丫更是百般维护。于是云丫之前的一系列反应和行为就会显得有些过激，读者此时也调整了阅读感受，对双方都产生了理解与同情，于是横亘在读者心中的那层隔膜便悄然而逝。

还有《比风还快》里面的那对表兄弟。"我"因表兄没有把三马车要回来而去他家，甚至发生了冲突，此时的场景让人觉得是表兄位高权重而显得势利，不屑于帮助表弟。但后来我们得知表兄在官场中遇到了麻烦，有自己难以言说的难处。在表兄找到表弟想和他一起吃顿饭互诉衷肠时，"我"却为一些有利于个人的事离开了，这也间接导致表兄醉酒后开车坠崖身亡。在一切都自然发展的过程中，故事的结局却发生了惊人逆转，给读者以全新的激烈撞击，而产生颠覆性感悟。在这 5 篇小说中，还有很多这样充满矛盾与荒谬的情节。我觉得这种情节的穿插，会打破叙述者至上的唯一性，读者得以从事件、人性的各个角度进入，重新审视整个故事；同时，读者也会在阅读过程中自省到这种因叙事视角代入而产生的隔膜，从而试着自我打破阅读和现实生活中的隔膜。而在叙述过程中，叙述者也会显露出他的缺陷与晦暗，不再成为故事中唯一的"正义者"，人性中的明暗与斑驳也得以在复杂的叙述中体现出来。

这种复杂还体现在小说题材的复杂和叙述语言的多变上。比如这篇《比风还快》，字里行间就充斥着一种浓浓的东北味儿，完全可以以东北话带入到对这整篇文章的阅读中去，从而产生奇异的诙谐感。以上就是我的一些看法，现代社会里，人与人之间一直充斥着隔膜，作者把现代人的这种充满了隔膜、荒谬的存在状态表现了出来。

郭洪雷：谈得非常好，荷娇抓住了这5篇作品共通的东西，就是一种隔膜感。在现代生活里边，一个人想熟悉另外一个人，一个人想走近另外一个人，进入到另外一个人的生活，其实是很难的，我们看《喂鬼》这篇作品时感触比较深。有人从启蒙角度去谈这个问题，我觉得还是"隔"了一点。

陈李涵（暨南大学）：我想接着现代生活、现代性问题来讲一下。这本小说集看似讲了5个不同的故事，但我更想把它当作一个整体来看。这不仅因为作者将这些故事都放置在同一个环境当中，主要是因为几个故事都存在对于现代性的反思。为什么说是对现代性的反思，而不是反现代性，因为这本书并没有表现出对现代化的排斥，也不是一味去表达对传统文化或乡村生活的眷恋，作者比较理性地展示出现代化进程中出现的一些问题。

《寻隐者不遇》是5篇里面唯一一篇集中在城市的小说。其实小说当中除了明确提到的"世外高人"之外，其他人物也都能称得上"隐者"，因为每一个人在都市生活当中都把自己真实的一面隐藏起来。比如李寒武，即便苏梅跟他关系非常亲密，他俩在同一个公司工作多年，又住在同一个小区，甚至到了谈婚论嫁的地步，但苏梅对李寒武的背景也几乎是不了解的。薛小梨跟李寒武有很多重合之处，他们都喜欢晒果干、养蜥蜴，他们的背景都比较神秘。那从这篇小说可以看到，都市人之间的相遇，就像萍水相逢，即便最亲近的人也没办法看清他的根系究竟是怎么样的,就是刚才那位同学提到的隔膜感。每个人都试图用各种手段去伪装自己,就像苏梅,她在朋友圈转发各种文章,但是从来没有表达自己的真实想法。她形容自己像是躲在窗帘背后去窥探别人的生活。然后,那些看似在表露自己的朋友圈,其实也亦真亦假。所以,李寒武或许是受了那个世外高人的启发,最后也逃离了,做了一个隐者。

除《寻隐者不遇》展示了城市冰冷的一面,尹学芸对于乡村叙述融入了更多的温情。《苹果树》一篇揭露了乡村在现代化进程当中显现出的种种弊端。如果从现代性角度去解读这一篇小说,我觉得这篇小说有鞭挞人类对于自然过度索取的贪婪用意。像高景阔倒卖沙子赚得盆满钵满,但却掏空了罕村的一座山。此后他欲望逐渐膨胀,听信骗子的话,最后一败涂地。像刚刚提到的刘苹,她最后其实也转变了。起初在众人祭拜那棵苹果树的时候,她是非常不屑的,但她最后也转变成了掠夺者的身份,她利用这棵苹果树来盈利,改变了罕村的淳朴风貌。这篇小说比较值得一提的是高大树,一个隐喻是,他的心脏左心室有一个空洞,这其实跟高景阔做掏空山的生意有着暗合之处。最后高大树因欲望而死,高景阔因欲望家破人亡,两者之间亦有一种暗合,这也许意味着无止境的索取迟早会给人类自身带来灾祸。

这是对于生态问题的关照。此外,这本小说集还表现了一种现代文明与传统文化之间的错位。《喂鬼》集中探讨了这个问题。因乡村文化中的愚昧落后,主人公起初对自己生长的乡村抱有偏见,跟她的干娘渐行渐远,最后在故事结尾,她才发现传统文化虽然有缺点,但也充满着温情。现代文明冲击传统文化,应该怎样自处?这是人们必然面临的一个问题。《比风还快》也对这个命题有探讨。刘长山长期住在乡村里,一直向往表兄舒适的城市生活,但是生活在城市的表兄反而喜欢乡村——他长大之后在城市里当公务员,在尔虞我诈中生存,也因人陷害而失职。二者的错位其实透露出现代人的一些迷茫。

郭洪雷:陈李涵和朱霄、叶荷娇同学讲的角度又不一样。从现代性包括生态问题谈这几篇作品,谈得非常细致。我想提的一个问题是:读小说的时候,作者还有作品当中的"我"及叙述者还是有区别的,作者所持的态度是值得我们思考的。陈李涵提到《喂鬼》里边的乡村文化，乡村文化确有某种"前现代"的东西。但是这种"前现代"的东西，又承载着我们很多很重要的情感。其他同学还有什么看法？

三、命名：在吊诡中寻找生活可能的锚定之地

谢乔羽：我想从《寻隐者不遇》这个书名来谈一下看法。《寻隐者不遇》是第一篇的题目，也是全书的书名。我想，以"寻隐者不遇"贯穿这5个故事，是不是一种可行的方法？所以我就在想，为什么要寻隐者？要选什么样的隐者？以及怎么寻？为什么会不遇？不遇之后又会怎么样？那么分析5篇小说的结构，我觉得"寻而不遇"其实也是一种求而不得。这里面的人物求朋友、求爱情、求名利、求健康，得到这些会让人感觉到满足、幸福，但是人们往往求而不得。

《寻隐者不遇》中苏梅想要得到李寒武，她多次去试探他，忽冷忽热，若即若离，最后苏梅以为两个人已修成正果，结果李寒武早已看穿了她的心思，最后以消失来摆脱她的控制。李寒武到底是爱苏梅还是薛小梨，或是两者都不爱？我认为这种困惑导致他最终逃避婚姻，将自己隐藏起来，成为一个"隐者"。《望湖楼》中贺三革想要报恩，但当他把选择权交给陶大年时，事情就开始不受控了。他追求一种不太符合自己能力的东西，即使得到了，最终还会失去。作者的高明之处就在于，她看到了人的行为动机的复杂性。这在陶大年和喜鹊身上也有体现。《苹果树》中高景阔想要富贵、想发横财，却因受骗一蹶不振。刘苹想要高大树的爱情，但是高大树已经变了。刘苹不是不知道大树出轨，但她还是要自欺欺人。《喂鬼》这一篇，不仅乡村变了，王老师给干娘钱这个举动，说明她与乡村已经有一种割裂感。乡村以自己的规律向前发展，而她停留原地，以至于被夹在城市跟乡村之间，惶惶不知所措。

这5篇小说人物在追求心中所想的时候，掺杂了太多不可言说的秘密，以至于要以各种古怪的方式来掩盖自己的真实想法。比如陶大年，他退休之后坚决不坐汽车，有事没事就给别人打电话。"努力想得到什

么东西,其实只要沉着镇静,实事求是,就可以轻易地、神不知鬼不觉地达到目的。而如果过于使劲,闹得太凶,太幼稚,太没有经验,就哭啊,抓啊,拉啊,像一个小孩扯桌布,结果却是一无所获,只不过把桌上的好东西都扯到地上,永远也得不到了。"卡夫卡《城堡》中的这段话,就很适合描述这些求而不得的人。这种人与人之间的靠近、试探、对抗、分离,被压抑的欲望以另外一种变形的方式释放出来,最终什么也得不到。我想这也是这个集子想要告诉我们的,人为什么总是求而不得。正如李涵刚才所说的,作者有揭露但并非完全批判,她用一种新的方式进行诠释,让人感受到一种亘古不变的东西依旧存在。如果人们能坦荡面对自己,我觉得应该还是有希望能够"遇见"。我想这也是尹学芸对于现实生活的善意。我就讲到这里,谢谢。

郭洪雷:谢乔羽同学说得也很好。"求而不得"本身就是一种形而上的人生感受。"求而不得"这一种人生的体验和感受,5篇作品都有体现。乔羽同学分析5篇作品,发现了一种贯穿性的东西。能在阅读中找到贯穿性的东西,我觉得这非常好。

高妮妮:我认为尹学芸《寻隐者不遇》试图书写现代人的一种生活状态。现代居民楼中,人们的状态也多是"对面不相识"。尹学芸没有处理这种生活状态,她只是写出了这种状态。人们试图融进某种生活,却发现自己想将就的终究将就不了。我认为尹学芸小说比较打动人的地方在于,她写出了人世间幽微而复杂的真实。《寻隐者不遇》最后,苏梅所说的"太冷了",其实就是在给全文定调。"冷"是生活的常态,因为人们永远不知道下一秒会发生什么。正如作家所说,"寻找隐者"的人变成"隐者"。囿于执念的人,同时也是别人的执念。这就是生活中人们的无能为力,也是生活的无奈与痛点。而这种无奈与痛点在这几篇小说中都有体现。

尹学芸长期的乡村生活使她在描摹乡村时极为贴切与真实。生活本身本来就是光与暗的交织体,乡村的结构更决定它是一个容易藏污纳垢的地方。相较于城市生活而言,乡村生活的"把戏"或许拙劣,但却是原生态的生活。在《望湖楼》中,喜鹊对赔偿道歉的锲而不舍,不只是为了贺三革，也为了她自己。不论是喜鹊，还是贺三革，他们很注重自己的颜面，因此喜鹊不愿意让贺坤知道自己在当保姆，贺三革硬着头皮也要在望湖楼请陶大年吃饭。喜鹊的做法虽然有点儿冒失，但她想寻求的是人与人之间的真正平等。她最后失败了，我认为这是作者书写的真正意图所在。生活中憋屈还是多于畅快的，你明知道哪里不对、哪里不平，但你就是没有办法。就像老师刚说的"求而不得"。

此外，我认为第一篇《寻隐者不遇》可以和后面四篇分开来。后面四篇的结局写得很"满"。《苹果树》结尾以梦结束，我感觉不如写成苹果树因不堪其上所挂的缎带的重负而折断，有进一步阐释的空间。《喂鬼》这一篇也是，"我"最后与阿祥互不相知、互不相见才是最好的结局。"我"只是为了逃避"喂鬼"去见他，而他把"我"的一切都安排得很好。"我们"之间什么也没发生，就像你来时"我"欢迎你，你走后我们就各自安好。有联系时就好好联系，没有时就安于生活，这样其实就可以了，没必要再交代阿祥的结局，太满了，阐释的空间就很小。但尹学芸她真实地记录一种生活现象，出路永远隐隐约约，你似乎看得见前面的光，但脚下的路却老有一种悬空的感觉。我觉得尹学芸写出了生活的无力与痛点，蛮触动人的。

陈佳：妮妮同学刚才说到的问题我也有注意到。我觉得小说结尾出现"意外"，是整部小说集的一大特点。一方面我会认为车祸这样的结尾处理有点雷同，另一方面我也在想，这是不是作者的特意安排？而这刻意安排的背后作者想要表达的又是什么？在阅读一些访谈后，我觉得尹学芸老师似乎想要写出的是日常生活的吊诡感。

就像书的腰封上所写的："寻找隐者的人变成隐者，'喂鬼'的人躲入深山，报恩的人倒于风雪之途，贪婪的人向下坠落比风还快。"小说集中不少主人公都在外力的影响下逐渐偏离行动的预定轨迹，这正是现实生活的吊诡之处。我很喜欢一位批评家对尹学芸创作的评价，他说尹学芸的小说充满叙事的耐心。对于这句话我的理解是：尹学芸的创作有精致的叙事安排，如意外或者转折，同时她又不会把贴近现实的题材写俗。每篇小说似乎都在贴着生活书写，作者下笔也并不锋利，或者说像吕彦霖老师说到的朴素、本真,但伴随意外的故事过后,却有一点刺痛,这一点痛却恰恰是这些小说让人回味的地方。和吕老师一样,5篇小说中我印象最深的是第二篇小说《望湖楼》,乍看是个社会底层的小老百姓请曾经帮助过他的退休干部吃饭,却因风雪意外被摔瘫痪的故事。耐人寻味的是,尹学芸在这样在场感极强的日常生活中书写出了吊诡意味。为什么小老百姓贺三革为了"报恩"请退休市长陶大年到望湖楼酒店吃饭?为什么车祸过后贺家和陶家都接受结局,只有带着双重身份的喜鹊要讨回公道?这部小说有许多令人吃惊同时引人深思的细节安排,作家在小说中从未直接言说人性的幽暗、复杂,但这些叙事的细节都体现出作家向纵深不断挖掘世相与人心的扎实功力以及敢言的强大魄力。

姚佳怡:我来补充一下关于贺小三的观点。吕老师说贺小三是纯粹的报恩行为,但我认为他并不完全是报恩,他有虚荣心。他其实很想去高档饭店请客,还一直很看重自己有个当官的老同学,这就是虚荣心在作祟,包括后面贺小三出了事后,他说自己因为有非分之想遭到了报应。所以我觉得他也并不是那么纯粹的一个报恩行为,而且他想报的那个"恩"也不是什么大事情,陶大年本人都已经不太记得当时发生了什么了,在饭局上扯的也都是别的事情。

郭洪雷:大家有没有注意到,在《苹果树》临近结尾的时候写到一个细节,就是那200美元。这个作品为何写那200美元?200美元是怎么给刘苹的?之后又怎么每天放在那个地方?按理说这个故事到这里结束是可以的,但是为什么作者要写到一个200美元?我觉得这里就很能代表作者对这个人物所持的态度。这样的细节设置,同学有什么看法?

朱婷:关于《苹果树》中的"两百美元"我有一点感触。首先让我注意到的是这个"两百美元"出现的情景描写:刘苹出于技痒,在女儿捡回的缎带上绣了苹果花,并将这条缎带赠予了前来参观的美国人,这个随意的行为使得美国人大受感动,并拿出了"两百美元"供于祭台。这里的关键信息是美国人对于刘苹的称赞,"这个中国女人很了不起"。显然刘苹对这个评价是十分受用的,她总是将这两张美元摆在显眼的位置,甚至晚上收起来、白天再摆上,小说的结尾也写到,祭台的瓜果不断换新,但那两张一百美元一直在。联系刘苹给女儿高雪编造的一个又一个与高大树有关的美好爱情故事,给人感觉这些好像已经变成了一系列表演。美国人和"两百美元"对于偏远乡村来说是十分罕见的,刘苹似乎是想通过这种刻意的展示,表演自我的价值。其次还有一个细节,小说中说到,刘苹自己也未必知道苹果树是什么时候有了身份,这里的"身份",实际上就是刘苹所有的精神寄托,是她悲苦命运的一种虚幻的慰藉。在这种情况下,苹果树的"身份"已经与刘苹的"自我价值"画上了等号,因而她不惜撒谎来维护甚至神化这个身份。我认同宗瑞的部分观点:刘苹像是一名战士,她在坚定不移地为"展现自我价值"而战斗。她与高大树的婚姻也是一种战斗式表演,这是她一个人的战场,但显然,她输得很彻底,因而她将希望转而寄托在了苹果树上。

尹学芸似乎很擅长写这种"表演行为"。她笔下的许多人物都有习惯性地在他人面前构建自我形象和自我价值的一面。如《望湖楼》中的陶大年,他很清楚自己的"官"样和威严,表面上刻意想在退休之后摆脱自己在位时的形象,所以他表演出随和亲民的一面,不坐车,出行靠走路,实际上正如左三东所说:"你以为他是放低了身段?他是放不下身段。"陶大年不坐车是因为失去了象征他市长地位的0001车牌号码,失去了专属感的体面价值。他在退休后仍喜欢去望湖楼,也正是因为望湖楼的"瑞雪"是他的专用包间,别人消费再多也不能拥有进入权。除了陶大年,喜鹊也有一些"表演行为",她一开始与贺坤的交往中就有意营造自己能干体面的形象,谎称自己是大地宾馆的服务员,因为五星宾馆的服务员比保姆更有颜面。在贺三革住院期间,她作为贺坤的女朋友,马上进入了角色,扮演一个贤惠孝顺的"媳妇"。当她为贺三革一家向陶大年讨同情失败之后,失去了作为高干保姆拥有的一切连带福利,也与贺坤分道扬镳,这时她又化身为"正义战士",不顾一切向陶大年等人讨要公道。她不甘心这样错愕无奈的结局,试图通过行动证明自己的价值。

郭洪雷:其实我始终强调一个观念,任何的小说都是一种操作,它不可能是简单的对生活的模仿。作者的态度、想法通过小说形成某种立场和观念，并传达给读者。今天两边的同学谈得都很好，同学们都能形成自己的认识，从这 5 篇作品找到某种共通的东西，非常值得肯定。好，今天的讨论就到这里。

在重塑的记忆中还乡

——张惠雯小说集《飞鸟和池鱼》讨论

主持人：洪治纲

讨论人：杭州师范大学文艺批评研究院教师及现当代文学、文艺学专业研究生

一、今昔对比与记忆重构

洪治纲：今天我们讨论张惠雯的《飞鸟和池鱼》。这个集子共收录了10篇小说，给我的总体感觉是它们在题材上较为集中，但是作家本人的异质性又比较强。我不知道大家注意到没有，我们当代有两个海外作家——我们也可以把他们叫作"新移民作家"——是异质性比较强的：一个是张惠雯，还有一个是薛忆沩。我们之前也请过薛忆沩座谈。就张惠雯来说，第一个是我觉得她的作品在"新移民作家"群体中有异质性；第二，在当代汉语小说作者里，她在叙述方面、在情感的表达方面，也具有某种独特的东西。今天我们就围绕张惠雯的这本小说集来做个讨论。首先请大家自由发言：你们认为张惠雯小说中最大的特点是什么？

许志益：我认为《飞鸟和池鱼》中的作品有着颇为相似的艺术结构——往昔印象与当下现实的碰撞，它们造就了一种极具张力的景观。在这种尖锐的碰撞下，小说弥漫着一种普遍的情绪氛围，要而论之，就是人物对失意现实、迷惘当下和庸俗中年的抵拒，以及对温暖记忆、轻逸幻想和美好青春的渴求。他们在失意的生活中尝试建构一处精神的隐蔽所。为了对抗现实的沉重，他们或沉浸于过往柔软的记忆，或漫游于幻想的虚境，从而一次次纾解了来自现实的重压，也一次次实现了对委

顿生活的逃逸。可以说，"回忆"与"幻想"构成了小说人物逃离生活的方式。伴随着记忆被唤醒，一种今昔生活的落差也逐渐被隐蔽地"修辞化"了。宏观地看，我们会发现《飞鸟和池鱼》中的小说大多存在一种"还乡者"的视角。除去刚才所述的昔日印象和当下现实的碰撞之外，它们还时常掺杂着叙述者从"异乡"到"故乡"的迁移。

洪治纲：嗯，你抓的这个特点还是很有意思的，是从回忆的视角或者说从记忆出发，构成一种对峙。肯定是有错位才有对峙，有反差才能够成对峙，那么在这个对峙的过程中，她其实融入了一个异乡者的视角，或者说像我们刚才讲到的"新移民写作"的漂泊者的视角；应该说是这种视角生发出了这一特点。大家如果读过这个小说集就会知道，张惠雯在其中对记忆进行了一次非常温暖的重构，所以她的小说写记忆都是美好的、写当下都是无奈的。这很重要，而且这里面也无疑透露出了作者本人的反思。我们学过"伤痕文学""反思文学"，那都是直面当代、一顿控诉。但张惠雯不是这样的，她是通过深情款款的回忆、通过今昔的对比、通过一种情感的对峙来展示她的东西。同时我们也要思考：这个记忆是真实的吗？这个记忆是真的记忆，还是一种来自内心情感的投射，抑或完全的虚构？记忆是可以重构的，记忆是可以修饰的，记忆也是可以完善的。正因为此，我们要将记忆放深一点考虑，别以为记忆就非此即彼、是真或假。

李佳贤：我感觉她的小说全都有一个主题，就是物是人非，或者说"物也非了，人也非了"。小说主角通常是以一个中年人身份回到故乡。这个视角在"五四"乡土小说里面也是经常出现的。她的好几篇小说全都是对这一主题的再现。比如《飞鸟和池鱼》，因为母亲的病，主人公不得不回到故乡去陪伴自己的母亲，就像困在池里的鱼一样。还有典型的如《街头小景》，主人公回到故乡，首先发生了一件事，他跟母亲把药罐摔掉了，然后小说展现了故乡人的那种非常保守的、思想落后的面目。这个小说很有隐喻性，她先写到流浪狗，然后再遇到那个即将被冻死的残疾人。他是一个哑巴，作为"底层人"的象征，他没办法发出自己的声音，只能默默忍受这样的苦难，默默地生，默默地死。但这一篇我感觉作家的意图过于强烈了,包括里面提到的契诃夫那个小说,其实跟这个小说的主题也是有呼应。

徐兆正:我接着佳贤老师的话说。刚才他提到《街头小景》。《街头小景》的上半部分使我想起刘震云在1991年发表的一篇论文《读鲁迅小说有感:学习和贴近鲁迅》。文中有这样一段话:"鲁迅最重要的小说《药》《风波》和《阿Q正传》,在作品的思考上和艺术布置上是相像的,反映的全是在这块古老昏睡的东方土地上,幼稚不堪的革命和愚昧不堪的民众之间的关系,它们谁也不理解谁……但革命者或民众的鲜血,已经洒满了这块土地;他们付出的代价与他们所得到的收获,十分不相符。"这段话里存在着一种二元对立:幼稚不堪的知识分子和愚昧不堪的民众。刘震云对国民性批判的理解可能有一定偏差,但在我们大多数人对国民性批判的理解中,这两点的确非常关键:一方是知识分子,一方是民众,他们互不理解,彼此辜负。这也是《街头小景》上半部分写到的内容。不知大家注意到没有,从"我看着车在街角消失不见了,心里踏实许多"这里开始,小说出现了一次断裂。在《街头小景》的上半部分,张惠雯频繁地使用着叹号,这也是情绪高昂的批判视角不自觉地流露,而自哑巴被警察送走开始的下半部分,以及主人公同三轮车夫的对话,则又使小说回到了作者自觉承袭的那个"契诃夫的传统"。

二元对立的结构在《飞鸟和池鱼》这个集子里一以贯之。这本书的统一性非常强烈,从标题就可引出一系列标示经验对立的词组:异域与此地,今天与昨日,健康的身体与残缺的身体,良好的生活与卑贱的生活,精英与底层。在处理这两种截然不同的经验关系时,会产生两种写法,第一种是自觉地保留住昨日的澄澈,为今日她所观看的生活提供一个往昔的乌托邦。记忆很可能是不真实的,是一种虚构。叙述者出于对生活的不满重构记忆,而这种重构对今天的生活是一种温馨的补偿。这是《飞鸟和池鱼》里大部分作品的写法。第二种是不自觉地批判"底层"、此地、昨日的愚昧。《街头小景》里出现了契诃夫的《出诊》,但至少从作品的整体性来看,契诃夫的传统在小说的上半部分是缺席的。《街头小景》最重要的主题就是写农村人命如草芥,但表白意图过分强烈。好在有这个结尾——当主人公打量着三轮车夫"白头发茬儿"上积落的雪花时，尽管他的态度仍然不客气，但在我看来小说这个结尾已然使得作品回归《出诊》的哀伤基调，也就是回到了代表契诃夫传统的第一种写法。它们实际上拯救了这篇作品。

叶荷娇：在张惠雯的这几个短篇小说里，人物所处的空间并未得到明确，而一直笼罩着淡淡的忧伤。小说主人公大多只是做着地理上的位移，从国外回到家乡，从一个地方来到另一个地方。在空间的移动中，不管是在国外还是回到家园，他们一直没有找到安放自我身心的居所。在家园之外想念家园，回来之后又发现自己早已与时隔多年的家园格格不入，就这样，这些人一直处于漂泊状态。对那些一直停留在家乡的人来说，他们的生活更是处处充满了挫败感，家已经再难成为他们的庇护所。伦理的束缚、情感的缺失与求而不得，使得小说里的人物感受到强烈的家园丧失感和现实挫败感，因此沉入纵向的时间。他们在时间里不停游走于过去的回忆。但是，在这样充满张力的对峙下，张惠雯又常常能发现蕴藏于黑暗背后的希望之光，发掘出人们复杂心灵中蕴含的巨大能量。

吴晨：我认为张惠雯小说的独特气质，是她在回忆与现实的交织中，呈现出了具有共性的人类情感——个体孤独。《飞鸟和池鱼》中的"我"因父亲早逝、母亲精神失常而回到故乡，往日的努力似乎只是徒劳地转了一圈，眼前经济的拮据使人看不到未来；《天使》中"我"的生活则在苟延残喘，妻子看不起"我"，姐妹因父亲的一点儿遗产对"我"戒备有加……在困顿现实的逼迫下，人物不自觉地对记忆加以篡改。

洪治纲：点是点到了，你们的核心感受是晦暗的现实，那么现实是怎样的一种晦暗？如果有一个明确的定位会更好。其实作者的每一段记忆或每一次"过去"与"现在"的对峙，都是有比较清晰的内涵的。小说集里有一篇《临渊》，"临渊"怎么理解？

姚佳怡：我觉得《临渊》恰恰表达了张惠雯对于记忆虚构性的警惕。因为她在《临渊》中明确告诉读者，蔡老师说的需要相亲的女儿是他虚构出来的，然后，包括"我"本人在跟蔡老师对话的时候，也是虚构了一个女朋友出来。所以《临渊》可能是想告诉我们，生活确实需要一些美好的幻想来抵抗真实的残酷。当然她既然点出了这是虚构，那就说明作者本人对虚构记忆是有所警惕的。

洪治纲：挺有意思的。其实我也有这种感觉，所以我还是想把话题引到记忆上来——《临渊》严格意义上是一个寓言体小说——记忆就是这样，它有时候是一种心理补偿，记忆不是简单地对现实的还原。就像我们小时候跟人家打架，被人家打得头破血流很丢人，等到我们哪天有一点身份了，我们回忆的时候一定会把它颠倒过来——是我把他揍个半死，不是他把我揍个半死。

二、县域世界与原乡想象

吕彦霖：我同意洪院长的看法，《临渊》这个小说有非常强的寓言性，而另一方面，我们也看到张惠雯的小说是现实主义的。她可能为我们的现实主义小说找到了另一种可能性，把它写成寓言或者赋予它寓言色彩。刚才志益说了几个关键词，我也有三个关键词，一个是"县域世界"，我一会儿结合两个小说谈谈；第二个是"庸常视角"；第三个是"异域视角"。

但是我想回应一下，就是说她的异域视角不是中西比较式的异域视角，我认为张惠雯小说的特别之处就在于她没有中西比较的视野。这个和我们洪院长刚才提到的新移民作家有很大不同，比如说《又见棕榈，又见棕榈》，它是有非常强的中西对比视野的，但是在张惠雯的小说中这个反倒成为一种潜在的叙事立场。她的小说质感很特别，我一开始觉得很"平"，但后来我觉得还蛮有感觉的：很像微雕，并且不怎么强调曲折的情节。可能情节里边有一些波澜的是《对峙》和《临渊》，这两个小说有一些波澜，其他都很平淡，是徐徐地铺展开来。

洪治纲：《寻找少红》还是蛮撕裂的。

吕彦霖：对，但是整体上还是比较平淡。张惠雯的小说动人之处就在于她对生活的把握,她的小说细节感特别足。还有一个就是它没有中西比较视野,而是直接回到关注生活本身。这种态度,其实在现实主义作家中,尤其是现实主义短篇作家中比较少见的。我从《昨天》这个小说谈一下县域世界,大家看它里面写了很多县里的老同学吃饭的场景。县域意味着什么?一方面它是社会阶层非常固定的环境,所以《临渊》写到"他"本来是在体制内当临时工,其实很多人强调这种稳定的结构。另外一方面就是说,他有闲暇,大家发现没有?县域里边是很有闲暇的,与此同时它又没有物理空间,因为县域是熟人社会,没有什么隐私的空间。所以她内心很多东西,包括她灵魂的很多对峙、包括回忆,都是郁积在心里的,这在《昨天》里非常明显。张惠雯的小说,她的短篇总是将视角对准——佛教有个词叫"回心"——回心的世界;以一种域外人士归来——但是这个域外人是归来,又不是特别中西比较的那种域外人士的归来——来呈现那些灵魂中隐匿的特别动人心魄的时刻。她的小说是看起来很平,但是读到最后你会感觉到惊心动魄,比如说《对峙》,比如说《昨天》。《昨天》里面他喜欢的女孩和石涛结婚了,后来他们俩一起出来,他很害怕女孩说出那些其实轻而易举就能说出的话,最后只是"尴尬、默然地相对站着,然后不得不匆忙告别",他甚至都不敢回头看。

这一种县域世界中隐匿的对美好的追求,或者说每个人都曾经有个青年时代,而他们到了中年,怎么面对自己的青年时代?怎么面对生活?他们其实是有追求的,但是这种追求在特别压抑的环境下没法去施展,所以她创造了一些这种"回心"的时刻,来把这些特别平凡的东西、这种动人心魄的力量给展现出来。《天使》也是很明显的一个例子,这中间就谈到了县域生活的一个特征,就是"在此处,我们似乎仅仅有权决定爱,却无权决定生活"。它谈的就是一种压抑的状态。

洪治纲:我觉得彦霖老师回到了问题的另一个方面,因为刚才志益拉开了一个话题:记忆,或者说过去和现实的对峙,刚才我们几个人主要在讨论记忆问题。那么这里吕老师其实很好地从他的角度诠释了一个现实的问题。所以刚才叶荷娇说现实是晦暗的。为什么晦暗?第一个,它是县域。县城在中国的文化空间里面有特殊的表征意义，它不是大城市，也不是小城市，它是县城。这个县城里面的一系列问题，对现实的折射度，是什么样的？刚才吕彦霖老师也说，涉及了人际关系，涉及了伦理维度，涉及了生产方式，还涉及每一个个体……她为什么选择县域？当然我们也可以用一句话解释，因为她原本就生活在县域，但这句话说了等于没说。我们要解决的是她为什么把晦暗的现实浓缩到一个县域当中，然后在县域当中她用什么样的空间施展她对整个社会、人性和文明的理解。这一块我觉得吕彦霖老师讲得非常好，正因为用这么一个观点来呈现这种东西，然后勾起"怎么样去发展"这个问题，我们就基本上可以清楚地理解她对现实关怀的空间维度。当然我觉得可能不仅仅是一个空间维度，还可以再继续深入。

许志益：宋明炜在一篇评论中认为："张惠雯小说中的还乡者自白，呼应着鲁迅以来的中国现代小说家的原乡想象。"在我看来，张惠雯的小说集《飞鸟和池鱼》却是对"精神原乡"的另一种想象。作为一名"新移民"作家，张惠雯笔下的故乡文化形态以及还乡者的情感意蕴都发生了微妙的变化。张惠雯在谈及还乡叙事时曾说："还乡者讲述有关故乡的事，那其实并非纯粹故乡的故事，其中肯定杂糅着还乡者的异乡目光、童年记忆、乡愁基调等因素。"这种异乡目光——特别是移民的现实经历，在张惠雯的小说中发生着至关重要的影响。这层跨越文化和地域的隔膜，使得张惠雯对故乡愚昧世俗、封闭凝滞的文化形态的想象变得愈加刺眼与引人不适。我们可以说，通过近年来的还乡写作，张惠雯实际上是在对故乡的"回望"中，重新整理了她与故乡的关系。

叶荷娇：我来谈一下张惠雯的"新移民"作家身份。张惠雯身为一个远行的移民甚至是漂泊者，她十分关注现代人的漂泊与归宿问题，关注他们在面对这样的"两难"处境时的心理情感。交通和通信技术的发达、全球化的趋势，使得人们的迁移成为一种越来越普遍的现象。他们不仅身体处于漂泊不定的状态，心灵或精神也未找到稳定归宿。这样，当漂泊无依与寻找归宿逐渐稳固成一种对峙的平衡状态，并且成为生活的常态，人们也将面临各自的两难处境和生命困境。张惠雯以此为切入口,迅速潜入了人物隐秘的内心世界。《天使》里因父亲去世而回国的"我"经历了世俗的压抑与烦乱后,重新遇见那个占满整个青春的女人。她就像天使一样地出现,带给"我"以无限生机和欢愉,暂时为"死亡、萧索污秽的市景、嘈杂而漠然的生活"注入鲜活的生命力。真实生活本身充满了乏味、庸俗、污秽、苦痛,但与她的相遇,使"我"有了一次恩典般的奇遇,关于她的幻想重新点燃了"我"的生活,"她一直是那个至关重要的、闪光的幻影,是别的维度里的别的生活"。

徐源:张惠雯最近两年的短篇小说,读来有鲁迅先生《彷徨》的感觉。第一人称的视角,拉近了"我"与读者的距离,而"还乡"主题近乎出现在每一篇。在《街头小景》中,"我"已经回到故乡、身在故乡,对故乡却抱有颇为复杂的心情:"我就像契诃夫小说里描述的一百多年前的人,从彼得堡或是莫斯科回到自己外省小城的家乡,对一切陋习不满,变得愤世嫉俗起来。"之所以会有这样的主题表达,与张惠雯本身的海外经历有着密切联系。对于多数新移民作家来说,一开始总会经历他者文化的全面洗礼,承受差异文化的强力冲击,从而在生存与文化认同的双重困境中,萌发出清醒的"身份意识"。这在张惠雯前期小说里不太明显,但她近期的创作已逐渐流露出对"家"的热切渴望,对无根灵魂的深切关怀。

三、内心化叙事与隐秘情结

洪治纲:对于我们来说,特别是对于在座的各位同学来说,将来你们大部分人一定都会成为"全球人"的,也一定是面临着"回不去故乡"的问题,面临着一种分裂——情感的分裂、伦理的分裂、成长的分裂。它涉及身份的自我认同,属于现代社会的一种普遍焦虑。并不是说海外的或者打工的人会有这种焦虑,其实我们的城市文学里有很大一部分也是在讲这个问题。比如我们每年到春节的时候,为什么全世界大概只有中国人,到了过年不回家是不行的。但叫你在家待两个月,你又要发火,你不发火你父母也发火。故乡并不是你想象的那样,但是到了春节你不返乡,你的心里也会有芥蒂的。

我们前面提到了张惠雯小说里有契诃夫的特色,那么我简单做一个引导,叫内心化叙事。刚刚也有同学提到了张惠雯小说的视角:大部分是第一人称视角。还有吕彦霖老师也说了,她的小说看起来没有冲突,但是内在的张力还是很强劲的,这就是原因——内心化叙事。那么这个内心化叙事对于表现主题起到一个怎样的效果?你觉得作者在叙事上又有哪些是最为独特的东西?

许志益:我先说一下。我注意到洪院长刚刚提到了内心化叙事。在人物的内心化叙事中,张惠雯相当擅长捕捉人物的细腻感知,从而使叙事呈现出鲜明的感官特质。当然,《飞鸟和池鱼》中的感官叙事并不是张惠雯的首次尝试,从《一瞬的光线、色彩和阴影》开始,将光影与色彩融进小说的叙事,就成了张惠雯的一种写作实验。到了《飞鸟和池鱼》,这种调动读者感官的叙事变得更加密集,手法上也更趋娴熟,几乎成为张惠雯小说创作的一个美学标识。《对峙》就是一篇极致渲染"阳光/强光"与"阴影/黑暗"变化的小说。故事在一种阴冷的黑暗中展开,"我"逃避警察追捕,于深夜闯入带着小孩的女人家中,在两人激烈的情感对峙中,"我"的内心也进行着激烈的搏斗。最终,随着天际破晓和晨光照耀,"我"也在明亮的光线中走向了心境的和解。再如《良夜》,在那个夏夜聚会上,黑暗成为一种"魔法",它促成了"我"与小安在楼梯间的一段"奇遇",而当黑暗和声音的魔法消失后,"我"的"奇遇"也随之化为泡沫。这种感官叙事,还体现在温度感知上的"暖"与"冷"。《寻找少红》的开篇便书写了"我"的僵冷感受,而这种"冷",实际上又隐微呼应着二爷"累赘"般的命运,以及"我"对故乡亲人残忍之举的万念俱灰。另外,感官叙事还表现为嗅觉感知上的"香"与"臭"。《昨天》中,小城里的浓郁花香,是"我"与"她"年少时的温暖记忆,然而在多年还乡后,那些芳香都消散了,"空气中的浊臭比任何时候都重"。通过气味的感知,作者描刻了今昔之间强烈的错位,并且为多年后重逢的复杂情绪埋下线索。

朱婷:我想从写作视角来讲一下。在这个小说集中,很多篇目都使用了男性的第一人称,就是用男性视角来介入情感的观察。作者要么让他直接陈述自我情感的变化;要么让他作为旁观者,观察他者的情感起伏,比如《寻找少红》就是旁观的。在文学史上这种创作主体更换叙事性别、采取与自身性别相反的人称视角和叙述口吻,被称作异性叙事,但是它仍然是一种与修辞相关的写作策略。所以说其中包含着作者不同的性别诉求与不同的性别想象。

在《飞鸟和池鱼》这个集子里,有两篇可以看出视角交替造成的性别隔膜。《涟漪》和《关于南京的回忆》同样回忆了一段不可言说的隐秘情感,但是男性主人公与女性主人公却表现出了不同的道德选择和价值立场。在《涟漪》里,"我"一向被认为是一个谨小慎微的人,知道轻重,不会犯那种浪漫的错误;但是作为男性的"我"对于家庭的责任,却轻易在女诗人忽冷忽热的主动下溃败了。虽然他最后因为命运的玩笑回归家庭,并且沉默搁置了对女诗人的承诺。但是当一切尘埃落定,作为男性的"我",内心深处还是试图去挽回这段地下恋情。在《关于南京的回忆》里面,作为女性的"我"对于男孩始终保持着应有的距离,虽然男孩不断地打着友谊的旗号一步一步走进"我"的生活,表现出了近乎执拗的讨好,但是"我"始终没有与他越雷池一步。尽管"我"偶尔也会陷入疑惑,但理智和道德感还是在不断规劝着"我",使得"我"最后做出了选择,保全了一份情感记忆的纯粹。所以,是否可以说张惠雯是在不同的性格视域下,想象和体察着男性和女性不一样的心路历程?这是否也在一定程度上表现出作者对于男性主导话语的突围?

朱守涵:刚刚听的时候我想到了木心的一首诗:"与君初相识,便欲肺腑倾,只拟君肺腑,一我相似生,徘徊几言笑,始悟非实真,余情不可收,悔思泪沾襟。"张惠雯的人物有"他人即地狱"和"他人即天堂"的二律背反,它带来一种自觉多余的情感。可以看到的一个特征是,她在写景、写回忆的时候,特别痴情、舒展。可是一旦写到现实或当下,当叙述者真正有交流需求的时候,又会出现焦虑。我猜想作者是否在复现亲密关系中的回避。

如《关于南京的回忆》和《涟漪》，男女视角互换，不变的是女性内心的回避。两个女性都觉得自己的很多感受没有必要，忽冷忽热。前者觉得不该想到暧昧的事，后者担心欲望将使两人的关系"显得"太过肉欲。共同点是，她们都幻想出了一个不存在的他者对自己的凝视，而这种凝视很有可能来自童年时对父母的态度。早先经历的离家、与父母的疏离导致对自身依赖性的警惕，进而又导致真的碰到了想要亲近的对象时，反而会长时间处于自我怀疑，这一切都强化了自身幻想与现实的撕裂。陷入回避，继而陷入愧疚，又想面对又想逃避。把所谓故乡、所谓真实全部抽掉，余情的悲哀仍旧成立。乡愁真的是乡愁吗？她真的是从她所思念的那个地方出走的吗，还是说其实她从来没有回去过？"回忆是可以重构的。"或许看起来是回忆，但其实不是回忆；看起来是回乡，但从未回乡。先后关系也可以倒转，或许不是作者美化了自身的记忆，而是她对爱情、对亲情、对童年的桃源式幻想，伪装成了笔下人物的记忆？

洪治纲：挺好，你那个感觉我也有。我们能感觉到作家有很微妙的情感在里面。大家可以再就这个问题进行讨论，为什么形成这样一个潜在的对峙？作家她想表达什么？而我们又能从中看出作家怎样的内心情结？

李佳贤：我觉得她想要表达一种进退失据的感觉。《涟漪》里头有一句话："我身后是稳妥得像是不可能改变的生活，在我前面，是诱惑着我的极大的快乐，类似于光或梦想那样的东西。"她好像有一种和现实格格不入的感觉，所以说她不满足于现实；但是她所想象的或者说她所想要的那种快乐，又是一种虚幻的、很不可靠的东西——"类似于光或梦想那样的东西"。所以这里头对于记忆的书写或者对于现实的书写，全都有一种"回不去"也"到不了"的感觉。

吕彦霖：我感觉张惠雯在写作中反复提及了"集体记忆"这个题材，一定程度上可以理解为重塑集体记忆的问题，而集体记忆实际上和官方记忆是有差异的。因为官方记忆必须到一些档案馆、历史馆去看，它本身是标准化的，但是集体记忆是特别丰满的，充满了细节。对张惠雯来说，在她面对这些记忆的时候，她还比较年轻，所以她没有办法把这个写出来，但是当她能够写这些记忆的时候，她发现"一切坚固的东西都烟消云散了"——她要回忆和书写的对象都没有了。她反复地写这个题材，是不是想要去复原她成长过程中的集体记忆，而这种记忆本身构成了对历史叙事的一种挑战。我觉得这可能是张惠雯创作中一个非常重要的内容。

重返故乡的写作
——关于阿乙小说集《骗子来到南方》的对话

主持人：郭洪雷
特邀嘉宾：小说家阿乙
讨论人：杭州师范大学文艺批评研究院教师及现当代文学、文艺学专业研究生

郭洪雷：今天非常荣幸请到著名作家阿乙老师来参加我们的读书活动。我对阿乙老师了解不多，以前作品读得比较少。读完《骗子来到南方》，我觉得阿乙会很受中文专业学生及学院派批评家的欢迎。下面我再介绍一位老师，这位就是徐兆正博士，特地来参与我们的读书会。徐老师下个学期将入职人文学院，也会成为我们读书会的主要组织者和参与者。徐老师熟悉阿乙，做过系统研究。下面让徐老师简要介绍一下阿乙老师的创作情况。

徐兆正：谢谢大家！抛砖引玉，简单介绍一下。阿乙老师已经出版了多个小说集，《骗子来到南方》是最近的一部。此前四部小说集我依次介绍一下：第一部是《灰故事》，收录了他写于 2006 年至 2008 年的 31 篇小说，此后再版过两次。第二部小说集《鸟，看见我了》，收录了《灰故事》之后至 2010 年间创作的 10 篇小说。第三部小说集《春天在哪里》，收录了 2009 年至 2012 年之间的 9 篇小说。第四部小说集《情史失踪者》，收录了 2013 年到 2015 年初创作的 8 篇小说。阿乙老师单独出版的中篇小说有两本，第一本是 2012 年出版的《模范青年》，同样在 2012 年，他出版了《下面，我该干些什么》，这个作品的情况有些复杂。小说最早发表在 2011 年的《今天》杂志，那时呈现为一个长篇形态，2016 年阿乙将这个小长篇改为一个严格意义的中篇，约 64000 字。

所以现在一般也将《下面，我该干些什么》归入中篇。算上小说集里面的作品，阿乙迄今一共写了9个中篇，分别是：《极端年月》《情人节爆炸案》《意外杀人事件》《巴赫》《模范青年》《下面，我该干些什么》《春天》《虎狼》《骗子来到南方》。阿乙从2012年起创作长篇《早上九点叫醒我》，至2014年底写好，又花了三年时间修改。这个长篇2018年由译林出版社出版，总计18万字。此外，阿乙老师另有两部随笔集：《寡人》与《阳光猛烈，万物显形》。

一、文学的南方与欲望的南方

郭洪雷：下面请阿乙老师把创作《骗子来到南方》的相关情况给大家说一说。

阿乙：谢谢郭教授，谢谢徐博士。我主要讲一下《骗子来到南方》里面的同名中篇。先解释这个标题，"南方"这个概念，按照对外经贸大学的文学院胡少卿博士的说法，在世界文学里，"南方"都是重要的概念：在博尔赫斯那里，在福克纳那里，都是。在中国，我们常说"南方"，这个南方的概念实际上是长江流域大部分的地区。大家都知道，这些年长三角的发展很迅速，像广东福建这边的沿海地区同样发展特别迅速，所以中国的经济中心实际上是靠南边的沿海地区。我来到杭州以后很吃惊，这个城市怎么变得这么漂亮，房价这么高，所以它不再是楚王时期或者吴越争霸时候那种相对中原落后的南方。南方也包括靠中部一点的位置，特别是我的老家江西，还有四川、云南、贵州、重庆，特别是湖南、湖北、安徽这些地方，这一带成为南方中相对不那么发达的地方。所以这个骗子就来到了南方，这样的南方因为近些年经济发展很迅速，大部分通了高铁，附近建了机场，它的发展也很快。

但是相比于长三角，相比于沿海城市，它的发展速度还是慢的，这种"慢"体现在人口流动上。四川和江西的人口是往外流的，他们去广东打工，当官就往北方升迁。所以我们那里，是一个人出发的目的地，不是到达的终点，留在当地的人是渴望发展的，渴望纳入这个命运的共同体和经济发展的快捷道。但是这种东西没有意义，不是一夜之间就能满足的。谁来满足他，给他画这个饼呢？最快的就是骗子。骗子能发现你的欲望，比如我们老家是一个县级市，骗子能发现我们当地人很想让我们的城市像上海一样，那骗子天天说："我们明天、明年，就把你们这里变成一个全亚洲的养老中心。"

在这种情况下，骗子就能忽悠我们当地人投资。当地人手上拿着钱，也不知道怎么去投资，骗子也可能有一些招商引资的人来给他站台，所以投资的人也觉得有一些担保。这个就是小说的背景，在中部的一些省市里，确实是有大量的骗子发现了商机，他们就利用当地人想发展想发财的欲望，去那撒网，我写的就是这样一个故事。这个故事很荒诞，但就是建立在真实的基础上，骗子去了以后吸纳了当地几乎是所有家庭的投资，然后摊开双手，慢慢在别的地方再骗一点还给他们。其实，上当受骗的人有两种心态，一种就是不想把骗子弄到公安局去，等他慢慢来还，这样自己的投资也有所保障，至少能拿回投资的60%或者40%，总比没有好；还有一帮人很愤怒，在小说中，愤怒的少数派就自作主张把这个骗子活埋了。这个案子破获以后，大部分上当受骗的人，还来怪这些把骗子活埋的人，说他们真是多管闲事，搞得他们的钱也没得赔。整个故事写的就是这样一个荒谬的现实，我的小说背景一贯和现实有关系，但不是这么贴近；这部小说如此贴近，是因为我觉得这个东西已经渗入到我们的生活中，像空气和水一样。有一段时间，我每天起来就要忙不迭地去看看短信，有多少个骗子发我短信，我为此下载了好几个手机管家，拦截骚扰短信和骚扰电话。这些软件设计了关键词，比如遇到发票之类的就拦截，现在又下载了一个国家反诈中心 App，因为我也不能保证我就能够不上当受骗，因为比我智商还高、比我防范意识还强的人也上当了。我听过最吃惊的事情是反诈宣传员都被骗了，还有像郭教授这样的大学教授。

打电话的骗子智商、文化水平不高，但是他的剧本、台词本不断试错，不断修改，有 ABC 选项。这个人如果说我不买房，那么这种情况下应该怎么逼他，怎么进行处理？比如继续问，宝石需不需要？骗子就是这样试，总有一次得手。

  我在思考，难道这个现象就要像云、像水、像空气一样，永远存在于我们这个世界里，这么荒谬吗？然后我又预感到这个现象会消失，它可能在未来某个时间卷土重来，但是现在会消失，国家不可能坐视不理。所以我觉得我应该要写下来，让隔了十几年以后不懂这一段历史的人能够看看今日的荒谬。我写完这个小说是2019年，写完的时候还没过期。到最近我发现快要过期了，现在那些骗子都在排队往家赶，6月30日就是大限了，如果他们不回来，家里的房产等财产可能被事先冻结，所以那些干诈骗的人，都慌里慌张地要来报到。最近我们大家都很少接到诈骗的电话了，就是这个原因，这个事可能快要结束了。这就是我写这个小说的动机，想反映一下在2021年之前这一段时间的中国，全国老百姓饱受骗子骚扰的痛苦。谢谢！

  郭洪雷：大家可以向阿乙老师提问。你们的阅读体验，甚至于批评性的意见，都可以和阿乙老师说，阿乙老师可以给你们一些解释。我们就沿着阿乙老师开启的话题来说吧，阿乙老师提到南方，我们知道南方这个词的确像阿乙老师说的那样。在文学领域里，最初在美国有一个"南方"，福克纳的南方，其实在欧洲也是如此，也有"南方"这样一个概念，俄罗斯也有"南方"。像中国的文学里面，当下有很多搞批评的年轻人也在提"新南方写作"这个概念，广东大湾区的人在提"新南方"。其实我们想一下，现当代文学中有很多南方写作的标志性作家作品，像沈从文的《边城》、周立波的《山乡巨变》、古华的《芙蓉镇》等，都是比较典型的有南方气息的作品。的确，南方是一个文学性的概念。我们今天的题目是"重返故乡的写作"，其实这个故乡就和南方有关系。大家读这篇小说的时候，有没有感受到阿乙老师非常特殊的语言，这其实就包含着以故乡的语言腔调叙述这个故事。我们可以沿着这个话题展开讨论。

  吕彦霖：刚才阿乙老师说南方，我觉得我们的中国叙事中还有一个地理位置的"南方"，但是这种地理位置的南方，在20世纪90年代地位还产生了变化，市场经济迅速发展。

另外，我觉得阿乙老师的小说从某种程度上把握了真实的本质。阿乙老师刚才也说，写了一些现实的东西，但又没有完全贴近现实。比如骗子这个现象我们也经常谈到，比如市面上层出不穷的山寨，等等。但是我们对于这些现象实际上又有点麻木，而骗子的作用（如果说他们真的有所谓"作用"的话），就在于他们的出现可能使我们感受到我们的生活真的出了那么一些问题。同学们可能还记得，我们讨论东西小说《回响》的时候，我说现实中有些细节你是不能深究的，所以韩国的谚语讲——"结婚前睁开眼，结婚后闭上眼"。迷迷糊糊地过就好了。小说中的女警官就是因为察觉到她老公开房，有两次没有给她报备，然后顺着查，她就认为老公出轨了，再深入地查发现实际上是自己出轨了，自己的所作所为不过是在利用自己的刑侦技能不断栽赃老公。

而阿乙老师写到的骗子，也就是唐南生，还经常讲点闽南语。唐某人就是我们生活中不想细看、又被逼着细看的一类人。这让我想起了一些经历，比如让你加班还有一套话术，你跟他们说不要加班的时候，他们就会说你不想奋斗了吗？你不想成功了吗？大家肯定想成功，但是我们好像从来没有想过一个问题：就是这样一直加班对不对？所以我觉得阿乙老师的创作毫无疑问地抵达了一种更深层的现实，这个现实就是骗子唐南生引起的，唐南生是因骗人而被杀，然后被侦破。您写到的这个情节在第99页，大家可以看看。"沥青与路面齐平，看起来像一块方形的芝麻糖。"这些工人就是杀他的人，他们把他做掉的时候，非常显著地留下了这个痕迹，然后阿乙老师在190多页的时候写道："他们的眼睛千百次地扫向那被填平后又浇过柏油的地方，就是想不到尸体埋在下面。"骗子被受骗者杀死这个行为本身，提示了我们所忽略的一部分现实，我们其实生活在这个现实之中。阿乙老师在179页提问："你为什么相信自己的'良知'和'理性'就是'良知'和'理性'？"齐泽克认为，其实生活中的我们是非常理性的，理性让我们免于精神的恐惧。如果我们不那么理性，比如《狂人日记》里，狂人后来病愈、赴某地候补的时候，很理性，但是他在不理性的时候发现了实际上大家都在吃人，自己也可能吃过人。那么阿乙老师写到的这个人，骗子被杀乃至于骗子怎么样被处理的这个事件,就是提示我们,我们所谓的理性会过滤掉我们生活的一些东西。按照拉康的观点,这个被理性遮蔽的东西,被叫作"实在界"(the real)。"实在界"就是我们所谓的生活中那些没法细看的细节,就像是我们看到一块美丽的草坪,其实这草坪底下是蛆虫等各种东西,但是你的理性告诉你,这是一块美丽的草坪,因为你不能看到那个"实在界"。骗子被杀,乃至于骗子骗了大家,大家才意识到其间的荒谬。

所以阿乙老师的这个小说对于我们的现实有一种深沉和深刻的把握,我认为他把现实寓言化了。这种把握也体现在其他不少的小说里,比如阿乙老师的小说《用进废退》里,拓跋晓春提出了一个所谓的"平行宇宙"的存在:这个"平行宇宙"的存在是它后来忽然出现,而这个忽然出现的平行宇宙到最后和现实世界进行比较,变成了若干年后还不远的未来,拓跋晓春和他女朋友被作为一种AI在展览,浑身都是伤口。我觉得这种现实主义忽然转向现代主义的笔法,这种急转直下的跳接,正是阿乙老师尝试从文学的视角对现实的一种"寓言化"的勾勒和表征。拉拉杂杂地说了这么多,不知道阿乙老师是否同意我这种解读思路。

阿乙:我写的这个文本功能也不是很好,特别是《骗子来到南方》,大家把我一个平庸的小说拔到了那么高的层次,我感到很荣幸。《用进废退》实际上是一个激情下的产物,就是说它不像《骗子来到南方》运营构思那么久,实际上它表达了一种恐惧,这种恐惧我反省过,后来我看过很多关于人工智能的文章,有很多恐惧是不必要的,但是我自己本能的就是,老百姓恐惧什么我也恐惧什么,最晚得到科技信息的人是最恐惧的。百姓从最开始恐惧牙膏牙刷,到现在又恐惧人工智能,实际上我把自己也放在这个整体的队伍里头,我就带着一种对人工智能要取代我们人类的恐惧,可能我以后会写和这样的作品呼应的小说。也许这种恐惧是没有什么必要的,但是目前我是想展现这种恐惧。

我觉得《狂人日记》也是展现一种恐惧。可能它不是开放性的,这种对人工智能的恐惧蔓延得很快,无人驾驶出现的时候,很多人会面临暂时性的失业,特别是司机,有时候会问他们,你会不会担心特斯拉的无人驾驶,或者过几年百度的无人驾驶车?他们回答:我当然担心,过几年大家都用那种车,我开这个车我还会疲劳驾驶,那我怎么办?我不能通过开车来挣钱,我拿什么钱去养家呢?说着说着眼睛都红了。我就觉得这个恐惧是弥散得很快,就是大家的一种无来由的恐惧,新石器时代就存在着一种恐惧,对雷声的恐惧是来自于不可把握它的规律。所以,到最后,恐惧的一个极端的表现就是人类已经毫无用处了,在他自己创造的地球上,文明已经毫无用处,最后他成为人工智能展览上的一个物种。人工智能做的展览,像人类展览动物园里的动物——老虎、狮子、豹子一样,在展览过去文明的代表:人类。我在餐馆里吃了很多次饭,看到餐馆里都有观赏鱼,鱼永远在玻璃缸里游来游去,所以我就在想,最恐惧的情况就类似于我们人类被划开了伤口呼吸,永远在玻璃缸里面游泳,给人工智能看。

小说中提到一个协议,就是,愿意放弃自己肉身形式的人,可以成为一粒尘埃在宇宙里漫游,而有思想、不愿意放弃的人就会成为观赏人,被放进鱼缸里头。下面有鹅卵石,也有水草,拓跋晓春和他的女友就在两个鱼缸里相望,他们永远也不能死,就这样相对着游泳,这就是一种恐惧的结果,这是我写《用进废退》的一个内心动机。然后《表妹》呢,它其实和故乡有关,我的故乡很像《搜神记》里头写的,人和鬼没有多大区分:世界是很有意思的,在最先进的地方,人工智能发展;在最古老的地方,我们老家,人和鬼还没有分开——神和鬼,人和幽灵还有和动物,仍处于没有彻底分化的状态。在这种情况下,我读《搜神记》和《搜神后记》。《搜神后记》就是我们九江人写的。

郭洪雷:对。

阿乙:在《搜神后记》和《搜神记》里,我看到一则故事,有一只白鹿,它在暮色降临的时候便化成一个白衣女子去一只船上。一个姓杜的人在船上,两人过了夜,第二天她就化成白鹿飞走了,姓杜的人感觉非常恶心,没多久也死了。我就想到在我们老家,我姑妈或者是我奶奶讲的传说里,有一些狐狸和山上的豺狗变成人的样子;大下午的时候望着远处的山坡，就看见从坟地里飘出来的奇装艳服的人，他们还和看不见的鬼魂交谈，一路交谈一路走。她们所说的是不是事实，我们也分不清楚。

我有一天晚上做了一个梦，梦里面我在一个池塘里头，怎么游都游不开，我醒了以后，就写了这样一个小说：有一个年轻男子，是一个店员，他在一个荒郊野岭的地方开一个小卖部，最后他和一个谎称是他表妹、来借宿的女子发生了关系。然后第二天他开门的时候，发现床上没有人，开后门的时候发现，这个昨天晚上共享一夜的女子就在蠕动着往山上走。在一些荒郊野岭里头，有一些物种会幻化成人形，像聊斋一样，就是这么一个动机，请批评。

郭洪雷：刚才提到了《搜神记》和《搜神后记》，其实这就是我们自身的文学传统，因为它再往前推一点，其实就是民间故事，《述异记》里的"烂柯故事"，两个人下了一盘棋，结果砍柴的斧子把儿都烂掉了，等他再回来的时候。他不知道这个世界已经变成了什么样的，自己已经成了一个传说中的人物。其实这里边也涉及时间，这个集子的《育婴堂》一篇里面，好像也有这样一个环节，等他出来的时候，婴儿已经变成了老人。就是这样一种东西，我觉得这也是传统。阿乙老师的小说很有探索性，也非常注重我们自身文学传统里的很多东西。

许志益：《骗子来到南方》的开头很吸引我，它是对红乌市交通的空间性书写。小说是这样描写的，每次红乌站建成通车的时候，红乌人就会产生一种幻觉，"人们都感觉自己置身于世界与历史的中心，或者至少，是被纳入某张网或某个体系中"。其实从这个"网"以及"体系"的隐喻，我们就能够更好地理解这些受骗者的动机，为什么会被骗，就是为了被纳入某张网或某个体系中，掌握"钱"和"权"的人在局内，而普通人在局外，不在这张"网"以及"体系"中。其实在当下我们所说的消费社会里，有无数人挤破脑袋想要进入到这个体系网里的。我觉得小说开头是出彩的，阿乙老师概括整篇小说的人性表达，在小说开头被整合进一种空间想象中，通过这种交通秩序和城市格局巧妙地传达出来。

虽然这篇小说以骗子唐南生为中心，但是那些被欺骗的红乌市民群像同样是非常重要的解读对象，他们身上所隐含的人性特质是阿乙老师想要着重表达的，甚至在某种程度上来说，这些红乌市民比骗子唐南生更值得我们去关注。小说中让我印象深刻的有一处，是对植物的描写。更江南集团最后没有为红乌带来任何东西，除了一种不知名的植物，小说是这样描写的："起初它葱绿、娇嫩、驯良……可仅仅一瞬间，它的皮肤就变得粗糙多刺……为了存活……相互倾轧、杀害，相互切割。"我当时看的时候就觉得有一种强烈的象征色彩，这段文字表面上看是写植物，实际是对人的一种隐喻性书写，我认为这些植物明显指涉的就是这些红乌市民，我们可以看到，他们的人性被放置到了一种植物的自然性进程中去理解。小说随后还写道："与其说是更江南方面播种了它们，还不如说是它们自己播种了自己。更江南起的只是一个引导的作用。"这句话其实就充分说明了一个问题：表面上看，书中所有事件都因为这个骗子而起，但是这个骗子其实不是主角，它更像某种精心设置的"装置"，它的功能是"唤醒"和"引导"，唤醒其他人人性深处的一些丑陋不堪的东西。

二、"骗与被骗"：生存现实和精神表征

阿乙：说得很好。他们把自来水管修好的同时，其实在小说里头唐南生他已经死了，就是这样，在前几章里头他就已经死了。我之所以写了这么长时间的修水管，是因为我那段时间在老家，家里门口就在修水管。我们家里水特别小，我写这个小说，有动机是这样的：有一天我抬头一看，发现交通灯上那不是横杆嘛，站的都不是麻雀，全是摄像头，然后我一路就在看摄像头。我以前做警察就很敏感，实际上在当代社会，街上抢劫为什么这么少？为什么没有抢挎包的人？不是到特别穷的地步不会抢。为什么在街上打架的人都很少？我曾经看过路边上有一个人要打的时候，看起来要挨打的人走到红绿灯下说，你过来打呀。你打我你坐牢，我就让你打，打重一点。然后那个人就说那算了，饶了你。

城市里头的摄像头已经到了一个覆盖上面再覆盖的状态，也就是说这一层不够还要再加一层。如果一个人想谋害另外一个人，他要逃脱这么密集的摄像头，怎么才能够躲过大家的视线，然后我想到摄像头百密一疏，它也有死角，还有中间盲区，比如说一个摄像头控制60米，那么就装五六个摄像头，中间有一些盲区，在这种情况下，一个人走过去怎么样失踪，才不会让大家觉察出来呢？

切斯特顿的一个著名小说叫《隐身人》，写到一个侏儒发财了，有一个仇家找上门要把他给弄死。这个侏儒发现了，他就请了一个朋友来帮忙，那个朋友就去请警察来，然后跟门口卖栗子的小贩、门卫都打了招呼，说任何人来你都要报告给我，不要让他进去。后来朋友听到风声，赶回来，才知道侏儒已经死了。到了房间看，已经没有人了，就问那三个人刚才有没有人进大楼。三个人都说没有人，他是隐身进去的。最后作者切斯特顿解释说，实际上这是心理上的隐身，就是说一个邮差进来的时候大家认为是很正常的，像我们坐出租车，我们在车上谈一些秘密的事情的时候，我们认为出租车司机是隐身的，我们放肆地谈，不会把这个司机当成一个听者。

我看过一部电影，就是讲有一天，一个打扫垃圾的人告诉一个女员工，在电梯里听到一个消息，总裁会把你开除。比如说我们学校的校长和校党委书记两人商量事的时候，谁会想到秘书会把这个消息告诉那个被议论的人，他们就是人们心理上的"隐身人"。所以我在想，在两个摄像头的盲区之间，大家怎么会怀疑一个修路的人，把那个骗子拍死、埋在那呢。因为我们的城市每天都在修路，不是这一个挖土机就是那一个挖土机；谁想去挖，只要穿个黄马甲就行了。

郭洪雷： 这是最普遍的。

阿乙： 对，然后我就想了，这些愤恨骗子的人为了报仇雪恨，就在骗子走过那两个盲区的时候，利用修自来水管的那三个人，买通他们行凶。在埋的过程中，几个人还过来对他读了一份自拟的宣判书，表达他们的愤慨。这就是这个小说的另外一个来由，当时我为了解答自己心里这个谜，在现代社会有这么多摄像头，怎么样把他弄死，大家找不出来。我们家门口正好在修自来水管道，我就把它写进小说里头。

郭洪雷：的确，摄像头的存在使我们的生活、使我们人本身跟过去发生了巨大的变化。阿乙兄也非常喜欢陀思妥耶夫斯基，大家想一想《罪与罚》里如果有摄像头的话，是不成立的，不可能发生的。只要有一个摄像头，整个故事就瓦解掉了，任何一个环节都可以捕捉到这个人。而我们现在社会里面抢劫变少了，其实我们的生活本身就是始终被很多双眼睛盯着。你没有事情的时候，可能你不觉得自己隐没于众生；但是一旦你有什么事情的时候，它就能迅速把你抓出来。的确，我们的生活，包括我们人的存在本身都发生了非常重要的变化，包括我们现在很多场合里面都有这种东西，阿乙老师写得非常仔细。

吕彦霖：我有个感触，小说的开头就说，到处都有摄像头，他们依然把唐南生办了，这说明技术也不能代表什么。即使你用了这么多监控手段，他们一样把他杀了，还杀在最显眼的地方，在上面盖了个戳。我又贯穿起了阿乙老师刚才讲的，就是技术解决不了所有问题。然后这种东西的出现或者说唐南生被杀事件，反而提醒我们，技术可以保护我们是假象。所以昨天您提到一个词我觉得特别好，就是"震撼"，您写出了生活的震撼，这种震撼让我们从这种情节中跳出来。其实阿乙老师刚才讲了一个特别有意思的情况，就是骗子会用最有破绽的问题提问，你如果否定了，他会说这不是我目标要骗的人；但是如果你被他第一个问题骗过来，这就是筛选机制，他会进一步骗你。阿乙老师的小说写出了这样一种反技术性的操作，或者说是技术不能做到的地方，所以让我们从这种技术的迷幻中醒来的东西，可能就是您说的生活本身的震撼性。

阿乙：在我们的土地上，人存在着受骗的潜质。特别是我们生活中的老年人，我爷爷对"袁大头"迷信得不得了，每次上街都要买回来，然后被我家里人骂。我不是不尊敬我们的广场舞这一代，但确实他们上当受骗率很高。我的一个朋友说，他家里一旦放松对老人的管制，这个家里的半栋房子就全是保健品。我父亲以前是医药公司的干部，他是一个坚定的无神论者，也是西医的一个支持者，到最后他生病的时候，每天看电视，一看就不由自主转到健康频道，然后每天都有送货的上门。

我们家里人都急死了,到最后把他的钱控制起来,他就开始向各个子女攻心,说"你就不能孝敬我一点钱吗?"最后产生了一个可怕的后果,就是他吃了很多这种来路不明的药,脑部不知道长了什么东西,在已经得了重病的情况下,做了一个开颅手术,加速了他肉身的消亡。我们都感到很遗憾,但是他吃了这么多保健品,我们不知道溯源起来是哪一个致病的,目标都不知道是哪一个。所以到了一定程度的时候,一个非常理智的人也会被骗。我最近还听到一个消息,说香港有一个人也被骗了上亿,还有一个消息是听说有个人被骗了3780万,被他的朋友骗了,这个是我在直播间听到的,是那个人自己叙述的。小说里,比如说唐南生骗了100个人,这100个人就像传销一样,又把他们的朋友同学都骗了。我们身边的人,比如说我们父母或者小姨子或者谁的舅舅,还有表亲的关系网络,也有可能被侵蚀。很多传销实际上是骗了自己的家人、自己的同学。这样的话,彼此之间实际上已经成了互相的欺骗者,大家的关系其实是靠行骗来维持的。

郭洪雷:我觉得也是。读阿乙老师一些小说的时候,有时候我们执着于文本,执着于这个故事本身,还有一些就是,我们可能在这个故事里得到一种启发,这种启发可能和这个故事有非常紧密的关系,但是它可能是一个更高层面的东西。其实我读阿乙这个作品的时候,第一篇叫《用进废退》,那种瞬间的感受,就是这个事情好像原来发生过。当时我就有很深的感觉,是不是在写一种无法挣脱的永恒轮回的东西。包括《大坝》,《大坝》揭示了一个非常古老的主题,就是柏拉图说的"洞穴体验",但是我们是不是能够摆脱这样一个东西,走出洞穴之后才能见到"正午"。我们说"正午的诗学",有些学文学的人在自己的名字里边或者微信名里加"正午",就是尼采所说的"正午的诗学"这种东西。包括《骗子来到南方》,大的方面和小的方面,都有很多的想法。我比较关注的其实是:大的方面来说,我觉得欺骗、讹诈可能不只是一个经济事件,它可能真的是表征出,人们很容易进入到被非理性的东西驱使的状态当中去。

我记得我跟同学们说,我看阿乙这篇小说最大的一个感受是,我们一旦被讹诈给抓住之后，就是我们的生活里边，我们的生存里边，一切都是亏空的，我们感受不到一种充实，处在亏空的状态里面。我觉得这也是阿乙创作这篇作品所瞄准的一个目标。

吴晨：在《骗子来到南方》中，相较于概念化的骗子形象唐南生，我对于"红乌股东"这一群体比较感兴趣。其中，第 14 章中写的，红乌股东向唐南生催债时的各类行径尤为精彩。有被债主逼急的股东经过唐南生"我怎么对你，你就怎么对别人"的点拨，依样学样，厚起脸皮来，竟扭转了自己在债务关系中的不利地位；一批被严选的红乌股东则作为投资代表，与外乡人座谈，故作真诚地颂扬更江南集团，宛如溺死者极富耐心地等待别人下水，好替代自己成为新的水鬼。

这骗与被骗，欺负与被欺负的轮回，不禁让我想起了鲁迅笔下那奴隶与奴隶主的关系。多数红乌股东都是骗子的帮凶，是庸众，是世俗欲望与恶的集合体，唐南生只不过是他们追逐的目标罢了。而从这个角度看小说中"谋杀"唐南生这一行为，就会发现凶手是一种被压抑现实逼迫到绝境，因绝望而爆发、报复的形象。

阿乙：你说得很有道理，很有哲理性。第二个问题说得很好，就是他把某一个具体的骗子给解决掉了，但是有些欺骗行为，从古到今它是野火烧不尽，春风吹又生。这一次在中国出现了这么多电信诈骗，其实是古代的某种欺骗形式，利用互联网技术，还有电信技术的复苏。另一个就是投资，这种骗局在外国也很多，庞氏骗局，最开始还有郁金香的，荷兰的什么郁金香投资，我们那个水仙花。

郭洪雷：君子兰。

阿乙：对，在我们老家江西曾经有"香猪"，有人说你来买我的香猪仔，然后养了多少个出来以后，我们全部高价回收。然后大家都去买，最后那个人把香猪卖了，拿了钱就跑了。这些人把香猪养大了，发现收购的人不见了。当时我作为江西公安专科学校的一个在读学生，要随时到那里去复命，去维护现场秩序。他们就是养香猪受骗。这个说明你刚才说的就地正法活埋，并不见得能够遏制这样一个具体行为、能遏制整个欺骗。而且你说的复仇者里头本身也存在骗子的概率。

郭洪雷：对。

阿乙：有的人就像我们生活中遇见的，他在被骗以后，损失无法弥补，他把骗子的技术克隆过来，去欺骗别人，有不少是这样的人。然后第一个问题是说，骗子是怎么产生的？我觉得骗子产生于双重的贪婪，一个是骗子自己是个贪婪的人，他想通过这个行为来获取利益。第二个贪婪是建立在受骗者的贪婪上的，有时候受骗者的贪婪都几乎让另外一个人不得不去欺骗。就像有的人把手机插到裤兜里，三分之二都露在外面，这样就掉到手上弄走了。有些人太贪婪了，我还是说一下我们的上一代，为了一斤鸡蛋听讲座，花了两个小时，里头一斤鸡蛋能值多少钱？很便宜。还有半桶油，还有一包餐巾纸，就可以把一个人像钓鱼一样钓上来，然后回来的时候他们跟子女说，我今天花 3000 块钱买了一个价值 6 万块钱的绒被。然后子女去查，气得要命。这肯定是吃亏了，我觉得骗子他自己的罪行占了 70%，还有 30% 是土壤上的那种贪婪和贪小便宜的火，止不住地受到引诱。这就是我的回答。

张仁泽：相较其他同学对"骗子"形象的关注，我倒是对阿乙老师叙述中的"意外效果"很感兴趣。我注意到，阿乙老师一直有意识地想要带给读者"意外"的感觉，之前的小说，比如《鸟，看见我了》，一开头先是点出"鸟，看见我了"这句话，让人思考其中有何深意，到小说最后才揭示原来是一桩谋杀案；《意外杀人事件》里面先是写一个小镇来了一个"妖怪"，却不知"妖怪"是何物，最后才道出"妖怪"之所以为"妖怪"的原因。到了《骗子来到南方》这部小说集里，这种意外效果更明显，一开始我们跟随阿乙老师的叙述，本以为这部小说是对骗子以及受骗对象进行道德思考和批判，最后却让人恍然大悟，一开始颇具温情色彩的修水管的事情原来隐藏着一个杀人案件。《生活风格》更是如此。

我自己也对此做了一点粗浅的思考，我认为这种叙述中的"意外"效果一方面是和阿乙老师之前做警察的经历有关，警察总是先知道事情的表面，再挖其隐藏的秘密。另一方面，我认为阿乙老师是想道出这样一个道理：现实并非看上去那么简单，现实波诡云谲。

我想请问一下阿乙老师，除此之外，您为什么形成了这样的叙述风格，以及这样的叙述风格包含了您哪些美学追求？

阿乙：你说得很对，我做警察，喜欢看谜底一类的东西，最近他也会碰见这种意外，就是你都很吃惊，某一个案件，就是大家以为很像的犯罪嫌疑人，实际上他是无辜的；而另外一个看起来很不像的人，他是的。这种会形成一种效果，其实对我的写作也是一种启发。然后呢，另外一个，我在阅读早期，中一个人的毒还是很深的，欧·亨利，就是欧·亨利，我始终认为他不是一个大作家，但是他的小说写的那个阶级感情，就是我觉得他的套路很频繁，他始终是在带有一种善意，然后在这种阶级善意的写作框架里写作，但是他最后这个这么平淡的故事，我认为之所以每次都能吸引一个读者，包括吸引像我，以及吸引很多的学者读下去，那么平淡的生活小事，他比卡佛的小说要曲折多了。

然后我就在想他的那个技术是什么，就是他技术里头每到关键时刻就有个欧·亨利式的结尾，而且这个结尾你发现它会带来双重效果。就是你之前的阅读是一种效果，然后他最后一句话又把你推翻一次，所以你就会在他的小说里得到两次的阅读体验，所以我觉得这个对读者来说是比较划算的。我很多小说的模式是这样的，就是双重阅读的经历特别明显，《小人》里头就是这么写的，还有好几个也是这么操作的，我现在已经成了一个习惯，在写作的初期都想有这样一个意外的效果，包括那个长篇《早上九点叫醒我》，也是原先有一个意外的构思，但是到最后放弃了这个机会。就是，一个人死了这么久，其实大家把他葬礼都办完了，最后也想通过开棺来显示，其实他在棺材里头活过来了。最后大家看到的是类似于一个龙虾的实景，因为他挣扎的样子特别像一个大龙虾，整个是膨胀的龙虾状的挣扎的尸体，因为他想把棺材打开。

因为一开始写作就是奔着这个结尾去的，是有人跟我讲过这个故事：他外婆的村子里头有个人喝酒死了，因为大家出去打工，就提前把他给埋了，埋了之后等过一段时间，政府因为要提倡火化，不能留死角，就派个工作队下来，要开棺去火化。这个时候才发现他是假死，是在棺材里活过来的，然后又拍打，拍打没人应。所以这篇小说最开始的标题是很绝望，叫：有人吗？有人吗？最后在这以后憋死了，所以火化工作队开棺看到的是那个，但是在写长篇的时候只写了他的死亡，这么长的一个长篇再来欧·亨利式的结尾就把它搞轻了，所以那个结尾就没有写，就写到那个开棺的时候。大家说碰到一个可怕、不可言喻、不可想象的恐怖，就是莎士比亚的作品，是《李尔王》还是哪个，《麦克白》里头第一经典的是台词，然后这里写了就是戛然而止，留下一个空白，就这样结束。实际上它一开始也是按欧·亨利的方式来操作的，最后发现了一个假死的尸体。

三、厌弃故乡或眺望一种新的可能性

张仁泽：另一个问题，我注意到今天的题目叫作"重返故乡的写作"，确实，阿乙老师的很多作品，其故事背景都是一个"白天停水，晚上停电"的，火车站都没有火车停靠的，封闭、破旧的小镇。不仅是小说中的人物无比想要逃离这里，从阿乙老师的叙述中，也能看出阿乙老师对这种"故乡"并不含温情与思念。

那么为什么这样的故乡一直出现在您的笔下呢，怎样理解您对"故乡"的厌恶与您不停书写"故乡"的矛盾呢？

阿乙：我有几次做噩梦，梦见自己回到故乡上班，被绳索捆绑在办公室里头，所以你可再也不能跑了，我在那急哭了，然后就醒过来了，就像真实的噩梦被魔鬼给绑回去了一样。我写作的时候从来不隐瞒自己的感受，我自己不想回去了，我还要讴歌它，不存在这个事情。一个自己比较厌恶的地方，也不能说厌恶故乡，就是一个对它的理性看待：自己不想回去的地方，一回去就觉得好像自己回到一个枯井，然后我再去歌颂这个枯井，说它是如此美好，什么感觉？我觉得违背了真实原则。

张仁泽：但是您如何理解您的小说都在写这个地方，您不喜欢，但是您以前常写到那个地方？

阿乙：是这样的，就是我始终没有找到打开城市写作的钥匙，这些年我一直在思考这个问题，为什么我不能够写城市？我在城市待了一二十年了，我从2002年就开始离开县城。我发现，我也在写城市，但是我写城市的时候呢，必须有一点，就是要跟我自己有关系，就是有自愿性、有关系。如果我脱开来写一个城市，我工作过的单位、一个报社，我觉得无从下笔。比如说我如果写学院，我也觉得我无从下手，我根本不了解，这跟我一种客居城市的心态有关。另外就是，我好像记得是哪个大作家说的，就是说你的根、你出生在哪里，你是容易写到、你感受是很深的，如果你半路上去寄生在哪个地方，你是很难感觉得到它的。所以多年来，我一直也想尝试去成为一个写城市的作家。但是我曾经有一个例子，内蒙古有个作家过世了，叫荆永鸣，他实际上写了关于北京的一些小说，我认为他的尝试是很可贵的，但他还没有达到让我们觉得他真是一个城市作家的定位。

现在乡村已经萎缩了，然后就顺理成章地在我们的学院派中提出了一个概念叫"城市文学"。所以我们也在思考这个问题，就是像我们这些人已经生活在城市，是不是应该写一些以城市为背景的小说，为什么老写乡村城镇呢？后来我发现，就是客观地写一个客观世界，像我们晚来者，确实就是没办法，因为那个胡同不是你的胡同，你最熟悉的人是你从小就能感受到的人，你后来打交道的人都是你没办法知根知底的，你不知道他的父母是聋人吧？我们现在虽然知道邻居，我们连邻居姓什么都不知道。然后在这种情况下，如果开展一个城市写作，很难。如果写个出租车司机，肯定是潦草的，然后这种情况下，我迷茫了好几年。这个时候有一个教授提出来，他看到日本的一个批评家小林秀雄提出一个概念。其实很奇怪，小林秀雄在日本应该是一个著作等身的批评家，但他在中国没有译作出版。小林秀雄提出一个概念，他说写社会的小说已经发展到一个极限状态了，已经不是人们在写小说，而是小说在……

郭洪雷：写人。

阿乙：对，不是作家在写小说，而是小说在操控作家，所以小说变成万能，他说这种情况下反而小说已经走向末路。他的建议是，他说小说另外有一条路其实是和普鲁斯特一样的，就是要走自传性的道路，写和自己精神相关的、脉息相通的东西。所以后来我就看普鲁斯特第10

版，有一个莫洛亚写的前言。莫洛亚也是个作者，他说普鲁斯特是搭建了另外一条文学的道路，就是巴尔扎克之外的道路。巴尔扎克写的是《人间喜剧》，就整个是以包罗万象的社会为描写对象，给我们的是社会的一个大观园，但普鲁斯特搭建的是自己的一个纵向的时间。如果说巴尔扎克描写的是一个空间上无所不知的上帝的话，普鲁斯特是构建了一个时间和空间上另外一个无所不知的上帝，所以普鲁斯特的小说是完全立体的生命，是一个纵深加平面，就是不停地生发平面，而在这不同的一层一层的平面上仍发生了各种各样的变化。像巴尔扎克的小说，我们以社会为描写对象就是这样，所以，读普鲁斯特我要感谢兆正呵，他激励我把它读完了。我 2014 年读过一次，只读到第二段退下来了，然后 2019 年在家读，2020 年的时候读完了。我花了一年多时间，受教育很深，然后就能感觉到自己以后也可以走这个道路。就是我不能写城市，因为城市我把握不了，但是我可以通过我纵向的发展，我从 20 世纪 90 年代到 2021 年的发展来写。我发现如果这样写的话，我的城市不停地在我的时间里头跟我有关。比如说，我在城市里头跟人发生了交通纠缠，比如我推车门的时候，有个人骑电瓶车飞快地就在我推车门的时候飞了，我陪他到医院去，那么这个场景全部就活了。他家里来了很多亲戚，拿了很多车票让我报销，我就说：还有吗？我不知道我怎么那么开心，他们也很开心。

最后我就发现，这样那个医院那个场景，全部在我的世界复活了，只要跟我有关，这就是我说的来到城市以后，就能用这种方式，普鲁斯特或者是小林秀雄的这种方式拯救自己，而不能够用大城市人间万象的那种写法。毕竟我来北京，我缺乏对单个出租车司机的了解，也不了解某个炒栗子的，我就缺乏采风精神，但是我又有一个自己的感受渠道，我的生活中就很有意思，发生了很多奇怪的事情在我身边。生命中出现了很多特别的事件，比如说我曾经的女友，当时在老家认识一个女友，后来分手了很久，之后到上海，到某一个商场买衣服，就发现她在那里做卖衣服的导购，是偶遇，很多这样的事情，我觉得又可以去写，从此又找到了一个写作的富矿，然后我又活得够久，我发现我现在写作的优势比二三十岁的时候大很多,就是一方面能够看到更多像郭教授这样学者的文章、能够理解文学的样态,还有一方面自己经历了什么样的事情,就比二三十岁、一二十岁时候的写作要求更强烈,是写作的黄金时代。

吕彦霖:随着年龄的增长,自己的阅历、人生经验会复活,记忆的东西、传统的东西,会在未来被激活。当下可能它都隐没掉了,但是在未来会一一展开。

但是我觉得巴尔扎克写《人间喜剧》的时代已经过去了,我们现在谁也写不了《人间喜剧》,可能只能学普鲁斯特,这让我想起来有个日本动画片,咱们可能都看过,叫《你的名字》。他俩是互换了身体,才知道对方怎么想的,这就证明了别说像巴尔扎克一样写全局了,写一个人都不一定能写得好,只有一种极端的状态,就是你跟他互换身体,你才知道他怎么想。您刚才提到欧·亨利式的结尾,我们小时候也看《麦琪的礼物》,欧·亨利的结尾您说是双重享受,但是我觉得它有点像双向强化。

到最后的那种转折是再强化一次你的阅读感觉,加深了你对这个故事的信赖。阿乙老师您的特点是又当表演者,又害怕。您一方面搭建了故事,一方面又当着别人的面把故事拆回来,我觉得您和欧·亨利给我的感觉反而不太一样,但是您的小说代表了我们现代人的心灵维度,就像您说的做一个纵向的尝试,纵向可能就没有那么宽,但是会做得非常高,对吧?这个其实也是我们现实生活中的存在,可能就是不再存在那种很大的围场,只会有那种特别细的摩天大楼。我们现实还真不是平淡的,应该是每天都有各种奇迹的。

阿乙:是。

吕彦霖:现在这个年代真的不能假装自己无所不知了,巴尔扎克式的作家可能不会再出现;但是普鲁斯特可能是这种写法,这是我的感受。

孙伟民:我一边听,一边在整理我的问题,结合这几年我对老师作品的一些阅读体会。刚才很多同学都提到,比如说从真实或者从荒诞来理解《骗子来到南方》这个小说,我就在想,如果说我们从荒诞和真实来理解这个小说的话,到底是对于这篇小说的升华还是弱化?我个人的感觉是,老师创作的这部作品可以说是达到了一个小长篇的篇幅,并且结合着老师之前的作品,我觉得老师应该是在这部作品当中,有很大的野心想要去实践。如果说我们仅仅从这是不是一个关于骗子的故事来理解,或者它到底荒诞到什么程度了,或者说它写的是一种什么样的真实,我总感觉我们对它理解浅了,还不够深入。它应该有更大的空间,包括它整个放在一种怎样的社会背景下,可以按照"文学场"来理解这个小说。我感觉这个小说应该被解读得更加深入。

另外我觉得这篇小说有些地方跟老师之前的小说相比,好像是少了点感觉,当然这只是我个人的感受。关于"完美犯罪"这样的小说,特别是老师之前写过的,我感觉其实已经不少了,比如说《阁楼》,比如说《下面,我该干些什么》,等等,如果说这一部作品同样是在讲一个"完美犯罪"的故事的话,我感觉这并没有超越老师之前所写的小说。

并且在读这篇小说的时候,我想到其他很多在情节上相关的作品,我不知道大家有没有这样的感受。比如说我看唐南生这个人,他跟余华《兄弟》当中的李光头有点相近,都是讲一个人通过某种手段致富。相近,不能说一样,我感觉这两个人身上都有一些恶的因素,但是这些恶又不是大恶,就是说还没有达到杀人放火的程度,只是他们可能走了一些擦边球的路线,这两篇作品有点相近。《骗子来到南方》相比于《兄弟》大概是58万字的篇幅来说,毕竟要少了很多。《骗子来到南方》里,像红乌就是瑞昌的一个县,之前叫赤乌,红乌也可以说是瑞昌,这样来理解。我觉得相较您之前写的短篇,短篇无论在语言上还是节奏上,都比这个小长篇可能更好一点。

另外关于《骗子来到南方》,我感觉老师的语言风格有变化,没之前那么粗粝了。我比较欣赏老师之前的粗粝,甚至是带一点粗俗的语言,我感觉这很能体现老师的创作风格。那个风格也是老师之所以在"70后"这个代际的作家当中,能够有很大影响的一个很重要的原因。总体来说,我大概从2012年、2013年左右开始关注您的小说,当时您获2012年那一届的华语文学传媒大奖。获奖信息我也关注到了，此后我对老师的小说很留意。这几年也看到老师的创作，无论在语言还是题材的选择上逐渐发生一种转型和变化。

  我有点不太好表达自己这种感受，感觉老师可能是开拓，一方面开拓了自己更大的表现空间；另外一方面，我感觉老师可能还是更擅长自己创作所带来的那种思维层面的深层影响，并且直接体现到写作中了。我个人觉得有所得也有所失吧，我感觉老师如果在短篇或者说中短篇方面再做进一步探索的话，影响可能会更大。并且我也关注到老师近几年，可以说近五六年吧，被翻译的作品也在逐渐增多，受到了国外认可，这就是我的一些不成熟的感受吧，说得可能不见得对，希望老师批评指正。

  阿乙：你说得很对，谢谢你的指引，你说到我的心坎上。其实写长篇就是耗尽了我起码一半的精力。《早上九点叫醒我》是当时我野心最大的一个作品，但是它的客观收效并不是很好。我从2012年8月开始动笔，实际上到了2015年左右勉强写完，然后出版是在2018年1月。在出版之前我又把稿子取回来进行了一个简化，以前的长句子太多了，为了避免读者有更多的阅读障碍，处理了很多长句。所以，这部小说基本上就是把我当时30多岁不成熟的经验挖空了。一个写作者，他把他自己一个阶段的所有东西挖空了，就像一个煤矿挖空的这种局面，是很可怕的。另外一个就是因为野心太大、能力不足。当时我的野心太大，超出自己能力的发挥，导致我每天都投入在这个小说里头，把身体耗进去了，得了一场大病，绵延至今。

  我在这个长篇还没写完、写到一半的时候就住院了，像那些可怕的传说故事一样地，咳嗽中间有一口血，樱桃这么大，瓶盖这么大，飞到对面，抛物线一样飞过去，然后我就找过去摸了一下，黑的。然后就急了，去医院就开始治，到现在也不知道什么病，只能勉强治，肺已经坏了一半了。在这种情况下，开始要放弃写作出院了，每天都在看电影，各种电影，港片什么都看，很开心。后来觉得这样下去无所事事也不行，反正这个小说没写完，我每天就写一点。谁知道这么写下去，每天写一点，很快就把它写完了，写完以后就真正陷入了那种空荡荡的境界，不知道怎么写了，什么都写不出来了。在这个时候呢，我就开始思考一个问题，就是要怎么样重新来拾起文笔，开始写作。

在这种情况下有两条道路，一个就是我开始说的，尝试走向大家制定的标准，就是乡村经验写完了，这种情况下，我就想投奔城市写作，但实在是动不了笔。你怎么能跟冯唐、苗炜以及王安忆老师去比城市写作，你根本就不能把握。所以在这种情况下，我发现城市文学这个命题其实是一个伪命题，至少对我们这些县城出来的人是一个伪命题。在这种情况下要找出路，我就有段时间去收集鬼故事，我想蒲松龄的道路或许可以去捡一下，就去捡消失的鬼故事。然后我发现我们这个时代科学很发达，鬼已经不像过去那样丰满，大家讲的鬼都很单薄，比风筝还单薄，让你恐惧的其实是一个笑话。晚上突然有一个东西飘过去，就跟一个风筝一样的，但不像那个画皮，还把它撕下来，还跟你做爱，还给你煮饭什么的，所以我收集了上百个故事以后，就开始停止这个事情了，我觉得这个时代已经丧失了那种丰满的鬼魂存在的必要性。

还有一种方式就是很多作家现在在做的，叫作科幻。实际上做科幻，甚至我听说我们浙江的大作家以前想过写武侠，但是我觉得他们尝试谍战片，也是一个尝试，也是在找下一个路子。这种情况下，科幻我也写不了，城市我也写不了，最后是通过这本小说集，就是《骗子来到南方》去进行恢复，写作能力的恢复，所以在这个小说里出现了篇幅非常短的小说，甚至有童话，就是在找各种各样的出路，我就想再重走我过去10年的写作路，从短篇、中篇到长篇，从最短的微小说写起，到短篇，再到中篇，用一个时间走这条形式上的道路。《骗子来到南方》其实有各种各样的这种体例。

然后这个过程中，实际上这个写法还有另外一个探索，就是说，我过去是编故事为多，编故事就是编织，像纺织工人一样的，我把每条经纬条线实际上编得很细，我的语言都是抠来抠去的。但现在实际上，我发现散步有一个特大的好处，就是你不去管这个小说，像海明威一样，你写到一定程度，你不管它，你自己去玩，小说它自己会生长新的东西,所以这种东西就叫显现。过去我是编故事,然后到了写这个《骗子来到南方》的时候,出现了一个惊人的变化,这变化我自己能感受到,它每个下一章实际上不是在我的计划之内,实际上它是浮现的,我知道我要写什么,我也把大纲列出来了打出来了,它就像我们倒水泥倒橡胶一样,框架放好了以后,水泥就像那个泉水一样,它自己已经冒出来了,所以我每天把脑子里出现的东西填在框架里头就行了,然后其实这样一部作品是处于一个中间状态,是在往下面一个我现在写的长篇进行一个过渡。现在我的长篇已经完全不是编故事,而是那种时光的显现,就是普鲁斯特那种模式,不停去审视过去时光里的事情,因为过去在生活场景中,我是一只莽撞的狮子,走来走去,参与生活,但是我现在就是一个无所不知的时空中的上帝,我能够看到当年我为什么这么做,是出于嫉妒,还是出于什么。

现在就是在这种情况下,小说每天都能浮现。以前我写 17 万字、还是最后是 16 万字,用了四五年,现在两年时间,这么拖延症的一个长篇就已经写了 20 万字,叫《未婚妻》,写到了 20 万字,双方还没有拉手。这种浮现出来以后,它就会由原先的那种写作状态产生一个巨大的变化,以前一个东西会极简,控制到很少的字数,现在它变得极度浮夸,现在我说我的写作就是一种飞逝的状态,我要写"我"和这个女人最后愤怒分手了,就这个故事。"我"和她相亲成功了,我们俩恋爱了,然后我们订婚了,是"我"的未婚妻,最后因为"我"意识到另外有一个男人跟她在一起,然后就跟她分手了;这个时候"我"离开了这个县城,"我"去了城市,就这么简短的一个故事。

这是一条直线,"我"发现从 A 点到 B 点,从"我"和她相亲到 B 点,"我"离开这个瑞昌市,这中间"我"要走到这一半,"我"就要走到 A 和 B 的中间,所以"我"永远都停止在出发的地点,这 20 万字还是刚刚相亲结束,现在重点在写"我"的准岳母打饱嗝,今天在宾馆里又写了 1000 字,她怎么打饱嗝,所以它就是往事在浮现。很奇怪的是,最开始一个不太熟悉的人物,包括"我"的大姐这样的人物,起初我在人生中对她没有什么思考,然后就发现她越来越清晰:很多事情她是怎么处理的。你仅仅是对她怀有爱还是不太够的,你会发现她有很多小算盘,全部都会出来。然后"我"的准岳母是一个卖菜的,在这里头她有很多的想法,包括她的人生经历我一概不知,但是这个过程中全部浮现出来了。她为什么要急着把女儿许配给"我",这个地方,动机并不仅仅因为"我"是公安局的一个年轻子弟,所有这些在我的内心里头每天都在呈现出来,就不像以前要控制,要去编一个双线的故事或者一个紧凑的故事,现在就是小说要奔向自由写作,自由实际上是我另外写作的一条主线。

很早的时候,我最开始拿起的文本是《红楼梦》,这个就把我击退了,一记重拳,就是说有曹雪芹这么高级的人,你怎么敢写作呢?后来是有幸读到卡夫卡的作品,就一下解放了,就他给了我自由。卡夫卡他可以写最短的小说,写几百个字的小说,也可以写《城堡》那样的,也可以把长篇不写完,就是因为他没工夫写完。另外一个把我解放的就是7卷本的普鲁斯特的《追忆似水年华》。就是他那种对所有规矩的破坏,我认为他的长篇里头没有一句是废话,但是他里头把所有的该破坏的、该打破的东西全部都打破了,该创建的也创建了,不仅仅是创建了精神性的自我写作的一个标准,他也创造了很多的模式,比如说写一个乐句的反复出现。

郭洪雷:凡德伊的小乐句。

阿乙:对,他就能写那么多,他实际上是在炫耀,因为我们没有几个人能有他感受力那么深,所以到最后的时候,我发现这部小说最好的读者是他自己,因为他通过阅读,他的时光没有一处地方可以浪费,全部浮现出来了。所以我在想,我目前写的小说,这个小说最好的读者也是我自己,就是那个《未婚妻》,因为我通过这部小说,把我小说里所有的草坪全部翻开了,看到了过去的全部秘密,过去我没有看到的、不懂的秘密,我也通过我的强行解释,现在逻辑上也把它放进去了。所以现在我很享受这种"解放的写作",到时候也请你看一看,就看这种大变活人式的写作。因为我不是很喜欢守成,我喜欢到处变一下。这个《骗子来到南方》就是在两个变化空间之间,它是一个重新、要恢复写作的一次准备,谢谢。

郭洪雷:非常感谢阿乙老师,同学们谈了自己的感受,提出了问题,阿乙老师也非常好地给大家做了解答。同时我们通过阿乙兄的回答,还能知道他正在干什么,将要发表什么作品,写作方法上又发生了哪些变化。其实我更关注一个作家他究竟读了什么东西,读了什么东西之后他能写什么东西。所以我觉得这对我是蛮有启发的,以后再谈相关问题的时候,我要举《骗子来到南方》的例子。大家最后再次鼓掌,感谢阿乙老师的光临。

严重的时刻：我们与人类

——弋舟《庚子故事集》讨论

主持人：郭洪雷、吕彦霖、李佳贤
讨论人：杭州师范大学文艺批评研究学院中国现当代文学、文艺学专业教师与研究生

郭洪雷：今天我们讨论弋舟的《庚子故事集》，这是弋舟根据天干地支纪年法来命名的第三本小说集，之前两本是《丙申故事集》和《丁酉故事集》。弋舟的中短篇小说写得很出色，还曾拿过鲁迅文学奖。另外，今天我们的读书会请到了林伊纯同学，她的硕士论文研究的就是弋舟，所以在进入到弋舟的《庚子故事集》的讨论之前，我们先让林伊纯同学来介绍一下弋舟的大体情况。

林伊纯：下面我来简单介绍一下弋舟的情况，弋舟是一位"70后"作家，生于西安，生活在兰州，近期又回到了西安。他早期的作品都具有某种先锋色彩，但大部分还是遵循着现实的脉络。比如《跛足之年》和《蝌蚪》，都是在书写少年的成长历程，以及少年与现实格格不入的精神气质。近期的作品《刘晓东》《我们的踟蹰》写了中年人在当下的生活境遇。近年来他出的故事集，从《丙申故事集》《丁酉故事集》到《庚子故事集》，其实都在写当下人的生存境遇，写普通人在平凡生活中的对抗和妥协。

当然，我这样可能只是很简单地概括了弋舟的小说创作，事实上他的小说是很难用几个中心词去概括的。弋舟小说的情节通常比较简单，《跛足之年》讲的是失业青年马领投资失败，与女友小鸽情感破裂，生活一塌糊涂的事情。《蝌蚪》是郭卡的成长历程……但这样简单的情节叙述，很容易让我们忽略弋舟小说中某些细微的、不动声色的自我暴

露。在知网搜索弋舟的相关研究论文,"城市""精神""生命""疾病""赎罪"这些词的出现频率非常高,它们指向了弋舟小说的核心主题:对城市人精神状态的书写,写其中的抑郁症、犯罪,写对现实的揭示、对人性的揣摩……但弋舟小说的特点在于,在这些关键词概括的主题之外,常常会感觉有一些逸出这些表达的存在,这些存在往往越出了地域、身份的差异,在精神世界的构建上,具有了弋舟所追求的时代高度。

另外,弋舟是个很真诚的作家,其他很多作家的访谈常常会有美化自己小说的嫌疑,但是弋舟的访谈,和他小说中的东西相当一致,有时候感觉弋舟对自我的剖析过于苛刻了,有深度的访谈可以侧面反映出弋舟的某些气质。我的很多想法其实都来自弋舟的创作谈。

一、时间与困境

林伊纯:我的毕业论文是研究弋舟小说的阴郁之美,弋舟的《庚子故事集》也是阴郁的注脚之一。初读弋舟小说的确感觉很丧,绝望情绪弥漫其中,但我觉得再回味一下就不一样了。一方面,"丧"背后的绝望是现实生活的本原状态,毫无波澜的琐碎生活是常态。《掩面时分》中我和姜来看似生活平顺,其实冷暖自知;《鼠辈》中,弋舟对现代人的生存状态进行了明确的指认,那就是"炫灿"城市背景下的"鼠辈",人人都是鼠辈,在自我设定的世界中过着普通的生活。但另一方面,当生活遭遇波折、比如受疫情影响而不再"普通",人们又在不断怀念平庸的日常,抵抗着变局对生活的转变。这种矛盾不仅是弋舟对生活的困惑,其实也是弋舟对人生困惑的发现和揭示,这种矛盾也纠缠成笼罩在弋舟小说上的阴郁迷雾。

吕彦霖:是的,弋舟很擅长揭示个人的困境。《庚子故事集》当中的这几篇,我最喜欢的就是《人类的算法》。而且我觉得弋舟确实是一个比较可信的作家,很多作家,比如曹禺,在创作谈中是可以给自己的作品做各种解释的,他可以根据你的需要来给你一个解释。但弋舟不是这样，他是一个对自我要求很苛刻的人，甚至过于认真了。他好像很喜欢关注或呈现生活中令人不堪的事物，且这种不堪并非大的不堪，而是小的不堪，恰似张爱玲所写的"虱子"，弋舟写到很多"生活华美的袍下的虱子"。所以我整体上感觉弋舟的小说很像张爱玲的有些小说，它体现的是作为凡俗世间的人的困境。另外，我读弋舟的小说确实感觉不舒适，弋舟的小说不会让你轻松，这种感受我让佳贤说一下吧。

李佳贤：我也有类似的感触，我是比较早看过弋舟小说的，从"刘晓东系列"到《庚子故事集》，弋舟一直在写各种人的困境，而且这些困境通常不是由多么惊天动地的、重大的灾难造成的，而是琐细生活里我们都要面对的，他写出了带有普遍性的、共通性的某种生活和精神的困境。另外，我还很认同伊纯刚刚说到的"对抗和妥协"，这是弋舟笔下人物共有的特质。他作品中这些人物看上去极其平凡、普通，但事实上却又有自己的想法、有自己独特的精神世界并充满个性，他们与生活有某种内在"对抗"的张力；但面对现实生活，他们又不得不有所妥协，不得不磨平自己，不得不浑浑噩噩。如果没有弋舟把他们写出来的话，我们可能会感觉他们和普通人都是一样的，但弋舟就是把他们精神方面的个性、特殊性给写出来了。

林伊纯：弋舟小说的落脚始终在日常生活，不论是他早期具有先锋色彩的作品，还是近年来越来越朝着现实靠近的短篇小说，弋舟其实是在写作过程中不断明确自己的创作目的，并将此贯彻到自己的作品中。《庚子故事集》中的现实指向比任何一部集子都要明确，他力图展现人内心与自我搏斗的过程，抵抗生活的乏味和未知的尝试。这也是我在阅读弋舟小说的过程中，感受到他阴郁气质最为深刻的来源。

徐源：我觉得《庚子故事集》的创作时间值得关注。《核桃树下金银花》《鼠辈》写于2019年下半年，其他作品均写于2020年上半年，这段时间正是疫情突如其来之时。在人类共同的困境面前，一切都是灰色的未知。有这样一个大的背景，就使得困顿里的希望变得弥足珍贵。而希望究竟在哪里？我们怎样找寻它？这也就成为弋舟《庚子故事集》的主题之一。

李佳贤：徐源同学的发言让我想到一个细节的东西，就是为什么这本小说叫《庚子故事集》，包括以前的《丙申故事集》和《丁酉故事集》，弋舟为什么要用干支纪年？为什么不叫《2020故事集》？还有就是为什么要用"故事集"来命名？我在弋舟的一篇访谈里看到他对自己阅读史的介绍，他说给他留下深刻印象的第一本书是《春秋故事》，这本书让他知道了"千金一笑""暗箭伤人"等典故。所以以"故事集"命名不知道是不是跟他这种最初的阅读记忆有一些关联。另外，如果采用公元纪年，每一个年份都有独一无二的编码，都是不可重复、相对封闭的。但干支纪年却是轮回的，不论是"丙申""丁酉"还是"庚子"，都有与之遥相呼应的历史年份，这就让小说有了某种历史的纵深感，使得小说不再是单声部，而是多声部的。我觉得弋舟也是在用这种方式去丰富他的小说，用干支纪年来命名让小说多了回味的空间。

郭洪雷：庚子年难过呀，每到庚子年都要发生事情。

林伊纯：《庚子故事集》中，时间所具有的那种跨度是被夸大的。5个短篇中都涉及了时间的变化，从过去至当下，或者说从当下追溯过去。这是弋舟小说的一个基本套路，他极其重视小说的当下感，也重视对小说时间的切割，以及对时间流动中情绪转变的书写，并试图通过这些情绪的转变，来展现被人们自己或者说被现实刻意遮蔽了的某些部分。时间的变化暗示了人们对当下的逃离，却又给人们重新进入现实的力量。他的《跛足之年》涉及千禧年，《蝌蚪》写的是个体的成长历程，而在《庚子故事集》中，时间因为特殊的现实而被强调，因为不知未来是何方，所以"回溯"成了弋舟小说中人们暂且逃离现实从而更好地审视自我的方式。《核桃树下金银花》中我对那个下午的反复回味，正是因为那个和我一样受着歧视目光的胖女孩，她的不卑不亢给了我生活的勇气，甚至说，是一种重置自我存在的力量，让我能够获得某种尊严，从而找到脱离世俗目光的存在意义，主人公"我"在故事后期靠写网络小说成功，就是对忽视世俗目光的一种回应。同样，在《人类的算法》中，大家可能会感叹，弋舟把一个出轨的故事写得如此清新脱俗，实际上，刘宁对过去的回望，正是对自我的一种确认，是对个体某些不可控的情绪和意识的确认,尽管生活终究会回到原来的平静,但是弋舟却在力证这些不可控时刻的真实性,并且给予这些时刻一些善意和回味的空间。

吕彦霖:是的,"时间"是弋舟《庚子故事集》的一个关键词,且这个"时间"有一种嵌套感,这几篇小说都提到了人类共同的时间:"新冠元年",另外他又写了特殊的时间,即个人的时间,比如《掩面时分》姜来的时间,这种大时间与小时间的嵌套结构很有意思。

王海月:说到时间,我在阅读弋舟的《庚子故事集》时,感触比较深的是代序《钟声响起》,其中文本中有关时间的叙事比较有特点。从"二十一点整""二十二点整""二十三点整"到"凌晨一点""凌晨两点"这些时间节点中可以看出,在并无多少波澜和意外的叙事下,时间节点使得叙事更显理性和节制,不仅让我们看到了时间刻度的物理位移,也让整篇文章实现了感性和理性的水乳交融。

郭洪雷:王海月同学说的过程当中,我想到弋舟以前的作品是没有"代序"的,这次《庚子故事集》他特意加了个"代序"。林伊纯同学之前提到弋舟小说里很重要的一个关键词是"时间",而我觉得弋舟在《钟声响起》里的一个很重要的关键词是"时刻"。实际上,弋舟赶着将《庚子故事集》发表出来,也和"时刻"有关,这其中很多篇小说都是在展示人类的时刻。我在看"代序"的时候,马上想到了里尔克,里尔克写过一首诗《严重的时刻》:"谁此刻在这世界的某地哭/没理由地在这世界上哭/在哭我。"同一个时间,我不知道世界上有谁在哭,所有世界上发生的事情都是与我相关的。其实弋舟小说中的"时刻",就是疫情状态下他的一种体验。《钟声响起》其实是弋舟对人类共情、共感的书写,这是他作品中很少见到的。我们会看到,当整点钟声响起之后,他完全在用一种敞开的想象,把整个世界都纳入自己的感受之中。所以《庚子故事集》中除了"时间"以外,还有很重要的"人类的时刻",他的整部作品都渗透着"时刻"的意识。有了这个"时刻"之后,我们会发现在我们日常文学、小说里,看似严重的事情,可能到了这种"时刻"之下就会发生某种变化,我觉得小说里他把这种变化,以及某种新的感悟都写出来了。这种变化在《羊群过境》中也比较突出，例如对只有自己知道的情感体验的重新认识，关键是它要有一个背景，这个背景大家应该都能理解，像《十日谈》里那么多的故事都有一个共同的背景：瘟疫。在瘟疫之下，人们对事物的感受决定了他所讲述的故事的价值与意义会发生变化。所以其实我觉得《钟声响起》体现了弋舟的"时刻感"。

二、无解与和解

林伊纯：弋舟的小说经常有一种未完成状态，或者说，弋舟的小说无法，也拒绝提供方案。我能够感受到弋舟在讲述困惑时的困惑，他书写当下的原因在于他也不知道如何面对当下，就如同《羊群过境》中他并不知道"我"能不能走完天台的那段路。一方面，未完成在于他追求对当下的一种本然叙述，表达生活的本真面目；另一方面，未完成是因为弋舟并不知道如何去完成，他和小说中的人们一样生活在当下。《庚子故事集》是以现实疫情的发生作为小说背景的，并不是疫情给了弋舟一个呈现生活的契机，而是它拉近了我们与生活之间的距离，从而让我们这样的读者由衷地从弋舟小说中发现那些被我们忽略，甚至是无法接受的生活的面目和某些细微之处。所以可能很多同学和我一样，读完这本集子会倍感沉重，因为弋舟小说的结尾往往不是真正的结尾，而是向每一个人敞开了没有结尾的生活。

吕彦霖：就像林伊纯所说的，弋舟很多小说都是"开放式结尾"，他没有刻意地去设计一个结尾，这让我想起格非的《望春风》，这部小说也是如此。我觉得弋舟这种开放式结尾反而是忠于生活或事实本身的，其实新冠疫情对于我们来说是一个完全无法预料的事件，它的发生就让我们看到现实生活中看不到的东西。所以弋舟的一个动人之处就在于：他发现了我们被理性生活所遮蔽的非理性因素或无序感。弋舟可能在想，生活有时候就是没有逻辑的，所以我也不必按照读者的逻辑或真实的逻辑来设计一个结局，弋舟写了很多"敞开式结局"，而敞开式结局揭示的才是生活的本相,我觉得他这样倒是真的"写实"了。像《人类的算法》中写到人的交际极限是 150 人,谭展把刘宁删了后,微博关注数量变成了 149 人,小说里谈的算法其实描摹的是信息社会人的交往,包括偷情,我们以为朱颖和孔一亮是一对,但真相却是朱颖和大叔齐安生在偷情,就好像我们看到的都是虚假的,小说最后呈现出来的是现实生活的荒诞性。

郭洪雷:刚刚吕老师说的"事件性",昆德拉在《小说的艺术》里经常提到"存在",比如"存在的精神地图"这样一系列的词,"存在"这个词是从海德格尔那里来的。但是弋舟小说恰恰可以用海德格尔另外一个词来形容,就是"此在",即在这个时刻的人的认识与存在。过去我们在讲述"存在"的故事时,往往会赋予它一种秩序,有了秩序,就容易有结尾,有一个答案。但是当我们在讲述"此在"的故事时,弋舟关注的是此时此刻、疫情之下人类生活的一种可能性,这时候"此在"和我们之前谈到的"时刻"就形成了联系,而且它还会让小说表面呈现出开放式的结局,无论是《羊群过境》还是《掩面时分》都是如此。

林伊纯:是的,弋舟小说处处没有收口的结尾,都是如此,然而弋舟还在写,在问,他不直接关闭小说再造的可能。这正是因为他觉得生活要有希望,如同他在后记中说"但是我们能够预见到她终将完成",他对生活仍保有期待,也持有希望,只不过他始终在探索,如何将希望变得具体。因此他在小说中设置了很多希望的象征,比如孩子,他笔下的人物常常是一个父亲或者母亲;比如需要,《掩面时分》中的"我"是医药公司卖口罩的……弋舟正是以写作的方式,来说服自己和读者,不要失掉对爱和温暖的信心。

郭洪雷:而且我们要注意到,《掩面时分》里有一种关系式的、套娃般的操作,在我们看来,这部小说没有结局吗?其实是有结局的。只要当我们把它理解成一种结构,它的结局就会在结构当中呈现出来。我们可能都是小说当中的一个人,我到一个朋友家里,我们都有可能是那一个"朋友"。我们就会发现他的思考在人物关系之中也已经呈现出来了。包括《羊群过境》,从情节来看,它也是开放式的结局,而它的结局是基于在两对父子关系之上,形成了一种代际性的理解,在这个时候、在这个时刻、在这个事件里就呈现出来了。所以,去关注人在当下此在的境遇会有怎样的一种可能性,很可能就是弋舟《庚子故事集》很重要的特点。

林伊纯:前面谈到"对抗"和"妥协"的问题,我想再具体说一下。我觉得弋舟的小说中充满了对抗和妥协的人,"对抗"是他始终不肯放弃自我精神世界中犹存的理想主义光芒,而"妥协"在于他并不知道如何在生活中有效坚守自己,只能暗示希望的存在,始终渴望爱和温暖。如果说时间是感受,希望是动力,那么真诚则是弋舟从始至终特别坚持的生活和写作的态度。真诚表达了弋舟对生活可控的努力,他的文字相比于很多作家的恣意,我觉得是充满了克制意味的,他对情节的设置、对用词的把玩,可以说,每一个细节的设置都有着他的深意和笃定。弋舟明知生活是不可控的,但他仍勤勤恳恳,丝毫不敢懈怠地面对生活。就好像《羊群过境》中所书写的那样,小说主人公在疫情停工的状态下,上司给他分配工作,昨天是湖南,今天是海南,两个地名的差异,甚至完整概括了"我"被离婚截断的、已然天翻地覆的生活,但他却在不停地给自己的生活找意义,做家务、找父亲去旅游……小说中"我"面对生活的态度,也就是弋舟试图达到、试图传达给我们的生活态度,那就是在不可控的生活中竭力坦然地面对。最后"我"爬出了天台的栏杆,要去克服自己的恐高感,克服意味着他能够拥有重新面对生活磨砺的勇气,这其实也是弋舟在抗衡自我惰性和消极面的一种尝试。弋舟对生活和写作的笃定和诚意,是他的小说最为吸引我的地方。

郭洪雷:说到这种暖色,我就想起了《核桃树下金银花》,课上老师让你们讨论过《核桃树下金银花》这篇了,你们读这篇作品的想法应该比较多。我读的时候恰恰想到了弋舟的《谁是拉飞驰》,我认为这是弋舟写得最有朝气的一篇小说,我特喜欢,写得很好,我觉得他把少年的那种东西写得非常棒。而我在看《核桃树下金银花》的时候,我马上就联想到了《谁是拉飞驰》,两篇小说存在着非常相近的东西。但相比较而言,《谁是拉飞驰》最后是以血腥作为故事的结尾,而《核桃树下金银花》的结尾却是很温暖的，虽然胖姑娘最后死了，但整篇小说的调子却是暖的。

林伊纯：这两部小说，我觉得它们有反差，拉飞驰是很轻盈的人，故事却很沉重；胖姑娘是很沉重的人，故事却很轻盈。

郭洪雷：你说得多好啊。

汪云鹤：关于《核桃树下金银花》这篇，我觉得它有表达出一种自我的精神危机，或者说是描绘出了自我心灵的冲突。"我"以一个失败胖子的形象出现，从视觉形象上外化了内心的某种沉重感和冲突。"我"被一种"规定性事态"和给定的身份归属感所束缚，而骑着三轮车送货是对自己现状的一种短暂反叛，"我"想从一种程序化的生活中"歇口气儿"，可能存在一种生活的困境。而胖女孩有点像一个虚幻的存在，也很像是另外一个自我，她的笑容不带讥讽，还有她大大方方说出种核桃树这事的从容和磊落，与之比对的则是"我"也是个只配跟人吹嘘栽种了摇钱树的家伙。这就又凸显了一种理想和现实的冲突和割裂，可能是作者在寻求一种精神上的自洽。胖女孩说好了陪我一起走，但却突然离我而去，仿佛直接去往田野里摘金银花去了，不必信守承诺，她身上体现的是一种随心所欲的自由，而"我"最后还是找到了目的地。"我"需要"找到点儿什么"，无论身处何种境遇，人总不能摆脱自己的所属身份，但内心又渴望去摆脱这些社会认同，所以在一系列挣扎之后，我选择的仍然是对"规定性事态"的服从。正如在文章中所说："你可以说那是提前学会认怂，但你也得承认，那里面，于劳作中蕴含着责任与义务自重的美德。"这篇短文也让我想起了《癌症楼》里面的一句话："有时候我是那么清楚地感觉到我身上有什么，就是说，我身上并非全都是我。"

李佳贤：刚刚汪云鹤同学说到了《核桃树下金银花》中"我"和胖姑娘之间的关系，我比较认同你的看法，我也觉得那个胖姑娘是另一个自我，一个被赋予了理想色彩的"我"。小说开头的时候，"我"是一个马上要高考的学生，压力很大，抢了兄弟的三轮车之后，终于短暂地逃离出平凡沉重的生活。就是在这场逃离、郊游或狂欢的时候，"我"遇到了这个胖姑娘,胖姑娘给"我"描绘了家乡理想化的田园生活,这种美好的场景成为"我"此后人生中的某种支撑,每当"我"遭遇困境,总会想到当时的这个时刻。

郭洪雷:对,我觉得这个很重要,"我"是经历了一系列的失败之后,这个胖姑娘才获得了她的意义,比如"我"把家里的企业搞砸了,后来开店又赔了。而在"我"成为一名网络写手之后,"我"已经开始成功了,还清了债务,还让父母过上从容的生活。"我"是在经历过失败和成功之后,回过头来,才突然间想起了胖姑娘这件往事,通过这个过程,才能使胖姑娘的意义得到体现。

李佳贤:我给一个朋友推荐了《核桃树下金银花》,在他看来,这是一个很俗常的故事,某人离开某地,又回到某地,物是人非,像诗作中所写:"人面不知何处去,桃花依旧笑春风。"确实也可以把这篇小说看作一个原型故事的再演绎,"日光之下,并无新事",关键是看作家如何去写。故事最后让胖姑娘身亡,从切实表象的层面,你可以说它反映了地震的灾难。但如果把胖姑娘视作一个更具理想色彩的"我",或一个寄寓了"我"内心美好想象的存在,那么她的死也就意味着那个理想的"我"的失落,或是美好的丧失。

郭洪雷:这可能是人类的共同问题,当你们回想自己人生经历的时候,你可能会想:是什么东西使我变成今天这样子?这时候可能你就会把过去未曾在意的事情重新唤起,赋予它新的意义。佳贤的朋友认为这是一个比较俗常的故事,一个原因可能是它是人性里普遍存在的。

徐源:刚刚老师说到《核桃树下金银花》中的"胖姑娘",在阅读中我也注意到了这个胖姑娘的特别之处。"我"之所以对她念念不忘,不仅是因为她曾让年少时的"我"第一次感受了怦然心动,更加深层的原因也许在于胖姑娘是"我"心中希望的象征。"我"也觉得她是这个世界上的另一个自己,给予"我"美好而温暖的憧憬;这份憧憬支撑"我"面对高考、家里破产、被迫远走他乡谋生等一系列重大事件,每每在生活迷惘之时,胖姑娘便会浮现。在离开家乡多年,生活趋于安定以后,"我"仍然想要执着找寻的胖姑娘,实则就是支持"我"生活下去的那一丝微弱却必不可少的希望。

"希望"同样也浸透在《庚子故事集》的每一个故事中。比如《羊群过境》,"我"在中年遭遇离婚,事业也因突然而至的漫长假期而岌岌可危,"我"试图找回以往对人生的掌控感,连煮饭、打扫屋子、带父亲出门自驾游这些琐事,都变成了让"我"感到生活还有一点意义的事情,"希望"来得如此轻易又荒谬。

许星星:是的,"希望"在《核桃树下金银花》里常有体现,它也是我最喜欢的一篇。在这篇小说中有两股张力在相互拉扯。自我调侃式语言的轻逸与小说内涵的苦涩形成对比;同时,主人公内心诗性的向往与坚硬的现实之间也形成一股张力。高考前夕,男胖子为了逃离繁重的课业,抢来朋友的快递车,无所畏惧地奔向未知之地。这场飞驰是胖子对学校——沉重的现实——的抗议。在通往自由之境的旅途上,胖子陷入困境,而与他有相同吨位的女胖子适时出现,施以援手。因此,对于男胖子而言,那个与女胖子寻找收货人的午后,就是一段超脱于现实之外的美好时光,是他在坚硬的现实之中不愿放下的诗性向往。

在之后的几篇小说里,主人公也同样为自己储存了一份诗意想象。像《人类的算法》里,刘宁始终不能忘记多年前的那段露水情缘;《羊群过境》里的父亲面对麻烦的世界,还每天哼着那首《张三的歌》;作为儿子的"我"一直计划着和父亲来一场甘南之旅。他们这些异常的,或者说偏执的表现,都是因为不愿向现实妥协。他们都固执地对未来、过去或远方,进行诗意的想象,以此对抗此时此刻的沉重。

郭洪雷:我的感受和你们两位有相近的地方,我觉得这是弋舟的一个变化,弋舟《庚子故事集》相比以前的创作有一些变化。其实我们读这5篇,会发现每一篇都有"和解",过去我们认为过不去的东西,或者在人生当中非常重要的东西,在庚子年的背景下都会变得能够接受、忍受。因此,《庚子故事集》有和解、温暖的东西,这是一个比较大的变化,而像《蝌蚪》就完全没有这样的可能性。

徐源:对,就算在情节压抑的篇目中,弋舟也能让我们看到"希望"的存在。比如《人类的算法》,她因外贸工作长年辗转国内外,虽热爱这样的旅途，但工作的机械重复和只身一人在外的孤独也让她感到疲倦无助。因一组偶然间上传的微博照片，已婚的她与年轻自己许多的同行晚辈有了一段婚外恋情，并持续多年。对于这段感情，作者并没有站在道德立场上加以批判或讽刺，故事中的"她"更像是疲惫生活中那一抹微弱的光亮。

吕彦霖：在《人类的算法》写到出轨的故事时，弋舟其实没有下什么道德判断，他把这个当作每个人都有的难处来写，从根本上来看，他不打算把它写成抓小三的故事，而是有点像张爱玲的《封锁》，一男一女被困在公交车上，好像产生了情愫，但等到"封锁"解除，两人下车时又回到了常态，一切都烟消云散了。其实我觉得弋舟达到了张爱玲所说的"哀矜"，就是说人本身就是凡人、俗人，这也让他的小说具有了更强的代表性。

林伊纯：所以，如果说时间是弋舟感受生活的表象和方式，那么给予自己和他人希望则是他呈现生活的根本动力。

三、音乐、电影、虚构与反串

李佳贤：我还发现了一个比较有趣的点，就是关于弋舟的小说和音乐。当时因为看弋舟的《刘晓东》，专门买了书里提到的一张唱片，我感觉弋舟应该是喜欢音乐的。《等深》里有提到威猛乐队的《无心低语》(Careless Whisper)，《所有路的尽头》又直接用郝蕾《氧气》的一句歌词来命名，弋舟的小说跟音乐、电影都构成了很多呼应。《庚子故事集》同样有这个特点，比如代序中的"钟声"，钟声其实就是一段旋律；《核桃树下金银花》中有赵雷的《成都》；《掩面时分》里，弋舟也化用了《只要平凡》的歌词："没有神的光环，只有你的平凡。"但《庚子故事集》里让我印象最深刻的是《羊群过境》，这篇小说对音乐的化用是很成功的，小说反复出现一首歌：《张三的歌》。以前听这首歌，我误以为是爱情歌曲，一些歌手，比如蔡琴，她演绎的版本听上去是非常轻快愉悦的。然而，这首歌其实并不轻松，原唱李寿全的版本可能更接近这首歌的原味,带有些苦涩。稍稍了解这首歌的创作背景,就会知道这首歌是离异的父亲唱给儿子的,涉及了"父子关系"的问题,并且这首歌还是电影《父子关系》的主题曲。弋舟在《羊群过境》里同样也探讨了"父子关系",小说中"我"的父亲反复哼唱《张三的歌》,通过这样一首歌的植入,形成了一种镜像或复调的效果:小说里的两对父子关系、歌曲里的父子关系以及电影里的父子关系形成了一种呼应。这首歌的引入把小说的内涵变得非常丰富。

郭洪雷:是的,弋舟他原来偏爱于用一些诗,像保罗·策兰等人的诗。当然,歌也是他常用的对象。一首歌用在小说叙事里,它可能会有很多效果,包括气氛、情调、叙事节奏,等等。

吕彦霖:我觉得弋舟有点受到戏剧这些舞台艺术的启发。另外我觉得你刚谈到的《羊群过境》,我看了之后的感受是,这篇小说其实是很"东方"的,很"中国",我当时看了第一个想到的电影就是李安的电影,类似"父亲三部曲"的感觉,尤其是《喜宴》。我觉得弋舟的特点在于他喜欢从细处着手,这也很像李安的电影风格,他会抓到很小的部分,但这种很小的部分又被他提取出来,就像伊纯说的,弋舟笔下都是普通的人,但又有非常强的代表性和表征力。

郭洪雷:对,我看《庚子故事集》的时候发现弋舟为了达到那种效果,他在时间上做了一些处理。例如疫情使得我滞留在父亲身边,自己就形成了一个由"父亲"转化为"儿子"的过程。而有了重新作为"儿子"的身份,跟自己的父辈进行交流和对话的时候,又唤起了跟自己的儿子的回忆。所以弋舟小说中的"时间"还是蛮重要的。另一篇小说《人类的算法》也是这样,它是透过储物间里的一双运动鞋等这些东西,来唤起刘宁的回忆。而她穿过的这些东西恰恰是和一段隐秘的感情有关系,她的女儿马琳又唤起了母亲的身份,当带着母亲身份的刘宁再回过头来看那段感情的时候,我们就会发现弋舟在这篇小说里其实下了很多巧妙的功夫。

吕彦霖:是的,我觉得弋舟小说受电影影响比较大,他的很多小说很像电影,也比较好拍。弋舟经常用"闪回"的手法。

林伊纯：说起来，"父子关系"也是弋舟在小说里反复探讨的一个问题。

吕彦霖：是的，所以大家可能会感觉到，最近这几年，"父亲"的发现，好像是很多作家逐渐在关注的。因为中国文学是有一个"弑父"传统的，要么是父亲"缺席"，要么是父亲"被阉割"，要么就是对父亲只字不提，反而是这几年写父亲的作品开始多起来了。

陈佳飞：我想再谈一下前面讨论的《核桃树下金银花》，谈一下小说中胖姑娘的"死"的问题，为什么在这么一个温暖的故事当中，胖姑娘还得去"死"？我从作家创作的出发点来看，因为这个胖姑娘是作家和小说人物"我"的一种共同虚构，是经验和想象的虚构，她作为理想的化身长时间存在于"我"的记忆当中。如果贸然地让她再次出现在文本当中，她此时的形象势必会对这个虚构形象产生冲击，原先的美好形象有可能会一落千丈。这就颇类似于鲁迅《故乡》中的"我"一样，回到魂牵梦萦的故乡来寻求生活的慰藉，但故乡的一切却让"我"心灰意冷，"乘兴而来败兴而归"。因此，出于这样的考虑，作家无论如何也不能让胖姑娘出场，她的出现倘若一味遵循"我"的"记忆"行动，那势必会使得小说的说服力大打折扣，而不遵循"我"的"记忆"行动，那么毫无疑问，会损伤小说温暖而又轻逸的主题与风格。

弋舟小说在努力揭示当代人的生存困境，但也正如刚才所说，这种生存困境通常存在于我们难以发觉的日常生活的极细微处。将这种极细微的日常生活困境加以"陌生化"的手法，往往带给读者极强烈的震撼感。而除此之外，他对于父子、母女等日常生活困境的处理上，颇有些因果轮回的宿命味道。特别是《人类的算法》《羊群过境》中，前者的母亲刘宁在女儿马琳身上看到的自己的影子，后者父子的迭代迁移，母女、父子都在因循通向着不自由的道路。但弋舟小说在提出问题的同时，尽管不给予解答，却有着明晰的反抗意识，小说中的人物对自己所处的困境大多认知明确。例如刘宁离职后寻找人类解放的道路，《羊群过境》中的"我"尝试缓和"我"与"父亲"、与"儿子"之间的关系，尽管这些反抗常流于失败与妥协。而深究这种失败与妥协的原因，通常就是社会所施加在人身上的胁迫感，这涉及道德、伦理、经济地位对人的规约。值得注意的是，弋舟在表现人物的时候，人物对困境的认知与阐释，往往表现出一种向内的忏悔意识，这大概也是弋舟之所以能在极细微处发现日常生活困境的原因之一。这种习惯于拆解生活的方式，使他能够一眼就看出细小日常生活齿轮的磨损与变形。

郭洪雷：佳飞说胖姑娘是虚构的，让我想起了另一件事，就是《鼠辈》里，女的也给"我"虚构出了一个黑人男子，当我们把这两个虚构放到一块儿去理解，它可能为我们揭示了人类心理的某种现实——人是需要某种虚构去支撑自己的生活的。无论是胖姑娘还是黑人男子都是虚构性的，而我们在生活中能够挺得住的一个很重要的原因可能就在于这种虚构的东西，这种虚构的东西如果从反面说，用萨特的话来说，是"自欺"，自欺恰恰是我们生活中常见的精神事实，而我们是需要这种虚构的。例如我们在做某件事时，我们会虚构出这件事的价值和意义，而当你回过头来会突然发现自己干的事情很可能是一文不值、空耗生命的，你就会觉得自己始终处在某种圈套里。从消极的意义上，它是一个"圈套"，但是如果从虚构的意义上，你会发现人的生命是需要这种虚构来支撑的。

陈佳飞：老师，我还有一个问题，就是弋舟在这几篇小说的写作中，大多关注的是中产阶层，这固然有弋舟自己步入中年后，写作的中年化转向。但中年也不一定都是中产，是否还有其他层面的原因？对此我想听听大家有什么看法。

林伊纯：大家可能没有看过弋舟的前期作品，我觉得他一路写过来就是写他自己，年轻的时候写年轻的时候，中年的时候写中年的时候。他年轻的时候写的也是他的孤独，那种年少的血性和不被人理解的孤独，像《蝌蚪》和《跛足之年》就是渗透着这种情绪。我觉得他之所以这么写，是因为他是有写作野心的，他很想表达一代人具有典型意义的精神状态。弋舟是中产阶级，也是中年人，我觉得这样的写作就是写他自己目前最真切的感受。所以我觉得弋舟写《鼠辈》很有意思，因为当中的"我"应该是一位带着恋爱冲动的年轻人，今晚我们的讨论比较少谈《鼠辈》，但我觉得《鼠辈》其实是这个集子里最特别的、感觉和其他几篇格格不入的作品，我认为《鼠辈》应该是弋舟写给自己的。

郭洪雷：林伊纯同学比较强调作家的阶层、生活对创作的影响，但我觉得作家恰恰不是这样的，一个中年作家也可以写少年，因为这里涉及一个问题，就是"叙述人的反串"，有很多男性作家叙述反串反得非常好，比如毕飞宇、张楚，弋舟的反串写得也不错，像《掩面时分》的反串是最明显的，所以反串也是弋舟小说中值得注意的现象。

郭洪雷：其他同学还有什么感想吗？

高妮妮：在这里我想谈一谈我对于弋舟《庚子故事集》的原初阅读体验，跟大家今晚所谈及的可能都不一样。当然这也只是我个人极为粗浅的认识。在阅读过程中，弋舟作品给我一种极为强烈的被限制感，就像是作者在有意将作品控制在一定范围内。目前我还没有找到确切的词语去描述我的这一感受。如果非要做一描述的话，我想我愿意称《庚子故事集》中弋舟的故事为"文学的屋子"。

当然，我也试图从弋舟作品的诗性语言、城市中人们物质生活下的精神孤独、人们面对生存困境的态度等方面去进一步解读弋舟的作品，也试图从大家的发言中寻求一种新的思路，但我发现弋舟留给我最深刻的还是这种被围困感。我想这大概是因为弋舟的作品太真实了，他描写普通人的生活，诉说普通人的喜怒哀乐。尽管我没有与小说中人物同样的经历，但现在每天都能从不同渠道知晓与作品中类似的甚至同样的故事。因此，对作者所描述故事内容的熟悉，也就导致了作品在故事层面留下不多的空白。为此我也搜索了关于弋舟这方面的资料，看到了田耳关于弋舟小说的一句论述："他的小说，总给我不曾放开之感，过多的控制，过多的诚意，有时又难掩说教。"我想这句话大体说出了我的这种感觉。因此，相较于去探索弋舟作品背后隐藏的种种深意，于我而言，我更愿意把这些小说当作生活去阅读，去感受。

刘宗瑞：在弋舟的小说中，我想谈谈让我觉得差异感较大的《人类的算法》。首先，开头以女儿穿的"鞋"引出夫妻之间的对话，交代了三口之家；接着描写刘宁对地下储物间的收纳整理。本以为是幸福的三口之家、女主刘宁是传统的家庭妇女身份。读到后面，逐渐发现：丈夫在刘宁孕期出轨，刘宁承受长达5年的产后抑郁，甚至在后文中女儿也问母亲是否想过离婚，家庭关系不言而喻；刘宁又是国际贸易公司团队的负责人，经常穿梭于各国之间，身份也不符合预先的推测。其次，婚变在这个小说中也有较多的笔墨。丈夫在刘宁孕期时出轨、刘宁在工作中遇到了谭展，本以为女主的生活开始温暖，但谭展最后娶了其他人，微博人数也由150变成了149；朱颖和孔一亮虽是"地下恋"，但也看得出幸福，但朱颖最后却和大叔结婚了。婚姻就像"人类的算法"，有个人走了，必定会有人加进来，有人进来了，必定会有人离开。进来的人拥有了短暂的幸福，但离开的那个人必定是痛彻心扉。

宇宙观照中的日常书写

——张楚小说集《中年妇女恋爱史》及新作讨论

主持人：郭洪雷、吕彦霖、李佳贤

讨论人：杭州师范大学文艺批评研究院中国现当代文学专业教师与研究生

一、宇宙与尘埃

郭洪雷：同学们怎么看待张楚在貌似平常的叙事中，突然抛出一些令人惊异的东西来？

王海月：张楚的《中年妇女恋爱史》这篇，在他的短篇集中比较特别。初读时，我们发现它讲述的都是日常生活中的凡俗之事，甚至带着溢出常规伦理的意味，表现在文本之中便是男性出轨和女性捉奸。然而，当我们细读时，会发现文本给我们打开了另一种思考的角度和空间。这在文本的叙事秩序上表现为小人物日常琐碎的和国际性大事件及宇宙神秘事件的对比叙事，具体可以理解为三种维度或者三重空间。第一重空间以一个女人茉莉一生的情感史串联起来，她和所遇到的男性发生的滑稽荒唐之事都被第二重空间所映射，即以更接近官方语言的国际性报道去隐喻小人物的命运波折。在文本当中可以梳理出一条脉络：1992年，茉莉遇见高一亮的情窦初开，恰好与美国将最大军事基地移交给菲律宾呈呼应关系，此时茉莉亦将自己的一颗心"移交"给高一亮；1997年，发生了两件事，朋友的葬礼和茉莉的婚礼，一白一红，一终一始，而这一年克隆羊多莉诞生，香港也回归祖国，这既昭示了新的开端和起点，也是对于过往历史的终结；2003年，黎江出轨背叛茉莉并与茉莉离婚，而在国际上则爆发了伊拉克战争，这象征着一种毁灭和某种秩序的坍塌；2008年，茉莉与老相好高宝宝旧情复燃被丈夫姜德海发现，而2008年大事记收入汶川地震和"三鹿奶粉事件"被曝光，这暗示呼应了人物生活轨道的偏移和内在世界的解构；到2013年，茉莉发现自己的男人蔡伟竟然和朋友在一起了，此时以银河系中杜撰的故事来隐喻，暗示命运之荒唐吊诡。通过以上分析，可看出第二重空间实际上是对第一重空间运用不同语言秩序而进行的一针见血式的解读，而第三重空间，即神秘的各种星系上的故事，超出了常人既有的经验，也无法运用真理与公式去定真假，可以理解为对前两重空间的消解，即在另一个星系上发生着一些值得讲述的事情，而这些似乎与我们并不相关，甚至有点"不知其所云"的意味，而反观之，亦然。不得不说，这令我很自然地想到了鲁迅在《起死》《理水》等篇目中的写法，即前后部分在情节或结构上的对立，以及后部对前部的颠覆、解构和翻转，这正与张楚的这篇小说有异曲同工之妙。此外，这种先将读者代入熟悉的日常生活秩序之中，又制造一种近似超脱的、拉开距离的两种大空间进行不同视角的观照，让我想到了曹禺在戏剧《雷雨》中的写法，即有序幕、有尾声，并有意让观众从激烈的戏剧情节中超脱出来，这又与日常—国际—外星系三层空间递进有某种吻合之处，即一种台前—幕后—超脱的层层演绎。不得不说，张楚的这篇《中年妇女恋爱史》为当代日常经验写作提供了一种文本重组的可能性，也为读者提供了另一种思考当下生活的视野，这层视野，是一种力度，亦是一种气质。

吕彦霖：王海月同学观察得很仔细，找出了大事记与茉莉人生内在的、意义上的关联，但我个人认为二者没有关联。张楚这样写是故意的，他就是在消解这种关联。斯拉沃热·齐泽克的 *Event*（《事件》）中也有提及，包括同学提到的"宇宙学"也是，张楚特意要写这些东西就是因为这种特别巨大的东西，甚至我们讲克鲁苏式的东西是有利于起到"离间"效果的。拉康有个词叫"the real"，就是"实在界"，这个"实在界"对于个人来说就是现实存在，你不愿意遇到或者不敢看到的——比如"死"就是人的"实在界"。我觉得张楚这种"宇宙学"的写法就是在提醒我们从所谓的现实的、理性的框架里出来，他就造成了这种

"布莱希特"式的感觉，一开始就告诉你"你看的是戏，这是假的"，让你从这种秩序中猛醒，从而真正地重新审视这个世界。同学的发言正好给了我一些启发，张楚这种写法可能反而是没有意义关联的，它是"the real"、是"实在界"突兀的闯入，作者刻意让读者知道这是没有关系的。

李佳贤：对于这一点我也有一些思考。为什么他在讲一个女性从少年到中年的过程中要插入这些大事记甚至虚构的宇宙纪事？这位同学通过细读发现大事记和个体生命历程的呼应，有发现问题的意识。我在阅读的过程中其实没有想到要把大事记和茉莉的故事对应联系到一起。事实上，这些国内外大事和虚构的外太空纪事，与小县城中一个普通女性的关联度是很小的。我想作家之所以要这么设置，除了他在创作谈中说到的与"时间"有关，同时也是在刻意营造一种距离感。作家在《中年妇女恋爱史》后记中提到他对安妮·普鲁小说的欣赏，并尤其欣赏她偏于冷静客观的叙述。比较有意思的是，安妮·普鲁的这部作品叫《近距离》(Close Range)，但本身却保持一种有距离的写作姿态。张楚可能比较欣赏这种写法，然后他在他的小说中也刻意地去营造一种距离感。另外，我觉得他也无意让读者沉溺于他所叙述的故事，他希望读者在阅读作品的过程中也能保持一种距离感，所以他有意通过大事记及宇宙纪事来让读者从故事中超脱出来。或许正像卡尔维诺在《树上的男爵》中所说的："谁想看清尘世就应同它保持必要的距离。"这可能也是张楚的考虑。

郭洪雷：同学们有没有看过林培源写的一篇文章叫作《小说的"宇宙学"》？他是如何去理解张楚小说中的"宇宙性"因素？张楚的很多作品里都把"宇宙性"因素引到自己的日常生活叙事当中，那么如何去理解张楚小说中的"宇宙性"因素？他又为什么要把卑小凡俗的个体生命和如此巨大的东西放在一起来叙述？

许志益：我看了这篇文章。在看的过程中，我就在想张楚的"宇宙观"背后隐藏着作家什么样的情感立场。所以我想谈一下自己的观点。张楚在小说中融入了许多天文学相关的知识话语，其中比如《七根孔雀羽毛》中李浩宇说的"我们这些人,不过是依附在玩具上的细菌"以及"宇宙恐惧症"等;《中年妇女恋爱史》每个时间节点的年度大事记中,和全球重大历史新闻相并置的,是作者虚构出的银河外星球的新闻事件;《夏朗的望远镜》中,婚后成为家庭边缘人的夏朗,痴迷于用望远镜眺望天上行星,并且还奇妙地发生了和外星女子的外遇。可以说,这些庞大的星系和天文话语构建了属于张楚的"宇宙观"。在我的理解中,张楚对宇宙的书写是具有多重意义的。首先,如果说现实世界代表"此时此地",那么宇宙则对应为"远方彼岸",宇宙在被构建的过程中,现实生活的意义则被逐渐消解,从这一点来说,张楚笔下的人物似乎通过对宇宙的幻想实现了一次对现实重压的逃逸。但或许在张楚的"宇宙意识"之下,还隐含着其他的情感,就像《七根孔雀羽毛》中李浩宇说的"我们这些人,不过是依附在玩具上的细菌",是宇宙中渺小得微不足道,甚至无法证明自身的存在,因此,或许可以猜测,张楚一方面对物欲之下人性的异化表现出惋惜,另一方面,张楚又通过"宇宙意识"展现出对众生的一种体谅、宽容和豁达的情感,这是张楚宇宙书写的第二重意义。当然,我觉得或许还有更多意义可待发掘。总而言之,文本中的这些天文、宇宙相关的话语,为小说的意义创造了无限的生长点,这也成为了张楚小说的一个闪光点。

姚佳怡:其实关于宇宙这一意象的意义,张楚在《中年妇女恋爱史》的后记里已经讲得很清楚了。他引了物理学家劳伦斯·克劳斯的话:"你身体里的每一个原子都来自一颗爆炸了的恒星。形成你左手的原子可能和形成你右手的来自不同的恒星。这是我所知的关于物理的最诗意的事情:你们都是星尘。"我们每个人相对宇宙而言都只是星尘,这很浪漫,同时也体现出了人类的渺小。

郭洪雷:是的,这是作者的理解,那么我们自己作为读者,读完之后也会有自己的理解。就像刚才吕老师引入了一个"实在界"的概念,以这样一个概念去理解小说中的"宇宙性"因素,大家还有其他想法吗?

高妮妮:关于张楚作品中的宇宙描写,我觉得这其中是否带有一点儿哲理的意味？宇宙大事对于一个小县城的人来说简直无关紧要。但作者这样写是否是想用更阔大的境界来衬托出人的平凡、渺小，从而对人物的种种作为表示一种和善与谅解？宇宙那么大，可以包容一切的光亮与黑暗。而每一个生命都如黑暗中的光亮一般，独一无二，值得被永远铭记。这或许就是为什么张楚对他笔下的人物充满温情的原因所在吧！他并没有对这些人物进行道德上的评判，只是用自己的笔永久地留下了这些珍贵多彩的生命痕迹。《直到宇宙尽头》中的姜欣到底睡了王小塔的三个铁哥们，她想用这种极端的肉体出轨来报复王小塔，可是最后她发现自己承受的苦痛是王小塔永远不及的。她渴望头顶神秘高贵的星空，而事实是，她的双脚只能陷进现实的肮脏泥淖里。这真是可悲，可这也是姜欣真实的人生，无奈、悲痛而特别。张楚在《中年妇女恋爱史》这部小说集的后记中写到关于每章后面的大事记："它们与茉莉无关，与爱无关，与衰老也无关，遗憾的是，它们跟时间有关。"是的，时间是张楚小说描写的一个重点，因为"中年"本身就充满着时间的气息。张楚用他平实、简洁的语句真实地记录下了时间潮流中形形色色的生命。茉莉从开始的引人注目到最后的人财两空，时间是最好的参与者与见证者。当时间带走激情与炙热，留下的只会是一片残败。而仅依仗肉体的茉莉，其悲苦也就在所难免。

徐源：在《中年妇女恋爱史》中，小说每个章节后都附有一篇大事记，其中既有历史要闻，也有虚拟的外太空文明。同时作者站在旁观角度，不置私人情感态度地记录着中年女性茉莉的人生节点，这三层几乎没有关联的情景一同呈现。茉莉的人物形象乍看并无特殊之处，仿佛是许多中年女性情感经验的缩影。但在这样的对比之下，在宇宙的苍茫浩瀚和时光的流转中，作者的侧重点已不是茉莉个人的情感历程，而是关乎时间本身，关乎宇宙之下生而为人的渺小和悲凉。几十年悲欢仿佛转瞬即逝，我们最终都将化作宇宙的尘埃。读罢，孤独和幻灭感挥之不去。

夏璐：虽然小说题目是"中年妇女"，但是作者从茉莉的少女时代开始叙述，写她的恋爱，出轨，被出轨，然后再一次恋爱。可是张楚并没有写她的成长,如何从少女变成中年妇女,在一段又一段的感情里得到过什么或是失去过什么,甚至连外貌的变化也没有,就像被困在了原地。但是在小镇琐碎日常生活的背后是一个时代的巨变,1992年南方讲话,1997年香港回归,2003年非典,2008年奥运会。而在更高的维度上,更遥远的光年外是另一个星球的生活。我和前面同学一样注意到了作者说的"每章后面的大事记,我也写了点外星球的轶事,它们与茉莉无关,与爱无关,与衰老也无关,遗憾的是,它们跟时间有关"。有的人浑浑噩噩了却余生,有的人在寻找生活的意义,灵魂的重量,但在茫茫宇宙中人类实在太渺小了。

吴晨:张楚在《后记:虚无与沉默》中称,写作《中年妇女恋爱史》的意图在于将自己理解的美好写进小说、记录下来,这与我的阅读感受是不一致的。在我看来,茉莉的几段情感要么懵懂要么放纵,并不符合通常意义上的美好。而且,张楚将世界历史节点、外星人事件放入其中,如此宏大的视角将男女情爱反衬得苍白且琐碎。这一文本设置也将创作主体与人物情节的距离进一步扩大,使这些本应使人内心泛起波澜的桥段被作者冷眼旁观、冷静地述说着,令人唏嘘。而紧接着的一句话"犹如春天里夜风中摇曳的蒲公英",仿佛就是来解惑的。蒲公英是平凡的,不起眼的,很少会有文人以此来比喻美好。但张楚就是用了,描绘的还是"夜风中摇曳的蒲公英",哪怕被吹散也不意味着消散,反而更有可能是新生。与其小心翼翼,战战兢兢,不如在风中摇曳,自有一番风味。正如茉莉,与其在庸常俗世中用力挣扎,不如听从内心,追求内心需求,看似破碎却也是另一番美好。

郭洪雷:读这篇小说的时候,我恰恰想起了冯至《十四行集》的第一首诗《我们准备着》:"我们准备着深深地领受/那些意想不到的奇迹……我们赞颂那些小昆虫/它们经过了一次交媾/或是抵御了一次危险/便结束它们美妙的一生/我们整个的生命在承受/狂风乍起,彗星的出现。"这里面也有像"狂风""彗星"这样大的意象,冯至很肯定我们这种卑小生命本身是作为一种奇迹存在的。当我们看到这种"大"的事情、从外部看这些"宇宙性"因素,我们本身卑小生命的意义就被消解掉了；而当我们从个体生命里面看，我们会发现无论国际、世界、宇宙如何变幻，每一个生命本身就是唯一的，都有一种奇迹性的东西。所以我在看《中年妇女恋爱史》的时候，想起了这首诗，我们既可以从外面谈，也可以从里面谈，每一个个体生命都是珍贵的，都是奇迹，从这样一个角度去读他的作品。与其说是中年妇女的"恋爱史"，不如说是个体生命的衰败史，虽然里面的中年妇女有不断的感情经历，但它从一开始纯洁美好的东西变得越来越破败，尽管如此，我们仍能看到生命中最平凡的东西也值得被珍视。

吕彦霖：我也同意郭老师的看法。在小说中，无论是茉莉还是其他女性形象，按照我们所谓的传统道德来看，是非常容易受到批判的，但是张楚却并没有写到这些，那么他是怎么看待她们的命运的？宇宙和个人的这种隐秘的"关联"或者"不关联"，其实也指向鸿蒙初辟的这种洪荒意象的脆弱性，但是这种脆弱性唯其脆弱所以可以被原谅和理解，因为人是很脆弱的，与此同时，人又是很珍贵的。所以张楚并没有在《中年妇女恋爱史》中上升至道德，反而是写出了她们的可爱和可怜之处。

叶荷娇：在张楚轻盈冷淡隔着距离的叙述下，暗暗流动的却是女子惊心动魄的恋爱史。这部恋爱史用女人的生命和青春残酷抵押，诉说着女人一辈子的惴惴不安和对男人的茫然寄托。茉莉的一生从占尽先机到步步败退，她一次次降低自己的底线，沉溺于身体的愉悦中，但道德意识与自我精神逐渐被放逐，这个看似越来越放荡的过程却恰恰是茉莉人到中年心灵危机愈加严重的体现。她专注于自己的身体，在意着自己人到中年身体的衰老，也在意着欲望萌动、空虚被填满的虚假快乐，但却越来越缺失女性自我表达的独立话语，缺失实现自我满足与自我安全感的精神信念，灵与肉的分裂让像茉莉一样的女人们如浮萍般漂泊，一生都在漫无目的地寻觅却从未找到正确答案。

二、中年男女与中年写作

吕彦霖：大家可以看到茉莉和蔡伟的这段感情，张楚写的是被岁月侵蚀之后的中年男女的感情。"中年"这个词是很有意思的，张楚写这篇小说的时候已经是中年作家，这和他的早期作品是不一样的。欧阳江河曾经提出一个词叫"中年写作"，你们看茉莉最后对蔡伟非常动心，把钱都捧出来给他，实际上很像《倾城之恋》的反写，《倾城之恋》中两人经历了巨大破败之后成就了爱情，而茉莉听从内心感受之后却人财两空，张楚对于中年心态的描述，包括对欲望、情爱的描述，都是很切实的，他并没有调动道德因素来进行批判，反而是敢于直面人生的破败，所以我觉得在这方面是很值得深究的。

姚佳怡：老师正好说到《倾城之恋》，我想讲一讲张楚最新的作品《金鸡》。《金鸡》一篇中"我"的室友代表了衣食无忧的小资阶层，而饭店老板和女儿则代表了需要为生计劳碌的一类人。室友和女孩就如范柳原和白流苏一样是两个世界的人，本不会有什么交集。但他们都有各自难以招架的生活，是他们各自的"乱世"将这对孤雏凑到了一起。或许这锅鸡汤就已经是两人爱情的顶点，但爱情不是重点，金鸡也不是，生活才是。

郭洪雷：吕老师刚才提到一个词叫"中年写作"，你们想一想：在张楚的作品里面，他的"中年写作"或者说"中年心态"有什么表征性的体现吗？

众人：冷静的叙事笔调，冷眼旁观的姿态。

许星星：我觉得人到中年会特别渴望一种真情。他的着重点经常在个人身上，写一种小人物的浪漫情怀。《中年妇女恋爱史》这部小说集整体看下来，我发现他对真情的渴望表露得越来越深刻，尤其是最后一篇《野草在歌唱》，写得非常浪漫和理想主义，我觉得他表达了对虚无的一种否定，内心是相信真情的，并且在小人物身上捕捉意义。

郭洪雷：你们有没有注意到一个细节，作品当中的主人公或者叙述者动不动就要和邻居、朋友们喝上几个、十几个"小二",这里面他的中年表征特别明显。恰恰是这种穿插性的细节一定要注意,这正表明了他的一种"中年心态"。在一些看似很重要的事情上他经常是一种迷离的状态,不会特别苛求,这种迷离和不苛求就是靠喝"小二锅头"来实现的。所谓的表征就是非常具体呈现在他作品里的东西,而这恰恰是所谓"中年性"的体现。其他同学还有什么想法吗?

张仁泽:关于中年写作,《过香河》《金鸡》《夜鸟》这三部作品里,"我"都是一个四五十岁的中年人,心里都有一个伤痛——女儿的离世,但在叙述中,"我"却从未表现出过强的倾诉欲,只是在适当的时候点出这一事实。比起郁达夫的《沉沦》、巴金的《家》里的那种倾泻而出的感情,张楚这种中年写作姿态显得要收敛、平淡很多,甚至有一种看破后的苍凉。

李佳贤:我感觉小说里的中年人"我"一般都不是一个讲故事的人,而只是"故事"的旁观者和倾听者,"我"缺乏一种想要把一切搞得清楚明白、想要追本溯源的欲望。这种限制性的视角使得小说会有不少留白,造成一种不确定的、模糊多义的艺术效果。

郭洪雷:生活是需要"过去"的。喝酒也好,李老师所说的不过分地要求明晰化也好,生活本身是要"过去"的,一个人不能卡在一个地方过不去。

高妮妮:与作者早期的作品相比,张楚现阶段的写作完全归于平淡与朴实。无论是写茉莉几段失败的婚姻、姜欣复仇的沉沦,还是河神与凡间女子朦胧暧昧的情愫,作者都退居一旁,忠实地记录着人物的生存状态与精神困境。"他们在苦熬",张楚用了福克纳在《喧哗与骚动》的结尾所说的话。"苦熬",这就是中年才有的觉悟吧。凡事不再追求明明白白、清清楚楚。就像中年的关鹏不再奢求一个完美且"匹配"的妻子,不再深究米露的过去种种,只想"过日子"。直面人生的各种破败,平静地接受人生的悲或喜。

朱婷:张楚在访谈中曾谈到他写《中年妇女恋爱史》的缘由:上街购物时,恍惚中瞥见的女人引起了他对从前许多女同学的回忆,由此萌发了将她们的美好写进小说记录下来的想法。《中年妇女恋爱史》主人公的选择我认为很有新意——"中年妇女"。以往小说写恋爱情史多半会选择情窦初开、明媚干净的少女，而他偏偏选择了"一地鸡毛"的中年妇女。张楚正值中年，他是见过也接触过不少中年妇女，但他笔下的茉莉却又和中国千千万万的小城镇妇女不同：茉莉一生不停地恋爱、结婚、离婚，从乡下女孩成为城镇里的风云女性，最后陷入情感骗局，人财两空。张楚在这部作品中塑造的妇女最显著的特点便是物质与情欲，他毫不客气地将茉莉等人的欲望展露出来，但又没有道德批判的意味。小城镇保守封闭，但却生活着这样一些内心丰盈情感丰富的女人，不免让人感慨原始情欲与生命力的旺盛。张楚曾坦言，这本书他并不只局限于描写男女情事，那样格局太小，他更想写的是社会的现状，也就是想从这些女性的经历侧面反映出时代对人的影响。他只是选用了小城镇人的视角，用敏锐的目光去观察小城女人的情感生活，再用细腻笔触将她们内心对情爱、物质的大胆追求写下来，以供世人了解。

吕彦霖：张爱玲说"生命是一袭华美的袍，上面爬满了虱子"，其实张楚写的就是"虱子"，写的就是生命中的"瘙痒"，让人不愉悦的东西。这在《中年妇女恋爱史》中还是比较明显的。

郭艺凝：我想从作家的叙事语言入手谈一下他的"中年性"。张楚小说给我最直观的感受就是语言平实质朴，这点上我想可以参考一下赵树理来思考，似乎这种以乡村或小镇为描写对象的纯文学在叙事方面都会采取一种非常接地气的方式，叙事内容也都是流水账式的日常生活，有一种天然去雕饰的感觉，与现在流行的网络文学还是有一定区别的，我在考虑这种"接地气"的"中年性"是否与当代年轻人的接受心理有一定距离。

三、创伤体验与疾病的隐喻

郭洪雷：不知道大家有没有注意到张楚小说中有一个题材性的倾向，他会写"疾病"，尤其是白血病，你们对于这一类作品有没有什么看法？他写疾病的方式、他对疾病的认识态度与其他人的疾病书写有什么不一样的地方吗？

叶荷娇：我感觉张楚所写的"病"大部分都是通向死亡的。一个人在健康的时候看待死亡跟人在生病的时候看待死亡是不一样的，小说中写到的白血病和肾病等疾病都是慢慢通向死亡的，人物在患病的过程中感受到了死亡，感受到与健康人不一样的状态。张楚可以通过这种患了疾病的人的眼光来看待生命和死亡。

吕彦霖：这些疾病从性质上来看都是致命的慢性病，这种致命的慢性病和急性的致命病是不一样的。

叶荷娇：就好像在漫长的死亡中看待生命。

吕彦霖：对，致命的慢性病就像是一场漫长的死刑。张楚笔下的好多"病"都是如此。

郭洪雷：张楚的"疾病"在写法上还有什么不一样的地方吗？

刘宗瑞：在我看的作品中，张楚对"病"的描写在《朝阳公园》《伊丽莎白的礼帽》以及《曲别针》中有所体现，相对于其他作品，张楚对"病"的描写在内容与形式的关系上有所区别。比如，在《金鸡》《过香河》《风中事》等大部分的作品中，张楚保持着一种冷静、平和的态度，更像是站在旁观者和转述者的立场，而且多以第三人称的叙述角度来叙述的。而在"病"的相关描写中，多是以对话体来体现，小说氛围更加的压抑和悲悯。比如《朝阳公园》以几个"病孩子"的对话，讲述住院的遭遇、苦涩。有外部世界给"我们"带来的恐惧，而且这种恐惧像阴影一样留在记忆中，营造了压抑的氛围；《曲别针》中李志国的女儿拉拉患有抑郁症和自闭症，医治女儿成为李志国的主要压力，也是他努力生活的支撑点。可以说，他对女儿的爱胜过一切，所以当女儿的手链遭到妓女的冒犯和争抢时，他才残忍地杀死了妓女。虽然作者对这些"病"人，没有花费过多笔墨去进行更为细致入微的描写，但是这些人却给身边人的心灵世界留下了很深的印记，甚至是留下了较深的阴影。我觉得这可能和张楚的经验背景有关。

郭洪雷：你说的应该是内容与形式之间如何匹配的意思吧。我也想说一点，你们看《朝阳公园》的时候会发现，一开始并不会感受到医院的气氛，更多的是孩子和孩子之间童年的氛围，但就在这平常的描写里，他突然写到孩子乌紫的嘴唇，令人惊异的东西就这么出现了。张楚在面对疾病时的写法就是如此，一开始的时候不是直接切入进去的，比如切入面对死亡时的一些重要问题，而是在某一个很不引人注意的地方提醒读者，这一点可能会对整个故事起到决定性作用。除此之外，你们还可以谈谈别的想法。

马英姿：我想挑几篇我喜欢的小说谈一谈。《水仙》和《听他说》这两篇，一个是从女性的角度写，一个是从男性的角度写，其实写的是一个故事，但写的重点是不同的。《水仙》中除了女主人公和恋人之间的政治话语书信交流以外，她和河神的交流都是日常话语。《听他说》从男性角度来看，有一种类似"宇宙观""时间观"的感受，这个维度是更大一些的。将这两篇对比着看还是比较有意思的阅读体验。

郭洪雷：这两篇一起看确实比较有意思。我觉得张楚的民间神话故事解决了一个问题，我们过去很多小说家写民间的时候，往往为了写民间而写民间，但是张楚的写作很好的地方就在于如何把这些民间故事的讲述和现代问题、现实问题放到一起去讲。比如《水仙》和《听他说》这两篇他并不是为了要写一个神的故事或民间故事，他是和历史上的问题和现实问题切到一起去讲的。如何将民间传奇故事与现实进行切换？张楚在这两篇小说中做了探索。

"铁西三剑客"的东北符号与现代叙事
——双雪涛、班宇、郑执新作讨论

主持人：郭洪雷、吕彦霖
讨论人：杭州师范大学文艺批评研究院中国现当代文学专业硕士研究生

一、神秘与仙气

许星星：初读这几篇小说时，颇感神秘，像蒙了一层雾。然后就感觉，小说里的主要人物是被作者强行拉来寻找出路。作者似乎想通过展现人物的寻找过程，也就是他们的生存状态，表达个人的终极信仰。从双雪涛的三篇小说里可以发现：他坚信"自我笃定"的力量，以"自我"为神。在他的小说里，人物在生存动力缺失的状态下，都拼命地寻求活下去的理由。现实的不如意引发了美好的幻想，他们把一切可抓住的东西都神话。《平原上的摩西》里的李斐神话了童年；《走出格勒》里的"我"神话了城市；《大师》里的儿子黑毛神话了象棋精神。不论是童年的记忆、幻想中的城市，还是象棋精神，都是外在的精神力量。到最后，它们都被否定：庄树要李斐走出的是童年；"我"要逃离的"格勒"是块荒地，也是城市；儿子黑毛成年后丢弃的是象棋。否定的结果是：迷雾散去，人物愈发笃定，渐次走向明朗。由此可见，作者想通过这三篇小说表明自己的生存哲学——外在精神给予你动力的同时也约束着你，控制着你。人只有以"自我"为神，并且虔敬、坚韧，才能获得永恒的自由。

靖雪莹：我也有类似的感觉，从双雪涛的作品中读出了"造神"的人工雕琢意味。而对于另外两位作家来说，同样是超人之力，班宇用"野味儿"凿穿了地；郑执则用"仙气儿"捅破了天。班宇的几部小说的叙述口吻都十分家常，在饮食冷暖等细微处也都不吝笔墨。但也正是这些看似琐碎的"感觉"描绘，使作者的每一根神经都在与世间万物的灵气交汇。从《逍遥游》中"我"对"御风而行"的渴望，到《冬泳》中"我"在水中的冥想，再有《盘锦豹子》中孙旭庭最后一刻爆发的山林野性，都体现着自然给人极强的魅惑力。而班宇正是凭借着对"泛神"的虔诚，创造了极多调动感官的瞬间。也正是由于自然之力的源源不断，这几部小说的结尾都绷着一股子劲，仿佛在故事结束以后还存在一个隐形的宣泄点留待读者自己捕捉。郑执的作品则带有一种宗教意味，特别是《仙症》和《他心通》，纵容一群"伪仙"进行着大乱人间的修行。王战团和孙尚全便是祛魅者。最后，《蒙地卡罗食人记》给出了"我"的态度——哪有什么圣洁的女神带我去慈悲的天堂？面对这一簸箕的烂糟，茹毛饮血就得了。

二、原型与意象

许星星：在他们的小说里父亲形象很突出，母亲形象往往缺席。他们为我们展示了一个颠覆传统母亲的形象，也呈现了一种焕然一新的父亲形象。这个父亲虔敬刚硬且不乏柔情。

我觉得这和东北缺少统一的精神支柱有关。东北不像其他地域有个强大的精神支柱来维系情感，像山东有孔庙，南方有佛教，而东北只有北风和冰雪。信仰的无处寻觅使他们空落，而后迷乱，胡乱抓住什么牛鬼蛇神就信了，或者逃到别处去寻找。像《他心通》和《仙症》里追随民间迷信的母亲；《蒙地卡罗食人记》《盘锦豹子》还有《大师》里突然出走的母亲。但是小说里的"我"也就是作者，是把支撑点或者说是生存下去的动力，转移到了虔敬刚硬的父亲身上。所以，作者着重描写父亲形象，是因为潜藏在父亲体内的精神，已经潜移默化地成了他们的精神支柱。他们想通过把这种精神客观化，表现自我对刚硬虔敬的精神品格的崇拜。

张仁泽：在这些小说里，母亲形象被淡化，父亲形象格外突出，而小说中的"我"与父辈之间也充满矛盾。小说中的"我"对父辈大都直呼其名，如《盘锦豹子》里对于孙旭庭的称呼，《逍遥游》中对于许福明的称呼。在那些没有直呼其名的作品里，"我"也对长辈有一层深深的隔阂，甚至鄙视，总之"我"与父辈之间充斥着不理解。

再看作品里的父辈的形象特点。《逍遥游》里的许福明厚着脸接下了老同学的50块钱，又偷家里的蜂蜜送给自己的相好；《他心通》里父辈的孙尚全也是一个借钱不还的人；《蒙地卡罗食人记》里的魏军不仅贪图前妻的黄金，在饭店结账时还厚着脸让"我"先垫着。他们都因为经济的窘困露出了猥琐、无耻的一面。联系作品中频频出现的"下岗"，作者生动展现了下岗对个体的生活造成的伤害，以及由贫穷造成的两代人之间的关系状态。

但是《盘锦豹子》的结尾，孙旭东抱着孙旭庭，对于小徐师傅的哭声，他也觉得"从来没有听见过这么好听的声音"；《他心通》里，最后"我"也让孙尚全抓紧自己，因为"我骑得老快了"；《蒙地卡罗食人记》里，即使"我"想吞父亲，但也想一并吞掉"他毕生的苦难与委屈"。这是不是又透露出作者理解父辈，渴望达成两代人和解的愿望呢？

陈泉慧：同样是写小人物，新东北作家群书写的小人物又和汪曾祺笔下小人物不太一样。汪曾祺仔细描摹的是从民俗画卷里走出来的人物，独立、诗意、自在，几乎可以让人忽视掉作品里的时代背景。而这几位作家笔下的小人物形象也很丰富，不同的是他们的个人命运和时代之间联系非常紧密。在班宇的几篇作品里面，挣扎着很多的边缘人物，他们被迫承受命运的打击，但守得住他们的底线与尊严。譬如《逍遥游》里的许玲玲不愿接受任何钱财的施舍，《盘锦豹子》里的孙旭庭再落魄也能靠自己的一技之长吃饭。而且有趣的是，这些小人物都有一个爆发点，一旦触及，就会跳起来反戈一击。比如说《冬泳》里的"我"拍死了隋菲的恶棍前夫；《盘锦豹子》里孙旭庭如豹子般跃起，挥舞菜刀追赶看房的人；《逍遥游》里的"我"爆发式的痛哭。用这样极端的行为来反抗命运的无理。班宇在揭开残酷现实的同时，还留了一份宽容与理解。《逍遥游》中背叛家庭的父亲在得知女儿患病时选择默默回归家庭。作品结尾处，许玲玲旅游提早回来，知晓屋内有两个人时，选择在寒冷门外默默等候，无形中与父亲达成了和解，也是非常巧妙的笔墨。

马英姿：《逍遥游》里写到了一个"出游"的过程——一群好友远赴秦皇岛。这让我想到了庐隐的《海滨故人》。出游母题在两篇小说中有不同的表现形态。在《海滨故人》中，青年们脱胎于五四的时代背景，陷入对人生的困惑和迷茫情绪中，与世界的冲突是精神上的，而并无生存与现实的壁垒。《逍遥游》的集体出游则更加沉重，三人与世界的紧张关系表现为与现实生活的矛盾。现实困窘使许玲玲产生孤独感，在出游中未能实现对现实的超脱，逍遥梦收获的仅是对自我孤独的更深刻确证。"出游"所蕴含的"面对困境的逃离"这一意蕴在两个文本中是一致的，但出游动机从《海滨故人》中青年群体的精神焦虑变为了《逍遥游》现实困窘带来的个体精神孤独。

陈佳飞：小说当中多运用第一人称的叙述，其中的《平原上的摩西》更是7个人的轮番叙述，而且这些文本当中的"我"大多采用回忆式的书写，因此我们不难从中看出小说的第二个母题，那就是关于"我"的成长叙事。例如《逍遥游》许玲玲对于父亲态度的转变，与父亲的"和解"就很有成长叙事的味道。原先的许玲玲对父亲直呼其名，厌恶父亲的行为不端和对家庭的伤害，但是在小说的结尾，许玲玲在窗户中看到父亲的情人为父亲炒菜的场景，她却不想因她的闯入破坏如此的温情，原先的偏见与执拗已然烟消云散。再来《平原上的摩西》，其中之一的叙述人庄树，他的转变则更多体现在身份的转变上。他曾经是个类似混混的角色，但是经过一名辅警的点醒，长大后居然成了一名刑警，如此巨大的转变，不能不使人惊叹命运的戏剧性和人成长的可能性。《蒙地卡罗食人记》当中，"我"对出走的坚定也是一种成长。"我"经过魏军的一番话，破除了原先不切实际的私奔理想，转而回归到难以忍受的现实，只能做我是一头"熊"的幻想，而这幻想所坚定的对于出走的决定，是对自身从父亲那里继承来的宿命坚决地否定，可以说是对自身命运强烈地反抗。

当然我们不能仅仅从中看到青年一代"我"的成长，我们也应该从"我"的叙述中看到"父辈"们的成长，《盘锦豹子》当中的孙旭庭本身在我们看来其实活得挺窝囊，但是他身上似乎拥有一股子韧劲儿，这种韧劲儿在他出事、老婆离家、父亲去世、儿子叛逆、妻子抵押房产等种种打击之下渐渐抵达峰值，他依然艰难地维持着这个破碎的家庭，这种责任与担当令人钦佩。

成长大多来自选择，不同的选择所导向的结局是不同的，关键在这种选择是否对自己的人生产生了有益的价值，许玲玲的"和解"、庄树的转变、《蒙地卡罗食人记》中"我"的反抗、孙旭庭的坚守等等，都让我看到了来自老东北地区成长的艰难与苦涩。

许星星： 我在读这些小说的时候，有好多意象一直抓着我，怎么也想不通。读完后，我搜索了一下，发现解读这些意象会有助于理解小说主题。我就以双雪涛的《走出格勒》为例吧。

在《走出格勒》中，"钢笔"象征虔敬的心，它由父亲传到我的身上。"邮筒"象征逃离的心，它处于交界处，沟通了现在与未来。"邮筒"一直在那，指引我走向城市。"铁门"是通往未来的通道，它阻挡我走进城市的同时，也阻挡我回到现在。我拼尽全力要通过这扇"铁门"，又挣扎着要踏出这扇"铁门"。"列宁格勒"是一块荒地。在俄语中"格勒"是"城市"之意。那么这块荒地是否象征了"城市"的神秘与荒凉。我被城的神秘吸引——希望通过学习，逃离艳粉街，走进城市；同时，我又在城里感受到了荒凉，这荒凉使我逃离——我背起尸体竭尽全力走出"列宁格勒"。这里很明显地，我的愿望（逃离现在，走向城市），被现实（城市是个荒地）击败。最后，只剩父亲的钢笔（虔敬的心），陪伴我。

三、世俗化的语言

麻文卓： 我不知道大家有没有发现一个很有趣的现象，就是这三位作家在写作的时候，所用的句子都是短句。而且涉及人物对话的时候，用的都是类似于间接引语，而非直接引语。随便举个例子，在班宇的《冬泳》中："男的对女老板说，最近生意怎么样？女老板说，一般，平时晚上也不行,就指着周末呢。女的又问,能回本不?女老板说,费劲。"类似的用法在其他二位作家的身上也存在。我们可以看出:文本中很少用到冒号和引号,而多是逗号和句号。我不是很清楚这批作家在写作时,是否是有意向传统现代汉语语法颠覆。但就文本的语言效果来看,这样的叙事方式有意拉远读者与文本的距离,有点类似于90年代新写实主义中的"零度情感",但却又不完全相似,因为在阅读过程中,还是能够感受到作者情感的介入。这种叙事策略很有些特色和意味。

陈泉慧:我同样也有这种感觉。在这几部作品当中,传统宏大叙事已经被完全舍弃了,代替它的是一种看似随意散漫,又不失细腻的叙事风格,作者想要探寻的是日常生活的动人之处。在文体上,感觉有一点儿20世纪80年代先锋写作的影子,作者们在小说形式上面也尝试去做出一些努力。在语言上,除了充斥着大量的东北口语、谚语等东北特色用语之外,我还看到了句子中间的停顿特别多,意群之间间隔极短。这还不大像鲁迅和汪曾祺那种用句号分隔的特短单句,而是在句子中间频繁地运用逗号,几乎三五字出现一个逗号,将句子切割得十分零碎,但读起来却意外地流畅。这一独特的表述方式可不可以看作是这群80后的作家在文体上试图建立自己的风格的一个标志呢?

马英姿:在语言选择方面,三人使用日常用语,多方言、粗话,对话直白、简洁,营造出生动活泼之感,这种语言使小说显得轻松、洒脱、嬉皮。与此同时,又加入了隐喻等修辞造就的诗性语言,得以表达人物的精神境况。在粗糙中加入了雅致的韵味,使人物的洒脱与悲哀并存,在用粗糙语言进行价值颠覆的同时赋予小人物尊严,写出平凡人残缺生命中的诗意。

四、非常规与符号化的叙事

麻文卓:在叙事结构上,这几位作家也是有意打破常规叙事模式。其中,双雪涛的《平原上的摩西》这一篇采用了一种碎片化的叙事结构,打破了单一的时间线度。整部小说共分为14个部分,随着庄德增、蒋不凡、李斐、傅东心、庄树、孙天博和赵小东这7人的叙事视角,来回转换。零散的意识构成一个整体,却依旧围绕主线展开,造成了阅读上的猎奇之感。郑执的《仙症》讲述了两个故事,"我"的故事和大姑父王战团的故事,把"我"这样一个不爱说话的人硬生生地逼出了话,把王战团这样一个爱说话爱唱歌的人变成了精神病人,要求噤声。而叙述者"我"始终躲在儿时模糊的记忆中,直到最后一刻,才从幕后走向台前。而在班宇的《冬泳》中,作者擅长巧设骗局,造成文本上的一种荒诞戏谑。"我"不爱看电影不爱喝咖啡,却为了相亲,故作文艺;隋菲摆脱"我"去幼儿园拍自己女儿的照片,明明照片与人是相符的,但隋菲却骗"我"说拍错了;隋菲一直以为是东哥杀了自己的父亲,实则却与"我"有关;等等。直到小说末尾,我进入冰面之下,嘈杂的水声才使我正视了这荒诞。除此之外,班宇的小说大多以第一人称为叙事视角,以自我意识为主要发展线索,却也有意识地拉远读者与小说中其他人物的距离,造成一种距离感孤独感。例如,在他的小说里,对于亲人的称呼,都是直呼其名"孙旭庭""许福明"等等,而不是"爸爸""大姑父"。

靖雪莹:比起《平》对情节设计的追求,郑执的《仙症》看似在摹画人物,却产生了令人惊喜的效果。在讲述王战团"仙症"病史的过程中,"我"的境遇慢慢显现。"我"最大的缺陷——严重的口吃——催成了与他最深的默契。"我"对他了如指掌,却用这不利索的唇舌小心收藏着他最隐秘的偏执。小说以讲述王战团指挥刺猬过马路而始,以赵老师剑劈"我"身上的"孽障"而终,"仙症"的最癫狂处对应着灵魂的极痛苦时,王战团与"我"都爬到了他所谓的"尖儿"。周围很多人都在阻止着"我"的灵魂归位,只有王战团为我披荆斩棘。这个"仙症"患者的全能为我创造了无限的可能,这点让我叫绝。唯一令我遗憾的是,王战团睡梦中的呓语——"死子勿急吃",这似乎大有玄机啊,但我觉得作者并没有与王战团这个人结合起来,抑或是我没有领会到其中的深意?

马英姿:今天谈的"新东北作家群"这个命名虽然是存疑的,但不可否认的是，三位都是东北作家，小说写的都是东北人的生活，"下岗潮"也是东北的真实伤痛。我们还可以在小说中看到很多相同的东北因素。当它们在读者头脑中成为东北的代言时，是否应该警惕对东北的符号化？

他们的小说中将东北符号化的因素固然存在，但同时，在书写一个特征突出的客体时这又似乎是一种必然选择。我们是否该理解作家们的两难？在不突出独特因素时，很难写好具有典型地域特色的东北。况且，他们也确实写出了某种具体的东北，如对东北人民的孤独感和生命力的刻画。

生活的复杂性告诉我们要去符号化，深入挖掘个体和文化的多元性。它们都由无数暗流组成，而文学要做的，就是要努力使暗流涌动。对"新东北作家群"而言，如果囿于相同的素材和技巧，缺少资源和审美的更新，终将难以为继。也只有在内容挖掘与形式更新的努力下，才会获得更为广阔的创作空间，在东北书写的共性中完成更具有独特精神气质的个人书写，创造更加丰富多元的东北。

五、下岗潮之后的铁西记忆

陈佳飞：这群新东北作家的视点似乎都很低，都注重描写小人物的生存状况，可以说是一种底层叙事了，这群小人物大多都是东北地区面临下岗困境的人物，例如《平原上的摩西》中的李守廉，《蒙地卡罗食人记》当中的"我"是下岗工人的儿子，《大师》中的"父亲"也下了岗，等等，这轰轰烈烈的下岗潮，似乎是一只洪水猛兽，生生将一个个家庭吞噬撕裂。并且很奇怪，小说当中所描写的大多都是单亲家庭，且留下的一方大多是父亲。下岗潮不仅使得一家人的生计出现问题，在精神上也留下了难以愈合的创伤。母亲不是出走就是殒命，我们不能说这单是作家们的叙述上的特意安排，更多可能则在于作家们自我的人生体验，9000元甚至成为一家人难以跨越的鸿沟，因此母亲们的出走似乎成了一种势在必行的考量，一家人曾经的工厂依托已然消散，而仅存的积蓄又难以为继，多一个人就多一个负担，生活成本的不允许，使得母亲的出走既是为己，也是为了家庭的其他成员。当然我们更应该把目光转向这些"父亲"，他们所表现出的，是东北男人特有的责任感和温情感，李守廉为女儿被伤不惜将蒋不凡打成植物人，《蒙地卡罗食人记》中纵然我与父亲有再大的矛盾，父亲依然坚强地维系着这个家庭，靠打零工维持生计。

郭文侠：刚刚陈佳飞提到"底层叙事"，我对此略有存疑。不可否认，三位作家笔下，肮脏、荒凉、衰败的重工业老城区里，的确蜷缩着许多"被侮辱被损害"的小人物。但这些作品的独特之处在于，即使这些小人物不断承受着外部世界带给他们的侮辱与伤害，在他们身上依旧可以看到灵魂的闪光。双雪涛许多小说里的父亲，以现实的眼光看待他们，毫无疑问都是窘迫的社会边缘人，但他们一个个却身怀"奇"技。像《大师》里的父亲是个"棋痴"，《走出格勒》里的父亲爱读武侠小说，是个文学积极分子。他们的这种爱好在某种程度上已经成为一种信仰，深深融入他们个人的精神气质中，使得他们无论怎样被生活打压，内在精神依旧保持着纯粹与坚忍。还有班宇《盘锦豹子》里的孙旭庭，他有着对生活极强的隐忍与抗压力，在关键时刻可以爆发出巨大的能量。显然，这几位作家并无意像一般的"底层叙事"一样，将目光聚焦于底层的苦难，致力于底层悲惨生活现状的揭示。相反，他们以或玄秘、或戏谑、或粗粝的方式，试图赋予那些小人物以生命的价值与尊严，在灵魂的闪光中去消解苦难。

陈明珠："新东北作家群"也好，"铁西三剑客"也好，将这三位作家归类的最大依据或许是因为他们都将目光投向了20世纪90年代的东北，是一种"回溯式"的写作。东北对于我们来说，是一个自身存在感很强，但是又被人所忽略了的地方。如今提及东北，会不由自主地被几个形容词限定，比如石油、工业、破败、寒冷、粗犷。那么东北对他们来说意味着什么呢？在我看来，当下班宇、双雪涛还有郑执，再次去书写东北，特别是90年代经历下岗潮的东北，他们并没有太多的理想主义或英雄主义，而是通过书写小人物在历史中的荣辱浮沉，提炼出更为宽泛的普通人日常生活存在的意义，进而赋予东北应有的尊严与价值。

正如郑执的一句话:"我总觉得,一片土地的命运跟个体的命运是一样的,不会白白遭受一些苦难。"历史不该失语,历史中挣扎的人们亦是如此。

所以,我觉得我们应该适当地去关注20世纪90年代的东北到底发生过什么,三位作家作品里面的东北又是什么样的。在这三位作家笔下的东北生活,很少有圆满的家庭,人生的失意是常态;少有英雄般的父亲,多的是出走的母亲;子辈与父辈之间有着多重矛盾;底层人物隐忍之后的爆发,等等。总之,人与人之间是隔阂重重。为什么这些情节在他们笔下如此集中?我觉得或许童年经验是解释这个问题的有效路径。身为"80后"的三位作家碰上了90年代末的东北下岗潮,这场下岗潮让多少家庭就此改变了命运,多少的个体丧失了原本在生活中的位置?最后,东北出现了一大批失意甚至绝望的人,或出走,或隐忍,也或反抗。关于这样的一个下岗潮,我们不是亲历者,无法体会里面个人的伤痛,但这并不意味着我们就允许让它淹没在历史的洪流中,因而,在我看来,即使他们的作品并没有去直接指向下岗潮,但下岗潮作为一个背后的力量,却一直在场,从而把我们引向更深入的批判;对东北人来说,它能够产生共情,而对像我这样没有切实东北生活经验的人来说,也存在着相当大的吸引力。

郭文侠:我非常赞同陈明珠的看法。为了对东北下岗潮有更直观的感受,我特意去看了王兵的纪录片《铁西区》,看完后给我最大的感受就是"荒凉"。在白雪皑皑的土地上,房屋或如棋盘般散落,或密密麻麻、拥挤逼仄,却是同样的低矮破败。在空荡的街道上游荡的是无所事事的人,这似乎是独属于东北的浪漫。不管是在纪录片里还是新东北作家的小说里,在东北人身上似乎总有一种奇异的乐观。尽管下岗潮残忍地将他们打出生活的常轨,他们仍带着"日子总会过下去"的笃信努力生活。我甚至觉得生活就是他们的信仰,正是因为有这样一种信仰在,无论现实社会是怎样地灰暗、破败、粗粝、暴力,在他们身上总能捕捉到闪光之处。虽然这些作家一再表示希望人们不要过分强调他们作品的地域性,但是我始终认为,正是东北这种荒凉、粗粝又不乏明亮的地域气质构成了这些新东北作家创作的重要精神底色。

第三辑　非虚构讨论

记忆的再现、重组与反思

——万方《你和我》讨论

主持人：郭洪雷、吕彦霖

讨论人：杭州师范大学文艺批评研究院中国现当代文学专业硕士研究生

一、"我"的在场与"理解"性叙事

康银兰：在我看来，在虚构作品中，"我"一直是一个隐性的存在，然而在非虚构作品中，"我"则被强行放置在了文本的中心位置。可以回顾一下，在文学经历了作者、作品、读者的一个过程之后，在非虚构小说这儿，文学的主角被再次拉回到了"作者"这里。实证主义的先驱斯达尔夫人对文学是这么理解的，在历史发展的不同阶段中存在不同的文学和诗学标准，也就是说某种文学样式的出现是环境和时代的结果。在如今的时代，创作不像20世纪五六十年代，面临着外力的约束。非虚构作者的这种对自我的凸显，按照斯达尔夫人的逻辑去看，无疑与这个时代有关。而现在的时代看上去似乎是一个绝对自由的时代，这种自由却又往往导致个体声音的遮蔽，所以非虚构文本中的这种"我"的突出强调可以看作是一些作者对这个时代的一种回应。他们强行地介入历史，介入文本，就是希望突出自我的位置。另一方面，"我"的出现，使得作家卸下写作技巧的重担，让这种以情感为主导的，朴实的写作方式以及作者的重要性重新成为重点，这也是非虚构的一个突出特征。

马英姿：我觉得，非虚构作品里的这个"我"的存在是独特且不可缺少的。"我"作为叙述者，以一种"写我所想"的写作姿态随时转换写作思路和记忆焦点，并且"我"在回忆时经常身处父母的经历现场。"我"其实并不是一些事件的亲历者和见证者，但却能够通过父母的记忆,以一个准历史"在场者"的身份书写父母的真实经历,甚至直抒父母的真实生命感受。"我"回忆父亲的回忆时,比如她带着父亲回老家那一段,好像真实地目睹父亲作为"男孩"的成长经过,这就形成了一种"身处其境"的在场感。"非虚构"作品不可缺少的真实感不断地召唤着"我"的存在,这种以"我"为中心向外扩散的自由书写会不会是一种叙述策略,以此来表示作品的真实性是不言自明的。因而我觉得"我"的存在是对非虚构写作伦理的一种必要回应。

陈明珠: 万方在书中披露了一个细节,就是妹妹建议这部作品取名为"接近真实",而万方最后还是用的"你和我"这样的一个题目。我觉得正是这一点,暴露了万方的一个写作目的:使我们通过内在的理解来与外部世界达成和解。

因为,从题目来看"你"的指向是模糊而多重的。首先,"你"可以指作品里的所有单个的人物,其次,这个"你"也可以指读者。这样一下子就把作品里的人物、作者本人还有读者三方的距离拉近了,获得了亲近感,也就是通向理解的第一步。

我们还注意到,万方在《你和我》里展示的世界是复杂,甚至是混乱的:里面有"吃药吃药,睡觉睡觉"的"孤岛"父亲;有"最后一个大家闺秀"的母亲大胆逐爱;也重述了那段知识分子受难的历史伤痕。在我看来,万方通过回忆,以"理解"的姿态将一件件往事娓娓道来。这种主动讲述、拼接再现回忆的姿态,实际上就是一个不断和世界、自我和解的过程。尽管这种近乎自揭伤疤的方式略显残酷,但是也唯有这样才可能实现记忆的升华。

不管怎样,我觉得理解确实是打开《你和我》的一把钥匙,无论是对于我们去理解父辈身世、人性复杂,还是在对待世界的态度上,万方都让我们重新发现了一条旧通道:一直存在却不被注意的理解。

陈佳飞: 我的看法和陈明珠差不多。但与前面康银兰提到的"我"的看法稍微有所不同。我主要是从对话的角度来阐释"理解"这个主题的。刚才陈明珠的发言中她对"你"的指向的模糊性做出解释,但是我认为这个"我",同样是模糊的。"你"和"我"所代表的是三维多元的内容，他们本身就构成了"作者""读者"和"人物"之间的交往网络。在文学理论当中，读者在阅读的过程当中，就成了主体，也就成了"我"，那么"你""我"的定义范围就变得相当模糊，需要由各类文学活动发生的不同角度来区分，因而"你"和"我"所形成的关系网络，本身就是一种对话交往关系。

在我看来，万方的这种叙述所发生的理解是一种建构的过程。我们可以很清晰地看到，万方写作过程的艰难，她的写作过程为何会如此艰难？这篇125页B5纸的作品竟需要花费一年半的时间来创作？这本身就是一个问题。我认为，她就是通过这种碎片式的回忆在与故人进行着对话，通过对话达到理解，这就是她在作品中不断从过去切换到现实的原因。等到全文结束，作者用了"像是耗尽了心血，身体像被掏空，我感到一种极度的疲乏，甚至是空虚"，我认为这是作者在理解过去的基础上与过去的告别，而这个理解的过程，是相当不轻松的。随着读者的介入，这种理解就变成了三者间的理解，读者在阅读万方作品过程中变成了"你和我"中"我"那一极，在万方剖析回忆的过程中理解了"曹禺"、理解了"方瑞"、理解了……当然也理解了"万方"本人，达到了多元和解的大和谐。

张仁泽：我主要从作品主体的角度来谈一下我的看法。作者说，这本书不是想介绍一位剧作家，而是想写她的爸爸妈妈，要好好认识他们。而作者更坦白地说，这本书的初衷是写妈妈。但是作者面对其父母的矛盾，却大多避而不谈。往往刚触及表层，就不愿再谈下去，转而用爱来化解这段矛盾，"爱就是爱，不需要找什么理由"。

其实作者也意识到自己对于这段矛盾的刻意回避，她坦白，作为一个以写作为生的人，却一而再再而三地发现自己的心灵如此不自由。

对于其他的矛盾，作者也表露出一种不愿坦然面对的姿态，对于邓译生的吃药，作者也用一种"不在场"的理由，表示自己"不想评判，也无法评判，只能说已经发生的都是必然会发生的，就是这样"。

很显然作者只是把高光打在自己希望让读者看到的，或者自己希望看到的地方。于是我们看到了一个年少时才华横溢、意气风发的曹禺，看到了一个在扭曲的时代中被折磨得遍体鳞伤的曹禺，看到了一个在写不出作品时痛苦不堪的曹禺，一个艺术家。我们也看到了一个安静温婉的邓译生，看到了一个在时代折磨中不得不用药物麻痹自己的邓译生，一个大家闺秀。

当然这是真实的曹禺和真实的邓译生。我们不能要求作者像医生一样冷静客观地剖析自己最亲爱的父母。但是，当她手里的高光扫到那些她不愿意看到的地方的时候，从她那刻意回避的姿态中，从她的"不自由"的感觉中，可不可以看出她对父母的不理解呢？

许星星：我觉得这个非虚构写作的过程，也是作者说服自己和试图说服读者去理解历史中的人与事的过程。在这部非虚构作品中，她写道："即便已经过去了四十三年，回忆仍然令人痛苦，令人望而却步。"说明作者害怕回忆，以及回忆中的真相。既然害怕，她又为什么要回忆？我想作者是想在追求真相、直面痛苦的过程中进行忏悔与赎罪。于作者而言，理解父母、接受父母的一切，是她"赎罪"的方式。而在这期间，她是否也在回忆时，对历史进行了美化、加工？使之符合自己的心意？而她在其后又显然希望以自身的印象去影响读者对她父母的认知。

二、万方想寻找什么样的真实？

陈佳飞：针对这个"真实"的问题，我谈谈我的看法。我们都清楚"历史"的"真实"是被修饰的，也就是"真实"是有绝对性与相对性之分，而被修饰的"真实"必然是相对的。因而我们这里所说的"真实"仅仅只能说是语言学上的"能指"，"所指"依然是蒙着面纱的。万方在这里所指出的"真实"正如张仁泽所说，只是她想给我们看到的"真实"，这些"真实"也确实都是发生过的，但并不意味着全部。同时我们也能看到万方本人不断趋向于真实的努力，"历史"与"现实"本身所构成的时空距离，只能通过回忆的方式进行联结，万方的努力是通过大量信件、诗歌将话筒交给历史本人来叙述，但是历史本人所叙述的未必也是"真实",大量的信件的原始语境都是我们所不熟悉和无法证伪的。也就是说作者的"真实"是一种态度,至于是否达到客观的"真实",那既不归作者管,也永远无法达到。

许星星:我同意陈佳飞的观点。不过,我认为作者更大程度上是要在这种"真实"中寻找自我。我觉得作者在回忆的时候,被父辈自由率性的生命姿态打动了。她进行非虚构写作,可能也是想从父辈的生命姿态中寻找自我。作品后半部分,她从爸爸的死亡写到爸爸在20世纪80年代时的生活状态,发现了自己和爸爸的相似。作者说自己和爸爸相似,那么她在回忆爸爸时,是否也有照镜子之感?当作者写到公公和李大姐的爱情、爸爸和妈妈的爱情时,两次说道:"走自己的路,让别人见鬼去吧。"这说明她是赞成父辈们的做法的。回忆到1931年时,爸爸和一位同学、两位清华的洋教授,从山西到内蒙古,其间多是徒步。一直行走在路上的爸爸,令作者羡慕。她羡慕他们没有包袱的自由状态。到爸爸晚年的时候,作者写到了与爸爸关于"快活"的谈话,曹禺引用了弘一法师的一句话并且表示出对另一世界的向往。此外,她在提到田本相写的《曹禺传》时说了一句话。我觉得这句话隐含着另一个意思:这传记写的是剧作家的一生,是曹禺的另一生存状态。而她自己写的是作为父亲的曹禺,并且这才是最本真、最完整的曹禺。作者会不会在得出这一结论后,认为可以从这些回忆里,认识父辈,从而认识自己,找到自己最真实的模样?这种生命镜像中的彼此理解和认知,无疑是我在阅读时明显感觉到的一点。

陈泉慧:在"没有绝对的真实"这点上面,我也认同前面同学的观点。本体的客观史是不存在的。就连历史的真实都是相对而言的,没人敢肯定司马迁的《史记》一定就是客观真实。小说作品,只能说可能是由无数的真实构成了一个大体的真实。在我看来,《你和我》正是创作主体试图努力还原真实生命的一个过程。作品第一句话就讲:以下是我努力复原的情景。"努力"二字是否隐含了两层意思。其一,作者接下来将要叙述的不一定完全是真实的。其二,作者告诉我们,她实际上讲的就是真实的。一方面,这可能是一种叙事技巧。另一方面,作者实际上是在跟读者表达她的真诚。那么作者究竟想表达什么呢？作品通过"我"的所见、所思、所感，以及不断向好姨去求证的行动，力图从不断地追溯、求证中还原父母亲的故事，并以此完成对自我的认知。正如作者所说："我要细细探索，好好地认识他们，还想通过他们认清自己。"

三、"你"和"我"的多重指向

陈明珠：关于这个话题，我想万方略微显得不那么真诚。记忆是会被情感选择、过滤、加工、保存的。我还觉得，万方也通过记忆的加工修改，对曹禺形象进行了美化，比如在爱情方面，刻意回避了一些事件，在友情方面与巴金相提并论，有着人以群分的效应感，因为我们不得不承认曹禺是一位伟大的作家，但他或许还没能做到像巴金那样真诚。

总而言之，任何人写的曹禺都不是真实的，世界上也没有绝对的真实，但仿佛作家的职责之一就是去无限地逼近真实。

马英姿：我也发现了这篇非虚构作品的这个《你和我》的题目很有意思，刚才说了这里的"你"的模糊性，那么我能不能将"你"理解为"一代人"？因为我发现作者在书写我和妹妹之上的那代人时，她的写作中暗含了一种不一样的激情，那一代人的气质好像都是神采飞扬。比如好姨，她的人生是我们无法想象的。同时作者也直击上一代人的历史创伤。从这一方面来看，这部作品从"我"的父母开始，渐渐延伸到周围的人群，好像是为一代人唱了一曲生命哀歌。作者写出了历史对文人生命/精神历程的深刻影响。我觉得这一点是不是可以在曹禺、巴金等文人的身上进行更细致的分析？比如在新中国成立以来及新时期以来二人创作能力的此消彼长。

麻文卓：这个点，我觉得挺有意思。这部作品完整地读下来，万方一直在有意识地强调"导致曹禺在新中国成立后创作枯竭的是外界因素"。这涉及的就是你所提到的那个问题——个人的创造力是否与外界影响因素有关。我倒觉得是没有必然联系的：从曹禺和巴金互通的信件中可以看出，曹禺对巴金极为崇敬，非常想成为像巴金那样"讲真话"的人，但是否真的做到了？作者写到过一个生活细节：曹禺经常跟她说，他本心不想过多地参加人事活动，但是他第二天依旧会去参加。也由此可以看出，万方在写到父亲才思枯竭的相关问题时，或许是有意想要突出历史对文人创作力的损耗，而忽视了文人本身所存在的问题。而你说的那第一个问题，我觉得有可能吧。就是以亲缘意义上的"父/女"关系来生发出父系/母系的种种因缘际会，最终由"家史"开掘出一条中国知识分子的精神演进的图景。而这种图景，又因为作者自身丰沛的生命经验，而不显得死板和套路，反而赋予了叙述和回忆诸多鲜活的细节。而这些细节，除了推动了该时段知识分子形态的立体化，更为我们了解中国知识分子在历史情境转变之中的心态转移提供了可能。

四、精神解剖学式的自我求证

麻文卓：作者是不是想通过写这部非虚构作品来进行自我精神的解剖？这部作品在开头就频繁提到一个意象——孤岛。比如说，当少年的万方得知"母病重，速归"时，面对朋友们的安慰，她什么也想不起来了，她说她在孤岛上。还有一处，在母亲去世的时候，爸爸始终也不在现场。针对这一个记忆点，万方说她现在知道了，爸爸在他的孤岛上。作者在写这部作品时，已经过去很多年了。按照常理，很多事情都可以放下了，但唯独对她妈妈的死，她是怀有深深的愧疚自责，有一块记忆她是不愿揭开的，所以她说她在孤岛上。这并非仅仅是她当时的一种孤立无援的心情，更多的是一种在失去羁绊后，跌入深渊的哀痛。作者在很长的一段时间里决心遗忘，而现在的书写，正是对自我的精神解构。这个孤岛的意象，我个人的解读是每个人的内心世界。不知道大家的看法是怎样的。

靖雪莹：你的想法很有启发！我记起作品中作者交代过——她写这部作品的目的是使自己活得健康。那么她到底有什么心理隐疾呢？1974年的一天，她得知自己的母亲被安眠药"杀"死了，于是在这以后的文字便有了些解谜的意味,但这个过程显得被动且痛苦。作者留在了孤岛上,即是选择了逃避而非面对,所有的记忆缺失都成了自我辩护。就像皮箱里放着母亲留下的蓝色中山装,作者不愿打开,但她知道衣服在里面。可见一种矛盾的自欺纠结在她的"孤岛",即"潜意识"里。但是,"逃入疾病"就能求得解脱了吗?她试图用当时的青春年少来解释自己的健忘,却因此陷入了更深的悔恨。为了自我疗救,她从隐秘的家族史入手,通过处理庞大的信息库见证悲欢,体会成长。最终,作者走出"潜意识"而进入"意识",得到了升华。

康银兰:相对于说这部小说有一种精神解剖的含义,我更倾向于它是对"存在"的追认。精神解剖也许更侧重于对意识领域的分析。然而,在这部小说里,我常常感觉到的是一种归纳整理的思维。文本似乎很钟情于以事—情—理这样的叙述模式,通过回忆中的他人和事件,最终想要有一种意义的追溯。例如文本中大量引用的艾略特、科恩等人说的话,以这些富于哲学意味的话语,指向对人生的领悟。万方本人也在这样的共鸣里走向一种充实的圆满。作者万方在一种 being in itself 与 being for itself,自在和自为之间来回游走,她的自为多表现为强烈的,颇具个人意味情感的种种呈现。正是在这种自为与自在之间的循环往复里,万方似乎在寻找着自我的存在意义与合理性。然而,万方又似乎不是超脱的,她在叙述时流露出的强烈的情感倾向,这种情感的流露是十分现实主义的。这可以看作是与她颇具哲学意味的题旨的一种矛盾。总之,万方是在历史和现实的频繁穿梭之中,来寻找个人存在的意义的。

郭文侠:前面很多同学都谈到了理解,我觉得万方的理解其实很大程度上基于她对宿命的相信。当然,相信宿命并不是一种迷信,而是认为命运恐怕有自己的安排。家族的血缘是每个人的一生都避不开的遗传密码。在《你和我》看似混乱的时空顺序背后,其实暗伏着一条以血缘遗传为纽带的生命轮回之线。开篇万方以母亲因药物成瘾意外死亡开始追溯母亲的家族因病痛折磨而非正常死亡的宿命,而颇耐人寻味的是,万方的公公恰好是个医生,而万方的妹妹在后来也成了医生,蒙在三代人心间的是药物成瘾所带来的挥之不去的阴影。死之后是生,万方在回忆完父亲曹禺平静的死亡后，一个新生的曹禺又开始在回忆中复活，同时复活的还有万方的母亲邓译生，他们在各自的家庭中成长，又宿命般的相遇、相爱，带着他们个人的与家族的生理特征、思想、性格、观念孕育下一代，两股血脉由并置走向交集。最终，曲终人散，万方的父母又走向了最开始命定的死亡，整部作品也走向了尾声。在整理《你和我》的琐碎的生命片段时，我一直在想，万方如此不遗余力地去展示她家族中那些亲爱的亲人们生命的细节，是不是在寻找这种生命结局中的必然因子，以此抵达生命存在的真实，并为所有人包括她自己生命中所有痛苦、不堪与选择提供一个合情合理的解释。

陈泉慧：作品当中，通过"我"这一辈与上一辈生命的对话，确实能看到血缘的气息潜伏其中。从作品内容来看，有"我"的父母，才有了"我"的生命，而在这当中，作者和父亲的关系尤为密切，种种细节让人无法忽视父亲对"我"的影响。因而联想到了"宿命"一词。我想问，如果父亲不是曹禺，那么作者还会成为和她父亲一样的剧作家吗？尤其是"我"与戏剧的渊源就来自父亲，不排除"我"成功遗传到了父亲的戏剧天分，并且"是爸爸让我在首都剧场的母体中再次出生，从此开始，吸收来自戏剧的养分"。从此父亲，"我"，戏剧不可分离。从作者的叙述中，感觉到一切都是天意，是宿命，从命运的种种偶然性，揭示出了来自血缘的必然性，注定了"我"会与父亲走上同一条路。而且"我们"父女之间拥有共感，无须言语，"我"就能懂"我"的父亲。作品反复出现这样的语句："我觉得他是理解我的。""我"始终认为"我"和父亲是相通的，我们完全能理解对方。这种颇具宿命的神秘色彩，能说与血缘毫无关系吗？我想不能。

五、说不尽的碎片化写作

靖雪莹：万方女士的《你和我》似乎用了"碎片化"的叙事策略。作者时而叙事，时而抒情，时而说理。一遍读来，给我的印象混乱且模糊。作者将自己的写作过程比作由恋爱到结婚的历程。因此，所遭遇的各种事、情、理在她的思考中都有着平等的地位，形成了"个性化的碎片"。正如电影中为给人视觉冲击而做的"蒙太奇"剪辑，这里的"碎片"个个晃眼且扎手。"碎片化"与刚刚聊到的精神解剖学有点关联。随着作者对一些信息的抽丝剥茧，她对自己的认识也在不断加深，许多对于"过去"和"当下"的分析与解释也变得多元且朦胧。作品中有一句关键的话："你知道的根本不是真相，只是一些碎珠子"。而作者对这些"碎珠子"的铺陈，则给了读者参与这个严肃游戏的可能：从看似随意的叙述中洞见作者最真实的变化，即作品的逻辑；再由这条隐形且游离的线索体会作者思维的内质。这样的循环往复为那些被尘封的旧物赋予动态，也为作者逐渐衰老的心态注入活力。碎则碎矣，但碎片之间的吸引力仍在。我想，这是不是作者在顺其自然的写作态度中保有的一份生命张力？

郭文侠：说到碎片化，我想到曾经看到的某个作家说过的话，她说她非常抗拒虚构文学的"人工感"，她想尽可能接近真实的生活，展现它的混乱和碎片性。从某种意义上说，碎片性就是这个世界的本来面目，"碎片化"也更接近人们意识运作的真实方式。因此，我们其实可以在许多非虚构作品中看到这种"碎片化"叙事的运用，我觉得靖雪莹发现的这一点给了我挺大的启发，不过我更感兴趣的是碎片化叙事的终极目的是什么。《你和我》作为一种记忆书写，万方非常真实地展现了记忆的破碎性，任由自己的思绪在不同的时空频繁转换。那她的目的仅仅只是为了通过这种碎片化的叙事获得一种形式上的真实吗？显然不是这样。我觉得碎片化的终极目的是为了整合。万方借助碎片化叙事从多角度对她所在的家族谱系的生命延续历程进行整体性的建构。显然，她要获得的真实是她以及她的家族生命存在的真实。所以尽管《你和我》的叙述跳跃性极大，但在记忆的残章断片中仍能拼贴出生命前后勾连的完整锁链，并且这种碎片化文字景观实际上提供了大量的生动的切面，蕴藏也释放着诸多真实性的活力因子。这恰恰是非虚构作品的优势所在。

走进历史,寻访文学新的可能

——关于陈福民《北纬四十度》的对话

主持人:郭洪雷

特邀嘉宾:陈福民

讨论人:杭州师范大学文艺批评研究院教师、中国现当代文学专业研
究生

郭洪雷:同学们,我们今天欢迎陈福民老师。我对陈老师有一番特殊的亲切,因为陈老师是我本科的老师,还是我的老乡。陈老师在这本书里面有个章节题目叫"遥想右北平",我不用遥想,我老家就在右北平。包括陈老师在"土木之变"那一章里面提到的河北师院,我就是河北师院毕业的,这给我一种非常特别的亲切感。

我们以往很多研讨都是围绕一些常规性的小说或者非纪实性的作品,这是我们第一次让大家来谈散文。这应该是一种不同于我们一般理解的散文,它是一种大的文化散文,一种新的散文书写方式,我觉得有一种文体创新性。我们以往也做了很多讨论,更常规的是由老师带着学生讨论作品,今天陈福民老师是继王尧老师、阿乙老师之后,我们请到的第三位到现场来跟大家交流的作者。那么我们现在先让陈老师将这本书大的一些缘起性的东西给大家说一说。

一、学科门槛与知识反省:我当文学"叛徒"的动机

陈福民:首先我感谢各位,我特别高兴有这个机会和各位老师以及我们杭州师范大学的同学一起讨论,借着这个机会,我又重温了高校时代。关于这本书呢,我觉得可能对于我们中文系的同学来说有点不太公

平，因为毕竟我对这些材料和题材下了很大的功夫，很多历史地理学方面的知识。同学们以一个文学学生的身份来面对这个文本，不公平之处就在于这个知识的门槛上。但是我有个同学写诗，其中一句我一直记着，"越是艰难越生动"，如果大家面对特别熟悉的文字形式，比如说虚构小说，或者一首诗歌，我们大家都可以通过自己传统的文学教育、一套熟悉的完整的学术套路和学术话语来对应这些文本，但是对我写的这个东西呢，可能需要稍微费点劲。我就只好用我同学的那句诗来安慰和解释，就是"越是艰难越生动"：一旦读进去了，可能真的会有不一样的知识收获。我是本着这样一个想法来跟大家交流的。对于这个文本，其实它真正叫什么，我自己也不知道，比如大家看到那些访谈把它叫作"文化大散文"，也有人叫它历史叙事或者历史书写。洪雷老师讲了它可能意味着文体上的某种新的因素，我觉得这些都不是特别重要。比如说我是一个食客，厨师端上一道菜来了，它的食材是什么，火候又是什么，用的什么配料，有研究兴趣的可以在技术上考察一下，但假如说我们没有这个能力，吃着觉得很好吃就可以了。我最担心的就是你吃了觉得不好吃。

  这本书比较多地涉及了历史地理学的题材，我要处理的中心问题，也是有这方面的关切。我举一个例子，我们都知道中国的北纬 40 度，长城基本在这条纬度上，最早是燕长城，在北纬 42 度，然后是赵长城，综合了燕长城和赵长城的就是秦始皇的万里长城。明朝的时候再建，就是我们现在看到的长城。明朝修建长城耗费了举国之力，就是财政全部投入，因为它有一个特别明确的北方的敌人——蒙元朝廷，明朝就修了明长城，长城以内是中原，长城以外是蒙元朝廷。像洪雷老师和我的老家，如果在明长城的版图上来看，都在长城以北，这就带来一个问题，我很小的时候就有的疑问，假如说中原定居在长城以内的话，那么我怎么办？这是很朴素很直观的疑惑和感受，那么怎么样在理论上讲明白这一点，这个是我写这本书很重要的一个出发点。

  我这本书的一些章节，都跟我的这些困惑有关。最直观的一点就是，如果是明太祖或者明成祖守定了长城，就不管我们了，那我跟洪雷老师肯定不同意。但是你光不同意不行,你得在理论材料上说明白。这个我在"遥想右北平"一章里写得很清楚,就是所有的这些战争,都是在现代民族国家出现之前,围绕着北纬四十度进行的民族竞争与融合,无论你是鲜卑人,无论你是蒙古人,无论你是满族人,最后大家都变成了Chinese,都是中国人,这个是我们文明史的一个史实,我要把这个史实讲清楚。可是大家一看,你这个诉求是文学写作吗?你到底要干什么?所以我刚才讲它究竟是文学还是历史,或者是不是大文化散文,在文体上来说,对我个人没那么重要,我只要把这个问题解释明白了,就对文化工作、对文明史的推进做了一点点的工作。

我不揣浅薄,不揣冒昧地以一个文学人的身份进入了这样一个历史学和民族学的领域,当然我进入和出来的方式都很肤浅,在真正严肃的历史学家和民族学家看来,这些可能都是比较简单的问题,但我认为值得。这个"值得"就是我写作这本书的第二个目的。在处理这些问题上,就学科意义来说,民族学学者和历史、地理学者们都会有更为深切的观点,或者是他们在学术意义上讨论得更为深入,更为复杂。现在我是一个两头不讨好的身份,对于历史学和地理学这些专业来说呢,我是一个外行闯入者,对于文学来说我是一个叛徒。但是我为什么要冒着风险来做这个事情呢?当然是首先我认为这个问题特别重要。术业有专攻。做历史学的、地理学的一些学者所写的学术专著,各领域的讨论都在那里,但大家可能不太知道,我们不会去看,因为感觉跟我没关系。但我又认为这些非常重要,有必要让大家知道,我就希望通过我们的阅读,通过我们的写作,把原来那个艰深的、巨大的学术门槛降低一些——彻底铲除是不可能的,因为学术本身就有门槛。我希望把这两个学科或者不同学科之间的门槛降低,使以往这些非常艰深、非常冷僻的学问,变成可亲可感的,能够被大家理解的一个普遍的问题。为了达到这个目的,我开始了这样一种文学性的写作——但是说文学性写作,我又觉得分量不够,我自己姑且定义为"研究性写作"。我希望用这一种研究性的写作,降低不同学科的门槛,这一点正是我们文学的用武之地。

即使是历史学著作,哪个版本更好,每个人的标准肯定都不一样,这就涉及一个历史学家个人叙事能力和叙述技巧的问题。历史学本身也是一种叙事。如果要把这个事讲得特别清楚,分门别类,也很枯燥,未必能够引起我们的兴趣。我希望用一种文学性的,或者说带有一定修辞性的方式,把刚才我所说的那个望之俨然、令人生畏的一些艰深的有学科壁垒的知识通约出来,成为大家都能够理解和意识到的问题。我觉得这对学术是有意义的。

第三个动机呢,就是完全关切到文学自身。我自己是从事文学研究的,这个写作无论如何都不是历史研究,在写作方式上,它还是一种文学写作,那么我们就回到文学来讨论。毫无疑问,我们在比较漫长的农业文明条件下,形成了"万般皆下品,唯有读书高"这样一个传统,这个传统我觉得挺好,或者说叫"万般皆可"吧,但没有读书高。读书肯定是好,关键是读什么书。大家知道,我们这样一个漫长的两千年的文明传统,它所发育出来的都是关乎世道人心的学问。因此当我们学习康德,突然发现康德批评了工具理性的时候,我们如获至宝啊。我们用这个来跟我们中国的传统学问、传统专业对接了,你看看康德也批判了,你还搞什么工具啊,对吧?我觉得这是非常糟糕地对西学的引用。人家康德讲的是价值性啊,最终讲的是美啊,我们会在我们自己高度的人文传统之下,对接了康德对工具理性的批判。我们每一个人都多少有些看不起工具或者把工具矮化的这样一个传统的习惯。我想说别那么看不起工具,如果老祖宗不发明铁器,你还在石器时代。对于工具的改变,要从文明史意义上去看待,不能简单地理解所有的东西。

在这个层面上,我们中国文学受制于两千年农业文明传统,我们在这个传媒下所接受的文学的趋势,虚构文学所过度关注的人的道德和人性,它的立足的根基,它所依照的那个价值体系,它所依照的人物的伦理感情和人物结构,我觉得在相当程度上都是农业文明的遗产。我们的器物文明、工具文明也只有二三十年的历史。如果就此去反思我们的文学,特别是我们的乡土文学,这些文学的写作动机都怀着对于贫穷饥饿深刻的记忆和提示。克服这个物质匮乏的根本的办法,就是我们的现代工业、商业领域。因此，我们的文学，虽然它自己没有这种主观意识，但是它不自觉地活在这样一个农业文明的体系，构建了这样一个传承传统的精神世界，我认为我们很多乡土文学作品，对现代的工业文明的表达都是不公平的。所以我想说的是我们当下文学，在相当程度上有一批作家，他们关于这个世界的知识是完全不可靠的。那么我们今天的写作和阅读就有一个特别紧要的任务，就是每一个写作者和每一个学习主体，应该重新审视和建立自己跟知识的关系，重新确立人和知识的关系，尤其是确定人和文学之间的关系，尤其要考虑你所掌握的这个文学知识，能不能真实地对应、反映和表达这个世界。我个人之所以对当下的虚构文学产生了一定程度的厌倦，是我认为无论是一些写作者或他们提供的文本，都没有真实有效地呈现知识跟这个世界的关系，而是沦于完全无效的自说自话。

我想提供一种角度，一种重新反省知识的方法。当你面对你的文学知识，面对虚构文本，你要考虑的首要任务，是这个作品它所构筑的精神世界是一个什么样的知识体系，这个知识体系跟现实世界之间的真实关系到底是什么，能不能说服你。文学文本不仅要考虑叙事和修辞，更核心的是衡量它是否给你提供了有效的知识。当然这种知识不仅仅是像物理知识那种硬知识，它可能是一种软知识，但是这种软知识仍然与这个世界构成一个真实性的关系，要考虑这种关系上的问题。这是我的第三个动机，希望提供一些有效的看待这个世界的方法。

我希望这本书在文学阅读上，能够给大家提供一点愉快清新的气息。总之我希望为文学做点事情，不仅仅是历史，因为我毕竟不是为历史工作。所以我就是从这三个方面的原因，写了这么一本书，这也是个机缘，让我来到了杭州师范大学跟大家见面交流。

二、用文学的方式点亮历史

郭洪雷：刚才陈老师从三个方面谈了自己的写作。我们各位老师同学可以谈一谈阅读当中的想法，特别是你们那种初始的感受。其实这个读书会很重要的一点就在于，它不纯粹是批评家的批评，它有魅力的地方也在于我们这些青年学生在读这本书的时候，他们的感想，对作者其实也是挺重要的。

肖思予：读《北纬四十度》，我注意到的是书里所呈现的一种与时俱进的民族历史观。我们的民族历史书写中长期存在着某种排他性，例如"天朝上国""华夷之辨"等，这种思想在古时屡见不鲜，哪怕是到了今天也仍然存在。但您在书中果断地抛弃了诸如此类的在当下看来不合时宜的、狭隘的思想。北纬40度是一条神奇的纬线，神奇之处不仅在于在这一纬度上发生了各种大大小小的决定民族命运之战的历史巧合，还在于它是划分中原定居民族与游牧民族的界线，围绕着这一条线，双方文明不断地进行碰撞和交流。我们可以看到，北方民族的南下活动并未单纯地被一棍打死受到痛斥，您是辩证地看待这一民族之间相互融合的历史发展进程。像赵武灵王推行"胡服骑射"，试图移风易俗；匈奴后裔左贤王刘渊对中原汉文化的非常自觉的吸收和归依；等等。北纬40度南北两边的文化经过几千年不停地相互吸收和借鉴早已有血脉相通的部分，在彼此的文化构成中，对方的存在已是不容忽视的一部分。您始终是以这样的民族历史观对这一条纬度线两边人们之间的历史活动进行解读阐释的。我们可以看到这样一种鲜明的写作立场，看到您对民族历史发展充满着深情和敬意的写作态度。

陈福民：关于民族融合、民族冲突这样的问题，因为语境不一样，我们站在不同的立场去想问题也是不一样的。我们到了两宋以后，"华夷之辨"这个思想变得特别严重。我们要看到它的复杂之处。特别复杂的地方在于它高度儒家化。我在书里面特别提到了这个现象，就是所有的北方游牧民族，只要进入北纬40度，就像一个宿命，它就立刻要承担保卫这一条纬度线的任务，没有一个例外。他们都认可中原定居文化，而且有意识地融合进华夏文明。这是中华民族文化或者说华夏文化特别诡异的地方，我们不说它好或坏，就是它特别神奇。

郭洪雷：其实您说这个在现在的人种学上也有体现。历史上我们汉族不断被北方的少数民族向南推，我们都是民族融合之后的产物。我在福建工作的时候,我发现那个地方建得最多的是什么,是洛阳桥,在福建省建的洛阳桥。他们为了思念故乡啊,故乡的桥是怎么建的,他们到这就怎样建。所以,刚才您说我们民族相互融合之后,会有这样一个结果呈现出来。

杜诗雨: 我想谈谈《北纬四十度》和历史、人性相关的一些想法。我认为这部作品是创作主体在强烈的情感驱动下,带有人性温度的历史叙述。当然这种强烈的情感是在理性的控制之下,然后从人性的角度理解这些人物,而不是任意随性的褒贬。非虚构写作和普通历史书本质区别之一就在于给史料以温度,看的是风云诡谲的人性人心而不是冷冰冰的历史结果。和冰冷、客观、节制的史书不同,《北纬四十度》中,创作主体在重述、组接、运用材料的过程中,有强烈的情感参与和文化参与。因为有情感的参与,所以能理解历史人物行动背后的情感动因。创作主体对历史人物心理的揣摩是带着自身的历史记忆和历史认识的,是有温度的。不仅是客观地呈现历史,而且还打破了时间的隔阂,融入了人性、人情。不仅写出历史人物做过什么,还拨开了历史的尘埃,复活、点亮人物丰富的内心世界。让人容易联想到陈寅恪的治史观点"了解之同情":设身处地,将历史人物及其学说放在当时的语境中评判。《北纬四十度》为历史中人性怎么去呈现,提供了一个很好的范本。

我有一个问题,认为这类沉入历史记忆的非虚构文学很难把握那个度。面对相同的历史材料,每个人心中浮现的历史人物的形象都只可能是大体相同。对于史料还不是特别丰富的部分,怎么发挥比较适度的想象和补充?怎么比较好地还原历史人物的内心呢?

郭洪雷: 你说得很好,你跟陈老师想到了同一个词——点亮。我跟陈老师曾经商量过,我们这次讨论的题目应该叫什么,一开始说"以文学的方式擦亮历史",然后陈老师说"点亮"好一点。这个同学就用"点亮"了,这是一种契合。

陈福民: 这个问题非常好。因为文学和历史的关系是一言难尽的是吧?在我们中国传统学术中,是文史哲不分家的。但是现在很明显地面对着两个困难,正如你提的这个问题,首先,它处理的题材和写的内容,第一个动机可以说是处理历史问题;第二呢,你又需要用文学的手法来表达,使这两个东西能够自洽起来。这对我来说也是个特别深刻的问题,也就是说,涉及历史题材的时候,一个写作者,你的抒情正当性如何体现?如果说一个文学写作者,在任何条件下抒情都是合法的话,那么面对历史题材的抒情,必须要慎重地考虑它的历史真实性和历史严肃性的关系。对我个人来说,这个关系是特别敏感的。我觉得特别是改革开放几十年之后,在我们新世纪这样一个历史条件下,每一个读者通过自己的阅读,通过互联网阅读,通过对各种新的知识的吸纳,读者对于文学抒情的需求要比我们多,而对于硬知识的需求有多大?这个当然因人而异,但对于写作者来说,不得不考虑这个事情。

我知道如果人为地嵌入,像写史学论文一样去引用原始材料,可能会伤害这个叙事的无障性,但这是应该付出的代价,我首先要保证这个有限的学术性。这就是我刚才谈的,我希望它是一种研究性写作,我要保护一下这种写作的研究性。保护的手段有很多。首先,我们要保证史料的真实性和严肃性,一定要跟民间传说、民间故事这些区分开,因为很多人的历史常识和历史知识并不区分严肃性和游戏性,常常是学术性和民间性、游戏性混淆的,我觉得这是一个弊病。民间传说所建立的史观和情感立场,是需要我们仔细甄别的,也不能说它不正确,因为它也代表人的正常感情。但是,一个阅读者作为接受主体,对两边的复杂性都要兼顾,这里面不是一个对抗性的关系。我们应该看到事物的复杂性,这是非常重要的。我写作的一个小的分支动机,就是一定要与民间传说、民间戏曲评书这类成为定见的常识划开界限,我希望通过这种写作,这种很微薄的有限的努力,去告诉大家真正的历史事实。因此,就是怀着这样的想法,我宁可伤害叙事的流畅性,也要引用原始材料。我在这里面也发了一些感慨议论,我觉得我们每个人的一生,特别是文科的,用了前半生通过评书和民间故事掌握了一些历史知识,然后用后半生再去推翻,所以我觉得我们都做了一个一减一等于零的工作,我觉得非常遗憾。

林浩:阅读这本书的时候,我主要思考的是文体、作者主体、叙述方式等问题。虽然老师刚也提到这本书的文体界定的模糊与不确定性,但我还是尝试称它为是一部"专题性的学者散文集"。这个文类的假设使我产生了一些想法。"学者"这一定位语除了大家都能联想到的严谨性、科学性、逻辑性等特质之外,我比较留心的是,陈老师作为当代文学批评领域的学者,如何进行以当代批评视野观照历史,用现代思维重新推敲历史往事的叙述。如在对王昭君的形象流变的探讨中,具有女性主义意识的人文关怀,试图拨云见日,发现在历史缝隙中起到关键作用却整体"无名"的女性的微光。

三、历史真实与文学的抚慰

蒋柳凝:老师,我有一个阅读感悟,人们对历史的想象和历史真实之间是存在一定错位的,所以我有些疑问。

第一,是什么东西造成了人们对于历史的一种错误的想象?您在《北纬四十度》里似乎也谈到了一些,这其实与所谓的"霸陵醉尉"所显示出的语言的修饰性或者说欺骗性相似,人性之中某些低劣的成分对事实进行美化和歪曲,掩饰其动机的低劣,自欺欺人,从而达到自我感动的高潮。不知道我是否说得准确?除此之外,是否还有其他层面的原因呢?第二,不同的史料对于同一问题的叙述可能存在差别,甚至可能是截然不同的,哪怕像太史公这样高水平的史学家,也会出于个人的主观意识做出有损客观的评价,所以如何去甄别这些史料的真实性?有什么比较准确的判断标准吗?第三,也是这本书在最后一章提出的一种纠结:历史故事在民间叙述中很大程度上是虚构的,偏离了事实的轨道,比如明英宗朱祁镇和他的老师兼首席太监王振,在传统民间故事里都是小人,奸邪蛊惑了皇帝,进而导致了强大帝国的灭亡。但是人们能够在这种虚构的民间历史叙事里获取生活的希望和力量,来慰藉现世生活中种种不如意的遭遇,来寄托自己在现实中无处安放的情感。但问题在于,历史远不如人们想象的那样美好,如果我们揭开历史外衣,内里充斥着暴力、血腥和死亡。这个纠结的关节点在于:如果我们放任民间历史叙事走向过度虚构,则必然损害历史的真实性,还可能带来一些其他的可怕的后果。如果为了保护历史的真实性而去打破这种阅读的期待又于心不忍,这就造成了一种情感上的纠结。那么,究竟是否要为历史的真实而剥夺人们获取希望的权利?对于这个问题,您现在是否有更进一步的思考呢?或者说,您心中是否已经有了倾向?

郭洪雷: 我觉得这个问题挺重要的,不知道其他同学或者老师有什么想法没有?兆正先来说一说吧,我们等陈老师稍后再来回应。

徐兆正: 我先回应一下这位同学。我们阅读历史著作,是否要寻求一种精神上的慰藉?这是不是一种阅读期待的错位?如果我们想要寻求愉悦,大可去阅读一些虚构作品,而历史对于我们最正面的意义则是一种事实教育;这个事实能否构成心理补偿,也许是次要的。

对于陈老师的这本书,我有一个很强烈的感受,那就是他的写作是严肃的,但读的时候又非常愉快。另外一点,我们常说轴心时代的学术具有一种通识性,它所造成的负面影响,在我看来就是史实与虚构的错位——将史实当成虚构,把虚构当成史实。最近一个世纪,随着现代学术的诞生,我们好像又走到了另一个学术壁垒的极端。所以,人们阅读的要么是一种专业性极强的历史著作,要么是史实与虚构混淆的历史演义。针对这两点,《北纬四十度》首先从历史的角度,为文学的历史题材写作补上了实证主义这一课,进而又从文学的角度,弥补了历史书写的缺陷——我们的历史书写往往只说这段历史造成哪种结果,而《北纬四十度》则致力于呈现一种历史的复杂性。历史固然不容虚构,但是通过对历史素材的铺陈,或许也可从中窥看历史的隐秘心思。

罗兰·巴特曾将现代的西方文学视为一种无所不包的思想活动,认为我们能够"从中获取一切知识"。从这一点来看,陈老师大概是认为虚构文本已无力回应现实,它难以表达个体与这个世界的关系,所以他才致力于扩大文学的外延,打捞存放在图书馆的历史知识,以此激活知识的反身性。这是一种很强烈的写作抱负。

陈福民: 兆正提醒了我一些问题,说得特别好。他提到那个大的历史写作,重点是在于结论,然后,我们通常就使得著作有时候会造成一个历史结论,因为结论大于一切,但结论往往是属于过程,严肃的历史书写就是一个历史阶段、历史事件的构架。抵达历史结论之前的这个过程,是我特别关注的,这个复杂性是我们文学能够处理的。严格科学意义上的历史叙事可能不方便处理具体的人物的个性、具体的某一个细节,往往历史叙事中严肃的历史使我们忽略这一个过程,他会用大的决定性的元素和大致框架来看这个终点。我觉得兆正提的这一点,就是说他希望这本书的写作的路径是关注中间的一个过程,他用了一个词"抱负",其实我也不敢当,但是我有这个愿望。如果只关注结论,那历史决定论就会让我觉得一切都是合理的,所以说对历史上的眼泪,那些无辜的人,或者不得已的动机,或者不得已的伤害,我们都应该通过这种写作把它呈现出来。

郭洪雷:晴飞,你对这个有什么想法?

王晴飞:前面两位同学提的问题,正好是陈老师写作中非常关注的。这个可能也牵涉到陈老师自己内心的一些纠结,或者是写作当中一直面对的问题。就我的感觉,陈老师在写的过程当中其实是有压力的,会面临历史学者的压力,会希望这个写作要显得比历史著作还要历史。会非常地注重规范,生怕我作为一个文学作者写出来的东西,让人家挑毛病,说这个不对。这种心理压力,在作品中有体现,有时候会直接在作品里说出来,比如说会去跟民间传说,或者文人的习性、心理去较劲,去清理这些东西。

刚才这位同学提出的问题,涉及文学和历史的界限。其实完全可以让历史的归历史,文学的归文学。陈老师为什么在写作中老是跟"文学性"较劲呢?因为他是在写历史,如果是在研究文学的话,他可能不会过多地去指责批评那些民间心理、文人习性。文学当然是有它的作用的,只是我们现在是在谈历史嘛。如果我们不是在谈历史,而是在谈文学,那将会是另一个样子。比如"土木之变"这一章,当看到于谦这样的人遭到这样的下场,历史写到这就完了,对吧?可是老百姓心里面有个疙瘩,但是写历史的时候,你不能去改变它。改编这些东西就由民间戏曲、民间传说或者文人的写作来完成,我们可以在虚构中给予他们同情，也给予我们心灵的抚慰。这是可以用文学来实现的。以前那些传统武侠小说，为什么老是喜欢写忠良之后，因为忠良有时没有好下场，但是我们心里觉得这样不对，那怎么办呢？我们就虚构一个美好的东西，这是文学可以解决的问题。我小的时候看过梁羽生的一本武侠小说《散花女侠》，主角是一个叫于承珠的女侠。于承珠是谁呢？就是于谦的女儿。历史无法完成的任务，武侠小说作家用通俗文学的形式完成了。我刚看到这本书的时候，对这个书名也很有兴趣，后来看到澎湃给陈老师做的访谈里面也问到为什么选这么一个题目，陈老师回答说也没有想就直接用了，觉得这个最合适。我想这个选择还是体现了陈老师的历史观和写作方式的，它有点类似于布罗代尔的写法，并不着眼于人与人之间的斗争、伦理式的历史评判，而是更多地从一个大视野去看问题。题目叫"北纬四十度"，涉及文明视角，也包括很多物质性的因素，比如气候、地理等，对文明进程的影响。在我们传统的中国历史里不会出现这些。我们只会去判断皇帝是不是足够贤明，将军是不是忠诚正直，我们更多地从人和伦理的角度看历史，所以当看到"北纬四十度"这个书名的时候，我们就知道他不是从这个常见的角度着手的。

陈老师在这本书里面有意识地反抒情化，试图回到一个相对客观冷静、立论均衡的历史。但实际上，这本书还是很有温情的，反抒情和有温情并不冲突。陈老师在前面提到说建立知识和世界之间的关系，要建立这种关系就一定是有期待的，一定是有温情在里面的。这本书我读来觉得最轻松愉快的，我估计也是陈老师写得最愉快的，是"那么，让我们去洛阳吧"一章，因为充满了温情，它是一个非常愉快的故事，就是通过智慧，文明实现了融合。

我们看历史也要放在不同时段的具体语境中来看，不同的时代对历史的看法是不一样的，陈老师在里面也有很多分析，比如说司马迁写的历史，一定和我们今天现代学科意义上的历史是不一样的，他要"究天人之际，通古今之变"，其实他真正想要的是"成一家之言"，对于历史的细节有没有那么客观，未必有今天历史学家看得那么重要：我只要把我想表达的东西表达出来。当然陈老师这本书里面有很多地方跟司马迁较劲,包括对卫青、霍去病、李广等的看法,尤其是司马迁把卫青、霍去病写到《佞幸传》里面。

陈福民:嗯,司马迁把他们写进《佞幸传》这让我很生气。

王晴飞:对,我也赞同您这个观点,但是我又在想司马迁为什么会这么写。我想可能跟皇权的变化和不同时代人对君臣关系的理解有关。如果打比方,中国传统帝国,像是一个公司,皇帝是董事长,宰相是总经理。宰相所代表的文官系统在皇帝面前的地位是有变化的。《史记·汲郑列传》中提到,卫青去见汉武帝,汉武帝可以在马桶上接见他;丞相公孙弘去见汉武帝,汉武帝可以穿常服不戴帽子接见;但是汲黯去见汉武帝,汉武帝如果没戴帽子就立刻躲起来不敢相见。为什么?这就是大臣。被皇帝坐在马桶上接见,或许是亲近的表现,但对于一个大臣来讲,这是非常没有尊严的。我想这恐怕也不全是司马迁的个人情绪在起作用,可能他正是从这个层面上认为卫青、霍去病是"佞幸":你就是皇帝豢养的人嘛,顶多会打仗而已。当然不同时代从不同角度来看,问题肯定有很多,比如说用陈老师这个视野来看,李广就有很多问题。比如李广不重部队纪律,这个当时人也意识到了,会拿他和另一名将程不识做对比,其实里面就很有这个意思,就是程不识治军更保守稳妥,李广则是一个有点剑走偏锋的将领。

我要提醒同学们,陈老师在《失败者之歌》这一章里吐槽了李广半天,文末加了一节,非常重要。意思是说虽然李广有很多缺点,但是他非常可爱,如果我们这个世界没有李广这种尚未完全被社会规范驯化的人,当所有的官员见到皇帝都非常守规矩,没有一点缺点和个性的时候,这个世界就不可爱,也不丰富了。陈老师给我们撇除了很多偏见,用他自己的话,就是拨开历史修辞中的文学迷雾,但是我们也不要因为看了陈老师写历史的书,就去否定文学,否定我们对一些美好的东西的祈盼和想象,陈老师只在写历史的时候这么讲,他写文学的时候未必这么讲。历史也是要有温情的。这个温情,我认为就源于我们和这个世界建立的关系,这也是这本书很重要的价值。恕我直言啊,我们毕竟不是专业研究历史的,虽然在具体的历史细节上,陈老师这本书已经非常注意历史的严谨，但是它最重要的意义可能在于有一个很明确的要和这个世界建立关系的动机。而我们现代学科分化之后，许多学术成果只是在炮制论文，这和外部世界，和我们自己想干什么，和我们自己内心的想法，都没有关系，纯粹成了一个技术活。这本书恰恰不是技术化的。而一旦突破了技术性，就会有一个更大的综合的视野，而不纯粹是在一个专业的领域里。我以前在一篇短文里发表过一个谬论：当我们所处的世界已经足够碎片化，除了文学，还有什么能够让我们把握整体，能够让我们亲近彼此呢？所以在这个时候，陈老师的探讨虽然已经出了文学的范围，但是他的文学身份又显得格外重要。

陈福民：你说得对。如果大家注意到，比如说写孝文帝的时候，一开篇我就说他站在帝国的宫殿上看看，这个历史是没有的，是想象，对吧？然后说他临死的时候坚持要回到前线，那究竟是因为什么？这完全是文学性的一个推测，是吧？

郭洪雷：其实不是因为陈老师是我老师，所以我夸奖老师的文笔好。我看一些文学作品的时候，很少有动容，但是您有一篇文章，后来它被放进2019年的散文选里，我觉得那篇文章真是令我非常动容。

刘杨：陈老师的文笔好在没有刻意地用很多大词，如理想、张扬、放飞等。他写的就是很朴实，但是他是有技术的，王老师说这不是技术，它不是技术活中的这种技术，不是刻意地在调用叙述技术。其实你看他的写作，我们为什么会觉得他既不是那种历史小说、历史文学，又不是严肃的史书，因为他把历史文学中的那些纯粹虚构的漫无边际的形象，把它规约在史料的框架里，它有一个史料约束，不可以随便发散，但是它又基于史料所形成的逻辑来阐释，所以它是有主体的，它的主体的介入性很明显，但是它的主体的介入性不体现在细节的虚构，当然这里也有一些细节的虚构，就是不体现在一定把这个故事讲得非常生动，而是体现在它的理解的深刻，所以这本书的史料调用的严谨性是它非常重要的特点。

陈福民：所以我也说对我们学生多少有一点同情心，因为我是一直在看这些，那么我拿出来给你们看这些历史的东西的时候，可能阅读上会有一定难度。

刘杨：在昨天的会议上，陈老师用了一个词叫相对主义，我觉得不是负面的相对主义，这是比较全面的，因为我觉得历史的书写，甚至包括非虚构的书写，它里面应该有一个很重要的原则，就是说不是你拿来的材料都是真的，就是非虚构，而是说你这个材料不能和其他材料抵触，如果抵触那你要说清楚为什么选这个材料，你不能有意去遮蔽一些东西，所以它一定是建立在史料以及我们现实中的一些问题的考虑之上的。

李佳贤：刚刚谈到这部作品的文学性问题，我觉得能读到文学性，证明它确实是一部文学的，而非纯然历史的作品。作品中塑造了很多丰满的历史人物形象，对一些已有定见的历史人物或事件，陈老师也有自己的一个判断。需要注意的是，这些判断都是基于大量的研究和考证，所以陈老师强调这部作品的非虚构性和研究性。但我觉得这与它的有趣、有情和文学性并不矛盾。那陈老师的这部作品，我觉得是很有文学性的。首先，除了丰满的历史人物的塑造，作品中串联起所有历史事件的叙述者形象也值得注意。这个叙述者被塑造成一个驾着车在京藏高速奔驰的寻访者或者探求者的形象。刚才陈老师讲了他写这部书的动因，那我也就理解了这部书里为什么会有这样的一个叙述者，这个叙述者可以说是作家本人在文本中的一个投射。其次，作品在章节结构设计上，前面的章节均以历史人物为核心，而最后一章则以故乡为主角。刚才谈到作品里是有一个寻访者形象的，那么他最终是寻找回到了故乡，对吧？作为一个个体的话，我觉得他是回溯到了生命和精神情结的由来之地。而在另一个层面，即作为一个"民族的"人，"我"也在执着探求自己从何而来。所以这本书写到了战争以及战争如何带来了不同文明的交流融合。借此，作家完成了两个层面的寻找，解决了作为个体的和作为民族的"我"从何而来的困惑。仅从这两方面看，我们就能断定这是一种"有我"的历史书写，这样的历史书写是有很强的"情"作为驱动的。但区别于文化散文或历史散文，这里的"我"不是放纵感性，空发思古感叹的"我"，而是一个偏向于理性的、对于历史真相有着执着追求和独立价值判断的"我"。因为有了大量的研究性工作,也使得作品中的"情"有了结实的凭借,这是非常值得肯定的一点;反过来,也因为有了抒情性或文学性,使得作品中非虚构性和研究性的内容不至于枯燥。这本书跟历史著作的区别之处就在于它还是文学的,它必然有能引发人强烈共鸣的那样一个能吸引人读下去的文学性的东西。

陈福民:你说的这个是对的,其实我们一直很清晰它是这么一个文学文本,只不过为了强调学术性,只是这个抒情性不是体现在表面的地方,而是内在的情感。

徐兆正:这本书的抒情性或文学性到底指的是什么?除了文学性的用途,它也许正是要呈现历史自身的复杂性。我这几天想得最多的一点,就是这个历史的复杂性很可能恰恰是历史学科无力承担的事情。至于文学性,它只是要打破狭隘的历史,打破被结果所限的历史一元论。不揣冒昧地说,如果大家从《北纬四十度》里读出了历史的褶皱与历史人物的隐秘心思,我想这一切要归功于那所谓的"文学性"。

在不同历史时空下的行走
——杨潇《重走》讨论

主持人：徐兆正
讨论人：杭州师范大学文艺批评研究院中国现当代文学专业教师与学生

一、"时空并置"的叙述特色

徐兆正：各位老师、同学，今天我们来讨论杨潇的《重走》（本书有个副标：在公路、河流和驿道上寻找西南联大）。这次讨论会前我列了5个提纲，我们先从第一个问题来谈："时空并置"是《重走》最鲜明的叙述特色，作者在书中将历史研究与旅行文学融合起来，构造出了一个颇为迷人的文本。如何界定这种写作样式？需要补充一点，"时空并置"是杨潇在和许知远的一次对谈中提到的，他认为这种将历史研究与旅行文学相结合的写作，最迷人的一点即是它有一种时空并置的特色。他在《神交的朋友们》一文也谈到这点："'以地理写历史，以空间写时间'是我的个人志趣，也可以说是这本书的方法论。"这很有趣，与我们此前讨论的《北纬四十度》也有一定的相似。

杜诗雨：我想谈谈《重走》立体透视的叙述特色。杨潇用历史和现实的二重时间来考察同一个空间，即湘黔滇旅行团走过的土地。表达现实的这个时间维度比较简单，他记录了自己的所见所闻、所观所感，而在历史时间的维度，他选取、整合了大量史料。这些史料可以分为两类：一类是日记、回忆录、自传、书信等私人话语；一类是县志、学术著作、报纸、会议记录等公共话语。杨潇试图通过这些材料的融合来还原历史。所以在纵向上，《重走》是历史与现实双重时空的并置，横向上则是私人话语与公共话语的并列。总的来说，我认为《重走》是一个打破时间隔阂,实现个人记忆与公共记忆融合的立体文本。全书39章,几乎每章都是可读性与思想性兼具的文本。也可以说,小说显性的结构是地点,隐性的结构是思想。叙事者不仅仅是记录者,在客观的叙事中也容纳了他对人生、对文学的思考。随着地点的转换,运用的史料、思考的话题也在转换,譬如应对挫折的挑战、随遇而安的精神、不同时间观、生产和建设、生命的意义等等。

刘万宇:对于这本书,我归纳了几个关键词。第一是镜头感。阅读时我的脑海里常常浮现出纪录片一样的画面,而这似乎是通过古今交织的片段叙事达成的效果。但是与纪录片又有所不同,它没有镜头切换的割裂感。文字的优势或许就体现在这里,它更能带来一种身临其境的连贯性。我在一些学术专著中试图寻找作者"重走"的这段历史,但通常只是一句话,如"1937年组建联合大学""1938年迁到昆明",而中间这一年是完全被忽略的,这本书无疑补充上了这些空白的细节。另一个关键词是今昔对比,譬如在两个时空下底层人民都对精英话语十分陌生。20世纪30年代的百姓对"统一战线"等宏大口号一知半解,而作者接触到的人民也对他保存历史的工作不感兴趣。这是一种由今昔对比构成的张力。

刘杨:你是说他写现在是在解构历史吗?

刘万宇:但也不能说他在主观上存在解构的意图,这可能仅仅是我的感受。

徐兆正:刚才杜诗雨说这本书关于当下的记录不多,我也有这种感觉。如果单纯把它视为一个历史研究,《重走》是非常扎实的,但是它同时还是历史研究与实地考察、还原历史与记录当下的结合,所以从实地考察或记录当下着眼,恐怕就会产生刘万宇所说的那种突兀感,类似于一种后现代的拼贴效果。

刘杨:这个问题其实可以引起我们思考。书中的历史与现在相隔并不到一百年,而且是对中国新文化有着重要意义的一段历史,却已经让人感到十分陌生。这是中国现代性道路上的一个奇特现象,在一个以历史著称、有着非常深远史学传统的国度,不到一百年前的历史,在今天留下的光影其实已近消弭无踪。而这段历史其实很重要。对于一个真正的文化大国来说，如俄罗斯的普希金，吉尔吉斯斯坦的艾特马托夫，到处都有对他们的纪念，民众从心里认同和纪念这些历史与文化。所以我认为杨潇是把从历史空间中提取出来的文化因素放大，为读者还原了一个个重要的文化生活场景。从另一个角度想，这个场景可能在当时的也没有那么重要，那么他为什么要通过史料来放大这些场景，进而形成大家阅读时感受到的错置感？我认为这里还是有作者的文化意识与文化意图的。

徐兆正：这种文化意识从第一页就能看到："一辆摩拜单车正以110公里的时速离开长沙……摩拜不是土特产，请不要带回老家啊！"这段描写与西南联大其实没有联系。

林浩：我想谈一谈我对《重走》文类划分的想法。旅行文学通常以散文体为主，然而散文重个体抒情，但《重走》就像老师说的，同时可以作为一个历史研究的文本看待，这两者是很难在散文体内调和的。当我们很难将一个文本归入现有的文类，有时会创造一些新的概念去安置它们，比如像"散文诗""剧本小说""纪实小说"等，但它们背后还是有一定的共通性，比如散文与诗强调的都是抒情，剧本与小说本质上都是讲故事。可是当两者相隔较远，我们就会手足无措，这引发了我们对样式、文类的反思：是不是文学的抽屉真的不够用了。当前火热的"非虚构"是一个解决方法，它相比于我们传统的小说、戏剧、诗歌等体裁的分类，有点像物理上三维与二维这样的升维降维的区别，但也同样存在问题，这个概念现在还没有明确的边界，有些庞大冗杂，有点像从抽屉变成了整张桌子，放不进抽屉里的东西都堆在了桌子上。目前来看，《重走》要么分成两份，放进传统的两个抽屉里，并都标上其特殊性；要么先放在非虚构这张大桌子上，以后慢慢再进一步整理。

徐兆正：我想补充两点。第一，这种融合性的写作形式，也是这几年很流行的"非虚构写作"趋势，从罗新的《从大都到上都》，副标题为"在古道上重新发现中国"，到《重走》，包括我们前段时间讨论过的《北纬四十度》，一概如此。但是《重走》的特别之处就在于它的"当下性欲望"非常强烈。第二，这或许也是因为杨潇他原来是一个深度新闻的写作者，所以说我们如果从一个特稿写作来看待这本书，他的这些口吻就非常有特稿写作的特色，是一个特稿写作者对于呈现当代生活景观的自觉行为。一个特稿写作者介入到历史研究会怎样？《重走》就是最好的样本。那么，我们是将它看作一个历史调查与一个现实寻访特稿的叠加呢？还是说它们之间已经形成了一种水乳交融的关系？这个是值得考虑的。因为我在阅读中会有一种撕裂的观感，当然，不仅仅是写作的问题，或许现实亦然。

闫东方：你刚才提到的摩拜单车，以及我们当下生活的一些景观，在这个书里多次出现。这些东西出现的时候会让你跳出历史的叙述，回到当下。就像刚才刘杨老师说的，他有很强烈的文化意识，读完这本书你就知道他赞成的是什么，他表达的是什么，他在意的是什么，作者也潜在地批评了当下人们的一种生活形态。有些段落我深受感动，比如作者在贵州的一些当下描写，比如"沿河上行，对岸山体一直逼到水边……"，我立刻体会到贵州当时的地貌就是这样，当他把这样的一个当下的自然景观放置到文本中，你会生出一种今古相通的感情。

总的来看，我们说这本书好读，其实也因为作者对于日记、回忆录以及档案材料的应用非常得心应手，在材料的编织方面显示出了很强的能力，而阅读的流畅感被打断则主要就来自当下生活的呈现。整体上，这是一种流畅却又不至于滑脱的感觉。

刘杨：兆正老师说的不和谐感，你们有没有读到？

刘万宇：有的，我觉得这些元素是作者有意筛选出来的，并不是我们当下生活的全貌，只是一些作者认为有代表性的信息时代的元素，比如共享单车、直播、App，这里面是有作者的文化意图的。

刘杨：那这些会不会破坏了阅读的流畅感？读起来还是不是一个连贯的文本？因为刚才那位女同学说她读起来觉得很流畅？

刘万宇：我是觉得其中有明显的今昔对比、古今切换，有冲突，有对立，这反而让我的阅读充满快感。当下的人们不关心历史，作者对此是有自己的看法的，在第29章第467页里面，他提到纪录片《大后方》,亦直接表态:"这部豆瓣 9.5 分的纪录片点击量并不高,部分反映了抗战叙事的尴尬:习惯了官方话语的人会觉得他们知道得已经够了,而远离这些话语的人又往往被抗日神剧搞坏了胃口,相关题材一概避之唯恐不及。"由此可见,他对今天人们不关心历史是比较痛心的。他在前面已经提到葬身火海、炸弹爆炸,下面立马闪回到今日:"绿皮火车空空如也……我用我的 iPhone 随便拍张窗外……"这就产生一种冲击感,犹如在拍摄一部纪录片。

刘杨:纪录片的镜头语言大家默认就是这样的效果,那么《重走》作为一种文字性的,或者说是纸质阅读的呈现形式,它有什么独特之处?文学语言自身的这种语言符号系统相比于镜头的独特性在哪里?此外,大家还是要注意一下这本书是怎么衔接起来。它的每一章衔接都是不一样的,这其实是一个防止读者阅读疲劳的重要方式。如果他每一章的写作方式都完全一致,同质感就会很强,实际上作者还是有通过细微的叙述方式的变化来尽可能地消除同质感。这也是一种写作策略。

二、古人与今人的如晤相对

徐兆正:第二个议题:《重走》聚焦两个年代的青年群像。这些青年以及他们背后的历史发生了哪种对话?我先来做个引言。第一章杨潇提到了此书的写作缘起,第一点刚才有位同学已经提到了,"关于联大在昆明的八年(1938 年 4 月—1946 年 7 月),不论大众叙事,还是学术研究,都已汗牛充栋",却是很少有人关注长沙临时大学是如何转变成西南联合大学的。要而言之,在 1938 年 2 月至 4 月间,长沙临时大学如何南迁至昆明?第二个创作缘起,是对于杨潇本人来说的,他辞掉工作一年后,遭遇了存在主义的危机。由于这种个人的危机(当时他处在 2018 年 4 月份),不由得想到在整整 80 年前的 1938 年,这两个年份之间是否存在一种冥冥中的对观?在出发前他察觉的联系是,这两个年代都是不确定的时代,那么在"不确定的时代,什么才是好的生活?思想和行动是什么关系?人生的意义又到底为何?"有赖于此,他决定重走当年湘黔滇旅行团的这条路。这个是古今发生对话的初始原因。那么，他们到底发生了什么对话？在作者的叙事中，哪一段让大家印象比较深刻？

刘文虎：首先，二者都试图在复杂变动的社会环境中寻找自身的定位，摆脱迷茫。在严峻的抗战形势之下，联大学生面对的是两条道路的选择，读书或是打仗，他们既担心受到他人指责，说他们躲到后方读书是消极抗日，又对打仗的形势并不明了，也不懂得战争的残酷，他们头脑中更多的是一些观念性的想象。因而，踏上前往联大的路即是一种内心的确证，他们明白自己现在南迁读书是为了抗战结束后服务国家，内心的迷茫化为了报效祖国的动力，而这一点也支持着他们完成了艰难的迁徙。对于作者本人而言，他寻找的是影像时代一个文字工作者应有的意义。他试图通过重走，跳脱原先紧张的程式化的状态，在一个个偶然性中得到收获的喜悦。这便是当下与历史的对话。

徐兆正：我提到的古今对话，指的是杨潇不那么聚焦当下，他的特稿的口吻也不那么突出时，或者说当他确确实实想到古人的时候，此时他想到了什么？譬如在湖南这一段，他从酒店出来，想到了那些在战火中奔走的知识分子："他们有幸学贯中西，成为中国历史上最杰出的两代学人，却不幸被卷入一系列的战争与革命——出生于1918年的穆旦有感于三十岁诞辰：'……多么快已踏过了清晨的无罪的门槛，……一个没有年岁的人站入青春的影子，重新发现自己，在毁灭的火焰之中。……在过去和未来两大黑暗间，以不断熄灭的现在，举起了泥土，思想和荣耀，你和我，和这可憎的一切的分野。……'出生于1900年的清华大学经济系教授陈岱孙曾经回忆，'清华园的校舍为敌军所侵占，公私财务全被毁掠。我的家当然是在劫难逃。这本来是一件意中事。我虽然在一闪念间，想到我所搜集的关于预算制度的资料和一些手稿的命运，却从此逐渐有了现实感。战事不是短期可以解决的，而战后的岁月是否允许我重圆以前的旧梦，完全是个不可知之数。这也许是一种锐气消磨的表现，或者是人到中年的一种觉悟。但无论如何，应该认为到1937年抗战军兴就宣告了我青年时代的终结'。"

不知道大家注意到没有，这本书写作缘起也是作者杨潇认为自己的青年同时终结了，所以说他在第三个本命年才重新踏上这条路。当他与古人有一种晤谈的感觉，他就能够更进一步地领会两代人与两个时代之间的不同。他想到了什么？杨潇说他"我理应感到庆幸，但实际并非如此——我在想，他们如何把那些'在劫难逃'变成礼物，从而获得真正的雄心和现实感？"。作者在这里最后提出了一个问题，这个问题在我看来也是一个最尖锐的问题："时代因素之外，又是什么造就了我们与那两代人的巨大差距？"他虽然提到了时代因素之外，但是否真的在"之外"，还是说作者确乎提出了反躬自省的命题。无论如何，这一段都是今人与古人之间对话最密集、最频繁的时刻。大家在阅读中有没有相似的发现？

汪晨菲：《重走》展现了两个时空的青年西走的路程，我觉得这存在一个文化的同源性问题。1938年从长沙一直向西走到昆明的这批青年，看到的当时中国的种种现状。小女孩拿着两毫钱一路追随着李霖灿，六旬的老妇背米赚取一角钱的劳务费，这些处在中国底层民众的生活不断地走进了行走在路上的求学青年，同时也激起了他们对于人民与国家的忧思。书中提到那是一个极其浪费的年代，生命的浪费，资源的浪费，当那些青年学子告别梁思成夫妇奔向天空时，他们代表了当时中国飞行技术最好，受的教育层次也是最高的一代青年，他们把自己的青春生命奉献给了国家，这是一种人才浪费的悲哀，也是当时民族的悲哀。

2018年，杨潇追寻80多年前的联大学子从319和320国道所组成的道路出发，我认为他的行走实际上是对我们这代青年的审视。这一代的青年在书本上学习各种知识，从社交媒体上接触各种新闻视讯，他们接收了海量信息，但内心并没有获得一种充实感，历史对于我们而言也只是一个符号。同时，从他的行走里可以看到乡镇的变化。从贵阳到安顺这节，安顺只有文庙和白塔等少数古建筑被保留下来，其余的古建筑大多被毁——历史对于两代青年的意义是不一样的，80年前的那一代青年他们面对的是战争、政治、贫穷，他们在行走中有了自己的问题和见解，我们这代青年对于行走不再是那么确定与必须，我们处在一种消费的漩涡，因此有时候我觉得我们或许丧失了与历史对话的可能性。

王晴飞：你可以详细阐发一下，它是怎么丧失了与历史对话可能性的。

汪晨菲：我在读这本书时，最直观的感受是作者提到了乡村的变化，一些古建筑被拆毁，然后用一种仿古建筑代替。所以不是《重走》丧失了这种可能性，而是它对我们构成了一种提醒：新一代的人们丧失了与历史对话的可能性。

刘万宇：许知远在采访马东的时候，他说为什么感觉那代人跟我们的关注点完全不一样，是不是那个时代就厉害一些。马东则说其实是过去只有5%的人有发声的渠道，民众没有发声权，所以我们也听不见他们说了什么。所以我们刚才说的联系，不一定是今天与历史，可能也是知识分子与民众。

吕彦霖：谈到这部《重走》，其中很多章节在写西南联大学生在战争情境下，走遍中国山水后的心态转折。这段经历让我想到了鹿桥的《未央歌》。这个小说里边也写了西南联大的生活，他用一个很简单的词概括为"又像诗又像论文的日子"。《未央歌》中有很重要的一个部分，就是刻画来到昆明的联大学子的内心嬗变。这其实也是杨潇《重走》中的一个核心关切。青年们如何在特殊情境下重新看待自己的国家，进而重构国族意识。而重构国族意识后，就涉及对国家未来形态的想象，这在抗战后期是最重要的问题。按易社强的说法，他说其实这些知识分子从东南沿海一直往中国内陆走，他们来到昆明之后，他们感受到自己仿佛来到了另外一个星球，他们和纽约伦敦的心理距离，是远大于他们和昆明的距离，他们对西方世界的了解远多于他们对本土的认知。刚才刘杨老师提示过大家，长途跋涉是一个极为重要的物理过程，更是极为重要的心理过程。在第10章，杨潇呈现了他勾连古今，主体介入式的写作模式。在常德走的时候，他其实一直有三条线，这是技术上的操作，一个是湘西，用了沈从文的《湘行散记》中的文字片段，一个是真实存在的历史，用的是旅行团的回忆线索，还有一个是现实，是杨潇自己在走这条路，他自己的所见所闻。他用三个阶段来复现这段集体记忆。但是与此同时，我们作为读者，也需要注意到，杨潇到底是怎样去认识这段集体记忆，或者说杨潇在排列、有选择的展现这些资料，他选择了什么，遗忘了什么？他写了什么人？没写什么人？这才是更重要的。因为西南联大我们对它有很多浪漫的想象，但实际上有潜在的一条隐线，就是他们经过长途跋涉，重新认识了中国。而这促进了他们内部的分化，浪漫的幻想和清醒的革命意识同时出现了。从这个角度看，我觉得杨潇这一路的观察还是比较精英主义的。

王晴飞：这个问题很明显，西南联大都是精英，去延安对于他们来说并不是一个必选项。作者既然在写西南联大，你就要写西南联大这个道路，写当下也是没有问题的，但关键是当下的部分与这条道路契合得好不好，有没有真正和这条道路互相擦亮或是互相理解。我们要思考的是，作者是否有能力真正搞清楚这条道路，这条道路对作者有没有产生真正的影响。

刘杨：大家看这个书时也要看一下每一章的注释材料，你会发现他用的基本是两大类材料，一类是日记之类的私人性史料，另一类是一些公共资料。也就是说作者的追求与抱负还是比较明晰的，既想复现他们这代人的日常生活与精神状态，又想营构一个宏大的历史感，希望在历史空间感里凸显这代人的精神。但我始终认为，一代人有一代人的生活，一代人有一代人的情感。我们能读出作者对历史、对这代人的敬畏，在这个时代，我们肯定不属于这些人，但是作者又希望让自己的情感、精神与他们发生碰撞。

王晴飞：关于西南联大的言说现在已经成为一个大众传媒的文化符号。刚才那个同学讲到的和历史对话的有效性，还涉及一个问题，即我们怎么去面对历史、面对传统。我经常举的一个例子，就是鲁迅的《"题未定"草（七）》中的故事。周鼎作为古董当然要有土锈铜绿，但是如果回到周代，鼎无非就是实用工具，自然要擦得锃明瓦亮。所以，附庸风雅的土财主将周鼎的土锈铜绿打磨干净，看似无知，可能反而才是得到了鼎的真正用法。知识、学问和传统也是一样的，我们如果总是想维持铜绿土锈的状态，它其实就已经死掉了。日本人冈本太郎写过一本书叫《传统即创造》，说传统是需要我们创造的。如果传统是原原本本地保存下来，那它已经不是原原本本的了，它一定是要经过我们的擦拭，经过我们的创造，才能变成活的有生命力的。西南联大也是一样，我们要去接近他的精神，就要在我们这个时代去创造出同样的精神。他们那代人面临着他们时代的问题，他们回应了他们时代的问题，他们负有着他们时代的历史责任，那么我们要面对的是我们的这个时代，我们接近、接续他们的最好方式，是正确地面对我们的时代，创造出我们时代的精神。杨潇的本意应该是想通过他的互动去激活历史，让这个历史在我们当下产生新的意义。那么他到底有没有做到？这个是我们要判断的问题。

闫东方：这本书的章节标题设置就很好地回答了这个问题。比如第10章"生命似异实同"，包括他一开始就说要通过"重走"去解答自己的困惑。我觉得不论我们读者是一种什么样的感觉，作者应该是得到了想要的答案。现实的生活或者是个人的经历会对你信仰的东西有损耗，但是他通过跟这些人的对话找到了一种认同感，修复了被损耗的东西。

林浩：刚刚所说的5%和95%的问题，我觉得作者还在考虑现在为何那5%的人也快消失了。在"重走"中，我们能看到文人骨子里对知识的"较真"，但我们现在对知识是否还有如此的"较真"，是何时丢掉了这种"较真"，这个是那段历史在当下产生的意义，至少是作者希望产生的意义。

蒋柳凝：我们可以从这一代青年群像转移到当代的青年人，也就是我们自己的身上，我们如何看待他们的历史并且可以与这段历史产生对话。文中提到的拆迁，在经济并不那么发达的地区，仍然是一个真实存在的社会问题。从一二线城市到三四线城市再到更偏僻的山区，时间随着这条路线的推进越来越黏滞、沉涩。互联网过于快捷地提供给我们信息，也过于精细地筛选了我们看待中国的视角，譬如它给我们造成一种时空的幻觉：时间貌似在全国都是统一的，道路也是统一的，房屋也是统一的，还有很多的统一。真实的"中国"被遮蔽了。杨潇认为，在我们的时代，同样需要这样一个大后方。大后方就像是保险栓，能够提供一个绝境逢生的机会。这个时代带给我们的焦虑、恐慌、紧张等负面情绪，其实需要一个可以承载、容纳的东西。在我看来，这个东西可能更多是价值观方面的。这个价值观念能够在你的生命快要触底时将你托举起来。如果先前的人生经验已经不适用了，那么是不是可以换一种思维方式。就像文末所讨论的那个问题：人生的意义是什么？我只是想说，从这两代年轻人的身上，我们当代的青年应该明白如何更好地自处于社会。《重走》其实为我们提供了一种反省的机缘。

三、"重走"的结论

徐兆正：我们还是按照问题的顺序来讨论。第三个问题：《重走》主人公既可以指青年，也可以指道路。在我读完这本书以后，立马产生了一个层次感：第一个层次是作者的心理道路和现实道路；第二个层次是古人的现实之路和心灵之路。古人的心灵之路是什么？书里特别提到了"与地理意义的公路同样重要的是中国最出色的两代知识分子的心灵之路"；第三个层次就是古人与今人是如何对话的。我们可以注意到他在文中引用了易社强的一句话："在愤世嫉俗和悲观失望袭来之前，追寻真理就是奔赴昆明的理由。"当然这个问题也已经在前面讨论过了，所以我们直接进入到第四个问题：除了"时空并置"、以行走穿越的省份界分章节，《重走》从共时性层面看还包蕴着一个首尾相衔的"衔尾蛇"结构。如何理解这一叙述特色？我们可以注意到，杨潇在书的第一章以前，设置了一个楔子，"出发：公路徒步的意义"。在这里他提出了刚才同学所说的一个源起问题，即在一个不确定的时代，人生的意义到底是什么？然后在结尾部分还包含有一个尾声，这个尾声直接扣住了他在楔子中提出的问题，也可以说是他在尾声中明确地摆出了古人与今人对话的结论。结论有很多，最简单、最直接明了的一点就是：此起彼伏的运动可能比战乱更干扰学问。在炮火连天的时代，他们成了一个又一个现代学术的宗师，而到了后来的和平年代，他们在哪里？还有没有新一代的大学者出现？这是一个结论。但除此以外，可能还有一个更为宽泛且一以贯之的结论。

作者在尾声提到了三个人，第一个人是穆旦，他晚年致董言声的信中说，他想到自己中学时代喜爱谈论人生意义，此时（1976年）只觉得这个问题已告解决，因为"看不出有什么意义了"。不过他又觉得"没有意义"反倒是好的，纠结意义不但吃苦受罪，最后仍将一无所获。尾声自然也有光明的桥段，即并非所有人的回答都与穆旦一样消沉。

第二个人也是杨潇在书中最后写到的毕业于西南联大工学院的吴大昌。抵达昆明第二年，他像我们现在的青年一样感到非常苦闷，所以他以这种苦闷的心绪问教冯友兰，冯友兰没有直接答复他，而是写下《论悲观》一文代为回复。当作者访问吴大昌时，吴大昌提到了这个细节，他说自己前几年在书店里偶然翻到了这篇冯先生为他而作的文章，时隔80年，他说自己终于能够理解冯先生当时的意思。他当时觉得人生没有任何意义和目的，然后冯先生在那篇文章里提道，人生本身即是目的，并不是手段。吴大昌对来访的杨潇说，当然这也可以看作是对冯先生的回复："人生就是……你在生活里头过好生活，就没有问题。"这个结论就是说，历史它包含着慰藉、劝导，但是历史没有反身经验，也没有终极之思，青年的经验无法由历史代劳，他们只能对此反动，以自身的行动摆脱不及物的历史经验。什么是行动？杨潇重走这条路难道真的仅仅是为了寻访、复原一段不被大家关注的西南联大的前史吗？不是这样的，我觉得他是想要以这种"重走"来示范一种青年人活在当下的行动态度。吴大昌对杨潇说，他认为自己年轻时候有忧郁症，但不是冯友兰先生治好的——怎么可能一篇文章就治好了忧郁症呢。但是他在年老的时候，他终于能够体会冯先生的意思，每个年轻人都只能义无反顾地去踏上那条人生之路。

在尾声以前，当《重走》进入到"滇"这一章，杨潇还提到了自己在明应寺与僧人的对话。这个僧人是明应寺的住持，应该很年轻，他对杨潇说，在世间没有意思，还是出家好。如果他还"在家"的话，他能有时间坐下来喝这个茶吗？他还说自己的那些同学都在上班，一个月五六千、七八千或者一万块钱,但他一个月只有五六百,就是一个低保水平,但是他瞌睡了睡觉,口渴了喝水,肚子饿就吃饭,然后还能云游,只要能出自己的车资,就能到全国各地的寺庙寻访。僧人提到一个佛教里面的说法,"成、住、坏、空",他说世间万物都一样,一切我们看得见、看不见的都一样,你不要再折腾。他的意思很清楚,人生就是折腾。但这个话难道不与我之前提到的穆旦晚年的沉思十分相似吗?不要纠结意义,也不要去折腾。

但是当杨潇真正抵达云南昆明的时候,他在结尾写了一段很长的话,他说:"至此,我从长沙出发前的种种好奇得到解答了吗?我不确定。"然后他以非常快的叙事速度反顾了自己的这次"重走",最后提到了易社强对他说的话:"他是一个'偶然论'者,'当我说起我的偶然论而非必然论时,一个完美的例子就是联大,在1937年,许多事情都是偶然的,并不必然会导向联大在昆明的成立,完全也可能就地解散,就此消失,"易社强的论著《战争与革命中的西南联大》直接开启了杨潇的"重走",但是他在这里明确反对了易社强的这种人生观念,他说:"的确如此,……但倘若如此,我们要赞美的是偶然性吗?"无疑,杨潇拒绝这种偶然性,他不仅是拒绝,他说我们应该去做事,用行动去包抄自己,创造自己。这一点又与他在尾声中从吴大昌老师那里得到的回答十分相似。这是一个奇妙的对照:僧人的沉思与晚年的穆旦相对照,杨潇的自忖与晚年的吴大昌相对照。综上所述,我觉得如果这本书提供了一个重要的结论,那就是青年应当义无反顾地去踏上自己的人生之路,虽然这本书写历史,但是他又教导青年起来用行动去反历史,历史的经验不应该成为我们成长的障碍。我们可以从中获得启迪、教诲,但我们也要有自己的实感经验,要生活。对于这个问题,大家有什么想法?

刘杨:这本书从作者主观的角度追溯得出来的结论就是徐老师讲的这个。我们还要考虑的一个问题是,他写这本书是为了影响青年人,还是说只是来自个人的自我认知、来自自我经验的需要?他得出来这样一个结论以后,比较熟悉这段历史、这些历史人物的读者,是比较容易产生共鸣的,那么对于不熟悉这段历史的读者来说,你能够从中获得共鸣吗？你最大的收获是什么？我希望大家能从这个角度来谈一谈。

刘万宇：我觉得就是历史本身。我能够从中了解这段历史，本身也很愉快，不需要别的。

蒋柳凝：很励志。

闫东方：作者其实就是要树立起一个行动的信念。我们处在一个转折、动荡的时代，但与其焦虑，不如认认真真地去做一个事情。

刘杨：我在想作者为什么会引用很多日记，除了还原历史的细节、人物的内在活动，他更多的是想让我们看到那个时代人们的精神阈值。在我们这个时代，可能像经历丰富的老同志，他的情感阈值就比较宽，但是大部分人的情感阈值是非常狭窄的。我们为什么会缺乏他们那种生命内在的力度，可以去支持自己的行动？我一直有一种感觉，我们这个时代的文化创作只是将杯水风波写成惊涛骇浪，但《重走》中的人却是能把惊涛骇浪化成杯水风波。

王晴飞：刘杨讲到经验，我想到一个问题，就是经验的有效性。以前的叙事都是宏大叙事，它是比较忽视个人经验的，今天很多写作则格外强化个人经验，把个人经验、私人经验放得很大，这当然有积极的意义，是对以前弊端的反拨。但是当它走到极端，就是极度的自恋，把自己的那点事看得特别大。个人经验如果不能和其他人相通，其实是无效的。读者为什么要知道你的私人经验？这和读者是没有关系的，比如读者并不需要知道你喜不喜欢吃炒粉。这本书一直在突出一个"我"，但其实"我"是不重要的，"我"只有和他人和世界产生了共鸣，"我"的经验才是有效的。

徐兆正：王老师把我们之前谈到的一个问题更明确地提了出来。这本书其实能分为两本书，一本是长篇特稿，一本是历史著作。王老师刚才说频繁地看到"我"的出现，但是如果从特稿的传统来看，"我"恰恰是这一文学体裁针对"无我"的新闻写作确立的第一准则。

刘杨：他认为他写的这些东西可以唤醒你对这个时代的反思。

王晴飞：作者在这里面提供了许多知识，它是不是有效的？我提一个讨嫌的问题：他如果不去"重走"，坐在家里能不能写出这本书？我认为完全可以。仍然是那些材料，而且没有经过有效剪裁。刘杨老师讲的两方面材料我也很认同的，它一方面给我们提供一个历史的氛围，具体的场景，日常的生活，另一方面通过特定的人的生活、回忆，重点个案描写。但是从整体上来说，它是没有剪裁的，就好像一棵大树，好多个枝杈，每个枝杈上叮叮当当地把手里有的东西全挂上去。写作是要有取舍的。所以这本书里的史料，我觉得过于烦琐了。而且他每写到一个人的时候，都会给他两句话的介绍，这两句话一定是强化大众关于这个人的刻板印象的，和这本书的主旨也没有关系。

刘杨：大家要注意这里的叙事者，他是以一种什么样的叙事姿态在写作。西方的"非虚构"也强调叙事者，但这个叙事者以一种什么方式出现，以何种叙事姿态出现，他的叙事视阈有多大，大家可能没有仔细甄别。我和王老师还感受不太一样，它确实是堆了很多，但读到后面你会发现，他在每一章还是有想法的。虽然这个材料他没有堆好，但是他也是有取舍的，有的人日记用得多，有的就少，在一个章节里面，作者可用的材料要比他实际用上的多得多，那么他为什么要用这些材料？他要考虑到这个书还是要有人阅读。但也还是有一个缺陷，譬如讲浪费的那一章，就有标题党的嫌疑。

王晴飞：第一章就有这种情况。胡适给杨步伟的那句话就被弄来做了一个小标题："我要接吻你一百次"。这句话与本书主旨关联并不大，但是这种话耸人听闻、抓人眼球。

刘杨：这里有个很重要的问题，我们前些年所讨论的民国范，大家的民国记忆、民国想象，在媒体市场的运作有了炒作的因素。不过我认为这本书还是有作者自己的一个比较明确的叙事追求。比如他这里面涉及的日常细节，因为有历史人物的日常，所以他也要写他自己的日常。他是故意的，作品不光有一个时空的并置，还有一种大历史和小历史的并置。大家看348页这一段，"拿到这些泛黄的、发卷的、缺角的旧文书时有点兴奋⋯⋯按照流行操作，我立刻可以写出一篇'触摸历史'之类的新媒体文章，麦克卢汉早就预言'过形式即内容'⋯⋯"，你会发现他其实就是在根据他读的这些材料去写出一篇类似触摸历史一类的东西，但是他把历史的成分放大以后，他是靠着人们对历史的天然的敬畏和对这一批人的想象和尊敬来进行加持的。

王晴飞：你说的这个问题，也是我想说的：这样一个结构它的有效性在哪里？大历史和日常生活可能构成一种对比和张力，但如果只是私人经验，它就不一定有效。

四、"非虚构写作"的隐喻和介入问题

徐兆正：我们的讨论不约而同地导向了最后一个问题。我说这个"当代"，是对于写作对象来说的。《重走》的对象是历史，所以说当代是一个"他者"，这里就出现了写作的隐喻性。第5个问题：在《非虚构写作概念失效，需重新划界》一文，袁凌明确表达了对隐喻性较强、介入层次较深的非虚构的不认同，认为非虚构写作应当"让事物本身自行呈现出来"。如何看待这两种类型的非虚构？

今年的非虚构确实是一个较往年更加昌盛的一个存在。以出版时间为序，印象较深的即有梁鸿的《梁庄十年》、中外非虚构作品合集《全球真实故事集》、杨潇的《重走》、陈年喜的两部作品《微尘》《活着就是冲天一喊》、李兰妮的《野地灵光》、陈福民的《北纬四十度》、伊险峰与杨樱共同创作的《张医生与王医生》。这些作品都被界定为了非虚构，所以我也能理解袁凌"非虚构需要重新划界"的说法，而且他还提到一点，写庞麦郎的人真的是关心他的生活苦难吗？不是的，其实庞麦郎隐喻了人类的生存困境。

他其实是在暗示当下存在的两种截然不同的非虚构，我们可以简单地说一种是"到远方"的非虚构，一种是像袁凌这样，以强大的专注力和忍耐力去书写自我周身经验的非虚构。当然这也造成一个后果，那就是他的作品有些佶屈聱牙，与大多叙事流畅的作品判然有别。另一个不同在于，袁凌认为"非虚构写作"应该如现象学一般让"事物本身自行呈现出来"，而不能去强行建立意义，这也是让我比较困惑的地方，因为倘若以此为基准，那么关注自我经验以外的作品可能根本没有写作的

必要。所以说我希望大家一起来讨论一下。

林浩：我觉得这两种非虚构类型刚好指向了两种对真实的理解。第一种真实有赖于我们的建构；第二种真实是被放置在主体外部，需要我们去寻找的真实。隐喻性较强、介入程度较深的其实更具有主体性，主体承担着塑造功能。根据我的理解，赵瑜《寻找巴金的黛莉》、李兰妮《旷野无人》、李娟《冬牧场》应该都属于此类。而"让事物本身自行呈现出来"更像是后一种，也就是说，我们需要做的就是寻找真实的载体，行动到发现它为止，然后让载体自己说话，而不是我们替它言说，这是偏向新闻的，比如《切尔诺贝利的回忆》。这两种真实观与两种非虚构类型也解释了非虚构为何诞生，以及为何是在两个领域内相继诞生。袁凌是新闻记者出身，从他的理解出发，我们更多地能感觉到在新闻视野下的非虚构是如何被看待与操作的。

徐兆正：我对袁凌的写作印象也比较深，他的写作可能恰恰属于王老师所说的那种"无我"的写作，正因为此他才认为应当让"事物自行呈现"。但这也是比较乐观的想法，而且依我看，介入程度深浅两者并无高下，只是不同的志趣和选择。

王晴飞：完全自行呈现当然是不可能的，但介入程度的强弱还是会有区别，决定了你在多大程度上让这个世界自己说话。所谓的自行呈现固然也经过了作者的编排，但是作者有意识地去介入得弱一点，事物自身的完整性就会高一些。介入程度强也不是问题，就像写小说，叙述性的作品也可以产生很伟大的作家，他就是不断地在作品里说出自己的看法。这对作家的要求也是蛮高的，你的看法要与这个世界相匹配。

闫东方：我接着林浩刚才的真实性来说。我觉得这种看法来自福楼拜，它是在争夺对于真实性的解答。福楼拜认为这种冷静的客观叙述，是一种更真实的方式，尤其是对于感伤的小说来说。但是有时候我也想反问一句，什么才是真实的？客观冷静的真实就是真的真实吗？所以说到底，这个问题还是一个介入形式与程度的问题。

刘杨：所有的叙事一定都有虚构的成分，它不可能是事物本身。我们之所以用"非虚构写作"，而不用"非虚构文学"，因为后者在概念上逻辑不自洽。"非虚构写作"是从创作主体的创作行为的角度来命名的，而不是从它的文本本身。刚才林浩讲的就是，他是在发现真实还是在发明真实。有一些人就认为"非虚构写作"应该是人物、现象这些的真实，但是洪治纲教授在《论非虚构写作》里则提道，"非虚构写作中的主观介入性，使作家的身影通常是无处不在"。问题在于主体的倾向性，会不会对于他所要呈现的事物造成刻意遮蔽；再一个问题就是主体的态度是否真诚。我们以一种主体的创作姿态来讨论，那么要看到写作的自律性。虽然也有学者认为非虚构写作无疑体现出一种反自律性的倾向，但我觉得，非虚构写作还是应该有一种主体的自律，非虚构的自律性主要体现在主体自律性上。在这样的一个背景下，我们来看作家个人的直接经验，和他所要呈现出来的客体之间是不是对位。就像林浩讲的，他是为了把自己的某种意图传达出来，就是一种隐喻性的写作，作者征用这些材料，那么我觉得他所用的材料哪怕都是真实的，他其实还是为了来诉说一个自己想说的故事。

徐兆正：我们可以从《北纬四十度》和《重走》这两个作者的写作起点来谈这个问题。陈福民老师的这本书，我们可以说作者是对于自己的故乡，包括他成年以后经常行走的那条公路与这条公路上的各种历史人物产生了好奇，所以有地理意义的"北纬四十度"与历史意义的"北纬四十度"，两者重叠之后又产生了作为文化概念的"北纬四十度"，他是因为对这三个概念充满着兴趣与好奇，想要发掘其中的历史，他才会这样写。而杨潇这本书，写作的起点肯定不仅仅是好奇，还有他个人的困惑、焦虑，他在80年前的那些青年人身上也看到了这一点。这种与古人如晤相对的感情与单纯的好奇是不一样的，这是两种不同的出发点所塑造的两种完全不同的写作。杨潇对于作品的情感投入，我觉得是更大的，而陈福民老师那本书，他与古人的关系则相对疏离，他的冲动有时候也仅仅体现在对于既有历史观念的不满。

林浩："事物呈现出来"后，它的效果是什么，目的是什么？对于非虚构的意义我们已有很多的讨论，比如社会价值、史料价值、认知价值等等，然而无论是非虚构的文学性，还是文学的非虚构性，也无论是要建构真实还是要寻找真实,在读者的阅读体验中,共鸣是首要达到的效果。非虚构虽然是一种介入姿态的写作,但也把想象、理解的权利交给了读者,这是形成共鸣的一个机制。比如《切尔诺贝利的回忆》的"去主体"叙事,就是想让读者自己完成一种想象的共鸣;然而文字的排版、剪辑背后,仍然有作者在主导。刚刚一直说的《重走》开篇的共享单车的蒙太奇式出现,肯定也有这样的考虑。

刘杨:他写这个共享单车,它是会真的让你体会出来你自己想体会的东西,还是说他有一种引导性?他这本书,包括他所使用的看起来客观的历史材料,是让读者真的能够凭着自己的生活经验和历史发生碰撞,还是说它已经引导了读者思考的方向?这点要甄别。

徐兆正:罗兰·巴特在分析福楼拜时,提到为什么福楼拜在《一颗纯朴的心》的开头特意写到墙上挂着一个晴雨表,这晴雨表到底有什么作用?在他看来很可能就是作家为了要凸显一种真实性。共享单车之所以反复出现,估计也有这方面的原因,即作者不仅是要记录,也要塑造一种当下性与在场感,这种口吻仍是特稿写作的风格,杨潇是要让读者意识到他在写历史的同时也写当下,甚至历史就是要反求于当下。

闫东方:我觉得这本书还是有意义的。王老师刚刚提到个人的感情一定要跟别人产生共鸣,才是有效的。但我觉得,写作首先是为自己的,要从心底生发出写作的欲望,要解决自己的问题,至于能不能和别人产生这种共鸣,那是写作之后的事情。

王晴飞:当然作者写的时候必定是写自我,但是在写的过程当中,还要考虑自我有没有和世界发生关联,有没有去理解写作对象。没有发生关联就没有互动。这种情况下,作者的自我是封闭的。

闫东方:我不是很同意这个观点,不知道你们记不记得,他写那些飞行员其实就是奔着死去做飞行员的。我们很认可这是一种个人和社会发生关联的实践。但是对写作是否可以视为这样一种实践却有疑问。就写作来说,这一行为和社会发生的关联并不是那么直接的,但是并不能因为其间接性就否定这种关联。写作,杨潇的写作本身我觉得有这样一种实践的意义。

徐兆正：我对这本书还是比较带有同情心的。第一点就是非虚构这个概念在国内还没有完全建立，或者说自律性的共识还没有达成。但在这种混乱中，反倒可能会诞生一种暂时没有被约束的创作。第二点是其次，这本书的叙事非常流畅，就像金宇澄的《繁花》一样，而我认为以《重走》为代表的这种非虚构能给读者带来一种愉悦，之后我们再去谈论深度的问题。刚才有同学提到了"事实的诗意"，的确如此，谁能断言想象中才有诗意？第三，我今年也读了大量的小说，给我的感觉是很多作品都非常幼稚，而这种幼稚恰恰是一个老迈的文体在重重规约下加速衰变的结果。有的人会诉诸科幻，认为"想象力"有助于虚构写作继续同现实保持着既远离又暧昧不清的联系。可即便是科幻，你也不能完全向壁虚构。归根到底，我们的写作还要不要谈论处理现实的能力？非虚构的命运在此一端。

刘万宇：对我们学生来说，这本书有意义，至少它让我们了解到了很多史实。

刘杨：如果从接受美学角度来讲，如果你觉得这本书达到了你的阅读期待，那这本书就是有意义的。

王晴飞：它里面是有很多史料、知识，但是如果评判这本书的话，我们还要把它当作一个整体来判断，关于民国、关于西南联大、关于那段历史的状况，要去看它有没有给出超出我们日常认知或是刻板印象的东西。如果作为普及性读物的话，它的材料又过于琐碎，剪裁也不合理，读起来其实也是很吃力的。

刘杨：《重走》的叙事肯定比学术专著流畅好读，也比那些什么民国传奇人物要严肃一点，但是他的整体的思路可能还是有些飘忽。整体来说我对这本书的评价并不算差，特别是对于普通读者。譬如，如果你把它作为一个学术作品，那么不管从思想的角度，还是从审美的角度来讲，当然也有明显的缺陷。不过我觉得梁鸿影响下产生的那种模式化的主题和堆叠论证材料的方式，还有王月鹏的《拆迁笔记》，反而问题更大。"非虚构写作"本身暂时还没有一种固定的模式。文体的形成都有一个探索的过程，非虚构到底会怎样还需要更多的作品来加以佐证。大家把这个书的问题指出来,对于后来的非虚构写作发展也有一定的意义。

王晴飞:我们也不一定把它放在非虚构里面来讨论,我们可以谈写作本身。譬如我们也要警惕过于流畅熟滑的语言,同学们阅读作品,看到熟滑的地方要特别小心,它很可能是没有创造力的,为什么我们看得很舒服,往往是因为它迎合了我们的既定认知。

徐兆正:最后我们请李佳贤老师发言。

李佳贤:简单说一下自己的阅读感受吧。《重走》是一部能给人带来阅读快感的非虚构作品,就我个人来说,这种快感很大程度源自"在路上"的流动和自由,尤其在因疫情而出行受限的当下,旅行和"重走"已变成一件奢侈的事。《重走》的核心意象是"路",但路本身并不产生意义,这条路上所承载的历史以及杨潇行走在路上的所见所闻,让这条路的意义被建构起来。"走异路,逃异地"在杨潇这里是为了解决自我的困境,他希望借助"重走"、借助被图腾化的西南联大来走出个人危机,完成对自我价值的确认和重新定位。于是,湘黔滇旅行团和"我"、历史与现实在《重走》中被并置交织起来,这也就涉及刚才大家讨论的历史与现实的对话问题。在我看来,这种双线交织的写法当然效果更好。现实与历史形成巨大张力,现实也让历史有了一个结实的归宿和落点。"重走"是为了寻找意义,但意义是什么?如果说西南联大代表了一种意义的话,重走路上耳闻目见的历史残迹以及与那段历史毫无瓜葛的直播、标语口号、共享单车等则完成了对意义的消解。毕竟沧海桑田,"风流总被雨打风吹去"。既然如此,意义又是什么呢?这种对"意义"的思考和追问正是在现实与历史的对话(或不可对话)中实现的。这也是我肯定双线交织写法的重要原因。

但是杨潇对历史书写和建构确实也存在问题,刚才王老师也谈到了。我的感觉是太琐碎,有堆砌材料之嫌。另外,大家也谈到非虚构要不要主体介入,或者说要不要有明确态度的问题。关于这个问题,我想到塔可夫斯基在《雕刻时光》中的观点,他反对蒙太奇,不主张电影创作者过分强烈去宣扬创作意图。他认为意义应当隐藏在电影所记录的时间和画面之后,由观众去感知寻找。我认为非虚构写作也应当如此。

徐兆正:你可以说《重走》是将历史研究与旅行文学融合起来,但真的融合起来了吗?在这次讨论快结束的时候,我才真正确认两者没有融合起来。当然我不是说这本书不成功,也许作者原本就意不在此。他只是在复原古人的心灵之路,同时也把自己视为需要勘探的当代现象。同以上我们指出的问题相比,我们现在面临的更大危机不是真假,也不是介入深浅,而是无所不在的碎片化——新闻、短视频,街头巷角的听闻,这一点更加严峻。从这里来看,什么是"重走"?它就是"温故"与"开始"、寻访历史与面向未来这两种运动的叠加,而两者都开启了一段延续性的精神历程。作者的本意也是要鼓动读者起来行走,去开始自己的精神和现实之旅,去反对碎片化的当代危机。